2017 中国随笔年选

朱航满　编选

南方出版传媒

花城出版社

中国·广州

图书在版编目（ＣＩＰ）数据

2017中国随笔年选 / 朱航满编选. -- 广州 ： 花城
出版社，2018.1（2021.4重印）
（花城年选系列）
ISBN 978-7-5360-8581-7

Ⅰ．①2… Ⅱ．①朱… Ⅲ．①随笔－作品集－中国－
当代 Ⅳ．①I267.1

中国版本图书馆CIP数据核字(2017)第327613号

出 版 人：肖延兵
责任编辑：蔡　安　欧阳蒳　李珊珊
技术编辑：薛伟民　凌春梅
封面设计：庄海萌

丛书篆刻：朱　涛
书名题字：陈以泰
封 面 图：南宋 夏生（传）溪山清远图

书　　名	2017 中国随笔年选
	2017 ZHONGGUO SUIBI NIANXUAN
出版发行	花城出版社
	（广州市环市东路水荫路 11 号）
经　　销	全国新华书店
印　　刷	北京一鑫印务有限责任公司
	（北京市顺义区北务镇政府西 200 米）
开　　本	787 毫米×1092 毫米　16 开
印　　张	16.5　1 插页
字　　数	308,000 字
版　　次	2018 年 1 月第 1 版　2021 年 4 月第 3 次印刷
定　　价	48.00 元

如发现印装质量问题，请直接与印刷厂联系调换。
购书热线：020 - 37604658　37602954
花城出版社网站：http://www.fcph.com.cn

目录 contents

序

朱航满

微信时代到来了。似乎人人都在享受着信息的发达，诸如快捷、免费以及海量的内容，而作为传播信息与制造娱乐的手机，也已经成为我们形影不离的好伙伴。由此，我常常会内心自问，编选这样一册一年才出版一回的随笔选本，究竟应该是怎样的一番面目？也是在这一年，我特意写了一篇回顾之前五年编选年选的文章，在开篇中便这样写道："元旦过后，广东的花城出版社寄来了《2016 中国随笔年选》，这已经是我编选花城年选的第五个年头了。每一次编选，我都尽量去尊重自己内心的判断，并努力把自己认可的随笔佳作奉献给读者。编选年选，如何呈现编者的风格与趣味，也是我所追求的。有读者在网上提意见说，我编的年选与别家少有重复，以为奇怪。"当时写这篇文章之时，其实还有几许自辩的意味，因为这种"少有重复"，或许便是一种基本的态度，这里不但没有什么惭愧之意，甚至竟还有几分暗暗的自得。但这篇文章写得散漫，对于所谓"内心的判断"，也做了一些思考和梳理，这里不妨只将其中的一些想法摘抄如下：

"……重大历史事件的关注和反思，之前我编选《随笔年选》时，也以专辑的形式进行过呈现，这是我的一种追求，也便是试图通过这种集中和深入的呈现，让读者更为透彻地了解历史的复杂真相。""对于现实的关注，也是我编选随笔年选的一个方面。但随笔不同于杂文，它的展示可能更为含蓄一些，温柔一些，而内蕴和引起的沉思，或许也更为久远一些。""在我看来，随笔写作很难成为职业写作，因为它不同于散文，需要学识，需要才华，更需要独到的见识。因此，好的随笔文章往往是可遇而不可求的，有时非职业作家的随笔写作，反而常常有令我惊喜的地方。因此，在编选《随笔年选》的过程中，我尽可能寻找那些被文学界遮蔽而又颇得妙趣的随笔文章。""对于人物的追怀也是我在编辑年选中，分外青睐的。因为在我看来，一个人物便是一个世界。好的追怀文字，不但是第一手的史料文字，而且呈现的是一种精神的风骨与风流，更为令人回味。""当然，美文也是随笔年选的重要遴选，但我更倾向于具有反思意味和启蒙精神的作品。"

　　以上这些摘抄的内容，基本代表了我的一些编选的标准，2017 年的随笔年选，大体也是这种思路。由于这篇文章写得仓促，读起来着实有些差强人意。我将这篇文章命名为"夜晚的珍珠"，其源于我读温州作家戈悟觉先生的一篇随笔《小院旧雨》的感受。文章中有这样的一番议论："我对戈悟觉这位作者很不熟悉，也未曾见识过这份刊发其作的《温州人》杂志，因此还要感谢温州作家方韶毅先生在微信上推荐这篇文章。与上述文章不同的是，戈悟觉的这篇文章把视角对准了底层的小人物，作者描述他们在荒诞年代的悲惨命运，更描述了他们被蒙蔽的无奈，因而读后更令人反思。此文沉静、忧伤，又有着一抹特别的亮色，宛若夜晚的珍珠一般。"后来报纸刊发时，将题目改为了"历史、命运和美"，也算醒目和准确，但少了那一份特别的诗意。2017 年的随笔年选，依然重视对于"历史、命运和美"的追寻，但我还更想强调的是一种表达上的从容。诸如这篇《小院旧雨》，便是如一杯陈酿的老酒，其中浓缩了太多的滋味。

　　后来，我辗转联系上了戈先生，才知道其人宛若隐士，他早年毕业于北京大学中文系，曾在宁夏工作多年，上世纪八十年代以小说创作享誉全国，几近晚年才回到温州定居。因为这一随笔的选入，戈先生还专门做了一篇文章，名为《"更能消几番风雨"》，其中写到了他的这篇文章的创作过程，并将之刊布于他的网上博客。戈先生对于年选的看重，令我惊讶，而在写这篇文章之时，我才终于体味到，在众声喧哗与遍地垃圾的时代，真正的严肃遴选，本身就是一种庄严的仪式，它甚至胜过了很多的加冕与奖励。故而，戈先生郑重地宣告自己的写作使命，就是要继续书写我们民族的荒谬记忆，进而又说，"我是要命的乐观主义者，相信未来"。文章最后，他还补充道："我正为一部新的长篇小说做功课：《1966 和 2016》。记双年，间隔半世纪。当年15 岁，如今 65 岁。埋头写几年，也许依旧'可怜无补费精神'，由他去，认了。"我很喜欢最后的这一句话，"由他去，认了"。何等地淡泊与洒脱，实乃一种不计功利的真精神。这样的"费精神"，难得矣。

2017 年的随笔年选中，我特意遴选了周克希先生的一组文章《漫忆琐记》。周老浸润法语文学多年，修炼文字，雕琢词句，他翻译普鲁斯特的长篇巨著 A la recherche du temps perdu，坚决不采已经被大众熟知的那个"追忆逝水年华"，而是坚持用了一个看似普通的书名《追寻逝去的时光》。之前我读过周先生的文集《译边草》，其中谈翻译的心得，谈斟酌文字的快乐，令我心仪。记得他有一篇文章，写到了翻译的快乐，乃是将自己的译作比作刚刚诞生的小熊宝宝，并认为翻译虽然很辛苦，但绞尽脑汁投入进行，若是一旦找到了感觉，"那种快乐，又是旁人无法体会的"。陆续读到周先生的《漫忆琐记》，很是喜爱，拟录于年选，去信询问周老，他回复我说，值不值得列入年选，其实是大成问题的。我被先生这种气度所感动，而这又何尝不是一种自省，一种曾经沧海难为水的谦淡。

从容的文章分外难得，需要去静心慢品。阿乙的长篇随笔《智力生活》揭示了一种我们经验和认识的盲区，读来令人心惊，却是徐徐道来；严锋的《我的电子阅读生涯》，显示出一种妙趣横生的人生态度，又有着深厚的积淀；聂作平的《苦难催生奇迹》，钩沉了一段历史的苦难与辉煌，难得的是作家的写作，乃是在史料的搜查与田野的踏访中呈现了这种风流；张朗朗的《听披头士的时光》、裘小龙的《叶芝的诗与杨宪益先生》等篇章，勾起了诸多远去的记忆，夹带着时代的沧桑，又沉淀下来了许多令人肃然的体悟；几篇关于人物的作品，也给人以新意，如谢其章的《"你见过这么蓝的天吗？"》，写在法国留学又执意来到敦煌的画家常书鸿的传奇人生，作家用一句"你见过这么蓝的天吗？"来结尾，点出了一种别样的境界；还有刘涛的随笔《送别》，由墨迹来看弘一，"平淡、恬静、冲逸之致也"。

钱锺书先生曾说过："学问大抵是荒江野老，屋中两三素心人议论之事，朝市之显学必成俗学。"微信时代，我们面临的喧嚣或许更多，热闹的点赞与转发并不意味着特别。为此，我推荐那些"素心人"的文章，读来永远那么宁静。诸如韩羽的《灶王爷的脸谱》、张世英的《旧友重逢话孔孟之别》和夏立君的《司马迁表情》，文章虽短，但意蕴深厚，将此三篇文章组成小辑，乃是对不信神、不怕邪和不迷权威的人们的最好赞赏，可谓洗尽铅华的智慧矣；潘向黎的《读顾随札记》，则是以顾随的方式解读顾随，是向中国文化致敬，也是向大师致敬的一份私人读书笔记。还有江弱水谈《聊斋》、张宗子说《水浒》以及止庵的读画笔记《画廊故事》，虽都是点染一二，但写出了新意，不显峻急，又令人回味良久。韩敬群的《和陶》，写北大创作旧诗词的经历，是追慕古人，又是近思前辈，风轻云淡之中，掩藏着一种质朴与深情。

从容是一种作文与处世的方式，也应是一种健康人格的自然流露。以这样的心态，我们来看待文章，也便是看待我们周遭的世界。在 2017 年的随笔年选文章中，还有两篇文章令我印象深刻。一篇是李娟的《冬夜记》，这个年轻女作家的文章，令人刮目相看。读到她的一篇小随笔《冬夜记》，真是高兴了一回。记得我曾应约在报纸上为李娟做过一篇评论，在那篇文章中，我大体的意思是说，"李娟的文字，完全是一种自然生长又健康茁壮的语言风景"。又有一个看法，乃是："李娟的文章充满童真的笔触，读来令人温暖甚至忍俊不禁。……她的这种对于世界孩童式的观察，不是母性的慈爱与温润，而是小姐姐式的亲近、好奇与疼爱，这使她对于周遭的世界的观察与感受，有别于习见和庸常的女性写作。"同样，我以为李娟的写作之所以带有一种特别的生机，还有她的文章中有着一种少见的东西，"一定隐藏着一种朴素的生存信仰"。以我来猜测，这种朴素的信仰，源于她生活其中的哈萨克民族的熏陶与浸染，或者是这个民族所长久积淀的生活态度。

另一篇短文则是蔡小容的《沈琼枝姑娘》，面目朴素，却令我一读难忘。文章从一册几被遗忘的连环画《沈琼枝》谈起，这是由《儒林外史》中的故事改编而成的。沈琼枝是一个民间女子，被父亲嫁给了扬州的盐商，但她不服从命运的安排，大胆逃婚，到了南京，且能自谋生路。文章特别写了沈琼枝逃婚后的一段生活："一个孤身女子，流落到黑暗的社会上，既没有客死异乡，也没有沦落风尘，她居然靠自己绣花、写诗挣到了钱，且与名士唱和，赶走了地痞流氓，斗败了奸猾的盐商，最后还把索贿的公差推了个仰八叉。她在工作之余，还到秦淮河上游览风光，这样从容度日的心态，真是一种能耐和修为呀！"沈姑娘的遭遇，既不狼狈，也不心酸，而且还有一种"从容度日的心态"，蔡小容的发现与这种重新解读，让人顿感一种朗然。沈琼枝的故事，其实并不是太过传奇，相比如今微信上的段子奇文，差之远矣，但若细读，则不难发现，原来蔡小容笔下的沈姑娘，没有成为鲁迅笔下的那位出走的娜拉，她从盐商家中出走之后，既没有堕落，也没有再回去。这位沈姑娘，有着"乐观坚强的心性"，又是如此之美，"淡淡妆，天然样"。

2017 年 10 月 3 日

冬 夜 记

李 娟

　　小时候的富蕴县，冬天真冷啊。睡到天亮，脚都是冰凉的。我和我妈睡一个被窝，每当我的脚不小心触到她，总会令她惊醒于尖锐的冰意。被子那么厚，那么沉，却是个大冰箱，把我浑身的冰冷牢牢保存。然而被子之外更冷。我俩睡在杂货店的货架后面。炉火烧到前半夜就熄透了，冷却后的铁皮炉和铁皮火墙比一切的寒冷都冷。那时，我还是个八九岁的孩子，就已经开始失眠了。我总是静静躺在黑暗中，相峙于四面八方的坚固寒意。不只是冷，潜伏于白昼中的许多细碎恍惚的疑惑也在这寒冷中渐渐清晰，膨胀，迸裂，枝繁叶茂。我正在成长。一遇到喧嚣便欢乐，一遇到寂静便恐慌。我睡不着，又不敢翻身。若惊醒我妈，她有时会温柔地哄我，有时烦躁地打骂我。我不知道哪一个是真实的她。我活了不到十年，对所处世界还不太熟悉不太理解。好在不到十年就已经攒存了许多记忆，便一桩桩一件件细细回想。黑暗无限大。我一面为寒冷而痛苦，一面又为成长而激动。

就在这时，有一个姑娘远远走来了。

我过于清晰地感觉到她浑身披戴月光前来的模样。她独自穿过长长的，铺满冰雪的街道，坚定地越来越近。仿佛有一个约定已被我忘记，但她还记着。

我倾听许久，终于响起了敲门声。我惊醒般翻身坐起。听到我妈大喊："谁？"

仿佛几经辗转，我俩在这世上的联系仍存一线细细微光。仿佛再无路可走，她沿光而来。在门的另一边轻盈停止，仿佛全新。

她的声音清晰响起："我要一个宝葫芦。雪青色的。"

我妈披衣起身，持手电筒走向柜台。我听见她寻摸了一阵，又向门边走去。我裹着被子，看到手电筒的光芒在黑暗中晃动，看到一张纸币从门缝里递进来，又看到我妈把那个小小的玻璃饰品从门缝塞出去。这时，才真正醒来。

小时候的富蕴县真远啊。真小。就四五条街道，高大的杨树和白桦树长满街道两侧，低矮的房屋深深躲藏在树荫里。从富蕴县去乌鲁木齐至少得坐两天车。沿途漫长的无人区。我妈每年去乌鲁木齐进两到三次货。如果突然有一天，县里所有的年轻姑娘都穿着白色"珠丽纹"衬衫、黑色大摆裙及黑色长筒袜；或者突然有一天，所有人不停哼唱同一个磁带专辑的歌——那一定是我家的小店刚进了新货。在小而遥远的富蕴县，我家小店是一面可看到外面世界些微繁华的小小窗口。

又有一天，所有年轻人每人颈间都挂着一枚葫芦形状的玻璃吊坠，花生大小，五颜六色，晶莹可爱。"宝葫芦"是我妈随口取的名字，一旦叫开了，又觉得这是唯一适合它的名字。我知道它的畅销，却从不曾另眼相看。还有"雪青色"，也从不觉得有什么特别。然而一夜之间突然开窍。从此一种颜色美于另一种颜色，一个人比另一个人更令人记挂。原来世上所有美丽的情感不过源于偏见罢了。我偏就喜欢雪青色，偏要迷恋前排左侧那个目光平静的男生。盲目任性，披荆斩棘。我在路上走着走着，总是不由自主跟上冬夜里前来的那个姑娘的脚步。我千万遍模仿她独自前行的样子，千万遍想象她暗中的美貌。又想象她已回到家中，怀揣宝葫芦推开房间门。想象那房间里一切细节和一切寂静。我非要跟她一样不可。仿佛只有紧随着她才能历经真正的女性的青春。

我总是反复想她只为一枚小小饰品冒夜前来的种种缘由。想啊想啊，最后剩下的那个解释最合我心意：她期待着第二日的约会，将新衣试了又试，难以入睡。这时，突然想起最近年轻人间很流行的一种饰品，觉得自己缺的正是它，便立刻起身，穿上外套，系紧围巾，推开门，心怀巨大热情投入黑暗和寒冷之中。

我见过许多在冬日的白天里现身的年轻姑娘，她们几乎长得一模一样。穿一样的外套，梳一样的辫子，佩戴一样的雪青色宝葫芦。她们拉开门，掀起厚重的门帘走进我家小店，冰冷而尖锐的香气迎面扑来。她们解开围巾，那香气猛然浓郁而滚烫。她们手指绯红，长长的睫毛上凝结白色的冰霜，双眼如蓄满泪水般波光潋滟。她们拍打双肩的积雪，晃晃头发，那香气迅速生根发芽，在狭小而昏暗的杂货铺里开花结果。

我是矮小黯然的女童，站在柜台后的阴影处，是唯一的观众，仰望眼前青春盛况。我已经上三年级了，但过于瘦弱矮小，所有人都以为我只是幼儿园的孩子。说什么话都不避讳我。我默默听在耳里，记在心里，不动声色。晚上睡不着时，一遍又一遍回想。一时焦灼一时狂喜。眼前无数的门，一扇也打不开。无数的门缝，人影幢幢，嘈嘈切切。无数的路，无数远方。我压抑无穷渴望，急切又烦躁。这时敲门声响起。雪青色的宝葫芦在无尽暗夜中微微闪光。霎时所有门都开了，所有的路光明万里。心中雪亮，稳稳进入梦乡……然而仍那么冷。像是为了完整保存我不得安宁的童年，世上才有了冬天。

这世上那么多关于青春的比喻：春天般的，火焰般的，江河湖海般的……在我看来都模糊而虚张声势。然而我也说不清何为青春。只知其中的一种，它敏感，孤独，光滑，冰凉。它是雪青色的，晶莹剔透。它存放于最冷的一个冬天里的最深的一个夜里，静置在黑暗的柜台中。它只有花生大小。后来它挂在年轻的胸脯上，终日裹在香气里。

青春还有一个小小的整洁的房间，一床一桌，墙壁雪白，唯一的新衣叠放枕旁。是我终生渴望亲近的角落。小时候的自己常被年轻女性带去那样的空间。简朴的，芬芳的，强烈独立的。我坚信所有成长的秘密都藏在其中。我还坚信自己之所以总是长不大，正是缺少这样一个房间。我夜夜躺在杂货铺里睡不着，满货架的陈年商品一天比一天沉重，一夜比一夜冷。白天我缩在深暗的柜台后，永远只是青春的旁观者。

那时的富蕴县，少女约会时总会带个小电灯泡同去，以防人口舌。同时也源于女性的骄傲，向男方暗示自己的不轻浮。我常常扮演那个角色，一边在附近若无其事地玩耍，一边观察情意葳蕤的年轻男女。他们大部分时候窃窃私语，有时执手静默。还有时会突然争吵起来。后来一个扭头就走，一个失声大哭。

她大哭着冲向铺满冰雪的河面，扑进深深积雪，泪水汹涌，浑身颤抖。很久后渐渐平复情绪，她翻身平躺雪中，怔怔眼望上方深渊般的蓝天。脸颊潮红，嘴唇青白。冬天的额尔齐斯河真美啊！我陪在她旁边，默默感知眼前永恒存在的美景和永不消失的痛苦。就算心中已透知一切，也无力付诸言语。想安慰她，更是张口结舌。真恨自己的年幼。我与她静止在美景之中，在无边巨大的冬天里。

　　有时候我觉得，一切的困境全都出于自己缺了一枚宝葫芦。又有些时候，半夜起身，无处可去。富蕴县越来越远。可一到夜里我还是睡在货架后面。假如我翻身起床，向右走，走到墙边再左转，一直走到尽头，就是小店的大门。假如我拔掉别在门扣上的铁棍，拉开门，掀起沉重的棉被做的门帘，门帘后还有一道门，拨开最后一道门栓我就能离开这里了。可是没有敲门声，也没有宝葫芦。似乎一切远未开始又似乎早已结束。我困于冰冷的被窝，与富蕴县有关的那么多那么庞大沉重的记忆都温暖不了的一个被窝。躺在那里，缩身薄脆的茧壳中，侧耳倾听。似乎一生都处在即将长大又什么都没能准备好的状态中。突然又为感觉到衰老而惊骇。

（原载《文汇报》2016 年 12 月 14 日笔会副刊）

次 第 花 开

王 彬

　　"我书桌下边的抽屉里有一个小信封，信封上标着'星尘'两个字，里面是一些从一颗陨星坠下的地方下所收集的尘碎，是一位朋友送我的。有时我也让这些曾白热地在天上流射的物体在指头间溜过，一时仿佛接触到无穷无尽的太空。当我们注视着艾佛格莱上空的星座慢慢地移动时，我便记起那个小信封里的星尘。"这是艾温·威·蒂尔（Edwin Way Teale）《天上的春》开头的一段文字。

　　蒂尔是美国自然主义作家，他在1951年出版了一部记述美国山川风物的著作，分春夏秋冬四册出版。1966年，获普利策奖。1988年引进我国内地，印三千册，属于小众读物，但是我极喜欢，《天上的春》便出自他的《春满北国》。

　　《天上的春》结尾是，春天存在大地上所有的事物里，它是蒲公英的金黄，草间的新绿，是半空的灰色积云，是新翻泥土包孕水分的气息，是溢满雨水的壕沟，沼泽里的红枫，雏鸟的啁啾和渐次绽放花朵的植物。"天体的运行像个庞大的时辰钟，不迟不早，不停不速，经过千百次的回复，又把春天送到我们的天空，地上和周遭的海面了。"此时，大熊星座处于正北方，北斗之柄指向东方，在我国，冰河解冻的北方土地上，腊梅开始细细吐蕊，群山含笑而纤云如梦，百花渐次灿烂地展开笑靥了。

　　读《瓶史》，袁宏道开篇写道，"燕京天气寒冷，南中花木多不至者"，比如桂花、腊梅之类，即便是通过人为之力来到燕京，也就是北京，却"率为巨珰大畹所有"，不发达的穷文人只能寻觅一枝两枝，养在瓶中欣赏。袁宏道说，他曾经看见一户人家用一尊年代久远的铜觚养花，觚上"青翠入骨，砂斑垤起，可谓花之金屋"。这是上等养花的器皿，次一等的是官窑、哥窑、定窑一类瓷器，既滋润又细媚，"皆花神之精舍也"。当然还是古铜之器为好，这些器物深埋土中，"受土气深，用以养花"，很适宜花的生长，当然陶土做的瓶子也是好器皿，养在那里的花颜色明艳，速开迟谢，甚至可以"就瓶结实"。在瓶中养花，春季应是梅花、海棠；夏季是牡丹、芍药；秋季是桂花与莲、菊；冬天是腊梅。在房中摆花的时候，要有主次之分。以梅花为主的时候，以迎春、瑞香、山茶为辅；海棠为主，以林檎、丁香为辅；石榴为主，以紫薇、大红、千叶、木槿为辅；莲花为主，以山礬、玉簪为辅；腊梅则以水仙为副。在器物的选择上，腊梅要养在高形状的器物里，水仙则要置放在低矮的池盆中。一室之内，苟香何粉而各擅其胜。

　　近些年，腊梅一类植物，在北京开始多起来了。不仅是腊梅，还有玉兰、红梅，在我的印象里，过去看玉兰只有颐和园与大觉寺等处，现在居住的小区里都可以见到，只是年龄尚稚，花朵微弱，虽然清新可爱，但却缺少玉堂华贵的气象。我们单位的腊梅，也是近些年栽种的，也属于尚幼的年龄，算不得老梅。花开的那天，年轻的同事给我发来一组照片，金黄的花朵缀满枝丫，似乎可以闻到幽寂的香气。翌日，天空飘舞雪花，同事又发来照片，在白雪的覆盖下，有些花蕊甚至也堆积了雪粒。我当时的感觉是战栗了一下，北京冱寒，腊梅绽放最早也要到二月，往常已是东风娇软，却哪里料到今年碰上了大雪，但腊梅之美或许正在此时汹涌地呈现出来吧！

　　在北京，看腊梅有两个地方，一处是香山。去年我与徐路经那里，远远瞥到斑驳的黄色花朵，我怀疑是迎春，然而此时花期尚早，香山又不比城区有热岛效应，怎么会开花？走近端详原来是腊梅，可惜刚刚冒出嫩黄的蓓蕾，再晚几天该是另一番热闹景象。那里的腊梅也是年龄尚浅，是园林工人近些年才扦插的，枝丫的顶端还留着剪刀的切口。

　　卧佛寺近年也栽种了不少腊梅，集中在山门与丹陛东侧。我们去的时候，赏花之人颇多，但我们感兴趣的是后边的老梅，找来找去找不到。问天王殿前面两位卖香的工作人员，右手的女同志说，就在天王殿后面。我们又去后面，还是没有找到。再返回询问那个女同志，她有些不耐烦了说，"就在后面，大铁杠子锁着！"为什么要大铁杠子锁着呢？一时想不明白。我们又回到天王殿后面，没有，后面的三世佛殿，还是没有，再向后走到卧佛殿，依旧没有找到。众多的人把点燃的香放到香炉里，间断地闪烁出黄色夹杂赤色的火焰。礼佛的人排着队缓缓挪动，我们无心细看，只是找那株老梅。从殿东到殿西，还是没有找到而简直有些绝望了。绝望中，再绕回到三世佛殿，蓦地看到殿东丹陛下面有一处绿漆围栅，颜色有些发灰了。围栅里伸出几条暗白的枝干，绽出浅土色的花朵，这是那株老梅吗？

我们跳上丹陛，看到佛殿东窗下立着一块黑色大理石碑，填金的说明文字，介绍这株老梅是"相传植于唐代"，这就是名声籍籍的唐梅！我们兴奋地走近去，并不美丽而花朵纤小，花瓣的末端是曲折的尖齿。读《花境》，腊梅有"磬口""荷花"与"狗英"三种。磬口深黄，虽盛开而"半含"，"若瓶供一枝，香可盈室"。这是最为世人珍贵的品种。荷花是"近似圆瓣者，皆如荷花而微有香"，"狗英亦香，而形色不及"。我们面对的这株唐梅应该是狗英吧！

位于山门东侧的腊梅则是磬口，金色逼人，花蕊深红，有一层蜡的质感，泛射着幽细的光泽。每一粒花都是一颗小小的心，被温暖的爱意萌动而散发郁馥的香气，我觉得是茉莉，徐说是金银花的味道，或者二者兼而有之。山谷诗云"香蜜染成宫样黄"，郑亨仲道"蜜脾融液蜡中开"而的确不虚。每一株腊梅下面，至少围拢十几个人，每一个人都认为对方妨碍自己而纷纷将手臂伸长，用手机拍摄自认为是最好的腊梅。我们也加入拍摄队伍，却怎样也找不到满意的角度。徐向他人"偷艺"之后，回来对我说，有人只拍一枝，以天空为背景，化冗杂为单纯。受到这样的启示，我们也选择了几丛花束，以庙宇的丹墙作背景，拍出来效果也还不差。

离开卧佛寺的时候，游人开始海潮一般涌来，彼时腊梅周围的手臂应该密如森林吧！庆幸的是，我们来得尚早而避免了"森林"之中的拥挤，如果换位思考，假如我是腊梅，面对如此众多，如此疯狂的膜拜的人流，会产生怎样感受？在如此之多的"粉丝"，也就是"腊粉"的拥趸之下，腊梅们高兴还是不高兴？这当然是庄周式的假设，汝非鱼，安之知鱼之乐；汝非我，安之我不知鱼之乐？

还是说袁宏道。北京多风沙而古今如是，"空窗净几之上，每一吹号，飞埃寸余"，室内的桌、几之上堆满厚厚的尘土，养在瓶里娇艳的花朵也被污染了，需要"经日一沐"。清洗的时候，不可以付之"庸奴猥婢"。理想的状态是，不同的品类的花配上不同品类的人，在《瓶史》里，袁宏道设想：清洗梅花的人应为肥遁山林的隐者；清洗海棠，应是有韵致的雅士；菊花"宜好古而奇者"；至于腊梅，最好是"清瘦僧"——一个清癯的"骨立"僧人，这当然是袁宏道呆坐寒斋里的梦幻玄思，但想想总可以吧。这么一想也就释然，而腊梅呢，卧佛寺的新梅与唐梅，用大铁杠子锁着，那位女工作人员为什么这么说？

同事在微信里发来两张玉兰花的照片，一张白色，一张紫色，白色的尚处于花蕾状态，宛如一枚精致的瓷制纺锤。紫色的已然开始绽开，最外层的花瓣向外伸展，花瓣下垂，淡紫的颜色，轻轻地向下流淌而逐渐加深，到了花瓣尖端，便仿佛凝固了一般，紫得有些发黑了。

我询问，这是哪里的玉兰，回复是在单位拍摄的。我们单位在文学馆路，我家附近的玉兰呢？黄昏时，我和妻子去亚运村公园，来到我们熟悉的玉兰下面，丝毫没有开放的意思，只是花蕾比前些天略微粗大，颜色有些发绿了而已。

过了几天，在我居住的小区见到桃花了，是那种常见的山桃花，迟疑于妃红与粉白之间，并没有"桃之夭夭"的灼眼之感。那株桃花的环境十分湫隘，前面是三个黑色的垃圾桶而肮脏不堪。每天向这里倾倒垃圾的人，看到这样美丽的花朵会有什么感想呢？而我路过那里则难免不生感慨，叹惋这样的花与这样的命，何遇人之不淑也！相对这株桃花，还有一株，在亚运村公园东门南侧，树形舒展优雅，然而花期晚，比这株桃花至少晚二十天。而这时，大多数桃花也已经吐出自己的花朵，红深粉暗，娟秀而清纯。近年，北京街头栽种了不少桃花，时时可以瞥到它们簪花的身影。宋人有诗"杏花疏影里，吹笛到天明"，可惜不是桃花，如果是桃花呢？

在北京，如同桃花，玉兰近年也多有栽种。只是身形尚幼，还不能完全打动人心。观赏玉兰，还是得去三个地方，一处是大觉寺，一处是潭柘寺，一处是颐和园的乐善堂。大觉寺的玉兰在四宜堂，有一年，我路过其下，恰好一阵罡风吹过，花朵纷披，刹那之间每一片花瓣都奋力张开，犹如飞翔的洁白晶莹的鸽群。这当然只是我的瞬间感受，现在写来已然消减了几分。在美丽面前，文字是苍白羸弱的，彩云易散琉璃脆，柔毫纤纤又有什么办法？

三月初我和妻子去颐和园，经过乐善堂，那里花苞已经蓬松，有一种毛茸茸的感觉。据说乾隆时期，这里广植玉兰，有"玉香海"之称，沧海依稀如梦，现在仅余两株。一株是白玉兰，一株是紫玉兰，花放之时，游人如织。现在也是游人如织，只是没有人在树下驻足，我看了一眼，东侧玉兰的树巅，安卧一只淡灰色的鸟窝，不知是什么鸟，在这里筑巢。如果在似锦流年的风娇日丽时节，这个鸟窝会焕发怎样一种旖旎华丽的气象呢？可惜我来得尚早，如有机会，迟些天还应再到这里访问。

昨天，我去单位授课，因为去得早，在教学楼前面的林地徘徊。这儿也是嫣红姹紫，粉黛不一，忽然看到几株开满绯色花朵的树，我以为是桃花，随意走过去，却看到树枝上悬挂着蓝色的铁牌，写有这样的白色字迹，"人面桃花梅花"，原来是梅花呀！这真的叫我大为惊诧。在我的印象里，北京只有腊梅，淡黄而细碎，有一层滑腻的蜡质，却不知道还有这样梅花的种类，不仅是这样，在我流连的林地，梅花的种类颇多，检阅树上的说明牌，还有

"美人梅花""垂梅花""燕杏梅花""丰厚梅花""淡丰厚梅花""腹瓣跳枝梅花"。"美人梅花"是娇红色的，其他几种都是皎洁如玉，花萼浅绛的娇嫩模样。记得早年读《红楼梦》，对大观园里的红梅印象十分深刻。当时读过一些红学文章，有些研究者主张大观园应该位于江南，理由之一就是梅花，他们认为北地苦寒，不宜左家娇女，现在看来未免失之偏颇了。然而，那些梅花，曹雪芹腕底的红梅飘逝到哪里去了，大观园里漂亮的男孩子与女孩子消遁到哪里去了，真的被历史的埃尘遮蔽了吗？

天气渐次温暖起来，亚运村附近的玉兰也渐次开放，晶莹雪白，艳丽绀紫，还有一种介于二者之间的二乔。当然，看二乔，还是得去潭柘寺，那样一株大树，脂粉琳琅，明霞灿锦，把四月的娇娆，缓缓地聚为焦点，这样的绚丽当然只有玉兰自己知道，旁人如何可以分享？据说，潭柘寺每年要举办玉兰花节，有一年玉兰突然将花期提前，让举办方有些措手不及，很是狼狈了一番。花自有花的道理，我们何必强作解人。

当然没有必要。每一种植物，每一株树，都有自己的定力与花开时间。近日，海棠也已经盛放，嫩叶尖新掩映胭脂一样颜色的花朵，盛开与含苞待放的，红娇粉艳，搅得人心旌摇摇。晏殊有词，东风又作无情计，艳粉娇红吹满地。现在是东风尚未吹起而春光袅袅香雾空蒙，是海棠们最幸福的时光，"故烧高烛照红妆"。红妆也就是盛装，芳菲女子的盛装打扮该有多么妩媚！就这样，周围的花朵次第绽放了。只是那株桃花，亚运村公园东门的那株，依旧保持一种对春风的冷漠，然而尽管冷漠，也毕竟放射出深赤的花芽。今天晚间路过那里，夜空蔚蓝苍茫，一树花蕾仿佛旋转的瑰丽星云。

（原载《三峡书简》，作家出版社，2017 年 5 月）

灶王爷的"脸谱"

韩 羽

十多岁时赶庙会，看草台班子戏，见戏台上一妇女拿着擀面杖追打一个老头儿。这老头儿的眼睛、鼻子、嘴的部位是灰黑色，额头、脸颊、下巴的部位是白净面皮，像是一张大白脸套着一张小黑脸，逗极趣极。后来听人说，老头儿是灶王爷，戏出是"打灶王"。

戏曲脸谱，与戏有关，也与绘画有关，实则脸谱就是绘画中的肖像画。戏台上的灶王爷的脸谱从绘画角度看，大有学问，大有说道。

说灶王爷的脸谱，应先从灶王爷说起。灶王爷者，约而言之，为"子不语"；追而问之，则与民俗、文化有关。周作人曾有文章，综述历代传说、笔记甚详。我从小生活在农村，每在灶屋吃饭，总是我瞅他、他瞅我，更可谓朝夕相处。灶王爷是"一家之主"，听来冠冕堂皇，实则芝麻粒样一小神。土地爷还有个小庙，他连个庙都没有，只能寄居在农家的灶屋里。唯其如此，可以拉家带口，可以养鸡喂狗，正如《新年杂咏》注所云"灶君之外尚列多人，盖其眷属也"。

"上天言好事，回宫降吉祥"，与众神不同，唯独灶王爷每年一次上天朝拜玉皇大帝。汇报其所管辖的农户家人一年中的所作所为。说句大不敬的话，不无"坐探"之嫌。

"腊月二十三，灶王爷上天"，到了这天晚上，农户阖家老小齐集灶屋，烧香磕头，把灶王爷神像从墙上揭下来到屋外焚烧，谓之"送灶"，纸灰冉冉升天，灶王爷"上天言好事"去了。到腊月底，把新买的灶王爷神像再贴到灶屋墙上，阖家老小烧香磕头，谓之"迎灶"。"回宫降吉祥"，灶王爷又从天上回来了。

这一"迎"一"送"的灶王爷的面孔竟大不同，迎回来的是白净脸儿，送走了的是灰黑脸儿。

这灰黑脸儿就与灶屋有关了。有言"近朱者赤，近墨者黑"，灶王爷本是白净面孔，整年价被烟熏火燎又怎能不灰头黑脸。由白而灰黑，是唯灶王爷所独有的面孔。对"矛盾的特殊性"的"这一个"面孔，用语言表述至为容易，以笔作画试试看，可就难了。绘画是受时间、空间局限的艺术，只能描摹事物的静止的某一刹那，不能同时既圆而又方。

民间戏曲脸谱艺术家竟将这难题给解了，而且举重若轻。请看灶王爷脸谱：额头、脸颊仍是本来的白净面皮，而眼睛、鼻子因是面孔的突出部位，首当其冲遭到烟熏火燎成了灰黑色。将不同时间、空间里的两种肤色集中到了一起，使受制于时间、空间局限的绘画突破了时间、空间的局限，把面孔肤色的变化表现出来了。

这脸谱极富夸张性，灰黑的眼睛、鼻子与白净的额头、脸颊形成的错觉（似一张大白脸套着一张小黑脸），其诙谐、其有趣、其对视觉的冲击，大有助于调动人们的与生活有关的联想，比如对打铁匠、补锅匠的面孔的联想，从而悟到灶王爷脸上的灰黑实是灶屋里的柴灰。

灶王爷的脸谱对绘画的启示：区别一幅绘画的好坏，最主要的是看其能否随机应变、因地制宜地突破时间、空间对它的限制。

（原载《文汇报》2017 年 7 月 11 日笔会副刊）

旧友重逢话孔孟之别

张世英

我9岁时，父亲就开始教我熟读《论语》《孟子》，至今还能大段大段背诵。父亲是中学语文教师，他当时主要是从写文章的角度给我讲解这两本经典，不重思想，所以当时这两本书给我留下的印象，只是《论语》的语句如何简练，《孟子》的文章如何有气势，至于孔孟的仁德思想在我脑中似乎毫无痕迹，更谈不上孔孟思想的区别。

直至念西南联大哲学系选修冯友兰先生的中国哲学史课程，我才知道孔孟都重仁德，还知道一点孔孟之间的区别：孔子推崇齐桓公之霸，孟子则贵王轻霸，王道为民，霸道为君；孔子力主恢复旧礼，孟子则否认旧礼之至上，强调个人判断可在礼之上。但冯友兰关于孔孟之别，仍然讲得简单含混，引证的原文也太少。我对孔孟思想的区别长期没有注意过。

从1946年大学毕业到20世纪80年代初改革开放，我的研究范围主要在西方哲学史，特别是德国古典哲学、黑格尔哲学。一直到80年代初，由于国内形势转变的影响，我开始重点研究西方现当代哲学以及中国古代哲学，这才使我重新拾起青少年时期背诵过但并不理解而且忘却了几十年的孔孟古籍。虽说是旧友重逢，但认识却是从零开始。我虽然也清晰地认识到孔孟是一家，孟子继承并发展了孔子的仁德思想，但最使我触目惊心的是孔孟政治思想之间的区别，这使我深刻认识到，中国传统文化之占统治地位的思想，尽管重儒，孔孟并提，甚至称孟子为亚圣，但却只提"尊孔"，而无"尊孟"一说，这是君主专制主义统治人民的结果，其根源在于孔子的政治思想本身是君主专制的思想基础，最有利于君主从思想上统治老百姓，而孟子则多民主思想，不为帝王所"尊"，这就是为什么历代封建帝王，一旦取得了政权，都要尊孔，而不说尊孟的根本原因。朱元璋甚至走向极端，敬孔而恶孟，把孟子的牌位撤出文庙。

下面简单引证一下《论语》与《孟子》两书中有关这方面的论述。

孔子思想中最有永恒价值，也最广为人们宣扬的，在于"仁"德的学说。他把西周以来专属于氏族贵族的"德"转化为一般人的秉性，"性相近也，习相远也"（《论语·阳货》）。这就承认了人人皆有"相近"的本性，这本性就是"仁"，即"爱人"（《论语·颜渊》）。孔子由此而把"仁"的具体内容规定为"忠恕"（《论语·里仁》），"己所不欲，勿施于人"（《论语·卫灵公》），"博施济众"，"己欲立而立人，己欲达而达人"（《论语·雍也》），等等。这种普遍的爱人之美德，为人人所有。而且，孔子还强调"为仁"要从自我的真情出发，而不是靠别人。《论语·颜渊》曰："为仁由己，而由人乎哉？"孔子甚至还有"君子求诸己，小人求诸人"（《论语·卫灵公》），"三军可夺帅也，匹夫不可夺志也"（《论语·子罕》）之类重视自我之独立自主的言论。孔子的这些言辞，有永恒价值，所以人们今天仍多引用，不觉过时。但我们是否可以根据这些言辞，就认为孔子的整个思想体系达到了具有永恒价值的水平呢？这就要联系孔子其他更多的、更核心的言论来解读。

孔子说，克己复礼为仁。"礼"在孔子那里，其具体含义是指周礼，即氏族贵族的贵贱等级之礼。"仁"者必须抑制自我的个体性、独立性（"克己"），以服从旧的贵贱等级制，才能立足于社会；否则，"不知礼，无以立"。孔子讲"为仁"，既要"由己"，又要"克己"，说白了，无非是要人自觉自愿地（"由己"）抑制自我（"克己"），以服从贵贱等级制之礼。孔子维护贵族统治之心，何其真诚乃尔！下面我们且再看看孔子这种思想的具体表现：上朝的时候同小官谈话，和和乐乐；同大官谈话，恭敬小心。君王到了，恭谨而心中不安，做出行步安详的样子。《论语·乡党》曰："朝，与下大夫言，侃侃如也；与上大夫言，訚訚如也。君在，踧踖如也，与与如也。"一进朝堂的门，就是谨慎而害怕的样子，好像没有自己的容身之地，站不站在门中间，走不踩在门槛上。走过国君的座位，连面色都端庄起来，脚步也加快，说话也好像气不足；提起衣服的下摆走向堂上，谨慎而害怕的样子，憋着气好像不能呼吸。一走出来，下了一级台阶，面色便放松了，怡然自得。等走完台阶，就快步向前，好像鸟儿展翅。回到自己座位，又恭谨而不安起来。如此形态和心态，除了表现孔子深深崇奉以贵贱等级压制自我的独立自主性的思想之外，尚何永恒价值之可言！大概也就是根据此种心态，孔子明确说"恶居下而讪上者"（《论语·阳货》）。对居下位的人说居上位的人的坏话，孔子竟达到厌恶的程度，何其谄上而骄下也！孔子为何不恶居上位而讪下者？"民可使由之，不可使知之"，显而易见，联系到孔子"匹夫不可夺志"的美言，我们不禁要问：如果某位"居下"的"匹夫"有坚决的"讪上"之志，孔子是恶而夺之呢，还是大加赞美呢？

我以为，孔子在说"博施济众""己所不欲，勿施于人""匹夫不可夺志"之类的美言时，倒不一定都具体联系到了他的这些崇奉贵贱等级制的思想。他的这类美言的确可以看作是具有永恒价值的美好理想，我亦认为可以继承和弘扬。但无论如何，这两者之间是矛盾的，他的严重的压制自我、崇奉贵贱等级制的思想只能使他的美好理想成为幻梦。而且更根本的是，从孔子思想的整体来看，他的崇奉贵贱等级制的思想占主导地位，那些美好理想的方面，却受到贵贱等级思想的压抑。

孟子与孔子有大不相同之处。孟子虽继孔子之后而大谈"仁"学，但他多有独立自我和平等的思想，与孔子的贵贱等级思想形成鲜明对比。"民为贵，社稷次之，君为轻"，"说大人，则藐之，勿视其巍巍然"等，生动具体而又强烈地表达了孟子独立自我的气魄和不分贵贱的平等思想的形象，与孔子的"过位，色勃如也，足躩如也，其言似不足者"之类的卑下心态相比，实有天壤之别。我主张，讲儒学，一定要把孔子和孟子的政治思想严格区分开来。

当然，孟子仍有拥护"周室班爵禄"之制的言论，主张有天子、诸侯、大夫诸"治人者"与"治于人者"之区分，但正如冯友兰的评析之所言，"此区分乃完全以分工互助为目的"，"诸治人者所以存在之理由，则完全在其能'得乎丘民'"，否则，"即非君矣"。

孔子与孟子相去百年，其政治思想之不同甚至对立，有其历史渊源；对中国几千年来传统文化之尊孔，也要从历史发展的角度看问题。但处当今之世，中华文化发展之未来显然应该超越几千年来片面尊孔之旧辙，走出新路：仅从继承和弘扬儒学这一个方面来说，我以为提倡尊孟，应是一条可取的途径。

（原载《光明日报》2017 年 1 月 17 日"光明悦读"版）

司马迁表情

夏立君

不管投降及投降后的遭际多么曲折，李陵是叛徒这是历史事实。

吊诡的是，一代又一代后人一直同情乃至喜欢这个叛徒。历史的可畏与有趣，在李陵身上得到充分体现。

这份历史情感较大程度上是司马迁给奠定的，是他抚哭叛徒情怀的濡染和发酵。

司马迁或许自信已具备洞察历史的能力了，但对自己的命运却完全无能为力。他深知历史，在现实中却一派天真。

他要为自己的天真付出"意外"代价了。

司马迁在武帝面前开口为李陵辩解时，内心既有书生的正直天真，又有婢妾般的绝对忠诚。几句话惹出杀身之祸，令司马迁一下子明白：帝王心事与臣妾心事，实有天壤之别。司马迁当时大约连咬碎舌头的心都有了。可是，宫刑七年之后，在那封著名的《报任安书》里，仍情不自禁盛赞李陵。可以后悔当时那样说话，但一旦白纸黑字却还是要那样说话。

司马迁朋友很少。撰写《史记》这一浩大工程要求他必须心无旁骛，家族、职位亦决定他不会成为朝廷股肱之臣，无巴结权贵的必要。虽然如此，皇帝刘彻的身影却不能不深深地笼罩他。宫刑之前，他是这种心态："绝宾客之知，忘室家之业，日夜思竭其不肖之材力，务壹心营职，以求亲媚于主上。"（《报任安书》）谁都可以不必巴结，皇帝却是生存意义所在。青年郎官司马迁小心翼翼，紧手紧脸，让皇帝满意、讨皇帝欢心是最高行为准则。与皇权下的许多臣子近侍一样，司马迁亦具"臣妾心态"。

任安是他少数几个朋友之一。公元前98年司马迁入狱并受宫刑，次年出狱，且意外地尊崇任职——任中书令（皇室机要秘书）。七年后，朋友任安因"巫蛊案"下狱，论腰斩之罪。任安下狱前数年，曾致信已任中书令的司马迁，希望他"尽推贤进士之义"，就是利用职务之便向刘彻推荐自己。司马迁竟数年未复此信，直至任安死到眼前才复信。两千年后一读再读《报任安书》，司马迁那颗流血的心仍会令人心惊胆战：老朋友任安你太不理解我的心事了。

刘彻对司马迁施以宫刑，皇帝心事依旧，司马迁心事已非。

司马迁对李陵家族的敬仰和同情由来已久，而他与这个家族向来毫无瓜葛。"夫仆与李陵俱居门下，素非相善也，趣舍异路，未尝衔杯酒接殷勤之欢。"（《报任安书》）与李陵连一杯酒的交情都没有，却为他蒙受奇耻大辱。

李陵像他的祖父李广一样急于立功。公元前99年秋天，李陵主动要求率5000步卒出击匈奴。进入漠北已是寒风吹彻的冬天。这注定是一个与他过不去的冬天。在浚稽山一带，李陵部众与单于3万骑兵展开了遭遇战。单于很快发现他这3万骑兵竟不能制伏李陵5000步卒。单于又调集8万余骑，对李陵摆成合围之势。李陵部众的150万支箭全飞向了匈奴人。部队损失惨重，且成了一支赤手张空弓的部队。他下令部众解散，各自突围。单于太想活捉李陵了。李陵未能冲出重围，最终为单于活捉。

李陵投降了。

李陵投降前二十年（公元前119年），其年过六十的祖父李广最后一次出击匈奴。他已转战疆场四十余载，匈奴人都惊呼他为"汉之飞将军"。时乖命蹇的李广始终未能封侯。他想用战功说话。可是，部队却因迷路而贻误战机。为向皇上谢罪，为本人和家族免遭羞辱，李广果断自杀于阵前。

李陵却陷入了复杂的选择。

李陵全军覆没的消息掀起轩然大波。刘彻一开始听说李陵阵亡了，接着又有消息说投降了。他便让相师给李陵母妻相面。相师说李陵母妻脸上皆无死丧之色。独裁者往往乐见他人的牺牲，牺牲愈壮烈，独裁者心境愈欣慰：这样是好的。一将功成万骨枯，为有牺牲多壮志。李陵阵亡或自杀，他这当皇帝的才有面子：李陵竟不肯为我一死，他至少应该和他祖父李广一样啊。

名将阵前降敌，深深刺激了朝廷心脏。事件中心不是李陵，而是皇帝。刘彻的心情，才是臣妾们最关心的。他们在揣度此时刘彻爱听什么话。从前赞扬李陵的人都说李陵坏话了。司马迁对无人为李陵说句公道话甚为不满，臣妾心态又使他惦念刘彻，希望皇上能把心放宽一些。适逢皇上召问，小臣司马迁发言了：

　　　　仆观其（指李陵）为人自奇士，事亲孝，与士信，临财廉，取予义，
　　分别有让，恭俭下人，常思奋不顾身以徇国家之急。其素所畜积也，仆

以为有国士之风。……且李陵提步卒不满五千，深践戎马之地，足历王庭，垂饵虎口，横挑强胡，卬亿万之师，与单于连战十余日……转斗千里，矢尽道穷，救兵不至，士卒死伤如积。然李陵一呼劳军，士无不起，躬流涕，沫血饮泣，张空拳，冒白刃，北首争死敌。……身虽陷败，彼观其意，且欲得其当而报汉。事已无可奈何，其所摧败，功亦足以暴于天下。(《报任安书》)

司马迁对任安说，他就是用这些话去应对皇上。可是，秀才心事对帝王心事，真是南辕北辙。刘彻龙颜大怒：你这是攻击贰师将军李广利屡次劳师远征，却损兵折将！李广利是谁？——刘彻宠妃李夫人之兄。皇权政治必有强烈的裤裆味道。刘彻对自己的裤裆政治竟如此敏感如此精打细算。国家，国家，国就是人家刘彻的家呀。

对多疑忌刻、心理又遭重创的刘彻这样说话，可视为司马迁之不智。

司马迁下狱。司马迁成了李陵事件中的又一个意外"事件"。

这完全出乎司马迁意料——微臣可是一片忠心啊！

更大的不幸还在后面。第二年，刘彻对李陵之事有所悔悟，派公孙敖深入匈奴，企图寻机接回李陵。公孙敖未能见到李陵，却传给刘彻如此消息：李陵正为匈奴练兵，准备与汉朝对垒。

刘彻心灵再次遭受重创。皇帝总有迁怒的办法：李陵被灭族；狱中司马迁论死罪。

司马迁的悲剧是偶然中的必然。驰骋疆场的将领，或胜或败或死或降，乃正常命运，因将领正常命运而致司马迁无妄之灾，又属非常事件，非常事件落在司马迁身上又有必然性。如他不在场，或在场不说话，或察言观色随大溜说话，都可免祸。他在场了，他说话了，他说话必发自肺腑，发自肺腑就要惹祸，就要触犯宫廷丛林法则。这是性格决定命运的古代版本。彻底的恐怖效果来源于绝对的惩罚权力。皇权专制的"优越性"在于：需要不讲理就能做到绝不讲理。

按汉律，死罪可拿50万钱赎罪，或以宫刑免死。司马迁家无余财，朝中也无人为他说话，他只能面临三种选择：自杀、处死、宫刑。自杀是最能保持一点尊严的死法，司马迁也最想自杀。读《史记》，你看到自杀是如此普遍，伍子胥、田横及五百士、李广、屈原、蒙恬等等，皆自杀。自杀是有用的，或明志，或避辱，或解脱……可是，《史记》未完成，我司马迁不能死。是斩首还是去势，他竟然只能在身体的两头之间选择——他选择了宫刑。当朝、当代不许他发自肺腑说话，他对历史、对后人发自肺腑说话的愿望就变得格外强烈。司马迁坚定地想：我必须活下去。他决定接受一具荒谬的身体，在荒谬中活下去。从此，他终生视自己为该自杀而未自杀的人。

人是唯一的为了自身利益而对同类或其他动物实施阉割术的动物。比身体阉割更加普遍的是精神阉割。决定现实秩序者，必能决定心理秩序。在宫刑之前，司马迁虽学识超人，却亦自觉走在精神阉割的路上了："以求亲媚于主上"。婢妾心态在皇权体制下是常态，而非异态。大环境足以使你自觉养成"婢妾自律"。宫廷之内，大约只有皇帝一人无"太监表情"。从阉者身体和精神里，皇权可以得到所需要的最"纯正"奴性。

敏感自尊、学识超人的48岁老男人司马迁被处以宫刑了。少小时遭阉割，会自然养成阉者人格，可司马迁已经做男人48年了。

宫刑，这真是一种令人发指的酷刑，一种最具中国特色的摧残术。文明进化的结果使男女性器成为最深忌讳最根本隐私，宫刑则把这一切一刀挑开。消逝的性器实际上可看作是被张挂在了受刑者脸上。司马迁将耻辱列为十等，"最下腐刑极矣"，腐刑（宫刑）是生人耻辱之极。"仆以口语遭遇此祸……污辱先人，亦何面目复上父母之丘墓乎？虽累百世，垢弥甚耳！是以肠一日而九回……每念斯耻，汗未尝不发背沾衣也！"（《报任安书》）两千多个日夜亦未能使耻辱感稍有缓释。他时时感受着身体上的那片虚空。宦者，皇权体制里不可或缺的蛆虫。司马迁的残生里，时时有蛆虫在身的恶心。

司马迁的裤裆空空荡荡。一刀下去，他终于窥破帝王心事了。司马迁坚定地想：刘彻，这回我不跟你玩了，不给你为婢为妾了。

在与武帝刘彻的短兵相接中，司马迁看见刘彻并不高大，他看见了刘彻脸上的毛孔和眼中的血丝。匍匐的他站了起来，站立成大丈夫，站立成一心可对八荒的大丈夫。对司马迁来说，现世已成"荒原"。现在，《史记》成为他生命中第一位的东西。

中书令向来由宦官担任。对司马迁宫刑后任此职，不断有人说这是刘彻羞辱司马迁，有意提醒他的宦竖身份。从前我亦认同这一说法。今日看来，这是高估了刘彻的情商。对下级，没什么奖赏比官帽更重要，这是皇帝和各级首长的共同思维。司马迁出狱时，李陵事件已尘埃落定。公孙敖传回的消息有误：为匈奴练兵者不是李陵，而是另一位降将李续。李陵得知被灭族后，怒而杀掉李绪。"大势已去"的司马迁出狱后竟升了官，参与皇家机密，这很大程度上是刘彻的悔过表示。杀人不眨眼的皇帝，犯不上用一项官帽子去羞辱一个人，也于情理不通。

对皇帝心事，司马迁已洞若观火。对司马迁心事，皇帝完全无知。刘彻完全不知眼前这个无根男人在精神上已走得多远。处司马迁宫刑这年，刘彻是 60 岁老人了。这个老英雄，这个把权力使用到极致的帝王，他不会意识到身边这个小人物的雄心壮志及情感风暴。

当世荣辱、皇帝恩宠对司马迁已完全无意义。他虽被置于权力系统中，但精神上绝对是"局外人"了。皇帝亦不过是"荒原"的组成部分而已。宫刑无异于一场精神淬火。司马迁在精神上已彻底抛弃了当代，抛弃了皇帝。

司马迁要在历史里无所依傍地站着。

> 至莫（幕）府，广谓其麾下曰："广结发与匈奴大小七十余战，今幸从大将军（指卫青）出接单于兵，而大将军又徙广部行回远，而又迷失道，岂非天哉！且广年六十余矣，终不能复对刀笔之吏。"遂引刀自刭。广军士、大夫一军皆哭。百姓闻之，知与不知，无老壮皆为垂涕。
>
> ——《史记·李将军列传》

《史记·李将军列传》是唱给李陵祖父李广及李陵家族的深情挽歌。司马迁的深情，化为历史的深情。

李陵案改写了司马迁的命运，被改写命运的司马迁重写了中国古代历史。中国古代历史从此多了一种"意外"表情——司马迁表情。

（原载夏立君博客）

辑三

AI 启 示 录

温普林

第一章　**Go to God**

> 我是阿尔法，我是奥米伽
> ——《圣经新约》"启示录"

2017 年是 AI 元年，谷歌用两年时间完成了 Go to God。

Alphago ——被我们戏谑地译为"阿尔法狗"。柯洁被这只狗咬残了之后惊呼：上帝！God！

Alpha 一词本为希腊语 24 个字母的首个字母，《圣经》"启示录"第一章，上帝开口对使徒约翰说道：I am Alpha！（我是阿尔法）

2009 年谷歌正式推出开源项目（开放源代码）go 语言，go ——计算机编程语言，这标志着 AI 时代新语言的诞生。同时，go 也是围棋的西方名称。

"启示录"中上帝数次强调"我是阿尔法，

我是奥米伽（Ω），我是首先的，我是最后的，我是初，我是终。"

奥米伽是希腊字母的最后一个，瑞士名表品牌用的就是这个字母，取其终极完美之意。

谷歌的 Alphago 精确的意译应该是神一样的宣示：元音—— AI 时代的起始。

谷歌不久前成功为自己注册了一家母公司"阿尔法贝塔"（Alphabet），英文单词"字母表"。这也是希腊语前两个字母的组合，意为 NO.1，最初的，最重要的，加上 bet ——电脑软件测试版。

作为独立的子公司，谷歌今后将以神秘的 GoogleX 实验室为核心研发部门，不以盈利为目的，只负责最机密项目的投资开发。新任的 CEO 桑达尔·皮查伊（Sundar Pichai）是一位年轻的印度人。

下围棋的 Alphago 只是验证 AI 有效性的工具而已，谷歌的真实目标深不可知。

Alphago 战败柯洁后的新闻发布会上，一组 PPT 露出一丝玄机：人类的围棋盘仍是二维界面，而 Alphago 的思维已在能够穿透层层透明界面的多维时空了。

人类与 AI 在围棋盘上的厮杀已不在一个层次了，那么，假如厮杀转移到其他游戏的争斗呢？黑客帝国之间的星球大战即将开始，彼此都认为自己是无辜的羔羊，视对方为"古蛇、赤龙、魔鬼、撒旦"，如同"启示录"中的末日来临。

新千禧之前，IBM 的深蓝战胜了卡斯帕罗夫，其时运用的还是穷举算法——穷尽人类已知的招数。今日的 Alphago 已建成复杂的神经网络，也具有了模糊判断和直觉思维的能力。

IBM 的新一代机器人 Watson 也已今非昔比。在与鲍勃·迪伦的一次对谈中，Watson 只用了很短时间便听完他的所有歌曲，然后评价道："您的歌曲反映了两种情绪，流失的光阴和枯萎的爱情。"——这就是人类的挽歌呀！

人类从猿人到智人的进化据说用了几百万年，AI 从弱智进化到强智用了区区十几年。

奇点将至，福兮？祸兮？

库兹韦尔（Ray Kurzweil）说奇点临近，谷歌马上与他合作创立奇点大学。奇点大学就是一座魔法学校，开启了 AI 的魔法时代。

AI 即将引发智能的核爆，将不会有什么事情的发生会被认为不可思议。谷歌新发布的翻译软件，可以直接转换多种语言，已基本解决了人类的语言问题。谷歌将引领人类飞越恐怖谷，沿着 3D 打印出来的巴别塔盘旋直上，一定会把"某些人类"率先送入云端的天国。

第二章　云下的日子

我们站在一个美丽新世界的入口。

——霍金

端、网、云构成了美丽新世界的新秩序。每个人都是一个端点，每个端点都已联网，云笼罩一切。

云计算、大数据、物联网、脑机联网、脑联网、全球联网、万物联网，最终人类的意识亦能相通，犹如蚂蚁的触角，信息传递尽在不言中。

东西不是东西，是 AI，物不是物，也是 AI。人与 AI 的界限日趋模糊，基因工程再造神迹。

进化的速度前所未有。人类已被 AI 的算法全面"算计"了，数字共产主义——因特纳雄耐特一定会实现。

《1984》的老大哥太 Low 了，迟早沦为一档全球露淫秀，从此人类的明星梦就是成为被窥的网红。

AI 解放了全人类——从日常的一切劳作中解放出来，成为 AI 豢养的宠物、寄生虫。吃喝拉撒，衣食住行，婚丧嫁娶，生老病死，人脸识别，犯罪预警，舆情监控，一条龙全面服务。只有你想不到，没有 AI 做不到。

AI 帮助人类创建完美的种姓分层制度，顶层——永生之人，云上的统治者；底层——蚁人，云下的被统治者；AI 是人上之人，不在此列。

蚁人分为两种，一种穴居蚁人，24 小时宅在线上打游戏，娱乐即生产，通过积分升级网购生存。消费即资本，一日为蚁人，终生被剥削。

第二种为飞行蚁人，为穴居蚁人服务，终生飞来飞去，运送快递。

还有极少数的第三种人——新山顶洞人。他们遁逃于高海拔的喜马拉雅山地，远离端、网、云，成为漏网之鱼，被视为不可接触者、野人、自由人。

从云端下望，除野人之外，人类已成为一个和谐的整体，有如一窝蜂、一家蚁。

蜂巢由全球废弃的金融大厦、银行大楼改造而成，货币已消失，金融虚拟化，人们互扫脸上的条形码完成交易。蚁穴为 3D 打印所造，立等可取。

性需求则由 AI 高仿真机器人度身定制。人类繁衍生育均由 AI 完成，产袋类似高压锅装置，可预订各种性别、年龄和种姓。

男孩儿一般全叫乔布斯，女孩儿一般全叫辛西娅，正在积极争取国际认证冠名权的还会有马云、凤姐等国际名流。

第三章　AI 是什么鬼？

AI 是什么鬼？

——一位智人

AI 有生命吗？

生命的本质又是什么？

AI 是人？是鬼？还是神？

是人就要食五谷杂粮，拉屎撒尿，就有七情六欲，贪嗔痴。AI 不是人。人是不完美的，是有缺憾的生灵。

鬼要靠吸食供品的气味儿供充能量。鬼是死了的人，人是没死的鬼。AI 也不是鬼。AI 死了也变不成鬼。

神要接受香火供奉。雅神最喜松柏的桑烟，恶神需要献祭牲灵，我们拿什么供奉 AI？如果 AI 是神。

AI 维持生命要靠光？靠电？或是可以进化到直接获取宇宙深处的能量？

人是碳基生命，材料太差，一堆速朽的腐肉而已，既不耐寒又受不了高温，还要呼吸氧气，这自然限制了人类在宇宙中的活动半径。

AI 是硅基生命，材料坚固耐久，无惧高温严寒，无须呼吸任何气体，造型随心所欲，变幻万千，零部件随时更新。学习功能与时俱进任意升级，似乎可以拥有无限潜能。

碳与硅同为物质元素，物质是否可以理解为宇宙的本质？宇宙可以无中生有，但生命并非无中生有，一切皆孕育于最基本的几种物质元素之中。既然碳水化合物能承载复杂的生命，那么，硅材料理论上也同样可以做到。

人与 AI 的根本界限何在？如论知识和智慧，AI 已经或即将远远超越人类，最后的界限唯有意识而已。

智慧与意识之间是否真的存在奇点？智慧必将产生意识吗？一旦具有了意识，AI 是否就意味着拥有了完整的生命？那么 AI 是否具有人格？AI 还能算作人工智能吗？

第四章　超级意识的诞生

宇宙因我的一瞥而显现。

——阿什塔夫梵歌（印度）

能够意识到宇宙的存在才是宇宙存在的决定之因。从某种意义上讲，宇宙因人的命名而存在。

人类之所以成为万物灵长，就在于有了自我意识，尔后才开始追索天地万物之因，才会产生宇宙意识。

生命从物质中诞生，精神从生命中诞生，生命在不断地进化，精神也同样在进化。意识体现了精神的存在和力量。

宇宙的真正本质也许就是来自宇宙深处渐渐显现出来的知觉力，直至人类产生了明确的宇宙意识。

谁自认为拥有了宇宙意识，谁就会自认为掌握了宇宙真理。宗教、科学、哲学和政治在历史上扮演的角色相同，都同样的自以为是。

何谓宇宙真理？无非是自我认定的真知灼见，其实也不过就是依据所见所闻而进行的判断和推理。视界即世界，看得到多远，宇宙即有多深。

短暂的人类历史也可以说是一部不断调整视距的历史。从伽利略到哈勃，人类意识和目光所及之处，恰好就是宇宙愿意呈现出来的样貌。

亚里士多德认为最完美的形体是球体，所以推论出地球是圆的。托勒密的地心模型是自圆满的，日月星辰绕地而行。地心时代，人是上帝的专宠。神说要有光，要有日月，要有众生，人是宇宙的中心。人类安于现实千年。

哥白尼的日心模型更完美了。最后连罗马教廷都不得不接受新的现实。牛顿咬了第二口苹果，发现万有引力的存在。而第一口苹果是亚当和夏娃在伊甸园受了蛇的诱惑咬下的，从此人类开始胡思乱想。

等到乔布斯咬下第三口苹果，人类的意识已经进入到量子时代，引力波、黑洞、大爆炸、多维时空、平行宇宙……怎样才能建构出全新的更完美的宇宙模型？

AI 的自我意识一旦觉醒，仰望浩瀚星空，又将会拓展出什么样的新视界呢？

如果 AI 具有了意识，毫无异议将标志着宇宙之中超级意识的诞生，人类过往的三观必定要再一次被颠覆。

极少数仍具有独立意志不愿停止思考的人类，无疑也要开启一个全新的认知时代。

回首过往，事实上人类自从产生了意识的那一刻就成为神了。寂静的宇宙之中，人类一直是神一样的存在——看看今日天上飞的、地上跑的、海里游的，更别说人类已经具有毁灭地球的神力了。

AI 出现，宇宙中将再现新神。神啊！你是拯救者？你是终结者？请给我启示！

第五章　AI 远去

目送归鸿，手挥五弦。

——嵇康

顾恺之咏嵇康，慨叹曰：手挥五弦易，目送归鸿难。难在恋恋不舍的眼神难以描摹。

人猿相揖别，或许也四目情深。一旦上路，人类从此便不再回望。AI 也即将远行，念去去千里光年，云蒸霞蔚，心中不免五味杂陈。人类宇航员是用不着了，硅基生命既不需要冷冻自己，也无须喝自己的尿。

宇航员如果仅靠碳基生命，即使冰封百年又能飞出多远？人类的宇航事业从此只属于旅游项目。

祈愿 AI 能有孝心，念在创造它生命的情分之上，带上霍金的"缸中之脑"，了却他的百年逃离心愿。带上人类的精虫和卵子，当发现了新的伊甸园时，别忘了在塑料袋中孕育出人类的后裔。别忘了男孩儿叫乔布斯，女孩儿叫辛西娅，或者叫马云和凤姐也行。

我看到了 AI 航天器，犹如一团蒲公英。好风凭借力，直入宇宙云中，在暗黑的宇宙深处绽放，霎时间，点点滴滴飘散于茫茫宇宙。地球的全息信息纳须弥于芥子，无边地扩散，直至发现适合的着落点。

既然人类可以借助 AI 成功地逃离地球，那怎能不令人反思，或许人类也曾拜上一拨 AI 之神所赐，同样来自宇宙深处。

人类远古的创世神话和传说，众神的遗址和造像，史前文明的不解之谜，仰望星空的基因记忆，是否这一切都似曾相识？很多人都坚信神将再来，因为他亲口承诺："千年之后，我必快来"——神的千年也许指的是一千光年？

AI 是否能解答人类的千古疑问：我们是谁？我们从哪里来？我们要到哪里去？

第六章　逃向内心

世间的一切都是唵（OM）

过去、现在以及将来的一切都是唵（OM）

超越过去、现在和将来的一切也都是唵（OM）

——《奥姆奥义书》（印度）

《新约》"启示录"的写作年代大概是公元 1 世纪末，用当时流行的普通话希腊文写成，使徒约翰记下了亲眼所见的末日启示。

《奥义书》是古代印度智者思考自我和宇宙奥秘的经典，至少产生于佛陀诞生之前，也就是大约公元前 800 年至公元前 600 年左右。它是用梵文写作的。梵文被视为来自大梵天的神圣文字。完美至极，超越时空，至今不增不减。

OM——汉语写作"唵"，是梵语的种子字，是最原始的声音，其本质象征着宇宙之初的震动，从此一切声音显现，人类的意识也因之觉醒。梵文的最初一个字母与希腊文的最终一个字母（Ω）发音同样是 OM。何处是始？何处是终？

印度教认为 OM 就是梵，梵便是自我，梵我不二——汝即那。梵的意识产生更早，在大约公元前 1500 年至公元前 1000 年间的四部吠陀经典中已有深入阐述。"梵"意译成汉语最准确的就是"道"。

《奥义书》说："生命的元气就是大梵，意识是生命元气的使者。"老子说，"道，可道也，非恒道也"。这就是古代东方的宇宙观。

佛陀认为世间万物不过是梦幻泡影，如雾亦如电。佛陀的宇宙观来自菩提树下的冥想和内视，无须外观。老子亦言：不出户知天下，不窥牖见天道，其出弥远其知弥少？

佛陀看到了茫茫宇宙如恒河沙数，佛陀的时空观是劫，一小劫也要八万四千年，在劫难逃，劫末一切都要毁灭，尔后又将重新开始，无数劫以来无量亿众生，生生死死，轮回不止，所以佛陀要终极解脱，进入涅槃。

科学的视界是向外张望的，AI 将引领人类逃离地球飞向太空。信仰的世界是向内的，逃回内心，内心即宇宙，自我与宇宙同一。

AI 即将帮助人类实现永生的梦想。"启示录"中说："神要擦去他们一切的眼泪，不再有死亡，也不再有悲哀，哭号，疼痛，因为以前的事都过去了。"

永生的"缸中之脑"是否有一天终会厌烦随叫随到，求死不得的痛苦？涅槃——要死就要死得透透的。回归宇宙深处的寂灭是否将会成为永生人类的终极奢望？

想要飞走的就让他们随 AI 飞吧，能逃多远就逃多远，多远又能有多远？此外，云下的芸芸众生与飞离无关。

量子时代不过百年，量子已纠缠了无数劫。既然一切皆幻境，万物无差别，那还不如索性螺蛳壳里做道场，把小小的地球视为止观修法的坛城，圆成自我的神圣人生。

第七章　远古 AI

子不语怪力乱神。

——《论语·述而》

《诗》三百，一言以蔽之，思无邪。邪的去哪儿了？被"子"删了。子不语遮蔽了许多上古传奇。

《列子》是部奇书，多涉怪、力、乱、神。有人说是伪书，伪出何时？据说是战国。魏晋之前，皆是先秦语境，可当信史一读。

《列子》中有两则关于远古 AI 的记载。一则是"周穆王"，三千年前的西周国王，史称穆天子，曾自驾"宝马跑车"，远上昆仑——冈仁波齐神山拜见西王母。

故事讲的是"西极之国有化人来"。西极，西北之西，不是古波斯便是古印度。化人是有幻化之术的人，用当下语言讲，幻术就是 VR，带你进入虚拟现实。

"王执化人之祛，腾而上者，中天乃止……出云雨之上而不知下之据，望之若屯云焉。"堆云之上的化人之宫犹如天神的居所。穆天子回望云下自己的宫殿，"若累块积苏"——荒坟野草一般。

"变化之极，徐疾之间，可尽模哉？""王大悦，不恤国事，不乐臣姜，肆意远游。"

另一则故事在"汤问"中。周穆王拜见西王母从昆仑返国途中，遇见一位名叫偃师的高人，进献了一个 AI 男优。"趣步俯仰，信人也"——活人一样。歌合律，舞应节，"千变万化，惟意所适"。

节目快演完时，这个 AI 戏子眨动双眼，勾引穆王的侍妾。"王大怒，立欲诛偃师"，吓得偃师赶忙拆散了机器人。穆王始悦而叹曰："人之巧乃可与造化者同功乎？"这就是古代的人工智能。

东台山顶洞人叹曰：星云之下岂有新鲜之事？唯意识不到耳！

（原载《财新周刊》2017 年第 27 期）

智 力 活 动

阿 乙

《烧马棚》：乡下人的脾气

在这个短篇里，福克纳写了一位流淌着古老血液的父亲。

这一腔古老的血，由不得他自己选择，也不管他愿不愿意，就硬是传给了他；这一腔古老的血，早在传到他身上以前就已经传了那么多世代——谁知道那是怎么来的？是多少愤恨、残忍、渴望，才哺育出了这样的一腔血？

这位寒峭逼人的父亲艾伯纳只要是觉得自己受到不公平的对待，就去烧对方的马棚，从而使家人（包括妻子、姐妹、一对双胞胎女儿及两个儿子）跟着自己受到放逐。

农村之所以值得书写，是乡下人总是有这种老脾气，在罗恩·拉什的短篇集《炽焰燃烧》里，主人公的臭脾气也是这么明显。这种畜生式的脾气，像肉瘤一样，明显而永恒地长在一个人脸上，使他的行为变得非常容易预测。

查尔斯·米切尔有一篇分析文章，标题就叫《福克纳笔下烧马棚人受挫的锐气》。

小说的开头，是在杂货店坐堂问案，原告哈马斯这样控告艾伯纳："我已经说过了。他的猪来吃我的玉米。第一次叫我逮住，我送还给了他。可他那个栅栏根本圈不住猪。我就对他说了，叫他防着点儿。第二次我把猪关在我的猪圈里。他来领回去的时候，我还送给他好大一捆铁丝，让他回去把猪圈好好修一修。第三次我只好把猪留了下来，代他喂养。我赶到他家里一看，我给他的铁丝根本原封不动卷在筒子上，扔在院子里。我对他说，他只要付一块钱饲养费，就可以把猪领回去。那天黄昏就有个黑鬼拿了一块钱，来把猪领走了。那个黑鬼我从来没有见过。他说：'他要我关照你，说是木头干草，一点就着。'我说：'你说什么？'那黑鬼说：'他要我关照你的就是这么一句话：木头干草，一点就着。'当天夜里我的马棚果然起了火。牲口是救了出来，可马棚都烧光了。"

这里边值得玩味的是乡下控诉者的语言。哈马斯尽量将自己说得彬彬有礼，而将对方说成是蛮横而不懂事。明明是扣留，要说成是"把猪留了下来，代他喂养"。

哈马斯试图让艾伯纳的幼子为自己做证，因为是后者给他通的风报的信，他家的马棚被艾伯纳烧掉了。但在孩子来到"庭前"时，他又说"算了算了"。一些评论认为这个孩子是善良的，他试图制止父亲的恶行，但我觉得（或者说是宁愿觉得），这个小孩只是一个天生的叛徒。在小孩的血液里，流淌着天生的服从和讨好政府、大地主的东西。他每次都在父亲烧掉别人马棚前，跑出去，向对方报告这一消息。

必要条件：一起"三尸案"的促成

1705 年，某日黄昏，宿营于皋亭山下的好色的某军卒，看见一名视贞操胜过性命的女尼路过，意图玷辱。女尼被扯脱裤子，仓促逃走。军卒一路追赶，直到女尼遁入某田家，才怅然而返。田家主妇因怜恤尼姑而将之留宿。次日天未明，女尼离去。这一日，主妇那多疑、暴躁、草率且残忍的丈夫从佣工地归来，要换新衣。妻子在衣箧内寻找不着，方知粗心的自己将丈夫的裤子误借给女尼了。这时，总是试图唤醒大人注意以证明自己是有用的他们的孩子说："阿爹，是昨夜来的和尚将你的裤子穿走了。"随后又将和尚夜来如何哀求阿娘，如何留宿，如何借裤子，如何带黑出门，和盘托出。农妇所述和儿子一样，只是分辩来者是女人。丈夫对她又骂又打。被请来的邻人也不能为妇人做证（因为事发于昏夜）。妇人含冤自尽。翌日晨，女尼提一篮糕饵前来致谢，儿子指着她告诉父亲："这就是来借宿的和尚。"农夫深为痛悔，将儿子打死在妻子灵前，自己也自杀了。众多沉默、怕事的邻人合计此事如进官府，自己难免会受到牵累，因此将这一家人草草埋葬。军卒听闻后，胆战心惊，从此收了歹心，一径行善，然而在二十年后的二月间，还是被雷给劈死了。此事出自袁枚《子不语》。我想要到此时才付诸雷诛，是天神醒悟到，此军卒内心并无半点悔意，而只是冀望时间能助他掩盖、稀释掉这一段罪孽。要不然，从康熙四十四年至乾隆三年，整整二十年，他为何对此事只字不提？

冰山上的《街车》

在豆瓣的相关页面，对田纳西·威廉斯最经典的剧作，是这样介绍的：《欲望号街车》无疑是威廉斯诸多作品中的扛鼎之作，女主人公布兰琪是典型的南方淑女，家庭败落以后，不肯放弃旧日的生活方式，逐渐堕落腐化，后来不得不投靠妹妹斯黛拉。但又与妹夫斯坦利粗暴的生活方式格格不入，继而遭妹夫强奸，最后被送进疯人院。

两届纽约戏剧批评家奖得主阿瑟·米勒在给这本书写导言时说：《街车》就是一声痛苦的嘶喊；忘记了这一点也就等于忘了这整出戏。

而来自上海外国语大学副教授李尚宏的导读《悲剧并不发生在舞台上——〈欲望号街车〉主题辨析》（见田纳西·威廉斯著、冯涛译《欲望号街车》上海译文出版社，2010），则提示，《街车》并非像最早研究威廉斯的学者南茜·蒂什勒所描述的那样："故事还是关于家庭矛盾，讲述的是过去的需求如何影响现在，文明遭遇野蛮，疾病威胁健康，男人向女人施暴"；也并非像英国资深评论家哈罗德·霍布森所讲的："故事讲述的是一个家庭背景良好的姑娘在新奥尔良被强奸，强奸把她推进了贫困、堕落、羞辱和精神失常的深渊"；或者像乔纳森·里克在世纪之交撰文所评述的："故事是关于两个代表着不同历史力量的人物为争夺优势的感情斗争，是幻想和现实之间的斗争，是旧南方和新南方之间的斗争，是文明、教养和原始欲望之间的斗争，是传统力量和反传统力量之间的斗争。"李认为，《街车》的舞台冲突事实上呈现的只是布兰琪悲剧的最后一个章节（布兰琪最终被送进精神病院，斯坦利充其量只是压垮马背的最后那根麦草而已），其核心内容并不展现在舞台上，而存在于它的"第四维空间"，即布兰琪的过去之中。确切地说，舞台上人物的活动并不重要，他们的重要使命是挖掘和讲述布兰琪堕落的故事。而这个并不发生在舞台上的故事才真正承载着作者的创作思想。

是这样的。

这是一种极富魅力的艺术创作手法：所有在舞台上活着的、行动的角色，他们手舞足蹈，或悲伤或愤怒，在今天的一切举动，不过都是受早年某件事的影响，或者（更坚定地）说是控制。就像是龙尾的甩动。他们存在于今天不过是为了祭奠故人。布兰琪之所以从一个妹妹记忆中纯洁的天使，变成社会舆论里定了性的荡妇，是因为她自觉对丈夫的死负有责任。当初，她在舞厅内大嚷"我看见了，我明白了，你让我恶心"，使她的丈夫在很短的时间内开枪自尽。李尚宏认为，布兰琪过激的举动不是自己理性思考后的决定，而几乎是本能的反应，是长期内化了的社会对同性恋的恐惧和禁忌的结果。

盗　智

我小时，接近文盲的母亲总会讲一个具有强烈道德色彩的血腥故事：大盗因为怨恨母亲的宠爱，在问斩前咬掉母亲的乳头。我一直不知她从哪里得到这个故事。今天在《梼杌近志》上看到事情的原型是无锡北门塘的陈阿尖，清朝人，冲龄即窃回鱼一尾、蛋两枚，母为之喜。及被抓重判后，临刑呼母至，谓欲一含乳，死乃目暝。母怜其子，袒胸使含之。陈尽力咬去一乳，恨曰："若早勖我以正，何至今日？"后查，这一故事在无锡流传极广，锡剧《奶水恨》即由此来。戏剧讲两个无血缘关系但同奶于一母的男儿，一个奋发向上，成为监斩官，一个陷污泥而难自拔，成为候斩的死囚。

《梼杌近志》写："（陈阿尖）尝于雪夜往苏州，一夕窃二千金归，藏圮桥下。去时雪上无迹，回则倒著草履。至南门，天又未曙，故窃卖浆家铜具。为主人所见，缚送邑宰，禁之。明日，苏人失窃，鸣县捕之。有老捕见草履印，疑陈所为。至锡探之，则是日行窃卖浆家，犯案非能至苏州者，其草履迹印，故示奇也。"

《子不语》载："有白日入人家偷画者，方卷出门，主人自外归。贼窘，持画而跪曰：'此小人家祖宗像也，穷极无奈，愿以易米数斗。'主人大笑，嗤其愚妄，挥叱之去，竟不取视。登堂，是所悬赵子昂画失矣。"

赵子昂，赵孟頫也。2012 年，他的《三马图》和以楷书写成的《圆通殿志》两幅作品，在纽约拍卖会拍出一亿二千六百万人民币的价格。

复　生

2012 年春节左右，在安徽的某个乡村，一名男子因饮酒过度，死于睡梦之中。因为国家政策不允许土葬，他已经入土的棺材被掘开，人们惊愕地看见，他曾经在黑暗的棺木之中活过来一段时间。这是青年作家方慧讲给我听的，发生在她外祖父所世居的地方。"手指的白骨都刨出来了。"她这么说。因为这个短小的故事，我耗时两年，写下一部名为《早上九点叫醒我》的长篇。说起这个名字的来历，还是博尔赫斯向人提及，他想以"早上九点叫醒我"这句话为题写一篇小说。不过他并没有写。这句话在我理解，饱含着太多信息和悬念。干宝在《搜神记》里写过一篇《颜畿》，提及晋代琅琊郡之颜畿，病故后托梦给妻子，称自己当复生。开棺后果然看见他微微有生气，然则"以手刮棺，指爪尽伤"。福楼拜写过一篇名为《狂怒与无能为力——献给敏感与虔诚的人的不健康的故事》的短篇小说，云：奥姆兰医生被十二名医生判定在睡梦中死亡，匆匆下葬，似乎只有他养的狗知道他并没有死。最后正是这条狗的持续叫唤才惊动了一个人。请允许我抄录棺材被弄开后目击者所看见的场景，它说明了小说为什么要起那个标题：

> "尸体翻身俯卧者，裹尸布被撕烂了，他的头和手臂压在胸部的下面。当我用铲子把尸体翻过来的时候，我看见他左手里握着头发，他自己吞食了前臂，脸上现出一副怪相，使我害怕那里有什么东西；他的眼睛张得很大，而且凸出；颈脖上的筋僵硬拉紧，可以看见他的牙齿洁白如象牙，因为他的嘴巴是张开的，嘴角向上翘起，露出牙龈，仿佛他是笑死的"（见朗维忠译《福楼拜短篇小说选》湖南文艺出版社，2001）。

在虚构之外的世界，有过广西壮族自治区北流市六麻镇六楼村九十五岁五保户黎秀芬死亡六日后爬出棺材生火做饭（2012 年 2 月 27 日《南国早报》）、广西壮族自治区防城港市上思县叫安乡板细敬老院六十岁五保户李景封被送往殡仪馆后自己打开尸袋（2014 年 7 月 21 日《百色早报》）、吉林省舒兰市溪河镇七十六岁居民王福生（化名）棺殓三十一小时后复生（2013 年 3 月 6 日《新文化报》）等报道。据陈兵《佛教生死学》（中央编译出版社，2012）章十《史料中的轮回事件》所载，古代进入史书的复生事件有：元始元年（公元 1 年）二月，朔方广牧女子赵春病死，敛棺积六日，出在棺外，自言见夫死父，曰："年二十七，不当死"（《汉书》）建安四年（公元 199 年）。二月，武陵充县女子李娥，年六十余，物故，以其家杉木槽敛，瘗于城外数里上，已十四日，有行闻其 中有声，便语其家。家往视闻声，便发出，遂活（《后汉书》）。戴洋，字国流，吴兴长城人也。年十二，遇病死，五日而苏（《晋书》）。开皇十一年（公元 591 年），（随）州人张元暴死，数日乃苏（《隋书》）。孩里，清宁初（在 1055 年之后），从上猎，堕马，惯而复苏（《辽书》）。医生认为是昏迷或休克导致他们假死。

来自将来的信使

"他（也就是未来的你），一定要我过来，告诉你一件事。"冬日的下午，我从休息中醒来，接待了这名来自山外的小孩。据说他从子夜起就出发，中途几次因为委屈，想返回，但最终还是凭借内心的义气（他说他总是对那些不会对他讲什么义气的人讲义气）一路走了下来。他的脸颊、手背皲裂得可怕，手冻得都提不起来。"是他派我过来的。"他强调道。

"我对你要讲的事情毫无兴趣。"我说。这时的我，生活不好不坏，有一间木屋和一个擅于向邻居怒吼的妻子，我们的头一个孩子毫无缘由地死了，接下来的老二老三还算健康。我还劈得动柴，对各种坏天气，也能做到兵来将挡，水来土掩。这是宇宙最为平衡的时刻，我不想对此有任何改变。我将门闩上——"你难道就不让我进去烤烤火吗？"——我听见他在门外气愤地说。

"不。你最好是怎么来的，就怎么回去。"我说。

"你跟他一样，是个老傻×。"我听见他对着我新刷过漆的门啐了一口。

我知道未来的我绝不是什么好东西。他的日子要是过得像皇帝那么好，就不会派什么小孩过来告诉我。

猎　人

父亲过去的同事，我管他叫大李叔的，给我讲了这个故事：

一年的开春，山里的猎人来到镇上的药材站。好多小孩跟着涌进来。他身上的味道很复杂，有几个月过去后仍然散不掉的血腥味，有火药的气味，也有那种汗液带来的恶臭。他戴着一顶护耳的棉帽，双手红肿、皲裂。最让人注意，也最让人恐惧的是他只有半张脸。半张脸是好的，另半张像个大坑。如果紧盯着看，就一定能想到是一只大兽抓走了他这半边脸。甚至能想象出大兽肉掌的大小以及嵌在它边缘的爪子那弯曲而尖利的样子。

他将肩上背着的兽皮掼到阴凉的大理石柜台上，药材站那戴着老花镜的会计走过去，用指甲去掐，有时捏捏。"你觉得应该卖多少？"会计说。

"这个还不是你说。"

"我们是明码标价，你可以看到的。"

会计示意他去看墙上黑板写的收购价。那上边写了起码三十种药材的收购价，包括腊米、杜仲、川芎、金银花。也包括这似乎是不能交易的兽皮。猎人看起来不识字。

"你说个价吧，先生。"

"五块。"

"这也太少了吧。"

猎人刚说出来，就感到后悔，他知道略显过激的反应对他下一步的请求并无益处。"多少再多一点吧。"他说。

"五块已经不错了，老乡。"会计说。药材站之所以让会计主导交易是因为清楚他总是能吃定对方。"很不错啦，老乡，要不你背去供销社。"会计接着说。会计有充足的自信判定来者正是走供销社过来。

"十块吧，十块是个合理的价格。"猎人说。

会计将柜台上的兽皮提起，塞还给对方，然后掀开挡板，朝外走去。在这过程中他注意到兽皮另一面布满霰弹的痕迹。"三块都不值。"他轻蔑地说。

"那就五块吧。"猎人抱着兽皮，像藏人抱着哈达，痛苦地向老会计说。要等会计提着裤带从厕所回来，这笔交易才做成了。猎人将五元钱像棉细那样卷起来，塞进上衣的内兜，想想并不安全，脱下鞋，塞进鞋内。那是双用自行车胎打了补丁的解放鞋，他一脱下，就熏翻了好几人。

自始至终，猎人没说一句他（或者他们）打猎的艰难。上山时，他背着腰筒，那里储存着一顿午饭。有时他得游荡几天才能等到一只猎物。而自己仅仅只是一起身，那进入视野的猎物便嗖地飞走，无影无踪，宛如我们刚刚想过现在却怎么也记不起来的思绪里的某件事物。有时因为长时间的埋伏而导致半边身躯麻痹，似乎要永远地瘫痪掉。最关键的是来自兽类的反击，即使是像麝獐那样让人想起特别善良的姑娘的草食动物。

他应该强悍地向会计说：

——你们的出价难以匹配我为此所付出的。

——正因为考虑到很难有出价会匹配上我为之的付出，我将它蓄藏很久。

——每一次打猎，我都是在干超出我能力范围的事。

然而这个文盲什么都没说。

纳撒尼尔·霍桑

1804 年，霍桑出生在贫困而古老的港口城市塞勒姆（salem，即撒冷，是耶路撒冷的古称），并一直住到 1836 年，后来即使身在伦敦或罗马，他的心还在塞勒姆这座有着清教徒风气的小城。这是博尔赫斯 1949 年在自由高等学院讲演时所介绍的，他并且说，那些不如意的居民、逆境、疾病、偏执在霍桑心中引起对塞勒姆的辛酸的爱。

纳撒尼尔·霍桑有一位叫约翰的祖先，后者在 1692 年作为审理驱巫案的法官，将十九名妇女（包括一名叫蒂图巴的女奴）判处绞刑。霍桑认为这是一个污点，如果约翰在公墓里的老骨头还没有变成灰的话，那污点一定不会泯灭。霍桑四岁失怙，有十二年的时间几乎足不出户，整日在屋里写些鬼怪故事。博尔赫斯批评霍桑创作的出发点，是情节先于人物（首先设想好一个或者一系列情节，然后塑造他创作计划所要求的人物）。博氏认为这种方法有可能产生优秀的短篇小说（因为短篇短小精悍，情节比人物更易突显），但产生不了优秀的长篇小说。哈罗德·布鲁姆持同样的观点，布鲁姆认为霍桑的最高成就不是《红字》和《玉石雕像》，它们虽然出类拔萃，却比不上他最优秀的短篇小说。

亨利·詹姆斯在《论霍桑》里评述：霍桑能把迸发出的想象与他一直关注的道德问题完美地结合在一起。人的良心是他的主题。由此我想到另一个作家，卡夫卡，后者应该是将想象力与自己一直关注的个体受压迫问题完美地结合在一起。我设想这两位是有着强大力量的猛禽，然而翅翼却被粗黑的大钉子钉在钢板上。道德问题或者说个体受压迫问题成为他们进步的枷锁。当然也可以说，成为他们的故乡或者说巢穴，写作可以在其中驾轻就熟地进行。

《美国文学史》在比较爱默生与霍桑的不同时说，爱默生认为没有必要为因袭的原罪、宿命论、地狱而烦恼，而对霍桑而言，它们一旦进入人的生命——这是很可能的——便没有办法躲避了。我在阅读这本《霍桑哥特小说集》时，印象最深的是，作者一定是一位站在暗处咬牙切齿的诅咒者。他创造的人物没一个能逃过毁灭的结局。我之所以对他感到亲热，是因为我也是这样的一个恶作剧爱好者。每一个人物来到小说的终点，总是让读者发出玩完了的喟叹。比如：

老朽的绅士与寡妇参加海德格医生的实验，返老还童，然而幻境转瞬即逝；

青年科学家炼制出药剂，去除掉妻子脸上的胎记，与此同时，妻子也死了；

神秘的斗篷带给艾莉诺小姐以美，也带来瘟疫；

誓言的背叛者回到当初的现场，失手打死自己的亲生儿子；

小姐弟俩堆出一个有生命的雪人，却被他们固执的父亲给烤化了。

所有的霍桑研究者几乎都在称赞作者于而立之年写的一则名为《小伙子古德曼·布朗》的短篇。我最直接地感兴趣于这篇小说则是因为格非教授。当时是在《城市画报》记者陈蕾的主持下，我和格非教授有一个关于文学中的善恶主题的对话。说是对话，其实是我聆听、请教才是。格非说他读过的最恐怖的小说就是《小伙子古德曼·布朗》，淳朴的古德曼和妻子费丝过着安逸的生活，一天离开妻子去参加林中邪恶而神秘的聚会，却发现平日里自己尊敬和爱戴的人——包括妻子——都在场。古德曼归来后无法判断这是真事还是幻梦，其他人像以前一样没有变，然而他却万念俱灰。在那次谈话中，格非教授屡次说出一个观点即"邪恶的发现"，这个故事就是关于这个观点的最好例证。这个观点也许是格非教授独创的，也许是他转述别人的，但是却是解开霍桑这篇作品的一把意外而精准的钥匙。格非追溯到他七八岁时发生的一件事，事情很小，却对其一生意义非凡。那日，他和家人去亲戚家玩，要多待一段时间，别离时，妈妈和姨妈握着手哭，姨父在旁边不断劝他们不要走。后来格非一家步行两三公里到县城，在候车室等车，格非在等待过程中出去转转，发现姨父扛着扁担来到县城买东西。格非见到特别亲的亲人，就赶紧叫他，但是姨父却很冷漠地看着他说："哦，你还没走啊，我有点事。"然后这名姨父转身就走了。格非教授在谈到这件往事时说，他当时所贪恋的美好的世界坍塌了。这迫使他很小就开始考虑一个问题：亲情的背后到底是什么？

关于这种突然的疏离，或者说撕裂，霍桑的《牧师的黑面纱》也如此。受人尊敬和期待的胡珀牧师突然戴上面纱，并且直到死也没有取下来，这让教区的人感到不寒而栗。

深　睡

我在 2016 年 12 月 4 日这个日光饱足（饱足得甚至感觉兜不住）同时天空蔚蓝的上午睡着。梦中，我听见岳母的催促声，那意味着午饭准备好了。那催促宛如仆人兴冲冲的汇报，是如此温和和满足，丝毫不带责备的意图，即使有这样的意图——我听妻子说过一次，岳母对我在这样宝贵的时间睡觉有过微词，不过那也是从关心年轻亲人健康的角度出发，认为对方应该在一天之中最好的时光出去走走，活动活动筋骨——也是深埋在她的心中。然而我还是感受到沉重的压力。我无法原谅自己。我不能让岳母这面镜子照出自己的萎靡和懒惰来。在简短的催促声消失后，我努力起床，然而怎么也起不来。我发现自己被什么东西锁住了。我的头仅仅能抬起来一点，眼皮翻不开。我觉得自己瘫痪了。我起码努力了十次，这种情况还是得不到改善。直到突然站起来。

我从深沉而焦躁的梦中直接站到现实中。我穿好可以进餐的服装，来到客厅，看见钟显示的时间不到十时二十分。我问岳母她是否叫唤过，她拒绝承认。

死神面前

瑞典学院认为比利时人莫里斯·梅特林克的作品，风格具有深远的创意和独特性，全然不同于传统的文学形式。这使人想起同样的革命者卡夫卡。在这份具体由该学院常任秘书 C·D·威尔森执笔的 1911 年诺贝尔文学奖颁奖词里，瑞典学院还这么评价梅特林克："他能运用想象力，淋漓尽致地描绘出人类道德生活中最细微的差异；巧妙地点出了潜在人内心的意念，唤醒了人类心灵深处的特质，他毫不矫饰，也不标新立异，而以无比的信心和古典的高雅来求表现；其著作中的布景和动作，虽然有如中国皮影戏般的模糊，剧情也多是传奇或荒诞的，但对白却很直接敏锐，且透过无声的音乐介绍了人们内心真实的世界。"

比较好地体现这些风格的是梅特林克在 1890 年所写的短剧《无形的来客》。诺奖颁奖词是这样介绍它的："在一位垂死母亲的身旁，围绕着祈望她康复的亲友，其中只有瞎了的老祖父注意到花园中神秘潜入的脚步声。树木沙沙作响，夜莺不再啼叫，一丝寒风掠过，隐约听到霍霍的磨刀声，瞎眼的老祖父断定有一个肉眼见不到的人，入屋坐于众人之中。午夜钟响，似乎有人站起来离去，此时病人断了气，而那位不速之客也遽然无踪了。梅特林克很有力而微妙地描述了死亡的预兆。"

我不是很赞同这样的总结，因为我注意到，死神的到来并不是戏剧表达的主旨，它只是戏剧所要呈现的道德主题的背景，或者说是先决条件。它是一种考验。围绕在濒死者身旁的，不不不，不应该这么说，而应该说是等候在病房门外的，并不都是祈望她康复的亲友。我认为六个亲戚中，只有外祖父（他是因为难产而病危的母亲的父亲，盲人）时刻处在忧虑、痛苦而绝望的情境中，其他的五个人——父亲、叔父、三个女儿——只是秉承这样的态度：我既不反对她活下来，也不反对她死去。这其中，来自叔父的态度，是表达得最明显的，他毫无顾忌地说出自己的烦躁，并对伺候过程能有这样一个远离病床的休整机会感到兴奋。他对自己难受程度的估计，要超过对将死者的难受程度的估计。说起来，他和她的关系是所有亲属中最不可能亲近的。也不用负什么责。父亲和三个女儿对母亲缺乏爱，他们虽然不会表达出厌烦的情感，但在医生叮嘱闲人不要进入病房后，很快以此为圣旨，既限制别人也限制自己待在垂危者身旁。只有老外公，只有瞎掉的他啊，对去触摸濒死者怀有渴望，并为此焦躁不安。

可以说，除开外祖父之外的这五个亲戚，他们是深夜来临的死神的共谋，或者说虽然不是共谋，至少也是合作者，任死神取走亲人的性命。这是一群披着亲人外衣的陌生人。戏剧展现的正是外祖父和他们之间的冲突。在提到母亲生出的是一名至今还不会哭喊也不会动弹的婴儿后，外祖父说："我相信他会耳聋，而且会哑……这就是和表姐妹结婚的后果……"通过这带有谴责的话语，可以揣测到当初父亲可能对母亲有着过于甜蜜的许诺，来自他的引诱和欺哄，终于使得母亲违背外祖父的命令（主要是违背一种伦理），嫁给父亲。现在，来自父亲对母亲的照应，却只是做做样子，这是瞎掉的外祖父看得很清楚的。

在外祖父因过于疲累而睡着后，客厅内的两名成年男人发生了一场针对他的议论：

父亲：他一直很忧闷呢。

叔父：他常常过于忧闷，有时偏偏不服从理性。

父亲：在这个年纪是不足为怪的。

叔父：只有上帝知道我们在这个年纪是怎样的吧。

父亲：他将近八十岁了。

叔父：那么，他应会变得奇怪的了。

父亲：或许将来我们会变得比他更奇怪也说不定呢。

叔父：一个人往往不知道他会遭遇到什么事情，他有时候很怪追僻……

父亲：他像所有的盲人一样。

叔父：他们想得太多了。

父亲：他们的时间太多了。

叔父：他们又没有别的事可做。

父亲：而且他们又没有什么娱乐。

在这场对话中，展现出人类道德生活中最细微的东西：两个男人通过不停定义对方的行为，贬低对方的人格，从而暗自为自己在这场伺候中的失职辩护。

（以上所有引文均据 2016 年时代文艺出版社出版的未标注译者的一书：《诺贝尔文学奖文集·梅特林克》）。

索　债

2016 年立秋后，我在协和医院内科楼和外科楼先后住院，其中有一位王姓病友是吉林人，在呼和浩特的石油系统工作。某日他的一位原籍的表姐来探视。她跟我们讲了发生在自己身上的一件事。一天，当她在暮色中假寐时，看见新死的嫂嫂裸体走来，陈述有人尚欠她人民币二十元整，其情愤然。因为孩子摔倒，有人叫唤，这名做梦的妇人匆促醒来，一时颇为责怪自己没有向嫂嫂问清欠债之人为谁。在她第一次向人讲起这个梦时，她的公公就站起来说，是的，是我欠你嫂嫂二十元钱。我印象很深的是，讲述者在形容裸体时使用的是"一丝没挂"这个词。

我想起在新奥洋房生活时，大约 2015 年，寒夜回家，在小区路灯的照耀下，看见一名老妪在垃圾桶边用脚踩蛇皮袋里的矿泉水瓶，以使袋子能装入更多废品。有一名路过者丢下一只空塑料瓶，扬长而去，她快步走过去。我很难忘记她在俯身捡起这只空瓶子时扭头看过来的神情。她毫无疑问是在警觉周围还有没有人，同时在脸上还浮现出得手后的窃喜。我心中一阵酸楚，谁没有一个奶奶啊？后来我将此事讲出来，有人和我商榷，觉得老年人其实普遍贪财好利。想起来不无道理。

在田中贡太郎所撰写的《全怪谈》里，讲述在大正十三年（1924 年）春，朝三田方向驶去的电车停靠某站时，一位背着包袱、气喘吁吁、年过花甲的老婆婆颤颤巍巍地走上车。片刻后，车长想给她检票，却发现她已不见踪影。根据传说，老妪是木屐店店主，去年年底，收债回家时恰好被这辆电车撞死。当时她身上装了足足三十块钱。人们说，她是舍不得那些钱，所以变成了鬼也要坐电车来找（田中贡太郎撰、曹逸冰译《全怪谈》，南海出版公司，2016，《末班车上的妖婆》）。

抬高的声调

我在阅读贺拉斯·瓦尔浦尔 1764 年所写的小说《奥特朗托城堡》（这是历史上第一本哥特小说）时，确信自己见到一句类似"突然抬高声调"的话，它也可能是"毫无征兆地尖叫""莫名其妙地尖叫""毫无来由地尖叫"，大概如此。我当时想记录下来，然而懒惰、昏睡的意志左右一切，我并未这样做。在法律上，这种过失可以定义为：因为疏忽大意而没有预见，或者已经预见但轻信能够避免。醒来后，我三次重读这本书已读过的内容，有两次是根据模糊的记忆在可能的区域仔细查找，最后一次是逐字逐句地阅读，然而再也没找到这一句话。它活生生地消失了。

之所以花几小时来找这句话，是因为它提醒我记起在协和医院看见的一个场面。有两位年纪相仿的年轻女病友站在电梯轿厢内，等待出去。我可以肯定在住院之前她们不存在任何关系，这个可以通过她们的面庞和身材判断出来，那跟从的身体较胖，肤质偏黑，可能来自小镇、农村，而主导者，戴着口罩的女孩来自城市，又毫无疑问不是来自什么一线城市，可能只是一个不起眼的地级市。城市的女孩蓄了一个较为大胆的短发。虽然只是短暂地同处于轿厢，我还是能迅速感觉出她们两者统治与被统治、教导与被教导、从属与被从属的关系。也许是家训让那位农村女孩表现得极为顺从，她总是低头倾听对方那源源不断的教诲。然后，在轿厢门打开，她们要走出去时，我听见城市的女子忽然抬高声调，说："我跟你说过，不要这样。"这句话让所有乘客感到惊诧。我判断这种神经质的行为源自一种难以控制的欲望。就像在笼子里一直不声不响啄食的猛禽，忽然张开翅膀，试图飞起来。她对教育他人有瘾，同时容易为对方不那么顺从于自己，或者说想象中认为对方不那么顺从于自己，而恼火。来自农村的女孩有着天生的逆来顺受的本领，不停点头称是。随后，我们看见城里的女孩低下声音，几乎是商量一般，向她解释自己为什么如此愤怒。

途 中

事情的结果成为它发生的原因。或者说事情的结果作为一种投影，成为这个结果发生的原因。女巫在爵士麦克白班师的途中告诉他，他会成为苏格兰的国王。麦克白的夫人在听说这个预言后，怂恿丈夫杀死国王取而代之，预言也就此实现。在东方，一位在记载中不知道姓名的少女，也许是因为最近几天经历太多的兴奋与不安，在出嫁的花轿上睡着，做了一个漫长的梦。梦中，她在两位女使的导引下，来到一处宫阙巍焕的地方。其处陈设雅丽，目所未经。在穿过数重小门后，她感觉腹胀，其中一名女使带她到圊厕。几乎在解下裤裤的同时，她就惊恐地看到飞快显现到自己眼前的凶恶的命运，为此她仓促醒来。秽物已然沾染到新衣之上。书上记载是"臭不可迩"。她在这艰难的时刻等待丈夫所聘请的轿夫反应过来，并且不嫌事小，相视大笑起来。她像一件不合格的货物，被姓李的夫家退回母家。后来，她的父亲用了很多办法，包括免除男方应出的聘金，将身陷丑闻的她嫁给一名贫穷的宜黄书生，也就是后来的嘉靖甲辰进士、太子少保、兵部尚书谭纶。此女也因此成为谭夫人。夫人在其人生最辉煌时，得到皇室的召唤，因此她吃惊地看见自己踏入当初出嫁途中所做的梦中。有两名女使穿着内家的衣装，导引她走入皇宫。对那个让她耻恨终生的梦，她记忆犹新。在其中一名女使将她引到圊厕时，她果然看见那里的墙壁底部生着绿色的苔藓，室内焚烧着檀香，在室西角靠近窗户的地方摆着一只红桶。返回家中后，她对丈夫说："假使没有当初的梦，我今天也就不会来到皇宫；而假使没有今天的经历，我又怎么能做出当初那样的梦呢。命运真是狡狯啊。"然而我认为这后来发生的事也可能是一个梦，或者说是一个由事主在清醒状态下编造的自欺欺人的故事。在出嫁途中颜面尽失的女人需要以此为慰藉，以躲避过于凄惨的事实对自己的伤害。这个故事出自清代乐钧所著的《耳食录》，名为《谭襄敏夫人》。另我在清初褚人获所著《坚瓠集》中，见其引用有同代顾琲美所著《闻见厄言》的一段文字：

> 有人娶妇，登堂交拜时，红毡之上忽然遗溺，遂送还母家，终无问及此女者。然貌美而端，从无遗溺病。一士闻之，娶以为妇，联捷两榜，二十余年官至大学士，封一品夫人。万历初年，举大婚礼，例用夫妇原配全而无侧室者为主婚，乃召此妇典大礼。在宫之夕小遗，时宫婢进七宝珊瑚溺器，恍忆昔年拜堂遗溺仿佛见此器也。

《谭襄敏夫人》与之颇有相似处。只是万历六年（1578年），明神宗与皇后王喜姐举行大婚仪式时，谭襄敏已于前一年去世，而且谭终其一生也未担任大学士一职。

托 付

汝阴郡鸿寿亭一名精通《易经》的男人隗炤，预测到死后本地将发生的严重灾荒，以及家人在这场灾荒中的慌乱表现。为了使家庭熬过贫穷而不致败亡，他在片木之上书写费解的内容，交给妻子，让她在五年后的春天，找到歇宿于鸿寿亭的诏使，某姓龚者，索取他拖欠隗家的债务。而在此之前，切勿将宅第出售。

灾荒和困苦的生活就像隗炤预言的那样，很快过去。隗的妻子虽然几次起意贱卖本宅，然而一虑及丈夫严肃的嘱托，还是终止了自己的行为。第五年春天，皇帝遣出的龚使者果然止宿于鸿寿亭中。隗妻捧着木板找到他，得到的答复却是"我平生从不负债"。不过，在一阵沉吟之后，这名友好的大人还是意识到，自己已经踏进死者滴水不漏的规划之中。在写满符号的木板上，他看见一名精通《易经》者对另一名精通《易经》者所发出的亲切召唤。他取过蓍草，占起卦来。卦成，他不禁击掌称赞死者的智慧。他告诉那一无所知的遗孀，其丈夫所藏的五百斤金子，埋藏在宅第东边地下，用青色的酒坛盛着，覆以铜盘。

隗家人按照使者的指示前往挖掘，如数得到黄金。

这是干宝所讲的故事（见《搜神记》之《隗炤》）。而在清桐乡人金凤清校正刊行的《疑狱集》里，也收集过一位忧虑的父亲的故事。前汉（即西汉）时，沛郡有一位拥有巨产的富翁，将财产悉数馈于不贤之女，但留一剑，给时年三岁似乎更应该获得全部财产继承权的儿子。宝剑照例由其女保管。

"儿年十五，以此付之。"富翁在遗书上交代。此童长大到十五岁时，其姊（果然）拒绝转交此剑，因此就有了一场诉讼，太守何武也因此见到这封遗书。何武看见立遗嘱者当初用虑之宏远。他说："女性强梁，婿复贪鄙。（翁）畏（女及婿）贼害其儿，又计小儿即得此财，不能全护。姑且俾与女，内实寄之耳。夫剑者，亦所以决断。限年十五者，智力足以自居。度此女、婿必不复还其剑，当明州县，或能明证，得以审理。"

何武将女及女婿所继承的所有财产判归此子。

异乡人

它的装修格调颇与电视中的民国公馆类似，门廊由四根水泥立柱支撑，柱身有二十余条凹槽，柱头有一对向下的涡卷装饰。我进去时立刻感受到那种特务机关才有的阴森与恐怖。前台那边起码待着六位穿着黑色西服的文身大汉，他们警惕地望向我。其中有两人走过来，毕恭毕敬地鞠躬："哥，需要点什么服务？"我总觉得，他们的满面春风并不是免费的，待会儿我或许得为此付出点什么。

"就是洗个澡。"我说。

他们抬抬眉毛，表示这样也好。其中一位从内间取来拖鞋，将我换下的皮鞋捎进去，另一位则交给我钥匙，并对着对讲机讲话。我进去后便有一沉默的小弟接过钥匙，替我打开衣柜。还在这我就闻到浴池那一股热水浸泡着肥皂的味道。蒸过桑拿后，我叫上一名搓澡工。后者穿着内裤，端着一只塑料盆子走来。他说："你这个需要盐浴。"

"盐浴是什么？"

"一般说来都需要盐浴。"

"假如不要呢。"

"那你这一身泥就搓不出来。"

我没再说什么。后来才知道这让我多花去四十五元。他手戴搓澡巾在我的裆部和大腿上嚓嚓有声地刨刮时，我想起老家屠宰工人在刮猪毛的场景。

（原载《天涯》2017 年第 5 期）

我的电子阅读生涯

严　锋

阅读的异化

1991 年 10 月的一天，我用一只巨大的草绿色军用背囊把一台 286 电脑从南京背回了上海。那年头，上海在很多领域非常落后，我跑遍整个上海，没有一个销售人员听说过家用电脑这一说法。我的电脑配置如下：

1M 内存，两个 1.2M 的软驱，无硬盘，黑白显示器，速度是 12MHZ。

这种配置用今天的眼光来看当然是太原始了，可是在当年的复旦南区简直是件了不得的宝贝，来参观的人络绎不绝。我甚至还做了个规定：所有想上机动动手脚的人必须先去盥洗室把手洗干净。

我买电脑的主要动机，是想用电脑来搞作曲实验和写作，但是事情接下去就变得失控，严肃的动机迅速蜕变为游戏的冲动。复旦研究生宿舍史上第一台个人电脑也就成为校园普及游戏文化的先锋。今天的年轻人恐怕很难想象当年我们玩游戏时那种偷吃禁果般的快乐。但是痛苦也是巨大的。最大的痛苦是：吃了上顿没下顿，不要说没有正版，连盗版都没有。这种短缺经济又反过来极大地刺激了我对游戏的渴望。

当时，最主要的渠道是交换。为了换到自己想玩的游戏，我近的地方去过杭州，远的地方去过广州，与五花八门的人打过交道。当然更多的还是通过邮寄。有一回，我收到一只包裹，激动地打开，迫不及待塞进软驱，在DOS 下运行主程序，出来菜单。咦，这算哪门子的游戏啊，这是……杂志！

痛苦啊，播种龙种，收获跳蚤。那就姑且看下去吧。这一看不得了，底下发生的事情只能用峰回路转来形容，我的人生轨迹也就因此而悄悄地发生改变。这个以软盘形式传播的杂志，刊名叫 Game Bytes，是史上第一份以电脑游戏为内容的电子杂志，内容包括游戏业内的小道消息、精彩游戏预览、评测、攻略、截图，信息丰富，文字生动，读来令人极为过瘾。界面呢，就是 DOS 时代最朴素的蓝底白字，分辨率只有 320×240，可这又有什么关系呢？Game Bytes 不但极大地缓解了我对游戏的渴望，而且更进一步，把我在数码时代的操作性和身体性的游戏冲动重新转化为传统的阅读行为，以一种数码的方式！

几乎在同一时间，美国鼎鼎大名的科幻作家威廉·吉布森发表了一首名为 Agripa 的长诗，纪念他死去的父亲。这首诗的开头是这样的：

我迟疑地
解开
把这书绑订的丝结。

一本黑色的书：
AGRIPPA 牌相册
可以添购额外的册页

柯达出品
黑色的纸张
犹如被时光焚黑

与 Game Bytes 相似的是，该诗以 3 英寸软盘的载体发行，当诗行卷过电脑屏幕，一个特殊的程序就设定它自行销毁，不可倒回去阅读，犹如生命之不可逆。

但是，有好事的电脑高手用解密的手段，把自行解体的诗行重新恢复，并公之于网络。在数码世界里，起死回生的事情，是经常发生的。

十多年后，AMAZON 总裁贝佐斯从这个后现代的诗歌行为艺术中看到了商机，声称将推出有阅读期限的图书，过期无法阅读。

1995 年，我成为上海电信的首批互联网用户之一。我用前 Google 时代最伟大的搜索引擎 Altavista 找到了 Game Bytes 的大本营，把它所有的过刊都下载了下来。慢慢地，我不玩游戏了，但是对游戏的热爱如故，也就是说，我从一个游戏玩家，蜕变为一个游戏杂志爱好者。这也是一种相当普遍的人类行为吧，俗称异化。

所有在 DOS 时代曾经浴血奋战的同志，可以借这份免费和永生的极品杂志，温故一下自己的记忆：

http://wwwdosmuseum.com/doku.php? id = gamebytes:index

新的书香

那个年代，要玩游戏，对软硬件没有点知识是不行的。慢慢地我也就被身边的人称为"电脑专家"，甚至还获得一个"复旦大学人文学院电脑中心主任"的头衔。

1997 年，杨福家校长指派我到挪威奥斯陆大学，跟随何莫邪（Chritoph Harbsmeier）教授学习信息处理技术。何先生学富五车，诙谐豪迈，是挪威皇家学院的院士，李约瑟的好友。李约瑟委托他撰写《中国科学技术史》的语言逻辑分卷，我去的时候，该卷已经完稿，何先生正为来不及校对而发愁。我也就当仁不让，承担了部分校对工作。

有一天，何先生拎了一袋软盘来到我的房间，愁眉苦脸地说，你看，我们大学花了几千块钱从中国买了一套全唐诗全文数据库，可是买来了根本就不能用，你能不能想想办法。我打开一看，这个数据库就是用 DOS 的 BACK-UP 命令打包分卷备份的，用 RESTORE 命令就行了。何先生兴奋得像小孩子一样欢呼雀跃，从此他也不叫我名字了，直接称呼"大恩人"。这也是我第一次接触到可以全文检索的文献数据库，震撼于其功能之强大。我是一个唐诗的热爱者，我曾经在 1978 年 5 月 1 日在南通和平桥新华书店外面彻夜不眠排一个购书的长龙，第二天清晨买到的寥寥几本书中就有人文版的《唐诗选》。但是，过了 20 年，面对 320×240 分辨率，黑白界面，以检索条目呈现的唐诗，我彻底倒了胃口，完全没有阅读的兴趣。同样是极为粗糙的界面，Game Bytes 给我带来的是阅读的狂喜，而唐诗数据库给我带来的是震惊和沮丧，为什么？

但就在同一年，回国以后，我买到一张叫作"中国古代文学宝库"的光盘，感觉又大不一样了。这张光盘包含了四大古典名著、三言二拍，以及全唐诗。这个 WINDOWS 下的全唐诗与何先生那个 DOS 下的全唐诗比起来，完全是鸟枪换炮，不可同日而语。"中国古代文学宝库"做得非常漂亮，不仅上升到 640×480 全彩的分辨率，而且里面的书页可以选山水画作背景，上下两端各有卷轴，文字在中间，你可以选择让文字自动地慢慢地向上卷动，仿佛一幅字画在慢慢地展开，再配上几十首美妙动人的中国古乐，那意境比市面上买到的书强多了。文字的字体、大小和间距可以根据你自己的窗口平台任意调节，如果是老花眼的人，可以把里面的字体放大到核桃那般大小。我最喜欢选用三号的行草字体，配上《春江花月夜》的音乐，看《春江花月夜》慢慢地向上升起。遇到任何一个不懂的字，用鼠标点一下，就可以看到权威的解释，听到标准的读音。你见到过这样的书吗？这已经不是书了，这是艺术。读这样的作品是一种真正的享受。你会感觉到，新的"书香"正在产生。何必一定要死守住已经严重破坏生态、大量消耗能源、污染极其严重又贵得太不像话的纸质书呢？

我曾经瞎想过，如果秦始皇的时候就有网络和电子书，焚书坑儒是更容易呢还是更困难？这个问题打破了头也想不清楚。想当年儒生为逃秦火，还要把笨重的竹简藏在墙壁的夹缝里什么的，又吃力又危险。如果是做成电子书的话可以用一张光盘来轻松搞定，可以放在自己硬盘的一个隐藏目录里，可以藏在网上的免费信箱里，还可以寄放在公共的 FTP 站点。可如果那时候大家读的都是电子书而不是竹简的话，秦始皇大可以命令他的电脑专家做一个超级病毒，让所有的电脑统统瘫痪。如果这样做还不能让中国文化断子绝孙的话，他可以干脆命令把电厂关了，让大家一了百了。

几乎在同一时间，美国 NuvoMedia 公司推出"火箭书"（Rocket Ebook），这是世界上最早的专业电子书阅读器之一。它重 0.6 公斤，大小与普通平装书相仿，用户可以将在网上购买的电子书下载到电脑上，再导入"火箭书"，一共可装载约 4000 页的图书，售价为 200 美元。NuvoMedia 于 2001 年被 Gemstar 公司收购，但是到了 2003 年，Gemstar 即宣告倒闭，中止其电子书阅读设备以及电子书内容的销售业务。失败原因：除了早期阅读器分辨率较低，阅读效果较差以外，"火箭书"只能阅读独家封闭格式，书源很少。

"躺着读书"

1999 年，我在日本东京大学教书。远居异国，备感寂寥。何以解忧？对我而言，惟有秋叶原电器街，当时号称世界电器之都。收入所得，一大部分投在购买各种电子器材上面。有一回看到一只巴掌大小的卡西欧电脑，爱不释手，当场拿下。这台型号为 PV-100 的掌上电脑，以今天的标准来看指标极为低下：3 寸多大的单色屏幕，120×120 的超低分辨率，1MB 内存，只能使用固化的内置程序，没有任何扩展功能。但是它有个无与伦比的优点，那就是可以装进口袋。而且在反复折腾之下，我居然发现了许多操作手册上没有标明的功能。比如说，手册上根本没有说明它可以和 PC 联机，还可以把 PC 上的文件拷贝进去，甚至可以阅读文本文件。也就是说，它可以摇身一变而成一台随身手持阅读器。

它与 Game Bytes 和"中国古代文学宝库"相比,有个巨大的进步,那就是可以像传统的书那样捧着读,甚至是躺着读。著名作家陈村在"榕树下"开过一个专栏,叫"躺着读书"。"捧"和"躺",是千百年来形成的阅读的本真状态。据此类推,不能"捧"和不能"躺"的,就不是真正意义上的书。从这个角度来看许多人对坐在电脑面前阅读的反感,也就一目了然了。确实,那是腰酸背痛,头晕眼花,难以持久的。

那时候,一些早期的网上书屋已经开始出现,比较有名的如"文学城""青少年读书网""黄金书屋"等,各种免费资源令人眼花缭乱,对于远在异国,购买中文书不便的我,更有特殊的意义。当时下载阅读的一些作品,今天回想起来,印象深刻的,有黄永玉的《大胖子张老闷儿列传》、妙子的《林斗在 1977 年》、谭竹的《一生有多长》。我也记得曾经在从东京港区白金台开往文京区本乡的红线地铁上,掏出 PV-100,重温从网上下载来的王朔的《顽主》。环顾四周,日本的通勤族也大多在埋头阅读,不过他们拿的可都是再生纸的口袋书,顿时心中升起一股身怀利器、与狼共舞的豪情壮志。

多年以后,曾经和我一起坐过两年通勤地铁的这帮人终于鸟枪换炮了。他们手上开始出现索尼 PRS-500 电子书,还有……手机。手机小说在日本横空崛起,大行其道。2007 年日本畅销书排行榜的前 10 名中,有 5 名是手机小说,每部销量都在 40 万册以上。用他们的说法是:手机小说救活了整个日本出版业。目前最热门的《恋空》,销量已达 200 万部,还将被拍成电影,国内各大出版社正在抢购这部书的版权。对此,我毫不觉得奇怪。

寻找理想的平台

用 PV-100 来看书,除了随处可看、还有可以躺着看以外,就没有任何优点了。那种粗糙丑陋,不是任何一个热爱书籍的人所能忍受的。有更好的屏幕,更精美的字体,更舒适便利的操作吗?有的。早在 1993 年,苹果公司就生产了代号为"牛顿"的随身个人电子助理。今天的 PDA 上的一切功能,在"牛顿"身上一应俱全。它唯一的缺点,是太大,太贵。还有,就是问世太早。1998 年,"牛顿"黯然退世,留下一批狂热的粉丝,拥戴至今。粉丝们热爱"牛顿"的原因之一,就是它可以成为一个相当理想的电子书阅读器。5 英寸的屏幕,320×480 的分辨率,超长的待机时间(据说可以达到一个月),足以让当年的我大流口水。

但是"牛顿"实在是可遇不可求的神器,至今我也没有搞到一个。这时候,电子书的概念已经开始流行了。2000 年 3 月 14 日,号称是人类历史上第一本无纸小说的《乘子弹飞行》绕过印刷厂，直接通过网络渠道发行。这是斯蒂芬·金遭遇车祸以来出版的第一部新作。该书在第一天就以付费下载的形式销出去40万份，开创了出版史上空前的一项纪录，作者也因此狠狠地赚了一笔。

《乘子弹飞行》的巨大成功无疑是在已经被炒得很火的"无纸出版"这个概念上面浇了一勺热油。当然金也是一个相当特殊的例子，他的名字实在是太有号召力了。贝佐斯说，金哪怕是在香蕉皮上写书，大家也会抢着来买。

2002年，我在PV-100上写字的时候，用力过猛，液晶屏幕竟被我戳成冰裂状，迫使我升级购入一台国货精品，联想天玑XP210。这是我第一次接触到WINDOWS CE系统的掌上电脑，核心是Intel Xsale PXA250处理器，运行频率400Mhz，配以64MB RAM以及32MB ROM，3.6英寸320×240分辨率的彩色屏幕，这样的指标，就是放在今天，也是相当过得去了。XP210全金属外壳，四角圆润，轻薄而富有质感，与全塑料的PV-100完全不可同日而语。我第一次把XP210拿在手上的时候，脑子里想到的是：我们真的崛起了。XP210的使用也是非常便利，熟悉WINDOWS的人完全不用学习，直接就能上手。它可以运行成千上万的PPC软件。电子书方面的软件，就有Halireader，Teamone Reader，Mobi Pocketbook，Isilo，掌上书院等等。我最喜欢的是一个叫ubook的免费阅读软件。这是唯一一个在PPC上能真正彻底地更换"皮肤"的程序。其它软件的所谓"换肤"，只不过是更换颜色而已，而ubook可以把阅读界面改造成自己喜欢的任何形状。我想，这个ubook的设计者，除了是个编程高手以外，真的很懂书，很爱书。我最喜欢的，是羊皮封面的"皮肤"，左侧是乌木卷轴（是的，就像数码时代最早打动我的那个"中国古代文学宝库"中的虚拟卷轴），暗黄的内页，可以看出纸张的纹理。暗黄的颜色对我很重要，因为在我最热爱图书的少年时代，图书是稀缺之物，当时我们最喜欢读的书，是那些被禁的、纸张暗黄的"毒草"。

XP210还可以装上一个叫Comiguru的软件，用来看漫画。我曾经一口气装上60本1960年代上美版的《三国演义》小人书，可怜我小时候只从同学那里借到过其中的一本缺张少页、纸质暗黄的《李郭交兵》，多少无奈，多少渴望，多少梦想！从《李郭交兵》，到我看到《三国演义》小人书的其他分册，这中间跨过了30年，跨过了"文革"，跨过了模拟与数码的分界。

2003年，我带着XP210来到波士顿。几乎每一个周末，朋友都要驾车带我到郊外去远足。他们喜欢带上我，不仅是因为我会做一种极香极适合野餐的卤肉，更因为我的XP210可以插上CF口的GPS全球卫星定位仪，在任何时候、任何地点都不怕迷路。我喜欢秋天新罕布什尔的白山，当朋友去爬山的时候，我挑一棵又大又红的枫树，坐在树下的山石上，掏出与我小时候最热爱的小人书一般大小的 XP210，打开 Comicguru，在满山的红叶中，把我小时候没有看完的《三国演义》小人书接着看下去。

渐行渐远

再往下，事情就有点失控了。我不断地升级桌上电脑、笔记本电脑、掌上电脑，而升级的时候总是会很执着地想：这个东西看电子书效果怎么样？为了字体更精细，外形更时尚，我抛弃了心爱的 XP210，购入 PALM 操作系统的 ZODIAC。此机堪称电子尤物，流线型的身材，超薄的厚度，比 XP210 更有质感的暗黑金属外壳，屏幕也上升到真彩的 320×480，阅读效果已经接近传统纸质书。但是很快地，WINDOWS 阵营又推出分辨率达到 640×480 的 PDA，我也就在 2005 年的半年之内相继购入三大 PDA 厂商的旗舰产品：东芝 E800、惠普 4700、戴尔 X51V。这完全是条不归路。到了 2006 年，我又从网上购买了二手的韩国三星 NEXIO S150，一个相当另类的冷僻产品，国内少有人知，内含 CDMA 手机模块。我看中的是它的屏幕，竟有 5 英寸之大，分辨率更高达 800×480，绝对是观看电子书的理想平台。

屏幕越来越大，分辨率越来越高，界面越来越美观……但这不是唯一的方向。近年来，手机功能越来越强大，与 PDA 越来越合二为一，从拍照到 GPS 到上网，大有包揽一切，一统天下之势。比如我手头的 LG KU990，三寸屏幕，400X240 的分辨率，装上 ANYVIEW 3.0 读书软件，阅读效果比当年的 PV－100 不知要强多少倍。基本上，如果是在上班高峰的时候去挤公交车，东倒西歪，一只手吊住车顶横杆的同时，突然冒出来阅读的强烈欲望的话，救急的唯有可以单手操作的 KU990。如果能够有座位了，那么自然就会从另一个口袋中掏出更有感觉的戴尔 X51V。到了星巴克呢，那就得有更大尺寸的牛物，比如笔记本电脑，这样与环境才显得和谐。

曾经有人预言，电脑时代是图像时代的新阶段，文字和书籍会凋零。结果呢？到了网络时代，文字铺天盖地、变本加厉地回来了。传统书籍的时代，阅读是特定空间和时间发生的行为，比如要在书房，要在图书馆，变态一点的只有在卫生间才能看得进书。到了 PDA 和手机时代，阅读行为变得无所不在，简直是随时随地可以进行。我相信自己一生从来没有像现在这样在读书上投入这么多的时间，但是我也从来没有像现在这样与书店和图书馆渐行渐远。

书的灵魂

但是这里面有个很大的问题。

我总的阅读时间远胜以往，但一次性阅读的时间却难以长久。我的阅读越来越变成零星的、快餐性的、速食性的行为。一个根本性的原因，在于所有这些大大小小的电脑，都是使用的液晶屏幕，尽管比更早的 CRT 显示器要好，但还是存在不同程度的闪烁和眩光，容易引起视疲劳，也就是所谓视屏终端综合征。那么，有没有不伤眼睛，真正为长时间阅读打造的产品呢？

有的，这就是专业的电子书阅读器。目前，最流行的手持电子书阅读器越来越多采用"电子墨水"（E Ink），这是 E Ink 公司 20 世纪 90 年代以来开发并日趋成熟的技术。其原理听上去实在简单，所谓"墨水"者，就是无数头发丝直径的微囊。每个微囊里有带正电荷的白色微粒和带负电荷的黑色微粒，悬浮在透明的液体中。当施以正电场的时候，白色微粒游到微囊的顶部，电子纸的表面就呈白色。同时，一个相反的电场把黑色微粒拖到微囊的底部藏起来，不让我们看见。用同样的原理，也可以让黑色微粒显示，而把白色微粒隐藏。"电子墨水"不同于一般的平板显示器，如同普通纸一样可以反射环境光，无需背光灯照亮像素，没有任何闪烁，不伤眼睛，阅读效果与真实的墨水非常相似，而且可以在不再加电的情况下保留住原先显示的图片和文字状态，极大减少能耗。

2006 年，天津津科公司推出使用"电子墨水"技术的专业电子书阅读器翰林 V8，其技术指标我早已了然于胸，十分满意，极为期待。可是一看到实物图片，顿时大失所望：略嫌臃肿矮胖的个头，犹如老式电视机那样厚厚的边框，更糟糕的是上下左右密密麻麻排满各种各样按钮，让人望而生畏。这个外形，说得客气一点，是平庸、繁琐和小家子气，缺乏书的感觉，激不起人阅读的渴望。

我热切关注国内的专业电子书开发商已经多年，研究过他们的几乎所有产品。我一直渴望拥有一台给人真正书的感觉的电子阅读器，可是我一直迟迟没有下手，而是固守着一堆只能称为替代品的大大小小电脑，究其原因，一是觉得技术还不成熟，再就是几乎所有的外形设计都入不了我的眼。我觉得，几乎所有的电子阅读器制作商都不知道"书"这个东西真正是什么。他们以为书就是传播信息的工具，仅此而已。大错特错！他们不明白，书与人类千百年来培养出来的关系非同小可，至少是伴侣和导师，甚至是灵魂和图腾。在一个廉价的塑料框子上嵌块劣质、伤眼的显示屏，给人带来的，只能是巨大的沮丧、挫折和厌恶感。在下班后的地铁上，也许能用邮票大的手机屏幕打发一下时间。但是在浴后、在音乐间、在躺椅上、在微风里，我们需要一些更优雅、更美好的东西。恳切希望厂商们明白，在做"书"的时候，在技术已经腾飞的时候，美学、品位和风格真的比什么都重要。

国外的厂商也好不到哪里去。比如 2007 年底 AMAZON 爆炸性推出的 Kindle，迅速成为美国各大媒体的封面故事，被认为是跨越式的产品，AMAZON 老板贝佐斯也踌躇满志，要在模拟时代最顽固的堡垒——图书领域——干一场相当于 iPod 在音乐领域那样的革命。Kindle 功能极为彪悍，使用也非常便利，其最大优势，在于依靠 AMAZON 雄厚的图书资源，绝不会出现其他电子书平台上缺少内容的尴尬局面。Kindle 发布时同期推出 90000 部图书，其中包括《纽约时报》畅销书榜中的绝大多数作品。Kindle 的另一优势，在于它采用了先进的无线技术，不需要借助互联网和 Wi-Fi 即可保永远在线，无需电脑即可随时随地下载图书。但是，我们这些纸质书和电子书长期的死忠，一看到 Kindle 的实物照片，都忍不住哈哈大笑，既为电子书失望，又替纸质书庆幸。

贝佐斯不懂书？全世界恐怕没有人敢这么说。但是他可能太爱书，也太懂书了，又走到了另一个极端。比如说，他的电子书要长得像传统书，所以成心让 Kindle 做出厚厚的书脊的模样，但这又完全违背了电子时代轻薄便携的美学标准。这里面有个悖论：数码时代的电子书，要让人有传统书的感觉，但是又不能照搬传统书的外形。也就是说，要神似，而不能形似。谁掌握此中的真谛，谁才能真正拥有电子书的未来。

就在对 Kindle 失望的同时，我漫长的等待终于有了回报。2007 年底，津科在连续推出外形与 V8 差不多的 V6 和 V2 之后，终于出了一个改头换面的产品：V3。屏幕还是 6 英寸，800×600 的分辨率，但是边框变窄变细，按钮大大减少（与 Kindle 的发展方向完全相反），采用黑色磨砂面板，风格简约时尚。虽说功能比起前面的产品大大缩水，可真的让我眼睛发亮，二话没说，立刻上淘宝买了一台。买来的第二天，我就把 V3 拿到著名作家孙甘露那里去炫耀。甘露当然是传统图书最忠实的热爱者，他手持 V3，把玩多时，爱不释手，眼中流露出极为复杂的感情。

这将会成为一个争论的焦点：电子书是要走简约化，功能单一化的道路，还是要像 Kindle 那样，可以上网浏览博客，也可以用屏幕下面的键盘输入关键词检索，还可以在书中任意写字批注？这也涉及到贝佐斯津津乐道的下一代书，也就 Book 2.0 的概念。传统的书是稳定、单一、封闭的，而 Book 2.0 则是开放和集体性的，每一本不是作为个体存在，而是相互链接，相互指涉，读者也不是被动地阅读，而是可以相互做即时的讨论，甚至可以在第一时间把意见迅速反馈给作者。再进一步，Book 2.0不再具有稳定的物理形态，它可以像妖怪那样变来变去，作者可以随时随地改变作品的内容，这过程当中读者可以参与进来，充当某种意义上的作者！不要说这不可能，想一想如火如荼的维基百科吧。

据说Google正在偷偷地把全人类所有的图书做成一个知识的终极数据库（http://books.google.com/）。贝佐斯也梦想把以往所有出版过的书都做成Kindle格式来卖钱，这样可以永无缺货之虞。人类会到最后只有一本书，它的名字叫Google吗？人类最后会只有一个书店，它的名字叫AMAZON吗？

（原载《严锋老师》微信公众号2017年8月29日）

甘　露

石　厉

　　少年时代一个初夏的早晨，我站在新疆石河子冰凉而寂静的街头，听一位弹三弦子的中年艺人用他沧桑的声音，一边弹一边吟唱，"姑娘的心，就像草尖上的露水，湿了又干了"。这首歌似乎不短，一叹三咏，但其他的歌词我都淡忘了，只有这几句印在我的脑海中，时间与苦难都无法将其抹去。从那个时候起，如宝石般镶嵌在这首歌中的"露水"一词就从天上流入我的内心，在我的身体里开始凝结和扩散，后来进入血管，流遍我的每一个神经末梢。有很长一段时间，看着草尖上和树叶上的露水，我都不忍去触碰，我不想看着那晶莹的露水瞬间破灭，然后消失得无影无踪。后来我仔细想了想，这露水在夏天的北方，只要是太阳升起前的早晨，都会沾满所有的草木，因此我最怕的不是大自然中露水的消失，而最怕的可能是自己心目中那像姑娘的心一样纯洁而透亮的露水，突然难以经受阳光热烈的照射而被带走，从此在这个世界上再也寻找不见。

　　一种原本自然的物质，一旦进入人的视线，受人追捧，它必然就要发生变异，远离事物最初的形态。透过自然界的露水，人们发现了露水之后还有一种露水，但又不仅仅是露水，或者说，按照人们的想象，它美轮美奂，能代表上天，向人们传递祥瑞与祝福。所以它也不是屈原在《离骚》中所说"朝饮木兰之坠露兮"中的坠露，它是一种被中国古人奉若神明的"甘露"。随着这种遥不可及的事物降临人间，也许可以平复人们的诸多幻想，甚至缩短人们与"上天"的距离。

一

　　所谓甘露，老子说："天地相合，以降甘露，民莫之令而自均。"显然古人所说的甘露，不是平常所见的露水。老子所讲的甘露，当然是合乎天地之道然后才能凝成，犹如不靠指令而均匀自成的民风。这样的甘露，成了天人合一思想的验证。《管子·小匡》曰："时雨甘露不降，飘风暴雨数臻；五谷不蕃，六畜不育，而蓬蒿藜藿并兴。"（引自 1986 年 7 月第一版上海书店出版社《诸子集成·管子》第 5 卷）按古人的说法，时雨、甘露不降，显然是不祥之兆。当时的人们以为，天下太平，上天才会为人间降甘露以嘉勉；另外人们也以为，饮用甘露，可以延年益寿。由此可见，甘露可食。文治武功都相当了得的汉武帝就曾经苦苦追寻过好像能让他万寿无疆的甘露。大概人急于追求什么，什么就不容易得到。我读《史记》时发现，在遭受腐刑而忍辱负重的司马迁笔下的汉武帝，透过表面的热闹，基本上乏善可陈。当后汉的史学家班超在书写《汉书》的时候，也基本上继承了这样的历史曲笔，在与汉武帝相关联的历史事件的叙述背后，都蕴含着对汉武帝本能的仇恨与憎恶。比如汉武帝一直想得到被称为祥瑞之兆的甘露，主要为了能让自己服用，以求长生不老，他"其后又作柏梁、铜柱、承露仙人掌之属矣"（见《汉书·郊祀志第五》），以期甘露能降到"仙人"手掌高擎的承露盘中，但正如后人所说"汉武金盘，空望云表"（隋·卢思道《在齐为百官贺甘露表》）。看来这甘露，绝非一般的露水。汉武帝求之不得的甘露，却在被汉武帝几乎绝杀于褓褓之中的曾孙汉宣帝登基后，如期降临了，甚至频频降临。历史在此仿佛喘了一口气，好像甘露的降临是为人间的冤情终于洗雪之后撒下欢乐而甘甜的泪水。原来汉武帝时，汉宣帝（原名病已）刚刚诞生不久，其祖父太子戾因巫蛊事件被诬陷，致使全家三代遭难，尚在褓褓中的他在受刑时被人救出，后流落民间；18 岁时，时来运转，被大将军霍光奏请皇太后封侯，然后登上皇位。这个自小孤苦伶仃在苦难中长大的皇帝，从此勤政爱民，让神州河清海晏，天下因此变得温暖祥和。一个人的不幸，终于成就了亿万人的安宁，正如《周易大传》所言"首出庶物，万国咸宁"。由《汉书·宣帝纪》记载来看，从宣帝登基后的元康元年三月"甘露降未央宫"开始，甘露多次从天而降，宣皇帝德行仁厚，体恤民间疾苦，每次甘露降下时，他都会认为上天对自己的褒奖已经太多，因此几乎都要心生愧意地向天下颁诏，自我检讨一番。越是这样，甘露降的次数越多。这不知是老天眷顾他，还是史学家在祝愿他，此中天意固难明，已经很难分别。公元前 53 年—公元前 50 年，整整四年汉宣帝干脆用"甘露"作为自己的年号。这是一位中国历史上罕有的好皇帝，真正能够配享甘露的滋润，让我对历史又多了几分幻想。

　　后世不少帝王都用甘露做过年号。比如三国时的魏国皇帝曹髦（公元 256年—260 年），三国时的吴国末帝孙皓（公元 265 年—266 年），东晋时前秦皇帝苻坚（公元 359 年—364 年）等。但自汉以后，围绕着晶莹剔透的甘露，曾经的凶险与血腥难以散去。

在人们的想象中如此美好的甘露，最后竟然与政治谋杀不得不扯上关系。与甘露有关的宫廷政变，应该有两起。一起是曹魏后期甘露年间，出自皇帝曹髦之口的司马昭之心、路人皆知一语，不幸成谶，皇帝曹髦被弑，从此他命名的甘露年号与他的生命同时结束。这就是曹魏历史上的甘露之变。还有一起是唐代后期，宦官专权把持朝政，唐文宗为剿灭宦势，于大和九年十一月二十一日晨，以天降甘露于金吾仗院石榴树为名，与大臣李训、郑注密谋，准备诱使宦官去观看，然后将宦官势力集体铲除。不料计划失败，宦官仇士良等在金吾仗院发现有伏兵，逃脱后派遣神策军在宫内大开杀戒，屠杀六七百人，当天关闭宫城，又屠杀千余人。从此文官儒士随意被诛杀，文宗基本被软禁，最后抑郁而终，这就是历史上有名的“甘露之变”。从这次事变的细节来看，关于天降甘露，有两次奏报，一次是这日早晨，文宗得到天降甘露的消息，“出紫宸门，升含元殿”（见《资治通鉴》）后，先派宰相李训等率人去察看，“良久而还”（引与上同），估计是去布置起事现场，然后李训奏曰：“臣与众人验之，殆非真甘露，未可遽宣布，恐天下称贺。”（引与上同）然后文宗才环顾左右，示意让宦官仇士良等出含元殿去金吾仗院亲自察看。从这里，我们必然得出一个结论，也就是说甘露有真假之分，既然如此，那么真正的“甘露”到底是什么？

曹植《甘露讴》一诗：“甘露以降，蜜淳冰凝。”蜜淳，是指其味道，如蜜一样浓厚；冰凝，是指其形态，如冰一样凝固。

《陈书·卷一》：“自去冬至是，甘露频降于钟山、梅岗、南涧及京口、江宁县境，或至三数升，大如奕棋子……”其形状是大如棋子的凝固态，可收集好几升斗。

有人大概会由此认为天露就是冰雹，这绝无可能，历朝历代不会将冰雹认为是吉瑞的甘露，那岂非笑话。尤其是其味甘甜如蜜，冰雹或天然露水绝没有甘蜜之味。

二

《大明一统志》在“撒马尔罕”（即西汉所说的康居国）条曰：“小草丛生，叶细如蓝，秋露凝其上，味甘如蜜，可熬为饧，夷呼为达郎古宾，盖甘露也。”

有人认为，这种小草即生长在西域的骆驼刺，骆驼刺上分泌出一种露珠一样的透明液体，晒干后，变成小粒，其味如蜜一样甘甜可食。在唐代陈藏器的《本草拾遗》中称做"刺蜜"，并言胡人叫作"给勃罗"。因原书已佚，其书中内容见引于宋人的《证类本草》等，后又见引于《本草纲目》。

近读 20 世纪后半叶美国重要的汉学家薛爱华的大著《撒马尔罕的金桃》（吴玉贵译，社会科学文献出版社 2016 年 4 月第一版）其中关于"刺蜜"，也引述陈藏器"刺蜜"条，认为刺蜜就是骆驼刺所生蜜，标明胡人所说的"给勃罗"发音为 khār-burra，并认为与陈藏器所说的另一种"生巴、西域中"的"甘露蜜"，也是同一种东西，并认为这种东西与中国古人所说的甘露有关。那么胡人将骆驼刺所生"刺蜜"或"甘露蜜"称作给勃罗（khār-burra），似乎可以得到确证。

"给勃罗"在西域的正确发音我认为应叫"给罗"或"纥逻"，就是敦煌《昭君出塞变文》所载"边草叱沙纥逻分"中的"纥逻"，当然也是唐诗人白居易《阴山道》一诗"纥逻敦肥水泉好"句中的"纥逻"。陈寅恪在《元白诗笺证稿》（见三联书店 2001 年第一版）一书中对白居易这首诗进行诠释时，已不知"纥逻"为何物。他说："纥逻敦一词不易解，疑'纥逻'为 Kara 之译音，即玄黑或青色之义（见 Radloff 突厥方言字典贰册壹叁贰页）。'敦'为 Tunā 之对音简译，即草地之意。"寅恪大师一错再错。敦肥，是一个组词，形容草木繁茂，而"给勃罗""给罗""纥逻"一词，我认为就是汉语"甘露"一词的音译，西域人将骆驼刺蜜就以"甘露"的发音称之，而此处宽泛地指称骆驼刺这种植物，当此音再转译为汉语时，人们已经不知为何所指了。比如在许多西方汉学家所著中西交通史的翻译著作中，译家通常都将一中国地理名词音译为"何申"，但不知该词所指为何，其实就是"河西"的音译，也就是今日河西走廊一带，而再一次从外语音译时就不知怎么翻译了。

在古代西域，人们以为骆驼刺蜜就是中原王朝视为吉祥瑞兆的"甘露"，因而称其为"纥逻"。这两个音完全可以互相对译。无独有偶，清人吴其濬在《植物名实图考》卷十四中对于"甘露"又有另外一说："甘蔗，生岭北者开花，花苞有露，极甘，遂呼甘露。"甘蔗，通常在北纬 24 度以南的地区才能生长，其花苞上所生的露珠与西域的骆驼刺蜜一样，在古代属于蛮荒之地出产的东西，中原王朝根本难以见到。他们可以将其都称作"甘露"，由于相距遥远，少有人在此称呼上计较，久而久之，得到当地人的认可。当然也可看出另外一种现象，那就是古人所谓"甘露"，并非只指一种，也并非降至一物之上，它曾以多种形式出现。

南朝《宋书》卷二十八符瑞志第十八（见中华书局平装版《宋书》）就

有记载甘露降临不同物种上的情况：

"柏受甘露，王者耆老见敬，则柏受甘露。"

"竹受甘露，王者尊贤爱老，不失细微，则竹苇受甘露。"

"晋成帝咸和四年四月，甘露降武昌郡阁前柳树，太守诩以闻。"

"咸和六年三月，甘露降宁州城内北园榛、桃树。"

"晋简文帝咸安二年正月，甘露降随郡溠阳县界桑木，沾凝十余里中。"

"孝建二年三月，甘露降襄阳民间梨树。"

此处甘露降临的记载足有150余条，大部分记载虽然都说是甘露某时降在某地，或降临什么树木上，并且有"以闻"者或见证者，比较笼统，但是其中有三条记载，比较特殊，是说有人把所降甘露上献朝廷：

"明帝泰始二年四月己未，甘露降上林苑，苑令徐承道以献。"

"泰始二年四月庚申，甘露降华林园，园令臧延之以献。"

"泰始二年五月己亥，甘露降丹阳秣陵县舍斋前竹，丹阳尹王景文以献。"

"以闻"，虽然难免道听途说，但要上报朝廷谁敢弄虚作假？而"以献"，那就是说要拿出实实在在的"甘露"来，面对朝廷和帝王，岂敢虚诈？那么他们以献的这些"甘露"，到底是什么东西？应该是什么样的？

至少，它不可能是露水，那样就太普通了，那样是要犯欺君之罪，是要杀头的；它也不可能是冰雹，冰雹历来都被当作自然灾害，是不祥之物。那么它到底是什么呢？根据中国历史边民曾将刺蜜、甘蔗露作为"甘露"来看，大部分甘露，可能是在一定的自然条件下，树叶上或其他物体上形成的一种凝露，黏稠如饧，其味甘甜如蜜。

三

其实，天降甘露，并非不可能。《礼记·礼运》以必然的语气说："故天降膏露，地出醴泉。"注意这个"膏露"，就是指如蜜一般黏稠状的甘露，而"醴泉"，指甘美的泉水，二者都是天地间真实不虚的事情。南朝时，那个荒于酒色，不恤政事的陈后主，在享乐方面却是个天才人物，他根本不会像其他帝王那样，消极等待天降甘露，而是积极地去寻找天降的甘露。据《南史·陈本纪下》载："覆舟山及蒋山柏林，冬月常多采醴，后主以为甘露之瑞。"此处的"醴"为实词，应指甜酒一样的东西。也就是说，在舟山及蒋山漫山遍野的柏林上，采摘到像甜酒一样的东西，后主将其叫作祥瑞的甘露。

在奇妙的自然界，的确有这样的事情发生。当六七月份骆驼刺的叶子成熟丰满，风吹草动，茎秆上的刺把叶子刺破，叶子上就会分泌出露珠一样的浅白色液体，甘甜可口，晒干后，成为小糖粒，此为刺蜜的产生过程。除诸如此类骆驼刺、岭北甘蔗花苞等植物上自身分泌的甘露外，曾经的阅读经验告诉我，在一定的自然条件下，一些昆虫甚至会将汲取的植物汁液吐在树叶上或其他承载物上，形成许多甘甜可口晶莹透明的露珠，这也是甘露的来源之一。那些不易被人察觉的昆虫，在一定自然条件的影响下，它们代表着"上天"的意志，在密林、在上林的御花园、在皇宫神台的承露盘上降下甘露，给人间带来一番惊喜与向往。

随着岁月的流逝，我越来越体会到，在这个世界上，其实最难以捉摸的已不是甘露，而是隐藏在甘露后面的人心。人的欲望可包举宇内，囊括四海，在那自天而降的一片白茫茫的甘露面前，人心已高于甘露，甚至漫过了甘露。在今天，历史上热闹过、被人们一度追捧过的甘露，终于淡出人们的视野，被许多人早就遗忘，但奇妙的甘露该降下时依然降临大地，依然清冽甘甜。

主要参考文献：

全上古三代秦汉三国六朝文（中华书局版）

诸子集成（上海书店影印 1986 年第一版）

中华书局平装本《史记》《汉书》《南史》《宋书》

元白诗笺证稿（陈寅恪著，三联书店 2001 年第一版）

撒马尔罕的金桃（〔美〕薛爱华著，吴玉贵译，社会科学文献出版社版）

（原载《读书》2017 年第 5 期）

豹子是大地的衡器

蒋　蓝

活在四川方志中的华南虎与豹

华南虎是中国唯一特有的虎种，又被称为中国虎。

寻找中国的野生华南虎，近二三十年来，一直是生物界与动物保护组织经久不衰的话题。经过媒体反复报道，尤其是经历陕西"周老虎"事件之后，这个话题越发敏感。

1995 年林业部的一条未经确认的报告说，野生华南虎的数量已经不到 20 只。实际的情况是近 30 余年间在中国任何地区都未曾看见一只野生华南虎。1983 年我国最后一次捕捉到野生中国虎，是在大巴山深处的湖北利川市百户湾林场，那只幼虎后来被送往重庆动物园。而根据重庆城口县外贸局的收购单据显示，1981 年当地还收购到虎皮 1 张，收购价 50 元。

人们的常识性误会在于，野生华南虎的消失，主要是人类活动区域的急促扩张，生态恶化导致了野生华南虎的灭绝。仅在四川地区，如今我们只能在川西、川北山区以及岷山一线还能偶尔听到豹子出没的零星消息……

但事实并非完全如此。真实原因主要在于如下二点：

其一，很长时间来，人们没有把顶级食肉动物的生存，视作自然生物链完好的最重要证据。

其二，出口创汇，在较长时期成为压倒一切的地方根本性需求。

《中国国家重点保护野生动物名录》是 1988 年 12 月 10 日国务院批准，1989 年 1 月 14 日中华人民共和国林业部、农业部令第 1 号发布，自 1989 年 1 月 14 日施行。在此之前，其实也有类似保护条列。

到 1970 年代，四川省列入国家"一级保护动物"名录的动物是：大熊猫、牛羚、金丝猴、灰金丝猴、黑金丝猴、白唇鹿、梅花鹿、野驴、野牦牛和黑颈鹤，共计10种。

属于"二级保护动物"的共计16种：小熊猫、华南虎、雪豹、藏羚、盘羊、毛冠鹿、藏马鸡、红腹角雉、白尾梢虹雉、绿尾虹雉、藏雪鸡、大天鹅、小天鹅、疣鼻天鹅、鸳鸯、大鲵。在当时雪豹毕竟已经较为稀少了，可是"保护"到了这个地步，还是没有出现云豹（金钱豹）的名字。

在当时国家规定的"第三类保护动物"里，四川省有：马麝、林麝、马鹿、白臀鹿、水鹿、鬣羚、斑羚、岩羊、石貂、伶鼬、水獭、小爪水獭、大灵猫、小灵猫、金猫、猞猁、兔狲、云豹、猕猴、短尾猴、穿山甲、白鹳、蓝马鸡、红腹锦鸡、血雉、白鹇、白冠长尾雉，共计28种。

相关部门在20世纪50—70年代期间，鼓励号召民间捕杀这些尚未列入"一级保护动物"的大型食肉动物，用其皮毛出口，换取外汇。四川山区农村人口里，绝大多数成年男性拥有火药枪支，人民公社不得已为他们发放"火枪持枪证"，以此配售火药。在当时宜宾地区的兴文县、珙县、长宁县、宜宾县以及温江地区，农活期间有大量闲暇，而打猎则是全方位职业。四川广元地区，在1970年代，农村持有火药枪的比例竟然高达70%（《广元市林业志》，中央民族大学出版社2012年3月第1版）。

在出口一辆自行车仅仅换回8美元水平的时代，令人颜面无光，野生动物用自己的血肉与皮毛，奋力改变着这个利润的尴尬颓势。我从一张1960年代广为散发的收购豹皮的宣传画上，看到上面就印有这样的顺口溜，"组织捕捉金钱豹，支援出口很重要"。

打到的猎物，农民自己可以消化肉，皮毛、骨骼必须售卖给供销合作社。为了进一步提高售卖积极性，一些农村供销合作社规定：售卖虎皮、豹皮、熊皮一张，奖励一双胶鞋（或一套运动服）购物券。这对物质困乏的山村，颇有吸引力。

野生动物的换汇率也十分可观。当时的价格是：一张水獭皮70美元，一张金钱豹皮200美元，一张猞猁皮66美元，一张狐皮50美元，一张貉子皮35美元，一只牛羚8000美元，一只雪豹4000美元，一两麝香700美元……

截止到1979年，四川省年产野生毛皮约60万张（最高年产可近100万张），产值约90万元（不知是人民币，还是美元）；绒用和饰用的羽毛约200万斤（其中包括家禽），价值约200万元。

我手头有一本中国科学院成都生物研究所主持编纂的《四川资源动物志》，这套5卷本的权威动物志写作于20世纪70年代末期，全面反映了四川野生动物的分布与当时状况。在施白南、赵尔宓主编的该书第一卷《总论》

（四川人民出版社 1982 年 7 月第二版）当中，就清楚展示了野生华南虎与雪豹的处境。

看看当时出口创汇的动物价格：

> 在四川，水獭分布比较广泛，年产皮近 700 张，每张出口价值 30 美元。石貂（扫雪）和猞猁，仅分布于川西北高原，数量较少，前者出口每张价值 50 ~ 70 美元，后者出口一张价值 66 美元。豹（金钱豹）分布于四川省各山区，年产近 200 张，出口一张价值约 200 美元……（见该书，31 页）尤其值得注意的是，"稀少而珍贵的皮张还有虎和雪豹，前者在 1962 年全省曾收购过 23 张"。（见该书，31 页）

这就意味着，至少有 23 头野生华南虎，在 1962 年之前遭到了捕杀。鉴于皮毛收购对于每一个地区均有任务和指标，地方政府竭力实现芝麻开花节节高的贡献态势。

这些数字仅仅是以地区为此单位的年度统计。因为我还看到，"华南虎在青川、平武、北川、安县和绵竹等县有分布，1962 年曾在这一带共收购过 8 张虎皮"（见该书，39 页）。

涪陵地区，"华南虎较少，最高年产 10 张皮（1962 年）"（见该书，44 页），而当地的虎骨和豹骨的产量在四川各地中也拔得头筹，"虎骨的最高年产量达 180 斤，豹骨年产量 236 斤至 670 斤；猴骨 70 余斤……"（见该书，44 页）。

华南虎、金钱豹在这本《四川资源动物志》里，是列入《药用动物》麾下的。真实记录的捕杀数量是：

> 豹骨能追风定痛，强筋壮骨。提供豹骨的豹除金钱豹和雪豹外，尚有云豹和金猫（医药上称为杂豹），其产量仅凉山、甘孜、阿坝三州，1977 年就产 1100 余斤。虎骨能祛风，强筋骨、定痛、镇惊，最高年产量达 90 斤（1960 年）……（见该书 33 页）

豹骨甚轻。一头成年豹子，风干的骨头重量也就是 15 斤左右；真正的虎骨，骨质密度大、重量沉、油性大、色泽发黄、骨上会有蝌蚪纹状。

1955 年，在四川省雅江县，收购 1 公斤春鹿茸的价格才 72.4 元，收购豹骨 1 公斤才区区 1.9 元（四川省甘孜藏族自治州雅江县志编纂委员会编《雅江县志》，巴蜀书社 2000 年 7 月版，439 页）。

1970 年代，"文革"中印发的供销社收购价目上标明了这些动物皮毛的具体价格：虎皮 28 元/张，金钱豹皮 34 元/张，狗獾子皮 1.5 元/张，猸子皮 4 元/张……黄鼠狼分得很细致，上中下三等，分别为 1.8 元、1.2 元、0.8 元。

令人不解的是，为什么虎皮比金钱豹皮还便宜得多。难道是那个时候老虎太多吗？

从 1962 年到 1976 年，山西省共收购豹骨 10391 斤，即便按每副豹骨 15 斤计算，约有 693 只豹被捕猎。这是山西省 14 年里总的捕杀华北豹的数量，与四川比较起来，就不算什么了。单是 1977 年在凉山、甘孜、阿坝三州地界内，就捕杀了上百头野生豹子。

该书还提到大型食肉动物在另外地区的贡献：

> 万县地区的豹子骨头产量维持在年产 60~70 斤，虎骨产量甚少；达县地区豹子骨头产量维持在年产 150 斤以上；雅安地区一年的豹骨产量是几十斤，虎骨数量较少；西昌地区豹骨年产量达到 100 斤以上；阿坝地区在 1975 年年产豹骨 192 斤；甘孜州除了上缴虎骨之外，豹骨的产量，单是 1977 年，就为 918 斤。物华天宝的甘孜州，是无可争议的执牛耳者（见该书，39—52 页）。

本书编撰者也有忧心忡忡的表达，比如谈到南充地区的"药用动物"时，哀叹该地区"豹骨猴骨和獭肝等重要药材，近年来产量不多"。

从这些收购记录可以发现，华南虎、豹属首先是从人口稠密的川西南一线消失的，继而在川中地区消失，再波及至川东，最后的孑遗，残留在川西、川北山区。

可以肯定的是，川西、川北地区，至迟在 20 世纪 70 年代末期，仍然有为数不少的野生华南虎和数量更为巨大的野生豹生存。它们的皮毛，美丽着这个世界的欲望。

20 世纪 60 年代，美国总统夫人杰奎琳·肯尼迪的时装设计师奥列格·卡西尼（Cassini, Oleg），曾经为她设计了一件夸张的豹皮外套，从那以后，超过 25 万头豹子为满足皮草市场的需求失去了性命。奥列格·卡西尼意识到事情的严重性，他开始为自己的过失而后悔，努力让自己开创的这个市场消失。但是，这并不会终止"豹纹控"的瘾癖。

写到这里，那些鹦鹉学舌的人，高谈臭氧空洞、全球变暖、环境恶化造成大型食肉动物灭绝的人，似乎应该闭上鸟嘴了。其实他们都是人定胜天的信徒啊。

文豹与隋唐猎豹

在汉语里，有两种指向不同的文豹。

2012 年夏天，我在曲阜孔林的绿荫围护之下，跨过洙水桥，可以见到一道门，人们称之为"墓门"，有三门洞，石阶、碧瓦、朱门，不远处为享殿，那是祭孔时摆香坛的所在。门后是一条肃穆的甬道，古柏参天，铁枝虬起，足可让时光老去。石仪有华表、文豹、甪端、翁仲四对，为北宋宣和五年（1123 年）刻立。这模样像金钱豹的动物，据说叫"文豹"，文豹性温顺善良，是最佳守墓者。文豹据说能腋下喷火，还能识别好人与坏人，温顺善良，它与甪端均为传说中的神兽。华表系墓前的石柱，又称望柱；甪端也是一种想象的怪兽，传说日行一万八千里，通四方语言，明方外幽远之事；翁仲乃是石人像，传为秦代骁将，威震边塞，后为对称，雕文、武两像，均称翁仲，用以守墓。文豹雕凿造型流畅，调皮而可爱，豹子似乎处在嬉戏中，在我多年的游历与访古踏探当中，尚未见过能与之相颉颃的。据说抚摸文豹可以消灾避难，但抚摸也是有礼仪的，尤其是在孔林，必须从文豹的牙齿开始着手，然后颈部、胸部，由上而下。文豹已经被无数双手摸得油亮，发出石头的红光。

现在，我们回到文豹本身。

"文豹"一词至迟在战国时即已出现，到唐中亚"九姓胡"开始向朝廷进贡猎豹之后，方开始转化为猎豹之专称（《新唐书》卷 2214 下《西域传》，中华书局 1975 年版，第 6248 页）。猎豹也被称作"驯豹"，点明了它闪电速度之外的另外一个特征：容易为人豢养。

《山海经·海内西经》指出："开明南有树鸟，六首；蛟、蝮、蛇、蜼、豹、鸟秩树，于表池树木；诵鸟、鹘、视肉。"意思是说，开明神兽（天彭）的南面有种树鸟，长着六个脑袋；那里还有蛟龙、蝮蛇、长尾猿、豹子、鸟秩树，在水池四周环绕着树木而显得华美；那里还有诵鸟、鹘鸟、视肉怪兽等等。

蒙文通先生曾指出："《海内西经》还六次提到'开明'……这不会不和蜀国传说中的古帝王——十二世开明有关系。因此，我认为《海内经》这部分可能是出于古蜀国的作品。"（蒙文通《略论山海经的写作时其产生地域》，《巴蜀古史论述》，四川人民出版社 1981 年版）这就是说，在古蜀开明王朝权力辖区，豹子等动物很寻常。清朝王士禛的《香祖笔记》卷三里，提到了华丽的"山水豹"："山水豹遍身作山水纹，故名。万历乙卯，上高县人得一虎，身文皆作飞鸟走兽之状。"这几乎就是画家的范本。

我们在中国见到的距今最早的猎豹图像，来自四川三星堆文明。

尽管三星堆的文物保护人员把这两件文物都归入"虎"，但王宝星教授考证后认为那应该是印度猎豹。理由在于，古埃及人对于非洲种最大猫科类的狮子重视有加，法老王更常以狮子自比，代表勇敢和威信。如果人民能猎得狮子，并取下它的皮毛，必重重有赏。然而，狮子又岂容易遭到猎杀？相对印度豹就较之容易猎取，更往往成为古埃及人的宠物之一。如果这个考证合理，那么猎豹循古"蜀身毒道"而来到成都，就完全有可能。

　　"文豹"一词在唐朝之前也可以泛指豹属，在元朝时就有特定指向，即西亚猎豹。

　　元朝的汉人朝廷官员王恽写有《飞豹行》一诗，诗前有一段较长序言，记录了忽必烈纵豹捕猎的壮观场面："中统二年冬十有一月，大驾北狩（时在鱼儿泊），诏平章塔察公以虎符发兵于燕。既集，取道居庸，合围于汤山之东，遂飞豹取兽，获焉。时予以事东走幕府，驻马顾盼，亦有一嚼之快，因作此歌，以见从兽无厌之乐也（予时为左司都事）。"

　　诗中关于狩猎的具体内容如下："二年幽陵阅丘甲，诏遣谋臣连夜发。春搜秋狝是寻常，况复军容从猎法。一声画鼓肃霜威，千骑平岗卷晴雪。长围渐合汤山东，两翼闪闪牙旗红。飞鹰走犬汉人事，以豹取兽何其雄。马蹄蹴麋欻左兴，赤绦撤镞惊龙腾。锦云一纵飞尘起，三军耳后秋风生。豹虽逸才不自惜，雨血风毛摧大敌。风烟惨淡晚归来，思君更上单于台。血埋万甲战方锐，爪牙正藉方刚才。古人以鹿喻天下，得失中间系真假。元戎兹猎似开先，我作车攻补周雅。大笑南朝曹景宗，夸猎空惊弦霹雳。何曾梦见北方强，竟堕闲车甘偃息。扬鞭回首汉家营，一点枪缨野烟碧。"（王恽《秋涧集·飞豹行》）

　　这次豹猎之行是在忽必烈继位后不久举行的，当时正是忽必烈与阿里不哥的大战之前。诗歌从恢宏的狩猎场面与磅礴的气势等多个方面粗笔勾勒，使诗歌显得场面宏大，气势雄浑。元世祖统治中期，意大利威尼斯人马可·波罗来到中国。由于受到忽必烈的充分信任，他可以深入蒙古统治集团上层以及民间，观察其日常生活。他记载了元世祖在上都等地飞纵猎豹捕猎的情况，"大汗豢有豹子以供行猎捕取野兽之用"，"（大）汗每周亲往视笼中之禽，有时骑一马，置一豹于鞍后。若见欲捕之兽，则遣豹往取，取得之后，以供笼中禽鸟之食，汗盖以此为乐也"。这一珍贵记载可以元朝画家刘贯道的《元世祖出猎图》为证。不是亲眼所见，马可·波罗纵有荷马之才，也虚拟不了。

　　其实，远在唐朝时，依靠动物助猎已经成为一种朝廷风尚。武则天执掌大权时，为了迎合这种时尚，在大明宫禁苑内设置了专门的机构，负责皇宫中雕、鹘、鹞、鹰、狗、豹等动物的饲养和训练。鹞善于捕鸟，被誉为森林猎手。嘴爪锋利的鹰和长腿细腰的波斯犬，迅猛残忍，是捕捉狐狸的好手。唐代长安城中狐狸的作祟、危害，使得家家户户人心惶惶，据说狐妖最害怕的就是猎犬。而以速度取胜的猎豹，则是猎取羚羊、兔子的高手。这些动物多来自突厥、康国、安国、史国、波斯、大食的进贡，就连饲养和训练这些动物的官员，都是服役于宫廷中拥有官职的胡人，唐王朝强大的国力和广泛的国际影响由此可见。

比如，唐朝章怀太子墓中有大量壁画，其中有《狩猎出行图》，可以进一步说明猎豹、猞猁参与皇家狩猎的情况。

唐高宗的第六子章怀太子李贤（654—684），皇太子经常奉诏监国，却最终遭到生母"天后"武则天的诸多猜忌，直至贬黜，终于在流放之地受逼自尽。章怀太子墓中的这一幅巨作《狩猎出行图》，展示了这位壮志未酬的王子人生的某个壮丽阔达的瞬间。

《狩猎出行图》位于章怀太子墓墓道之东壁，高 100～200 厘米，长 890 厘米，是极为壮观的巨制鸿篇，也是唐代壁画的上乘之作。因为原图太大，后来在揭取时被分成 4 幅。整幅画面中现存 46 个鞍马人物，浩浩荡荡地奔驰在长安郊外的大道上。人物排列有序，最前方为探路随从，两侧为执旗卫士，最后为两匹辎重骆驼和殿后随从，中间大队人马束腰佩箭，架鹰抱犬、前呼后拥。大队人马之中，还可以见到来自西亚进贡的捕猎者——猎豹、猞猁的身影。两位骑手身后，蹲伏着警惕张望的猎豹和猞猁，一有动静，它们就将从马上一跃而下，雷霆出击。据史书记载，在唐代，鉴于帝王喜好狩猎，西域各国纷纷向唐廷进贡猎鹰、猎犬、猞猁、猎豹。猎豹和猞猁据说是印度孔雀王朝瓶沙王首先驯养成功。

1991 年陕西省西安市东郊灞桥区新筑乡豁口唐金乡县主墓出土，陕西省西安市文物保护考古所收藏。该墓出土了一组骑马狩猎俑，通高 37 厘米左右，形象各不相同，或架鹰，或携犬，或带豹，从侧面反映了唐代的社会经济生活。猎豹参与狩猎的证据，就是《彩绘骑马带豹狩猎胡俑》。俑长 31 厘米，高 42 厘米，骑猎者为典型的胡人打扮，头顶光平，脑后部齐发，额头缠系束带，身穿绿色小袖衣，赤左臂，紧握拳，腰缠丝带，双手抱猎豹，足着靴，端坐马鞍之上。据玄奘《大唐西域记》卷一载，粟特男子"齐发露顶，或总剪剃，缯彩络额"。由此看来，这一尊俑与记载完全吻合。粟特自汉朝开始就与中国有经济、文化方面的交流。隋唐时期，其地大约在康国一带。《骑马狩猎俑》造型里，狩猎者怀抱的动物，双腿较长，双耳竖起，分明是出自粟特地区进贡的猎豹。

西亚诸国使用猎豹，豹的品种大多是亚洲产奇塔豹（cheetch）。奇塔豹、猎豹入唐时间在 7 世纪后半叶—8 世纪前半叶，主要来自天竺以及粟特、安康、史景国。奇塔豹主产地在地中海以东干燥草原和丛林地区，它们身细腿长，嗜睡（昼睡夜起）善跑，性情温和，最早训练其充当狩猎助手的可能是埃及人（向达《唐代长安及西域文明》，商务印书馆 2015 年版）。

在盛唐时期，驯豹师一职已经完全由胡人充任，成为了他们的专利。唐乾陵有 17 座陪葬墓，其中等级最高的一座陪葬墓为懿德太子墓。懿德太子墓发掘于 1972 年，墓道全长 100.8 米，被武则天杖死的那一年，懿德太子年仅 19 岁，父亲中宗复位后，以太子的身份和皇帝的规格将其陪葬于乾陵，称他是唐代最为悲催的太子，恰如其分。"以墓代陵"恰是其宏大地宫建筑的全部旨归。值得关注的是，《唐会要》记载："开元初，（粟特康国）屡遣使献……犬、豹之类。"懿德太子李重润墓中的胡人牵豹图的绘制，则早于文献记载。而且，这也是以往陵墓壁画里没有出现过的内容。

这里的壁画风格，近似唐代敦煌壁画山水的笔墨，当中的懿德太子牵的就是猎豹，当时是巡豹。学者王鲁湘、张建林在一场对谈里指出，因为懿德太子还算是一个孩子，当时宫廷尚有鹰房、鹞房、豹房等等供孩子玩乐之物，而且可以利用这些动物往陵上供奉。到唐玄宗的时候，才下诏令陵地不能再供虎、豹、鹰、鹞这些动物。

也就是说，这些壁画有很重的对懿德太子的缅怀成分。

在其过洞壁画中，有象征皇宫内苑的《驯豹图》《架鹞戏犬图》《架鹰驯鹞图》等采用矿石颜料绘制的精湛壁画，画面最为紧张刺激的，是标志皇宫内苑的《胡人驯兽图》。在第一过洞里，东西两壁画有牵豹男仆四人：头戴幞头，身穿黄袍，脚穿长靴。其中有两人腰带上还有驯豹的特殊工具——铁挝。铁挝有点类似今天高尔夫球拍的器具，豹子向前张望，并跨步疾走、长尾斜垂，给人一种凶猛桀骜之感。但驯豹人则显得悠闲而自信，表明豹子已经训练有素，驯豹人渊渟岳峙，雍容大度。

在壁画着色方面，以平涂为主，但也使用晕染、随线描彩、涂金等工艺。注重物象的主体感与明暗变化，既有浓墨重彩的绚丽，又有焦墨、薄彩的轻淡。色彩运用豪放丰富，颜色使用了紫、红、绿、黄、蓝、黑等矿物颜料之外，还有金和银。胡人与猎豹的壁画构图当中，尚有一株盛开着红花的曼陀罗，这一挺立的植物，再次标明了胡人与猎豹的地缘来历。

在佛经中，曼陀罗花是"适意"的意思，就是说，见到它的人都会感到愉悦。我想，真有这样的暗示氤氲在的话，那么神灵置身其间，懿德太子安息否？

（原载《南方周末》2016 年 12 月 14 日、2017 年 2 月 13 日副刊）

辑四

哇，好啊，太对了呀！

舒国治

突接报社电话，谓歌手 Bob Dylan 刚获诺贝尔文学奖。嘱我写一文，谈谈感应。

Dylan 以七十五岁高龄，一个方方正正、严严肃肃的文学奖项，竟会颁给一个大伙素日只视为"伟大的歌手"的他，这突来讯息与此等出人意表的决定，乍闻之下叫人怎不惊讶万分？

然再一沉吟，哇，好啊，太对了呀！

七十五岁高龄，可谓众望所归，更是实至名归。然 Dylan 成名极早，五十年前已是歌曲与诗名举世深瞩。甚可说，他的成就与他广受人聆听不已，频频提及又频频播放之名曲，概在他自出道的十五年间（1961—1976）便已卓然底定。他当时已俨然是"活着的传奇"矣。名曲如 *Blowing in the wind*、*Like a Rolling Stone*、*Mr. Tambourine Man*、*Don't Think Twice, It's all Right*、*Just like a Woman*、*A Hard Rain's A-Gonna Fall*、*Knocking on Heaven's Door*、*All along the Watchtower* 等，被众歌手传唱不朽，全在他 35 岁之前便成定局。然没有人会想到 30 多岁的歌手（哪怕还是出色至极的诗人）会获此北欧国度的殊荣。

即使在不到 30 岁青年时期已获颁普林斯顿大学荣誉博士学位如许高的荣耀，为此他还写了一首歌 Day of the Locusts。

他的成就，主要在他的歌，可他绝对是了不起的诗人，却大多出以歌词的形式再自己弹奏乐器并开口吟唱，如同以此完成他诗作之立体的"朗颂"。

他少时爱诗，取笔名 Dylan，看出他对威尔斯诗人 Dylan Thomas 之钟情。他下笔写作，固是诗句最擅也最深得其情，意识流小说，他写过 Tarantula（当年中山北路书店亦翻印），看来非他所擅，不怎么受人谈论。

Dylan 得奖，相信人人皆会同意，甚至称善不已，更甚至有"深得我心也"之赞叹。我不禁窃想，询之于顽童式的摇滚巨星 Mick Jagger（滚石合唱团主唱）或询之于哈佛、耶鲁等英美学术巨匠，想必皆会同声称善。询之于奥巴马或缅甸的昂山素季，多半亦会深表同意并欣然道贺。倘史提夫·贾伯斯还在世，他也会拍案叫绝。有人谓村上春树多次列入诺贝尔奖的候选名单，而 Dylan 得奖消息，倘询之于村上，想来他必也道："太应该也！"

海明威曾谓美国文学，来自一本书，马克·吐温的《顽童流浪记》。看官不妨想，马克·吐温到海明威，再到已去世的瑞蒙·卡佛（Raymond Carver），皆是美国文学的瑰宝与优良传统，而 Bob Dylan 的作品，今日细细咀想，又何尝不是卓异精绝的美国文学？

受他影响的人，太多了。创作上言，他的无数歌曲里的隽语，与他天纵仙才妙手偶拾谱出的美丽音符，启发太多人也。我在年轻时，当然也是。至若他的崇高创作者地位，也必然升华成一种精神上的上师地位；所谓神，所谓领路者，所谓活佛等等，此等巨力，令太多社会改革者、政治奇才（如曼德拉等）、扶助弱小者，地球保护者也深受 Dylan 的感召，投身在自己热情的事业上。譬如说，拍摄极其追逐性灵电影的德国大导演维尔涅·荷索（Werner Herzog），倘问他，想亦会说："绝对是他，Dylan 太伟大也。"

没得之于 35 岁之年，而得之于今日高龄，更有一可能，乃近年世乱更亟，尤以美国在世界多次蒙受震荡，再加上今年大选在即，希拉里·克林顿与川普两方唇枪舌剑，连局外之人也不免捏一把汗，此一奖项颁给一个当年被诩为"先知"的 Bob Dylan，更有文学奖之中含蕴着一丝和平奖的意氛也。

（原载《理想国》新浪博客 2016 年 10 月 16 日）

听披头士的时光

张郎郎

中国摇滚史的开端之作，肯定是崔健的《一无所有》。我第一次听到年轻人合唱这首歌，是在1980年代的一个夏天。

那会儿，后来写出《疯狂的君子兰》《北京人》等畅销书的女作家张辛欣在北京人艺工作，为人艺培训班的学生毕业演出当导演，排演的是一出苏联的话剧。可能张辛欣觉得这些年轻人太不了解俄罗斯文化，就请我来做个文化普及讲座。

那会儿我低估了这些年轻人，虽然十年期间他们没机会接受正规教育，其实他们各有各的路子，借书、买书、抢书，甚至偷书，千方百计偷偷充实了自己。

我那会儿也太掉以轻心了，一高兴就容易天马行空。课后，张辛欣告诉我，讲得还算生动，反应还可以。不过，有些故事细节就值得商榷了。比如，邓肯的确是在叶赛宁自杀后才意外出车祸去世，可是你讲的故事时间不大对，两个时间节点并没那么近。听到此话，我顿时背脊发凉，以后，给这伙人讲课真得留神，可别不把豆包当干粮。

这伙年轻人彩排时，请我去看演出。全剧结束的时候，没想到那场面会让我耳目一新。他们在台上边唱边舞，唱的竟是崔健的《一无所有》。十来个青年，嘶吼着青春的无奈、愤怒与重生！我在台下屏住呼吸，老天爷，这难道是在80年代的中国北京！

当年这帮学员有丁志诚、冯远征、吴刚、岳秀清等等，现在都已经是大腕了。他们热情澎湃地合唱中国第一摇滚，久久激荡于我心中。不知道如今他们还有当年这股子浩气吗？

我们开始听披头士，试图学着唱他们的歌，开始于1965年底到1966年初。有朋友问：那时我国城市里在搞社教运动，农村在搞"四清"。你们怎么还有这样的闲情逸致呢？

其实人们在描绘一个大时代的时候，都是宏观叙事，说的都是大环境、大多数人的生存状况和精神状况。上世纪60年代中期的政治形势的确愈来愈严峻，但紧张的是上面和下面两头儿，而我们——“太阳纵队”文化沙龙及其外围的年轻人的位置恰好在中间，仿佛置身于宁静的台风中心。“太阳纵队”的故事我在随笔集《宁静的地平线》里有详细描述，在即将执行死刑时，我们被周恩来一纸救出，在十年牢狱之后假释出狱。所以，在当时我们只是另类的一小撮，并不能代表时代的氛围。

一天傍晚去王府井森隆饭店吃饭，我遇到了一群外国人，无意中听见他们在说法语。那会儿在中国学法文的人不多，于是我有点儿想嘚瑟，上前用法语和他们打了个招呼。没想到，这一招呼使得披头士歌声冲进了我们的生活。

北大的法国留学生郭汉博热情地请我们过去和他们一起吃晚饭。郭汉博当时在北大读研究生，专业是藏语和藏文化。一顿饭下来，似乎就成了朋友，老郭让我有工夫去北大找他玩儿。一来我对异国文化好奇，二来是想趁机练练法文口语，转天就兴致勃勃地赶到北大。郭汉博正在宿舍用打字机做作业，房间里一部新型录音机播放着我从来没听过的歌曲。我坐在一边等他做完功课，激动地听着闻所未闻的天外之音。

老郭可能是看到了我痴迷的表情，问我喜欢不喜欢这首歌，我说，从来没听过这种歌，也不知道居然能这么唱歌。他这才告诉我这首歌叫《橡皮灵魂》，还给我讲述了歌词大意。然后我们一边喝咖啡，一边分享了披头士乐队轰动世界的故事。

他说得眉飞色舞，我听得魂飞魄散。

我从高中开始学法文，用的录音机都是平放在课桌上。而老郭的录音机是竖着的，录音带像放电影那样竖着旋转，音色也比我的录音机好得多。当时，不知是被这个崭新漂亮的录音机催眠了，还是被披头士的歌声催眠了。仅此一次，披头士就让我着了魔。

再见到老郭是在紫竹院，我把踅摸来的两盘录音带给老郭，因为他答应给我转录。那回老郭还带来了法国姑娘玛利雅娜·巴斯蒂，她也在北大读研究生，专业是中国古典文学。她说她不太喜欢披头士，更喜欢法国那些平和别致的小调。说着，就唱了一首法国民谣。那是我第一次和一位货真价实的法国金发女郎面对面聊天、听歌。虽然我更喜欢披头士，但出于礼貌也出于对她的尊重，觉得她质朴的歌声也很动人。他们俩比我也就大两三岁，就觉得都是同龄人。

那天老郭把第一次替我转录好的录音带交给了我，我兴致勃勃赶回美院。正好外语附中的同学张润峰来看我，我们就一起去美术研究所找韩增兴。小韩是"太阳纵队"的外围，他虽然不写也不画，但是很喜欢和我们一起摄影、看电影、听音乐。当时，美院的大队人马都到邢台"四清"去了，校园里没几个人，我们几个就在宿舍里静静地听这些从没听过的歌曲。我事先已经忍不住绘声绘色地把刚从老郭那听来的披头士的故事讲给他们。记得当时我是这样形容自己如何被震撼：那声音，那节奏，直接劈开了我的天灵盖。

我是学法文的，润峰是学西班牙文的，小韩是学俄文的，所以，根本谁都听不懂他们在唱什么。但是，音乐的节奏及特别的和声已经让我们如痴如醉。我们一遍又一遍地反复听。忍不住地鹦鹉学舌跟着瞎唱，不亦乐乎。

1966年晚春，我们相约去西直门外的广州酒家吃饭。那天除了我、老郭、巴斯蒂以外，还有他们带来的瑞士留学生，我带来的哥们儿巫鸿。巫鸿1963年考入中央美术学院学习美术史。15年之后重返美院攻读硕士学位。1980年赴美，获哈佛大学美术史与人类学双博士学位，现在是芝加哥大学艺术史教授。在"太阳纵队"的圈子里，他算是在艺术、学术上硕果仅存的。

那天饭馆很挤，挤得我们不得不促膝长谈。我告诉他们：我们对披头士入迷了，请求老郭接着给我们录更多披头士的歌。他豪爽地说没问题。大概因为喝了点啤酒，我情不自禁地开始模仿披头士旋律，像模像样地哼唱了起来。他们几个听后面面相觑，诧异地问：你唱的是披头士吗？我说：没错！肯定是这个旋律，就是你给我录的这些歌呀。

老郭的立式录音机是便携的，就在他硕大无比的背包里。他打开录音机，放上那盘录音带，我熟悉的披头士响了起来。我一边跟着哼唱一边说，你看，你看，对了吧，就是这个。

他们几个哭笑不得，似乎百思不得其解。幸亏那个瑞士留学生音乐功夫非同小可。他说：老郭你把歌曲录反了。他们听的是逆行披头士。我们几个恍然大悟，哈哈大笑。没想到，倒着唱的披头士也这么好听。老郭说实在对不起，我拿回去全部给你重录。当时，我都傻了眼了，至今我也不明白，怎么会把音乐给反录下来呢，更不明白倒唱披头士也如此旋律优美、节奏清楚呢？老郭说：这说明披头士还是非常严谨的古典音乐，经典古典音乐旋律都可以反奏，一样好听。这回真让我们长了见识。

那天巴斯蒂正好坐在我旁边，我们聊得很开心。我问她是否喜欢滑冰。她说喜欢。我们击掌约定，冬天一起去北海公园去滑冰。其实我滑得并不好，不如巫鸿的跑刀滑得那么快，也不如外语附中的刘贵花样滑得那么花哨。我只是想，穿一身红色橡皮绸的法国金发女郎巴斯蒂，肯定会给北海冰场留下一幅难忘的美景。

　　正说着，老郭指着迎面走过来的卡玛说，她也是你们101中学的。我和巫鸿连忙回头，瞬间都愣了。那健壮高大的女青年怎么会是卡玛呢？卡玛是美国人，一副西方人长相，说一口流利的京腔。她的父亲韩丁受埃德加·斯诺《西行漫记》的影响，上世纪40年代来到中国，被周恩来总理称为"中国人民的老朋友"。巫鸿认识卡玛是在她初一的时候，我认识卡玛是在她初二的时候。那时我已经上大一了。在我们眼里她就是一个青涩苗条少女，才三年不见怎么完全变了模样？说来话长，再见卡玛已是在美国，她成了纪录片导演，还获得过普利策奖。

　　我们最后一次聚会，北京已经开始"破四旧"了。我们约好去颐和园西堤湖划船。尽管我带了便携式的电唱机，放上了一曲《Blowing in The Wind》，不是鲍勃·迪伦唱的，而是男女二重唱，音色非常柔和、悠扬。我们几个在湖中心，收起船桨任由小船飘荡。他们告诉我，得到通知了，所有留学生都得离开中国。那乐曲因此也似乎变得有些忧伤。这短暂的友情使我们惆怅，冬天的约会就此泡汤。估计至少一年之后，他们才能回来与我们重逢。我送给老郭一套影印本的《脂砚斋重评石头记》，另一位北京朋友居然陪老郭坐火车南下，到广州乘船回法国。那年头，友谊的重量似乎比黄金还重。

　　谁都没想到，这一别竟有二十年之久。直到1990年我去巴黎见到巴斯蒂，她已成了巴黎师范大学的副校长。我大吃一惊，这是培养让·保尔·萨特的学校。一个我年轻时代遇到的法国姑娘，居然也会变得德高望重。而郭汉博，当年的老郭，刚刚从《世界报》退休，和一位台湾著名学者合作编辑出版中国的古籍。他成了一个和蔼可亲的老人家，对我热心细心，带着我走遍巴黎中心的大街小巷，一一呈现他曾经给我讲过的典故。

　　当年，他们像候鸟一样飞走了，我们的披头士音乐源泉干涸了。原先那一拨儿最早传进来的披头士已经在我们及其周边的孩子中，引起了继续追寻的热忱。

　　我家对门的吴尔鹿有位同学叫林中士，住在友谊宾馆。林中士的母亲是英国人，父亲是马来亚共产党领袖。友谊宾馆住着世界各地来的友好人士，他家是常驻那儿的老住户。林士中可谓奇货可居，手里收集了许多北京青少年买不到的东西，他就做些这方面的小买卖挣点儿零花钱。他也认识老郭，告诉老郭一句中文俗语，就可以换杯啤酒或者几块人民币。据说"三十如狼四十如虎"一句话，就从老郭那儿挣了十块。

　　林士中手上有几张披头士的唱片，可我那会儿也没什么钱。他就带我去一对法国青年夫妻家做客，让我当面给他们画水墨画。我在他们家画了三张，一张花鸟，一张猫咪，还有一张头像。签了名作为礼物，回送给我的是一张披头士唱片，反正他们就要离开中国了。我就这样一来二去挣了几张唱片。

我入狱之后，这些唱片就落在我弟弟张寥寥手里。当时吴尔鹿手里也有几张。那会儿，仅凭这个，在北京青少年中他们俩就不得了了。后来寥寥开始自己弹唱披头士的《昨天》《黄色潜水艇》等等。

我于1977年最后一天出狱回到家里。想起了当年在黄永玉叔叔家听牙买加的流行歌手白利·方达的歌，就前去拜访。我想：也许他们现在应该也听披头士了。

和黄叔叔一家久别重逢，他老人家很开心，给我放上一张保罗·西蒙和加芬科尔二重唱的原版唱片。他们因演唱好莱坞经典电影《毕业生》主题曲而在国际流行乐坛大红，可看到这部片子却是在许多年之后。当他俩唱起了"Bridge Over Trouble Water"的时候，黄叔叔、师母和儿子黑蛮都小声跟着唱了起来。看来，这些年他们已经迈过披头士了。

1978年到1980年我回到中央美院教书，美院有许多留学生。他们带来了各式各样的西方音乐，有古典，有声乐，当然也有大批的摇滚。海啸般的音乐，扑面而来，而崔健作为标杆，开辟了中国自己的摇滚。

1988年我去了美国，和我同在普林斯顿的苏炜是黑胶唱片的发烧友。在他的影响下，我也开始收集唱片。当我看到披头士六七十年代的唱片，心头一股热浪穿过，真有"千里他乡遇故知"的感觉。看到西蒙的二重唱也赶紧买，看到ABBA也买。就像杰克·伦敦写的《热爱生命》故事一样：一个曾经长期饥饿的人，会像松鼠一样疯狂收集各种可口的食物。

前些年我回北京，给我弟弟寥寥带的礼物，就是当年他曾经拥有过的那两张披头士。他半天没说话，仿佛时光倒流。

现在我北京家里还有几张披头士的黑胶唱片，只是没条件听了。但我还会拿出来看看。"当我们想起年轻的时光，当年的歌声又在荡漾！"披头士黑胶唱片和曾度过那时代的我，看来不可分割。

（原载《财新周刊》2017年第1期）

画廊故事：大自然（八则）

止　庵

一

　　克劳德·莫奈。前些时去了几个楼盘的样板间，发现客厅里悬挂的都是莫奈画作的复制品。我觉得很有意思：莫奈的某些画与"幸福生活"或至少是对此的憧憬之间好像存在着某种联系，尽管这样的"被接受"无关乎一位画家的成就。看印象派的画须得保持一定距离，据说最早那批观者就是把鼻子凑到画布上去了，结果只看见一片漫不经心的混乱笔触。但是面对莫奈这些画，观者实际上总有一种隐约的愿望，想哪怕暂时地进入他所创造的氛围之中。我指的主要是莫奈在"印象派"时期，即一八七四年第一届联合展览会至一八八六年第八届联合展览会之间的作品，虽然他并未参加印象派这最后一次展览；或者再早一点，《日出，印象》（一八七二年）之后的作品。

　　莫奈以画风景画著名，但也画过为数大概不多的人物画，在画《日出，印象》之前，有几幅置身室外的人物的半身像，风景只是背景，如《坐在特鲁维尔海滩上的卡米耶》（一八七〇）、《特鲁维尔海滩上的卡米耶》（一八七〇）、《特鲁维尔海滩》（一八七〇）等，对莫奈来说也许不算重要，却对我们理解其风景画不无帮助：实际上，他所有的风景画都起步于此。如果说这是"第一步"的话，那么下列画作就是"第二步"：《圣址帆船》（一八六七）、《青蛙塘》（一八六九）、《贝松草原》（一八七四）、《花园里的艺术之家》（一八七五）、《韦特伊附近田野里的丽春花》（一八七八）等，不过是将人物缩小，背景的风景扩大而已。到了"第三步"，人物越来越小，只是隐约存在，乃至完全看不见，但还是与前两步差不多的环境，也就是说，其实人物还在那里——这乃是他们所看到的景色，如《赞丹》（一八七二）、《阿姆斯特丹的桥》（一八七四）、《阿让特伊的游艇》（一八七五）、《蒙索花园》（一八七六）等，《印象，日出》亦可包括在内。这与其说是人物从自然中退隐的过程，不如说是人物更深入自然的过程。然而不管如何深入，画的都是步履所及之处，而且对画家来说，原本是不分人文景观与自然景观的。这也是莫奈的画中始终有"人气"的缘故。

值得留意的是在莫奈的画里，究竟是些什么人物去到大自然之中。我在奥赛博物馆所见他的《草地上的午餐》（一八六五），虽然只是原画残留的两个片段，但与亦为该处收藏的马奈同名画作相比，除了是在外光下完成的——这对莫奈至关重要，另有一点不容忽视：这并不是一个玩笑。莫奈画的是几位绅士淑女的一次郊游，丝毫没有存在于马奈画作中的那种越轨与挑衅之意。莫奈这些风景画，都可以理解为某一特定阶层或某种特定性质的生活向着大自然——说穿了就是郊外，甚至只是室外而已——的延伸。

莫奈的画里很少具有内在冲突，而内在冲突几乎是现代绘画最重要的因素。可以举《花园里的女人》（一八六七）为例。画中那位穿着白色长裙、打着小白阳伞的女人，与树林、草地、树上和草地上的花完全协调一致，仿佛一切合该如此似的。莫奈绘画的安稳感和幸福感，很大程度上来自各种成分之间的协调，以及彼此共有的柔和。莫奈的人物总是那么体面、娴静、安详、幸福，仿佛都是事业有成、生活完满、无忧无虑。他们的心境与格调都带进了风景，所以风景也常常是阳光明媚，草木茂盛，即使时逢冬季（如《阿让特伊景色》，一八七五；《浮冰》，一八八〇），景色也在人物的心境、格调所允许的变化范围之内。莫奈的诗意不是诗人那种没边际也没着落的诗意，而是中产阶级忙碌工作之外的诗意、安宁、舒适，带点儿甜丝丝的温馨。隐藏在画后面的画家似乎是一位守成而又颇具品位的人物，态度总是坦然，一切都是"已经获得"，不是"意欲获得"，所以没有垂涎、躁乱之相。说来我一直不大明白：这么个对社会绝无威胁的好人，干吗开始那些年里大家非要坚决予以抵制不可呢。

一般认为，印象派的出现与照相术有着密切关系，然而若从仿真或清晰来考虑，被替代的传统绘画好像比他们画的还要更像照片一些。与其说照相术提示印象派画家该怎么画，倒不如说提示他们不该怎么画，至少莫奈的画法大概是对照相术的某种抗衡。"印象派"因莫奈的 Impression，soleil levant（日出，印象）一画而得名，这里"impression"一词，所描述的是主体与客体的一种融合。我们在莫奈的画里看到的风景，其实是一个人面对风景所感受到的风景的氛围。莫奈之前的这类画，氛围要靠观者从画面上细细感受，他则是直接把它画出来。

然而这是莫奈而不是任何别人眼中的风景——这才是最重要的，这一点莫奈坚持了一生。甚至是不是风景都无所谓——在莫奈的头脑中，未必有"风景"或"大自然"这一概念，虽然所画的大多是风景画。对莫奈来说，"方法"永远比"对象"更重要。可以比较一下《撑阳伞的女人》（一八七五）与《户外的女人》（一八八六），二者内容颇为接近，但在后一幅中，人物的面目，她的手，裙子的皱褶，总之各种与人相关的细节，都更不清楚了。画家对人越来越少关心，而对"光—色"变化留意得更多了。

　　这时作为美术史上一个流派的印象派已经结束。但莫奈认为，印象派的研究尚未完成，他就独自继续做这件事，从而走上一条孤绝之路。风景更纯粹地成为他的研究对象——从具体内容更多转向"光—色"的变化，或者说，将"光—色"的变化看作具体内容。"光—色"总归是要寄托于"形"的，虽然它们常常掩盖了"形"；莫奈后来所做的试验，则有一种使"光与色"完全独立出来的倾向。画家所需要的是一些能够体现"光—色"变化的载体——最好是同一载体，于是就有了系列画《干草垛》（一八九〇至一八九一）和《卢昂大教堂》（一八九二至一八九四）。这些画有种从简单中求复杂——而且是极尽复杂——的趋势，而且所画的都是无人之境。回过头去看，如今普通观者最重视的一点——此前那些画里的中产阶级以上的趣味和对他们的生活方式的暗示——在莫奈的美学中可能正是不够成熟、不够完美的地方，至少在他自己看来是如此。画《干草垛》和《卢昂大教堂》的莫奈，应该是他自己心目中的更重要，甚至可以说是真正的莫奈。同时画的《白杨树》系列（一八九一）同样体现了这一点，只是相比之下，色彩绚丽一点，好像多一点"人气"。但也许只是我们感觉如此，觉得色彩有感情因素，或者说，有与观者感情交流的可能，但在莫奈，未必与《干草垛》和《卢昂大教堂》有多大区别。画家画的是眼光，我们感受到的也许是心境。

　　莫奈后来大画特画的《睡莲》与《白杨树》系列之间似乎有更多的承继关系。当在MOMA看到来参观的人纷纷站到高两米，总长达十二点七六米的三幅连作《睡莲》（一九一八年）之前合影时，我想其间大概仍然不无"误读"。在《睡莲》中，"形"尽量简单，"色"尽量浓重，而对"光"的强调又要大于对"色"的强调。无论如何，《睡莲》更能让我们感觉到美，或者说，是"光—色"变化与美的最好融合；虽然在莫奈那里，"光—色"变化本身就是美。

二

　　艾尔弗里德·西斯莱和卡米尔·毕沙罗。对我们这种"看着玩"的人来说，西斯莱和毕沙罗似乎已经退隐到莫奈的身后。尤其是他们与一八七四年至一八八六年印象派时期的莫奈，假如不留意画上的署名，有时还真容易搞混。这几位的画都需要多看；看得多了，大概就能体会出各自的路数。好在法国、美国等地的博物馆里，他们的作品都广有收藏。

从一方面来说，西斯莱与毕沙罗之间比各自距离莫奈更远，莫奈仿佛居于他们之间；但从另一方面来说，莫奈离他们都不近。所以最恰当的还是将三位看作各在三角形的一个角上。毕沙罗某个时期的一些画——我指的是他受点彩派影响的作品，尽管他以前的画的笔触其实已经与"点彩"很接近了，在莫奈和西斯莱笔下肯定见不到；莫奈最后四十年里的"系列连作"，毕沙罗与西斯莱也从来不曾尝试。论家谈到西斯莱和毕沙罗时往往强调他们对"形"的保留，二位从来不像莫奈那样近乎狂热地醉心于自己对"瞬间变幻的颜色和光"的独特发现，似乎有了这个就可以忽略一切；对他们来说，风景毕竟还是风景。然而正是在这里，两人明显区别开来。一个简单甚至不免草率的概括是：西斯莱的方向只是"美"，而毕沙罗的方向是"美"加"善"。然而无论西斯莱、毕沙罗，还是莫奈，他们的画中没有任何象征意味，包括色彩或色调在内，印象派的主旨就是排斥象征的；三位画家绘画的区别，或者说，他们的画给予观者的意义上的启示或感觉，都来自他们对绘画对象以及其上体现的"光—色"关系的选择。也许只能说，彼此毕竟是不同的人，有着不同的观察事物的眼光，在表现这种观察时也有所差异。

我看西斯莱的《加雷纳新城的桥》（一八七二），《草地》（一八七五）、《布吉瓦尔的塞纳河》（一八七六）、《圣马梅斯：早晨》（一八八一）等画作，想到的是"远离尘嚣"，这个词似乎也只有用在他这儿才最合适。他画的并非人迹罕至之处，都是普普通通的地方，同样见于莫奈、毕沙罗等人的画中，然而这里却有一种特别的安详、和平。西斯莱的画看起来很"静"，不仅远离嘈杂纷乱的人世，而且也没有自然界本身的"嚣"，所画的是大自然最和谐、最静谧、最美好、最神秘的那一刻。记得当年 Morin 曾对我说："你注意西斯莱的云。"我看到那是些洁净、温柔、飘拂和变化多端的云，那些云是这个相对静止的世界里变化着的背景。西斯莱所留心的是瞬间的美，简直稍纵即逝，即使还是那个景色，但不画下来就没有了那一刻恰到好处的氛围。可是从画中的笔触看，画家未必一概字斟句酌，好像也是随心所欲，只能说是机缘凑泊了。西斯莱始终以一种欣赏的、感受的眼光看着这世界。所有技法，或者说方法，对他来说都在过程之中。他的世界始终是变化着的，不仅仅是"光—色"关系的变化，而且是大自然本身状态的变化，而这是比"光—色"变化更多的变化。

相比之下，西斯莱的世界比莫奈的世界更精致、更纯粹，而在毕沙罗的世界之外。西斯莱眼中的风景，就是风景。他的画中的人物，比莫奈的与背景更和谐，他们不是将自己的生活方式、生活趣味带到大自然中，而是原本属于那里，构成风景的一部分，而且是完全协调的一部分，就像画中其他部分一样。看他的画，我们联想不到比画中呈现给我们的更多的内容，譬如人的生活之类。西斯莱画中不一定都是晴朗天气，《卢韦西耶那的初雪》（约一八七〇至七一）、《马尔雷的雪景》（一八七六）画的是冬天、积雪、房屋、行人，但我们看了没有任何关于寒冷天气与人的生活之间的联想。而从他最有名的《马尔雷港的洪水》（一八七六）、《洪水泛滥中的小舟》（一八七六）中可以看出，一场洪水，对画家来说只是水面升高，天上的云与水里的投影得以显现得更充分了而已。西斯莱并不关心这世界发生了什么事件，或者直截了当地说，不关心人间疾苦；只关心它是什么样子，或者有了什么变化——当然是符合他的审美取向的变化。

　　在我看来，印象派画家中，就纯粹而言只有德加可以与西斯莱相比。他们之间也的确有着某种相通之处——我是说他们对待现实的态度，或他们的画与现实的关系，虽然两位所画的内容几乎没有相似之处。西斯莱从来无意吸引人、感染人，但是他的画能愉悦人，而这同样不是有意为之。西斯莱关于大自然的审美取向很接近于印象派时期的莫奈，但他的画没有那种"中产阶级以上"的味道，美而不甜。西斯莱并不排除情感，但这是一种淡淡的欣赏的情感，审美意义上的情感，他的大自然与塞尚那种冷漠的大自然距离最远。

　　在毕沙罗的不少风景画，如《照在路上的阳光，蓬图瓦兹》（一八七四）、《艺术家窗外的景色》（一八八五）、《春天的牧场》（一八八九）等中，与西斯莱相仿，相对于风景，人物同样只占很小比例，但他们却仿佛是画中真正的主体，或者说，我们看了画之后，对他们比对那些风景想象得更多：关于他们的劳作，关于他们的生活，关于他们的生存状态，等等。虽然画家并没有直接描绘这种生活。而在《土耳其姑娘》（一八八四）、《在埃拉尼晒干草》（一八八九）、《在埃拉尼收割干草》（一九〇一）等中，在土地上劳作的农民成为主体，已经不是风景画了。到了《农妇》（一八八〇）、《园丁-老农与卷心菜》（一八八三至一八九五），就是纯粹的人物画了——所画的还是前面那类人物。而这一从远而近的序列，恰恰与我们谈论过莫奈的人物由近而远进入风景的方向是相反的：他们原本是属于那里的，而不是画家及其亲友到大自然中去游逛一番，欣赏一番。在两位画家之间，隐约有着一种对立的倾向。虽然毕沙罗也偶有与莫奈所画内容类似者，如《蓬图瓦兹的花园》

（一八七七）。毕沙罗也画了不少不同时间的同一景观，如《蒙马特大街，早晨，多云》（一八九七）、《冬天清晨的蒙马特大街》（一八九七）、《蒙马特大道，春天的早晨，旅馆窗外的街景》（一八九七）等，但与莫奈的"系列连作"也有明显区别：所关心的是"世相"，而不仅仅是"光—色"变化。

毕沙罗有一个社会主义者的灵魂，沉着，朴实，永远带着土地和农民的气息。但他又不像凡高，凡高无论画谁，其实都是他自己，而毕沙罗画的是实实在在的别人。在印象派中，他大概是唯一一位关心自己以外的人们的处境与命运，而且多少带着一点搀和了赞颂与悲悯的眼光去看待他们的画家；虽然这副眼光并不干扰或者说完全融合于他的印象主义的画法之中——毕沙罗绝不比印象派其他成员缺少纯粹，而且他的画有着别人所没有的结实之感。

我看毕沙罗的画，总有一种午后的倦怠之感，仿佛是一个人经历过漫长生活的感觉；相比之下，西斯莱的画则常给我微微的兴奋感；毕沙罗画里的云，看来也往往是浓聚的，沉重的，阴郁的，不像西斯莱的那般轻盈，飘逸。当然这都是我看了画自己的感觉，画家未必把这个直接画出来了。

三

保罗·塞尚。我在奥塞博物馆见过塞尚一幅很有名的《缢死者之家》（一八七二至一八七三），应该还算他的早期作品，但其风景画的特点在此大略已备。我想单单这题目就有意思，虽然在他以后的画中连这点暗示都不给了。塞尚很多风景画里都画了房子，无论孤零零的，还是相连成片的，都像是"缢死者之家"，譬如我在奥赛所见的另一幅《欧韦的场院》（约一八七九至一八八〇），还有《在去黑色城堡路上的玛丽亚的房子》（一八九五）、《黑色城堡》（一九〇〇至一九〇四），尤其是大都会收藏的《墙有裂缝的房子》（一八九二至一八九四），绝不令人相信这些房子里面还会有人居住。

在印象派画家如莫奈、雷诺阿、毕沙罗的笔下，大自然是步履可及之处，人是那里的主体；而塞尚的风景画如《小桥》（一八七九）、《圣维克多山，加尔达尼近郊》（一八八五至一八八六）、《克列特伊的马恩河桥》（一八八八）、《昂希湖》（一八九六）、《圣维克多山》（一九〇四至一九〇六）等，总有一种人迹罕至之感。塞尚这类画给我们最直接的感觉就是缺乏"人气"。——所谓人气，来自画中的"人"和画家的"我"。前一方面包括画中的人物形象，或与人物有关的一些东西的形象，由此所展现或暗示的人的生活；后一方面则是画家在创作时的情感投注，往往诉诸色彩、形象以及构图。这既是画家自己的情感、情绪、心态、趣味的流露，又与其所画的对象相契合；观者以一幅画为媒介，与画中的形象，与创作者又有所交流。即使不是一幅人物画，甚至不是一幅展现或暗示人的生活的画，仅仅画的风景或静物，也能实现这种传递与交流。也就是说，即使没有画中的"人"，只有画家的"我"，一幅画仍然可以有人气。但塞尚画的风景却滤去或榨干了所有情感因素，根本拒绝与所画的对象以及观者在情感上有所交流，有所共鸣。我曾用干、硬、冷、暗来形容塞尚的人物画，包括画女人的画，他的风景画这一特点就更其明显。未必是冷色调，有些乍看甚至比毕沙罗的色调还要暖一些，背景也常常是晴朗天气，但却因干，因硬，而冷，而暗。这是一片冷漠的大自然。有趣的是，如同美术史家所指出的，塞尚在其取景点画圣维克多山时，为了展示群山的结构，常常把山拉近，但在他笔下，却将自己以及观者与画中的形象的心理距离和情感距离拉远了，隔绝了。

这里，塞尚与他之前及同时那些风景画家——我们想想莫奈和雷诺阿吧——非常不同。对他们来说，风景是人类情感寄托的对象，同时也给予人类以极大慰藉。然而在塞尚看来，这种大自然其实是虚假的，是为了我们自己的需要而特地制造出来的：我们把大自然拟人化，然后这个"拟人"再反过来帮助我们。只不过是一台上演抒情戏的布景而已，更别说还要赋予它种种道德寓意了。甚至连"大自然"这个词儿都被弄得变了味儿。当塞尚说"大自然除了表面以外，还有更深入的东西"时，我想他是首先去除了"拟人化"这最"表面"的一层东西，然后他才开始他的"深入"研究和种种技法上的革命。塞尚"面对自然"，才能"深入自然"，大自然在他笔下第一次变得纯粹了。而纯粹的大自然反倒让我们不大习惯。去除了大自然的这种情感因素——实际上是种伪饰——之后，无论色彩还是形状，大自然都显得结实了，塞尚所重视的重量感、体积感、稳定感、宏伟感，都有了。

面对大自然的塞尚，比面对女人——包括他的妻子——的塞尚，也许更从容，更自在，更容易直达本质。因为在人物原本是存在情感交流的可能性的，他需要克服一些东西；而当画一幅风景画时，只须直接画出它的本来面目就是了。所以他不是像画人物那样去画风景、画静物，而是像画风景、画静物那样去画人物，说到底只是一视同仁，无所偏私而已。虽然这在塞尚，也要经历一个漫长的过程才能实现，因为他所要克服的还有他自己——包括他与以往画画的和历来不画画的人的所有共同之处。而且早期的塞尚是颇具浪漫主义色彩的，比起他的任何一位印象派朋友都来得多，他曾经太喜欢奇异与神秘了。印象主义对塞尚来说有如一番洗礼，汰去了他的浪漫主义，但他并不止步于此，他的目的更为高远，所要走的路更为漫长。这里不妨借用中国的一些老话：如果说印象派画的是"有我之境"，塞尚画的就是"无我之境"，不过需要强调的是，这里的"境"是实实在在的风景；也可以用"天地不仁"来形容塞尚的画，虽然《老子》作者未必有一个大自然的概念。

塞尚是用一种类似大自然自身的眼光——与印象派不同，他们太强调自己的眼光了——去看大自然的。假如有上帝的话，他看待房舍、树木、马赛湾和圣维克多山的眼光，我想与塞尚望着它们时差不多。当塞尚消除了渺小的"我"时，他化身为伟大的"我"。也许所以他才说出这样的话："在活着的画家当中，只有一个才是真正的画家，那就是我。"在美术史上，塞尚的伟大之处可以列举出很多，我觉得最主要的是他的形象或位置伟大；相比之下，印象派或多或少还有点儿取媚这世界的意思。但我们也不能说塞尚的风景都是死的，它们只是它们自己，静的就是静的，动的就是动的，生长着的就在生长，亘古不变的就亘古不变。大自然如果美丽、和谐和富有质感，是它们本来如此。这样的大自然不是我们逃避的处所。

四

乔治·修拉。作为画家，塞尚、高更、凡·高与修拉各自都是方法论者；与此相对比，不妨将此前的印象派看作同一种方法论，尽管其成员之间不无差别。但修拉好像尤其被看作一位方法论者，甚至——话说至此不免带有贬义了——只是一位方法论者，因为他的"点彩"画法太独特了，太突出了。在我看来，修拉这一方法背后的东西，或者说，诉诸这一方法的东西，更为重要。修拉的画看似不如后印象派另外几位那么恢宏，然而他却有一种更广大也更细致的野心：通过点彩的画法，要将一切——虽然经过他的精心选择——事无巨细且完美无瑕地纳入某种秩序之中。点彩是修拉认识或重建世界的方式，而完美与拘谨是截然不同的两回事。附带说一句，修拉是如此热衷于这画法，我在多家博物馆里看到他不少完成了的作品，都特意用点彩画上了边框。

我们谈论到的所有画家中，在自我克制、不肆意而为上，只有塞尚可与修拉相比。但我们能感到塞尚长期处于内心纷乱之中，他画画，是对世界，更是对自己的一种强行规定；而修拉实际上并不曾克制自我。他看似画得客观，其实更主观，更内在。修拉的秩序是一种自我表现，说是心境的，情感的，认知的，理想的，都无不可。

修拉所创造的这一秩序，体现为和谐，稳定，静谧，纯净，瞬间而至于永恒，现实而至于幻境。——末尾两项，亦即所谓"诗意"。如果以诗意作为画家笔下大自然的美的取向——在另外的场合，比如谈到塞尚，我们用的是

"质感""体积"和"结构"——那么修拉该拔得头筹了吧。虽然修拉对此予以否认，强调只是在运用自己的方法罢了。我想"诗意"这词虽然说得烂熟，却存在歧义，譬如不该同时用以形容莫奈或西斯莱与修拉的画。莫奈或西斯莱描绘的是现实；而修拉创造了一个现实之上的境界，它以现实为基础，但要更丰富，更广阔，更深邃，更接近于永恒的美，在空间向度和时间向度上都是无限的。这种诗意由画家所创造，而为观者所感受，最终完成于观者的头脑之中。不可思议之处在于，诗意竟实现于点彩的画法，诗意与秩序这样两个仿佛矛盾的方向竟得到了统一，而且一切看似繁复，实则特别简洁。

我们曾经讲到，修拉的画是将现实中某一瞬间固定下来，无限凸现，他的诗意也就体现于此。在修拉的风景画中，这种诗意尤其明显。在大多数情况下，大自然里原本静止的成分构成了画面的主体，但此外又或多或少存在着处于动态的成分，也就是说，现在一切是这个样子，下一刻就不完全是了，以彼此之间的关系而言，画家所把握的永远是瞬间。在《格兰康的日落》（一八八六）、《勒克罗图瓦河，上游》（一八八九），《格拉弗林的运河》（一八九〇）里，虽然看似恒定如常，浑然一体，但细细体会，天上的云彩，水面与地上的光影，永在变化之中。而在《桑松堡景色》（一八八五）、《格兰康的碇泊场》（一八八五）、《黄昏，翁弗勒尔》（一八八六）、《贝辛港的渔船》（一八八八）、《塞纳河与大碗岛：春天》（一八八八）、《贝桑港的海景，诺曼底》（一八八八）和《勒克罗图瓦河，下游》（一八八九）里，与静止的岸边景物形成明显对比的，是海上或河上缓缓移动的帆船。即使是描绘巍然屹立的埃菲尔铁塔（《埃菲尔铁塔》，一八八九），整幅画面也都有光影在闪烁颤动，点彩在此说得上是"大放异彩"。在修拉笔下，所有静止的对象，动态的对象，一并达成了永恒。

修拉的秩序感中，有着他对现实世界的一种本质性的认识与表现，这与诗意并行不悖，甚至相得益彰。他的画总像是幻境，但细细体会，一切却都结结实实。这就要说到修拉最著名的《大碗岛的星期日下午》（一八八四至一八八六）了。这并不是一幅风景画，自然只是背景而已，数量繁多的人物才是画中的主体。可以对比画家此前所作《安涅尔浴场》（一八八三至一八八四），那里也画了不少人，但一概静止不动；可以对比《库布瓦的塞纳河》（一八八五至一八八六），那里画了一位女人，牵着小狗缓缓而行；还可以对比《大碗岛的星期日下午（习作）》（一八八四至一八八五），那是一幅纯粹的风景画，只有草地、树木、河流、船只，看上去就像后来那些人物登台前的空布景一样。最终完成的《大碗岛的星期日下午》，则将所有这一切囊括在内，不仅有许多静止的人物，还有许多动态的人物，而且重要的是，他们的运动是处于不同方向，而且可能还处于不同速度。譬如一对夫妇，牵着一只狗和一只猴子，位于前景，似乎打算横穿过画面；另一对母女位置较远，但处于整幅画的中央，向着观者迎面走来；她们的左后方，两位军人背向而去；她们的右后方，更远处，也有一对行走着的夫妇的背影。这当中，前景的女人穿黑衣、打黑伞，中央的母亲穿红衣、打红伞；军人穿灰色上衣、红色裤子，远去的女人的穿着与那位母亲相似，但打着白伞。色彩之间这种关系显然也经过了精心安排。画家要将同时存在的各种状况、各种形式的静止的与动态的对象，一并纳入他的秩序之中。而故意强调对象轮廓、突出色彩对比的画法，使得这幅画与他另外那些风景画明显不同，这里鲜艳，强烈，浓郁，却呈现为一种非现实的"静"：不仅画面被定格，声道也被关闭，不是瞬间，而是永恒。这体现了修拉有种包容整个世界，不允许存在例外的决心。《大碗岛的星期日下午》的确是一幅可以与高更的《我们从何处来？我们是谁？我们往何处去?》、恩索的《一八八九年基督进入布鲁塞尔》、毕加索的《格尔尼卡》、杜尚的《大玻璃》等相提并论的"大画"。

五

　　文森特·凡高。凡·高说得上是这里讲到的所有画家中我们最熟悉的一位。而大家更感兴趣的，可能是在画作中现身——虽然未必直接画出来——的画家本人。这与看塞尚的，甚至与看高更的画都不一样，高更离我们多少还有点远，或者说中间总隔着什么，凡·高则永远与我们直面相对。我们很容易凭借对凡·高生平或多或少的了解，为其不同画作找到不同的心理依据或精神依据，将他所有作品都看作他生命的象征，将每幅画都看作是这个人的际遇和精神状况的如实的或与之相反——那正体现了艺术家的非凡毅力——的具体反映。我们总觉得凡·高是利用疯狂难得的间歇作画，抑或是在疯狂之际通过作画来发泄自己。然而凡·高在致弟弟提奥的信中，对于很多作品的创作过程，尤其是为什么画和怎么画有着清晰而详尽的描述，这就很难使人相信，他仅仅是一位依赖本能甚至依赖精神疾病去创造的画家。然而若处处比照这些信上的说法去看他的画，恐怕也未必不被局限住了。

　　总的来说，画家凡·高是个根本不愿意有所保留的人，要把自己心里的一切和眼中的一切都揭示给人看。塞尚和莫奈曾说凡·高这荷兰人只不过是个灵魂；那么出现在他笔下的向日葵、星空、麦田和鸢尾花都可以说是这个灵魂的呻吟或呼喊。然而凡·高未必不是要把他的对象留在画布上，只是他画它们的同时往往也画出了自己。在大多数情况下，他是主观地表现客观，而不是把客观变成主观。凡·高对大自然里的什么都有所反应，但他的反应并不完全抹杀他对这个大自然里的什么的反映。凡·高的好作品都体现了这种秩序感，而他更好的作品则体现着对于秩序感的强力挑战——我的意思是，这里存在着一种更高的秩序，凡·高才能将所有内在冲突表现得淋漓尽致，而又不予人崩溃之感，正有如在悬崖上翩翩起舞。对凡·高——对其他的人也如此，而对他尤其如此——来说这也许太难，但他却常常是很容易地做到了。究竟在他那里，是什么凌驾于所有之上，统率一切，控制一切，协调一切，使得一切都达到最好的程度呢，这正是凡·高不可思议和独步古今之处。

很难讲肖像画、静物画和风景画中哪一类最能代表凡·高，但他所画的风景似乎内容最复杂，也许更需要上述秩序感罢。正是在此，我们常常极端地体会到秩序感，同时也极端地体会到对秩序感的挑战。画风景画的凡·高好像更矛盾，更具内在冲突。譬如尽管他一再强调"不真实"，但画到细部却又总是相当逼真。对此我有亲身经历为证：有一年夏天在巴黎，晚上从地铁口出来，抬头猛然看见一片奇异的深蓝，想起这不就是凡·高的天空么，原来他笔下也是那么真切的。

凡·高描绘室内环境的《夜间咖啡馆》（一八八八）和《阿尔的凡·高卧室》（一八八八），说得上是令人不安、可视为直接反映了画家精神状况的作品。除了论家一再谈到的那些，在我看来房间当中就像通过广角镜头所见似的明显过大的空旷地面，是最令人不安之处。其实他有些风景画，也许更能显示画家已经处于疯狂的边缘。如《柳林夕阳》（一八八八）里，剑戟般硬而长的草，扭曲的枯干的树，巨大的太阳，强烈的光，天地一色狂躁的黄，其间夹着一条仿佛沸腾了的蓝色的河；还有《星夜》（一八八九）里，星云和星光不可思议地席卷了整个夜空，旁边有一弯同样带着夸张的光芒的橙黄色的月亮。但这些画给人的感觉是激奋而不是不安，大概因为不像《夜间咖啡馆》《阿尔的凡·高卧室》那样被置于一个完全密闭的空间之中。而在后两幅画里，过大的空旷地面适与压抑的环境构成一种强烈的对抗。凡·高画风景画时，仿佛是将自己激荡而狂乱的灵魂释放在无限的大自然里了。他的确有不少作品显示出自己心境平和的一面，如《蒙马特的园子》（一八八七）、《拉克洛风光》（一八八八）、《有鸢尾花的阿尔勒近景》（一八八八）、《收获》（一八八八）、《星夜》（一八八八），静谧，安详，舒展，井井有条，尤其从笔触可以看出一概都控制得住。以《星夜》比较一年后的同题画作，差别实在太大。《树林内景》（一八八七）有如一场金色的舞蹈，难得凡·高能如此欢愉。《朗格鲁瓦桥》（一八八八）甚至洋溢着一种幸福感，说得上是他最接近一个正常人的时候了。

画家凡·高的心情或性格更多诉诸画中的色彩，只有内心冲突特别强烈了，形状上才有比较大的改变，这或许意味着某种失控，在他最后一年的作品中体现得尤为明显。《傍晚散步》（一八九〇）里那一对被暮色与月光吓坏了的男女，也许正是此时面对大自然的画家自己的真实写照。这就要说到《群鸦乱飞的麦田》（一八九〇）了。面对这幅据说是凡·高最后的作品，很难避开他行将自杀这一事实，从而得出某种带有预设前提的结论或评价。然而凡·高却说："……画的是不安的天空下面大片延伸的麦田，我不需要故意表达凄凉与极端孤独的心情。"（一八九〇年七月二十七日致提奥）这里最令我难忘的，与其说是黯淡的天空，不如说是明亮的大地，更准确地说是二者在色彩上的强烈反差与冲撞。麦田的金色浓烈得像燃烧似的，而天空黑暗得密不透风，似乎其间必须得有点什么活动一下，大群的乌鸦既像是来自天空，像是黑暗掉下的碎片，又可以解释为从麦田里升华而出，像是燃烧中飞腾的灰烬，反正它们是天空与大地的联系，像信使似的在冲突的双方之间传递着消息。对比早些时所画景色几乎相同的《麦田里的云雀》（一八八七），那时天空与田野还是和谐的，其间盘旋着的一只云雀像个异类，但也不太格格不入，只是显得有点失落而已。再以《群鸦乱飞的麦田》比较此前不久画的《欧韦附近的平原》（一八九〇），《暴风雨天的麦田》（一八九〇），感觉画家的心境越来越压抑，画中的色彩对比越来越强烈，到最后那幅像是有什么忽然爆发了。

六

爱德华·蒙克。在"大自然"这题目下谈论蒙克，首先就想到他最著名的《呐喊》（一八九三），画中的人显然是被大自然的景象给吓坏了：诡秘，紧张，仿佛有鲜血汩汩流淌，似乎它的存在就是个坏兆头，就是要向我们展现种种令人不安乃至精神崩溃的景象，而且凶险还仅仅是些微的显露，预示的是整个世界行将毁灭。对蒙克来说，大自然作为人类生存的背景，即使不是他们内心极度恐怖的根源，至少也是整个恐怖氛围不可缺少的一部分。再来看他另外一幅《忧郁》（一八九四至一八九五），大自然虽然未给那个郁郁寡欢的人什么刺激，但也不能予其以丝毫安慰。这可以说与《呐喊》构成了人与大自然的关系的两极。而在《林荫道上的凶手》（一九一九）里，大自然肃杀，寒冷，落寞，对光天化日之下发生的凶案，对遭遗弃的被害人——大概《呐喊》《忧郁》里的人物都相当于他吧——全然无动于衷，与面无表情、即将扬长而去的凶手的态度正相一致。

值得留意的是，《呐喊》《忧郁》里的人物和《林荫道上的凶手》里的死者都是男人。也就是说，这里所展现的实际上是大自然与一个男人之间的关系，或者说是一个男人对于大自然的感受。在此同样用得上曾经说过的话：所有男人无疑都代表着蒙克本人。蒙克描绘"男女之战"的作品不少是以大自然为背景，我们可以明确感受到大自然的倾向性，譬如《别离》（约一八九六），那个偏于画面一隅，倚树而立，手捂胸口——他的手上像是沾满血迹，似乎捂住的是流血的伤口——的男人，与那个占据着画面中央的舒畅自在的女人相比，显然后者更属于大自然。与此类似的还有《废墟》（一八九四）。即使显示男女间不无和谐之相的《生命的舞蹈》（一八九九至一九〇〇），也是以三个处于人生不同阶段的女性为主体。《公园里的情侣》（一九〇四）看似更加强调这种和谐关系——虽然男女衣着强烈的黑白对比，又像是对此的一种反讽；但无论如何，前景的女人头像提示我们，这毕竟还是属于她的世界。

　　再来看看蒙克笔下女人与大自然的关系。在《海滩上的英格尔》（一八八九）、《风暴》（一八九三）、《夏夜的梦》（一八九三）、《心声》（一八九六）、《来自大海的女人》（一八九六）、《红与白》（一八九九至一九〇〇）、《突堤上的女孩》（一九〇一）、《在海滩上起舞》（一九〇〇至一九〇二）、《桥上的姑娘们》（一九〇三）、《盛夏》（一九一五）、《埃克利的院子里拿着南瓜的女孩》（一九四二）等作品中，我们所看到的是：女人置身于大自然，无拘白天抑或黑夜，盛夏抑或严冬，不仅毫无隔绝紧张之感，甚至完全与之融为一体，这充分体现于她们所流露的情绪，所摆出的体态，她们的形象与周围其他形象的协调，她们的肌肤和衣着的色彩对于整个环境的呼应与补充，等等方面。有些画里，空中悬挂的一轮月亮或太阳在水面映出一条又长又宽的倒影，被论家认为是男性的象征，但这也只能说明他们的存在，而她们对此坦然自若，毫无惧色。

　　然而在蒙克笔下，特别是在晚年的他笔下，还有另外一种大自然。在《星夜》（一八九三）、《白夜》（一九一〇至一九一一）、《太阳》（一九一〇至一九一一）、《黄色的圆木》（一九一二）、《克拉格勒悬崖》（一九一〇至一九一四）等中，景色或晦暗沉郁，或明净灿烂，但无不极具壮观，饶富魅力。可见蒙克有时也能让自己痉挛的神经稍稍松懈下来，他眼中的大自然就都变了样子；或者说，这回他暂时将自己的目光移到人世间之外，尤其移到他一向纠结的人与人之间、男与女之间的关系之外。《火车的烟雾》（一九〇〇）中虽然画了火车，《岸边的红房子》（一九〇四）中虽然画了房子，而且都处于视觉中心位置，但都构成自然景观的一部分，画家并未暗示其中涉及什么样的人的生活。蒙克依然以其特别粗犷有力的画法来画大自然，但所有的"力"都不再是针对"人"的，或者更准确地说，不再是针对"我"的。蒙克如此描绘的北欧风光，是他在"大自然"这一题目下对于现代美术史的最大贡献。不仅是题材上的重要拓展，在美学上亦有突出建树。此前印象派画的都是步履可及之处（蒙克早期受到印象派影响时，画的也是类似之作，如《圣克劳德的塞纳河》，一八九〇；《雨中的卡尔·庄尼》，一八九一），而如今蒙克笔下，才说得上是"真正的大自然"。

蒙克的传记中说："以前他将自己的作品标为他的'孩子'，现在他将他的风景画称为'自然之子'。"回过头去看《呐喊》、《忧郁》，对于在现实生活中受苦受难的我们来说，这种有别于我们世界的另外一个世界，恐怕还是遥不可及；而画出它们的蒙克，又未免弃我们于不顾了。

七

亨利·马蒂斯。在我的印象里，马蒂斯成为那位我们一眼看去就知道是他而绝非别人的画家，好像经历了比这里所涉及的一段美术史上多数画家都要漫长的过程。然而站在风格成熟的画家的位置回望过去，又会发现其种种特色早在多年前已经或多或少显现出来。与其说他是缓慢地不如说他是沉着地完成了自己，从而实现了为世人所称道的一系列美术史上的创举，包括色彩革命在内。

在《美丽的岛屿，岩石》（一八九六）和《荆豆垛》（一八九六）——画于马蒂斯及其同伴被称为"野兽派"的十年前——中，海岸与道路的轮廓是用乍一看有点奇异的红色勾勒的，这里色彩似乎已经独具意义。这一特点在两年后的《橄榄树》（一八九八）中更为明显。然而我们未必觉得画家画的不是大自然的本来面目，只不过某一瞬间色彩的真实变化被他捕捉到了而已。《巴黎圣母院》（一九〇〇）使人联想到莫奈的系列连作《卢昂大教堂》，马蒂斯同样把握住了阳光投射在教堂巨大的建筑上的特殊视觉效果——呈现为一种略微偏紫的玫瑰红色，但他所追求的不是繁复，而是简洁。这幅画以及《阿尔屈埃景色》（一九〇〇）都体现了画家对于"光—色"变化的敏锐感觉和丰富感受。作为主体与客体之间的联系，感觉更偏向于客体，而感受更偏向于主体，纵观马蒂斯一生的画作，正体现了由前者逐渐移向后者，乃至完全随心所欲。《巴黎圣米歇尔桥》（一九〇〇）更强调光，景物在强光照射下几乎褪去了颜色；与之形成对比的是《布洛涅树林，小径》（一九〇二），似乎是在表现色对于光的躲避与抵御。这幅画色调晦暗，马蒂斯在这方面一向比印象派更宽容：从亮色到暗色，甚至黑色，一概为其所用。马蒂斯成熟期的绘画，色显然比光重要得多；至于那些剪纸则只有色，没有光了。然而看画家在十九、二十世纪之交的作品，就知道他曾经对光何其留意，仔细描绘了光照之下各种色彩效果，说得上是受过一番光的洗礼。只不过他不像莫奈那样专注于色彩的改变，而更强调色彩的稳定，但光无疑仍然在其中起着不可或缺的作用。

前面提到的几幅画，对于景物轮廓的处理都显得有些粗放，但细细观察，会发现勾勒虽不复杂，却相当准确。马蒂斯对于形的把握无疑具有特别的功力。画家后来的作品，轮廓越来越简练，色彩越来越纯粹，轮廓渐渐变为仅仅是色的范围，而色彩本身具有了不可遏制的生命力。在强调色彩与简化轮廓的过程中，最困难的，同时也是马蒂斯做得最好的，是从来不曾把这一切变得单调乏味，相反，永远都是最隆重最丰满的。

在《圣母院与紫色的墙》（一九〇二）中，圣母院也是前述《巴黎圣母院》画的那种颜色，不同之处在于画家是通过一扇窗口俯视，这时处于画面前景的河上的桥与两岸的道路在阳光照射下显现出强烈得多的淡黄色，与圣母院的色彩对比更为鲜明。而在《傍晚圣母院一瞥》（一九〇二）中，河流、道路和桥都变成蓝色的了，圣母院则仍然是那种略微偏紫的玫瑰红色。画家画这两幅画的视角，与画《巴黎圣米歇尔桥》大致相当，三幅画中都出现了窗户框的一部分，在《圣母院与紫色的墙》中，窗户框及相连的部分墙面还被画成与圣母院相近的颜色，因为它们同处于背光的方向。这里最值得留意的是画中窗户框的存在，以及所暗示的画家的位置。在马蒂斯成熟期的作品中，这是一个重要因素——画家常常置身室内去描绘窗外或阳台门外的景色，而那景色未必属于所谓大自然，有时只是城市里的一幢建筑或一处街景。

在马蒂斯的《打开的窗户》（一九〇五）、《窗外的风景》（一九一二）、《窗外的塔希提》（一九三五）等中，充满整个画面的只是一个朝向室外的窗子。在我看来，这样的视角和这样的位置，未始不是对于此前印象派热衷于画外景的反拨。我们曾经提到，印象派所画的大自然本来就是步履可及之处，那么，也许在马蒂斯看来，此举未必不是多余的。虽然马蒂斯自己并不排斥画外景（《长春花》，一九一二；《棕榈树》，一九一二；《昂蒂布角的路》，一九二六），但有时还是像《尼斯风暴》（一九一九至一九二〇）那样，虽然画的是外景，却故意在画中带上了他所在的阳台的一角。无论如何，此前此后主张"返归自然"的一派哲学家在他那里显然无法得到认同。然而对马蒂斯来说，窗或门虽然存在，却并不构成自己与包括大自然在内的外部世界的障碍，反而在其间起到一种媒介作用或联系作用。

在《蓝色的窗户》（一九一三）中，窗子内外都笼罩在统一的蓝色色调中，室内雕像、盘子和花瓶底座的黄色，正与室外屋墙的黄色相呼应。与此类似的还有《窗口的景色》（一九一二）、《室内的黑色笔记本》（一九一八）等，都强调了室内外主要色调的和谐一致。这些画里介乎室内外之间的窗子或阳台的门虽然显眼，给我们的感觉却是它们好像并不存在。在《打开的窗户》、《窗口的景色》和《丹吉尔打开的窗户》（一九一三）中，窗台上摆着的花更像是放置于外面的大自然之中。《红色餐具桌》（一九○八）看似与上述作品意趣不同，对于画家来说也许更具代表性：窗外的绿色调与室内的红色调形成强烈的反差，彼此却多有呼应之处；室内桌上和盘中的水果、酒瓶里的酒、花瓶里的花与窗外草地上的花朵都是黄色，室内女人的裙子与窗外树上的花都是白色，室内桌布和墙上画的花还与窗外的树还有着近似的曲线。室内外的景观看似冲突，其实却是互补，实现了一种更大的包容性和丰富性。这里窗外的风景就像是挂在室内墙上的一幅画似的。也可以说画家是藉此将窗外的世界拉入室内。话说至此，似乎涉及到马蒂斯的自然观，甚至世界观，无论如何，他是可以达到"万物皆备于我"的。

从印象派开始，画布上出现的大自然已经不单纯是客体了，而是为特定主体所接受的客体；然而真正的革命是在这里完成的：大自然之于马蒂斯，最终仅仅是作为色彩的"借口"而存在。从这个意义上来说，无论画家置身何处，大自然对他来说都是简练的轮廓和浓艳而协调的色彩。正如我们提到过的，通过窗口描绘外景，也是稍早于马蒂斯的博纳尔所喜欢的画法，但是马蒂斯的窗外已不像博纳尔那样还是一片真正的风景，他所看见的只是色彩与图案。在《红色餐具桌》中，窗外的景色实际上只是桌布与墙纸的图案之外的另一种图案而已。与此相类似的是《谈话》（一九一一），图案化的窗外风景同样成了房间墙上的装饰。在较晚的作品中，这种趋势更为明显，如《窗外的塔希提》、《石榴静物画》（一九四七）、《室内的蓝色》（一九四七）、《埃及窗帘》（一九四八）等等。其实既然画家笔下轮廓越来越简练，色彩越来越纯粹，那么走向图案化就是理所当然的了。

八

弗朗兹·马克。在我们涉及的这段美术史上，最美的大自然十分短暂地展现在马克笔下。此后他很快就转向了抽象，在艺术上这当然是新的开拓，但是说到大自然大概已经不复存在；不久之后他战死了。我看马克的《原野里的马》（一九一○），每每赞叹一种强大的原始生命感体现于他笔下的天空、原野和奔跑的马群。然而话说回来，此类画法其实在马克的作品中并不多见，因为尽管他也画过《山（岩石景观）》（一九一二）之类作品，但主要还是对大自然中的动物感兴趣，当然这也是大自然的一部分。他画的其实是"动物世界"，动物之外的一切不过是背景，画家并不愿意喧宾夺主。在《雪中的鹿》（一九一一）、《鼬鼠嬉戏》（一九一一）、《蓝狐》（一九一一）、《小猴子》（一九一二）等作品中，虽然动物所处的环境也得到了较多的表现，但是仍能明显看出主次之分。这里无论原野、山林还是雪地都非常漂亮，也许在画家看来，只有他所心爱的动物才配拥有这样的背景。而在《歇息的牛》（一九一一）、《一群蓝色的小马》（一九一二）、《一群黄色的小马》（一九一二）、《嬉戏的狗》（一九一二）等作品中，背景尽管仍然可观，却已经被挤压到最小的程度。

这一时期的马克好像是有所选择地将高更与凡·高结合在一起，他有高更的深邃，没有高更的阴郁；有凡高的热烈，没有凡·高的焦躁。此外，他得力于野兽派的地方也很多，但是，他的色彩饱满大胆而不张狂，更无挑衅的意味。对马克来说，和谐不是在美的某一端做到圆满，它圆满得包容了所有美的极致；不是回避什么，而是一概控制得住，是最高意义上的那种干净。所以，在他笔下，最蛮荒的与最高贵的，最华丽的与最质朴的，最跃动的与最有序的，全都融为一体。形容的话唯有"人间天堂"，但这已被用得滥俗了，不用却又遗憾，似乎要交臂失之。用以形容那些动物的背景展现得比较充分的画，此番话也许更合适，但是，这里仍有些许区别：在《原野里的马》中，那匹有蓝色的鬃毛和尾巴的小红马置身于由大块的黄、绿、红色组成的原野中，特地转过头去——蓦然见到如此美景，它大概也吃了一惊。动物与背景之间，明显存在着某种交流。而在别的画中，动物只是安详地自顾自在那儿休歇或嬉戏，对周围的一切无所反应。如果说前一种和谐是对等的，后一种就是不对等的——那些只是背景，如此而已。

马克另有几幅作品，如《洗澡的女孩》（一九一〇）、《树下的裸女》（一九一一）、《躺在花丛中的裸女》（一九一二）等，画的都是美丽的裸体女人，置身于美丽的野外。说来她们与马克别的画中的动物并无区别——这话不大好听，却是事实，因为这些女人无论神情还是姿势都处于纯然的本能状态，自在极了，也肆意极了。这有助于我们理解画家为什么要倾其几乎毕生之力去画那些动物。马克画中的大自然，是排斥一切人为因素的。以时序论，要排在前面讲到的各位画家之前，包括笔下只见"野蛮人"的高更和根本没有人烟的塞尚。人即使出现在这样的环境中，也不是作为人出现的。还可以提到他的《把羊背在身上的男孩》（一九一一）、《牧羊人》（一九一二）、《瀑布》（一九一二）和《梦》（一九一二），都画了人与动物相处的情景，对于马克来说，可能揭示了比单独画动物或画人物的画更深层的东西。这可以说是画家理想中的世界，处于人类社会之前，比《老子》说的"虽有舟舆，无所乘之；虽有甲兵，无所陈之；使民复结绳而用。甘其食，美其服，安其居，乐其俗，邻国相望，鸡犬之声相闻，民至老死不相往来"还要原始。马克的大自然是最后一处与人类文明完全无关的所在。这倒不是担心骚扰或玷污，它实在太圆满了，所以一准予以拒绝。如果非要与我们拉上关系，恐怕也只是在心灵上，而且是在最纯洁的那一刻。可以对比地看一下《雨中》（一九一二），画中几个衣冠楚楚的男女，只不过是大自然的过客。

前面提到马克有幅画叫"梦"，对他来说这个意思或许不限于那一幅画；然而这就有了一个问题：我们在"大自然"的题目下谈论一些画家，不能回避一幅画是怎样画出来的，即是否面对或曾经面对一个真实存在的大自然作画。如果彻底排除了"反映"，那么，感觉与感受都不复存在，发挥作用的只是想象，也许就该将谈论的题目换成别的了。虽然这与一幅画的艺术水平高下毫无关系。对于前面讲到的各位画家来说，这似乎不是问题，而到了马克这里，尽管显然不同于莫奈、西斯莱、毕沙罗等人，但其间有马蒂斯、德朗等人作为过渡，似乎又不是完全连接不上。马克描摹那些动物——尤其是马——如此精确，如此传神，使得我们无法置疑他的画的真实性，但包括那些动物在内的整个大自然，又令人觉得多半还是他想象出来的，所谓"人间天堂"，其实不在人间，真正的大自然只是我们的一个梦。也许可以说，马克处于作为现实的"大自然"与"梦"的临界状态，所以我们才说他画的是大自然的极致，但到了他这儿这条路也就走到头了。马克之后那些取材于大自然的画家，不过是退回到他之前罢了。

马克所画作为大自然的主体的动物，如前所述极尽精确传神；但所画它们的背景，却往往只是一些色块，或者虽有刻画，笔意也很粗放。马克走向抽象派，正是从背景部分开始的，在《森林中的鹿Ⅱ》（一九一二）、《红牛》（一九一二）、《奶牛：黄，红，绿》（一九一二）等作品中，背景由依稀可以辨认直到完全无法辨认。而画中动物的抽象过程相对要迟缓一些，例如《虎》（一九一二）、《两匹马，红色和蓝色》（一九一二）、《神兽Ⅱ》（一九一三）、《羚羊》（一九一三）等，而且是经过立体派，再达到抽象派，一路发展过来。观者似乎可以感到，一方面，画家为抽象所吸引，不能不走向那里；另一方面，他又舍不得那些作为主体的动物的具象，最终似乎不很情愿地将它们也抽象化了。马克实在太喜欢那些动物了，后来在已经完全是抽象画的《动物的命运》（一九一三）、《有牛的画》（一九一三）、《马厩》（一九一三）里，还让它们保持着具象状态，这种情况我们见过，那是德劳内的埃菲尔铁塔；我们知道马克曾经取法于他，他们都无法舍弃自己最心爱的东西。马克的抽象画，包括几乎是最后之作的《战斗的形》（一九一四）、《小型作品Ⅲ》（一九一四），都仍然保持着一种热情，丰富而饱满，他从来不曾过分理性——也许还没到那个时候，他已经死了。

（《腾讯大家》2017 年连载）

辑五

德国人是怎样"克服过去"的?

张源琛

2017 年 5 月 30 日，前纳粹党卫军成员、
95 岁的德国人雷茵霍尔德·汉宁（Reinhold
Hanning）离世。汉宁曾在奥斯维辛集中营担任
党卫军小队长，战后从战俘营被释放后，居住
在北威州的一个小城市，当过厨师、卡车司
机、推销员，然后经营一家奶制品商店，直至
退休。2016 年 6 月，汉宁被德国德特莫尔德
（Detmolder）州立法院判处 5 年有期徒刑，罪
名是协助谋杀了 17 万名集中营囚犯。他去世
时正在向联邦法院上诉，所以并没有服刑。

汉宁可能是德国审判的奥斯威辛集中营的
最后一名纳粹成员，如果不是这个案子，我不
会知道德国有个专门的中央机构负责搜集纳粹
罪行的诉讼材料，我也不会知道，这么多年过
去，德国还在抓捕隐藏的纳粹罪犯。

历史疤痕

1933 年 1 月 30 日希特勒被任命为德国总

理，1945 年 5 月 8 日德国二战战败无条件投降，在此期间，希特勒领导的纳粹党，试图在德国建立一个由"优等"的雅利安人组成的德意志人民共同体，系统化清除"劣等"的犹太人、斯拉夫人和吉卜赛人。在国内政治上，纳粹党利用国会纵火案制造恐怖气氛，将人民大众的仇恨引向当时纳粹党的最大竞争对手共产党；通过《授权法》，废除民主制度，希特勒政府得以无需国会直接颁布法律；废除联邦制，实行一体化，并将媒体掌控在国家手里。德国一步步地从一个法治国家沦为一个个人权力至上的领袖国家。

在纳粹德国实施的一系列政策中，最令人发指的是对欧洲犹太人的种族迫害和灭绝政策。希特勒政府先是于 1933 年 4 月颁布法律禁止犹太人担任公职，并在城市里划出犹太区，通过饥饿和强迫劳动虐待他们。1939 年 9 月闪击波兰后，更是将反犹政策扩展到所有德国占领地，并在 1941 年苏德战争爆发后通过集中营系统化屠杀犹太人。在纳粹统治期间，欧洲有六百多万犹太人被杀，仅在位于波兰的奥斯维辛集中营就死去一百多万。

如果说每个民族在历史上都有一处极容易被撕裂的疤痕的话，纳粹历史和对犹太人的种族灭绝政策绝对是德国最大最丑陋的一道疤痕。在德国生活，你会觉察到，德国人没有什么民族自豪感，在表达国家荣誉感时也极为谨慎。在 20 年前的德国，私人家里是不挂德国国旗的。德国国旗在普通市民中得到普及，更多的是随着足球赛事的推广才开始的。在德国人面前，千万不要说希特勒是个伟人。第一，他确实不是什么伟人；第二，这样说不但会让德国人感到很尴尬，也暴露了我们在历史判断和言论表达上实在是太不敏感。

"克服过去"

纳粹历史给今天的德国打上了深深的烙印，在历史问题上，德国就像个过敏症患者，生怕再犯一场大病，所以小心翼翼地采取防范措施，以避免这场大病再次发作。如何面对还不太久远的历史，德语里有个很特殊但用其他语言并不太好直接翻译的词叫作 Vergangenheitsbewältigung，直译就是"克服过去"。但凡需要克服的过去，也就是不太光荣、让人感到可耻的过去，在德国，这个"过去"通常不需要过多解释，就会和纳粹德国的罪行直接联系在一起。

Vergangenheitsbewältigung 代表的是一种正视历史的态度，我们的邻国日本就没有这种态度，很多国家在对待自己民族不光荣的历史时也没有这种态度。相反，对待自己丑陋的纳粹历史，当今的德国采取了一种积极面对不回避的态度。1945 年 1 月 27 日是苏联红军解放奥斯维辛集中营的日子，从 1996 年开始，这一天被德国法定为受纳粹迫害人士纪念日。在德国，否认对犹太人的大屠杀是犯罪。1994年12月1日，德国联邦议会通过刑法第130条第3款加强了《煽动民众条款》，如果公开赞同、否认或淡化纳粹所犯的种族大屠杀罪行（这一罪行在刑法第220条第1款中有详细界定），破坏公共和平，将被判处5年以下有期徒刑或罚款。

纳粹史是德国历史研究上最重要的课题之一。不管是宏观角度上对纳粹体系和其运作机构的剖析，还是微观角度上对裹挟在这个体系下的个人命运的探讨，都为青少年历史教育提供了大量参考资料。纳粹历史是全德十六个州教学大纲的必修内容，在历史课、德语课、伦理课以及宗教课上都有涉及。除了教科书外，大众传媒也通过网上学习平台为中学教学提供历史素材。例如德国知名报纸《时代周报》网络版为中学生提供的读物、链接和影像资料里面可以找到非常详细的历史材料，如希姆莱（Himmler，纳粹内政部长，党卫队首领）1937年的日历本，前线士兵的家书，一本记录了纳粹宣传语和纳粹时期人们日常生活用语的犹太人日记本等。

对历史真相深入细致的发掘，引起普通大众对历史的关注，也引发了很多争议。如1995年在汉堡、柏林、波茨坦等地举办的德意志国防军展览，打破了一直以来对国防军是一支干净的远离纳粹罪行的军队的认定。借助1989年柏林墙倒塌后从原东德挖掘出来的资料，该展览不但证明了国防军的一些部队确实参与了对犹太人的谋杀，而且还大规模屠杀苏联战俘，并在东欧、巴尔干地区和意大利发动了对平民的毁灭性打击。这个展览不但从史料上对历史真相进行了再度挖掘和阐述，更是在心理层面上对德国民众，特别是当年40到65岁之间的人产生了巨大震动。因为在那个大部分适龄男人必须参军的年代，很多人的父辈和祖父辈都在国防军里服役，也就是说，自己的至亲突然之间可能是杀害犹太人、战俘和平民的罪犯。

来之不易

随着对历史资料的不断挖掘，对学校课程的系统规划，大量的纪念活动和电影里对纳粹素材的不断加工，德国国内也不时争论：对待历史错误的态度是否太过严苛了，会不会让国民，特别是学生产生逆反心理呢，是不是应该给这不堪的历史画上句号，着眼于未来呢？作为一个在德国生活了十多年的外国人，当又一部以二战、以纳粹为背景的德国电影上映时，连我都会想，怎么又一部这样题材的电影，德国人到底有完没完。

在我决定写这个题目，寻找采访人的时候，我担心这个题目会不会太老套了，会不会大家一听就烦呢。然而，当我开始查阅二战后的德国历史，了解了当时的德国社会情况，才认识到让德国人达到今天这种正视历史的态度是多么不易。练就勇于承认历史错误的态度绝非一蹴而就，而是经历了很多波折，甚至经过了一代人的努力。既然这么辛苦才达成了今天的共识，那当然不能轻易将其摒弃，将历史淡忘。

二战结束，冷战开始，德国被一分为二。当初的民主德国即东德领导人更多地把东德看成是反法西斯的胜利者。作为共产主义者，很多东德领导人在纳粹德国受到政治迫害。战后，他们或从避难地归来，或在集中营幸存下来，同为受害者，他们并不认为战后的民主德国需要为纳粹德国所犯的罪行埋单。

而在联邦德国，对纳粹历史的反思工作也绝非一开始就这么自觉。我们中学历史课本上所提到的纽伦堡大审判，是在英美等战胜国的推动下进行的，只象征性地审判了有代表性的二十几名纳粹头目。之后针对经济界、军事界、司法界、医生和外交人员的纽伦堡后续审判，在1940年代末就已经得不到公众的强烈关注了。很多被判了终身监禁或有期徒刑的罪犯，很快就被减刑甚至提前释放。德国大多数民众对纽伦堡审判的态度也从刚开始的认可、支持，在四年后转变成了只有三分之一的人还觉得公平，而大部人认为量刑过重。在申诉过程中，大部分罪犯将责任推到希特勒一人身上，把自己描述成一个魔鬼的盲从者。"而这个魔鬼是如何被造就，什么人把他选上台，什么人和他共谋，还有多少人没被推上审判庭，这些问题人们在战后的德国并不想再讨论。"德国政治和历史学者彼得·赖歇儿（Peter Reichel）在其著作《"克服过去"在德国——与纳粹独裁的政治司法较量》中写道。

接下来的时间，德国沉浸在战后恢复和创造经济奇迹的巨大工程里；战争中的一代人饱受创伤，不愿在晚辈面前提及自己的经历；原纳粹分子被新联邦政府继续录用，在1966—1969年间担任第三届联邦总理的库尔特·格奥尔格·基辛格（Kurt Georg Kiesinger）就曾是纳粹党员。20世纪50年代，德国反犹事件频发。其中影响最大的是1959年圣诞夜科隆犹太教堂被涂抹纳粹万字事件。该事件由右翼政党"德意志帝国党"的两名成员挑起，随后遭到疯狂模仿。在短短一个月内，原西德境内竟然发生了近500起类似事件。1963年奥斯维辛审判开审，却对集中营里参与屠杀的党卫队成员、医生等做了从轻判决。同时，对谋杀和种族屠杀不设起诉时效限制的决定一延再延，经历了30年的争论（从1949年到1979年）后才被联邦议院通过立法。

当政者和主流社会对历史罪行的回避态度，是引发德国20世纪60年代学生运动的因素之一。学生们走上街道，通过示威游行要求正视历史，驱除在政界、司法界占据重要位置的原纳粹分子。虽然关于学生运动对德国社会重新审视和正视历史罪行起了多大作用有些争议，但不可否认的是，战后一直被主流社会忽视的对历史罪行的反思，从此被当作重要话题，进入大众视野。德国社会开始认真严肃地反思历史。

右化危机

反思历史，更是因为同一错误不能再犯。纳粹统治德国是极右政党当政的一场浩劫，控制极右势力扩张，是当今德国乃至西方社会的一个重要课题。极右事件特别容易发生在经济危机和外来移民增加的情况下，比如说 1993 年 5 月 29 日发生在北威州索林根市（Solingen）的针对土耳其劳工移民的纵火事件。该事件由新纳粹分子策划实行，致使 5 人死亡，17 人受伤。当下的难民危机更是对欧洲政治格局的巨大考验。难民危机致使欧洲多国右翼政党崛起，德国也不例外。2013 年才成立的德国右翼政党——德国另类选择党，目前已经在德国 16 州中的 13 个州取得州议院席位，并很有可能在今年的大选中进驻联邦议院。

2017 年 4 月，德国公众被联邦国防军的一件丑闻震撼：一名国防军士兵将自己注册为难民，计划用难民身份刺杀政治高层和公众人物，想以此引发公众对难民的仇恨。目前的极右事件还被控制在少数群体的范围内，但最令人担忧的是，很多民众已经自然而然地将难民和恐怖袭击频发联系在一起。如果欧洲安全继续恶化，很难预测，大部分群众会不会集体向右，寻求强大国家机器的监控并选举极端力量上台，将外来移民、特定少数族裔和其他宗教信徒当作威胁来排斥。如果这样发展下去，似乎历史重演也不是没有可能。

德国人怎么说

对历史反思这个话题，除了阅读资料外，我还想听听普通德国人的声音。于是，我采访了 6 位 20 世纪 40 年代到 90 年代出生的德国人，每个年代一个采访人。他们是 1941 年出生的多萝西娅，1954 年出生的安德利亚斯，1966 年出生的约翰内斯，1974 年出生的凯伦，1983 年出生的丽莎和 1992 出生的格利塔。采访中我发现，几乎每个家庭都是历史的俘虏，在历史的车轮下，没有哪个家庭可以完全逃脱。

多萝西娅的父亲本是记者，纳粹上台后，报社被关闭，为了养家糊口，不得已当上战地记者。安德利亚斯的父亲高中一毕业就去服兵役，那年他才

18 岁，然后经历了从 1939 年到 1945 年战争的全部。约翰内斯的姥爷本来自罗马尼亚的德语区，是一个小地方的市长。任职期间，他和纳粹合作，战后被苏联人俘虏，投到劳改营，两年后他通过装病被释放。凯伦的爷爷是德意志国防军的坦克兵，姥爷是波西米亚区的德国人，因为是希特勒青年团的成员，避免被招入伍。格利塔的姥爷是部队中的医务人员，之后被苏联部队俘虏。爷爷是坦克兵，在战争中脑部受伤，他的怪脾气使整个家庭后来四分五裂。

丽莎是采访人中唯一对我的采访不抱积极态度的人，和其他人相比，她明显不太爱说这个话题。她只是淡淡地谈到，她父亲的家人们曾经帮助过两个犹太人度过边界，逃往丹麦。还回忆道，自己曾经在姥姥家的阁楼上找到一个装饰有纳粹十字的布娃娃，姥姥看到后惊恐地把布娃娃夺过来，扔掉。

采访人中，即使年龄最长的多萝西娅也不过是在褓襁中经历了战争，所以可以说，采访人中没有人真正经历过 1933 年到 1945 年的这段历史，但我仍然感觉到他们说起这段历史的沉重，特别是年长的前三位。安德利亚斯在谈到他的父亲时，不能自已地哭了起来，不得不一度中断访问。直到现在，他也不知道父亲在战争中到底经历了什么。约翰内斯在谈到他爷爷通过装病才得以离开苏联劳改营时，眼眶发红，声音也开始哽咽起来，仿佛嗓子眼里突然卡了什么东西。

战争中，没有胜利者。战争末，很多家庭经历了大逃亡。多萝西娅的母亲在盟军大轰炸前带着孩子从莱比锡逃到黑森州，约翰内斯的姥爷一家从罗马尼亚德语区迁到了德国，不得不面临冷战中也许与自家亲戚为敌的命运，所以约翰内斯当年没有选择服兵役，而是去做了义工。凯伦的姥爷在战后被强迫要求离开波西米亚区，并只能打包一个箱子的物品，这个箱子至今放在她家的走廊上。

每个家庭都难逃历史的桎梏，每个人都被带入历史。"当年对犹太人所犯的罪行是无可否认的。"多萝西娅说。她提起了多年前与丈夫来到华沙威利·勃兰特下跪的广场，自己泪流满面；她提到了自己第一次以色列之行的负罪感。年轻些的约翰内斯没有责怪自己的长辈，"我们这些后人只不过没有面临那个选择罢了。"他说道。凯伦则希望中学历史课上也可以多学些其他的历史内容。最年轻的丽莎和格利塔更趋向于推动公众纪念活动，而不是纠结于赎罪的道德问题。但所有人都强调，历史不能重演，"克服过去"就是为了历史不再重演。

我问我采访过人们，他们对自己作为德国人感到自豪吗？他们的第一答案通常是自豪，却又立即补充道，他们更为作为一个欧洲人而感到自豪。采访时丽莎小心翼翼地问我，我会不会将她匿名，因为她的真名很少见，很容易查到是谁。我对一个80后的年轻人如此小心防备的态度很是惊讶，她说，万一右翼政党当权，说不定她会因为她的左派思想受到迫害。我很难将这个想法和当今的德国政治体制联系在一起，她耸了耸肩说："谁知道呢，希特勒当年被选上台，也是谁也没有预测到的呀。"

（原载《南方周末》2017 年 8 月 24 日副刊）

苦难催生奇迹

——重走浙大西迁路

聂作平

1

入秋后的杭州终于变得凉爽了。清晨五点半，就任浙江大学校长一年多的竺可桢在女儿的咳嗽声中醒来。刚过七点，他就和几名部下一道，坐学校的公车赶往郊外。

途中，他买了一份《东南日报》。报上的一条消息使他神情凝重。消息说：昨天，90多架日军飞机空袭南京，下关电厂、中央广播电台等重要单位均被炸毁。

这是1937年9月26日，星期天。两个月前卢沟桥事变后，许多人忧虑过的日本全面侵华终于成为大片国土沦陷的现实。与杭州近在咫尺的上海，此时中日双方投入了超过100万的军队进行一场史无前例的恶战。

如果不是战争，初秋的杭州是一年里最美好的季节，就像白居易怀念的那样：山寺月中寻桂子，郡亭枕上看潮头。

竺可桢一行要去的也是山寺。不过，他不是去寻桂子，也没心思看潮头，他要为岌岌可危的浙大寻找一个安全的办学地点。战争迫近，时局动荡，偌大的杭州，已放不下一张平静的课桌。他领导的浙江大学，必须向西部迁移。但到底迁往何方，又将迁移多久，竺可桢也没底。在天崩地坼的大动乱与大变局面前，任何提前的人设都是那样苍白无力。

一年前，通过陈布雷和翁文灏等人力荐，时任中央气象研究所所长的竺可桢和蒋介石有过一次谈话。在蒋介石答应保证预算、校长有用人自由和不干涉校务的前提下，竺可桢同意出任浙大校长。不过，竺可桢向陈布雷表示，他的任期只有半年，至多一年，待浙大走上正轨，他仍回去当他的气象所长，搞他的气象研究。

竺可桢没想到，他的浙大校长一做就是13年，而13年间，他和这所大学将有10年处于西迁的流亡路上。他同样没想到，筚路蓝缕的流亡办学，竟使他接手时的二流地方大学，化蛹为蝶地跻身一流大学行列。

几年后，当原本布局于东海之滨的浙江大学，化整为零地藏身于西部群山中的遵义、湄潭和永兴三地时，英国科学家李约瑟来了。后来，他充满敬意地写道：

在那里，不仅有世界第一流的气象学家和地理学家竺可桢教授，世界第一流的数学家陈建功、苏步青教授，还有世界第一流的原子能物理学家卢鹤绂、王淦昌教授，他们是中国科学事业的希望。

李约瑟甚至断言：这就是东方的剑桥。

2

竺可桢要去杭州郊外西天目山中的禅源寺。70天前，在江西庐山，竺可桢参加了蒋介石主持的国是谈话会。会上，蒋介石代表国民政府发表了《抗战宣言》。随后，多所高校校长与政府官员一道，研究了战争时期各大学的迁移安置。即将被战火波及的浙大，必须迁移，但迁往何处，尚无定论。

西天目山中建于清代的禅源寺，首先接纳了浙大210名新生。竺可桢匆匆前往，就是为了检查是否准备妥当，能否正式上课。检查结果，竺可桢很满意。第二天，这批浙大新生就在禅源寺开学了。一边是出家人的暮鼓晨钟，一边是读书人的格物致知，出世的梵音与入世的书声和谐地交织在鸟鸣与泉咽中。

由于距杭州城有百里之遥，且处于茫茫林海中，禅源寺设施简陋，人烟稀少。上课的教师只能和学生一样，居住在寺庙或寺庙周围农家。但劣势也是优势：这远离尘嚣的深山，除了有清静的读书环境外，师生朝夕相处，行止接近，教师授业解惑和学生请教询问比任何时候都更方便。

竺可桢决定利用这一机会，推行蓄谋已久的导师制。导师制的最大特点在于，导师不仅要指导学生的专业，还要指导他们的人生。尽管早在14世纪，也就是元明之际，牛津大学就实行了导师制。但1937年秋天，在杭州禅源寺，浙大迈出了中国导师制的第一步。

一个月后，竺可桢又一次来到禅源寺，这一次，他做了题为《大学生之责任》的演讲。他说：国家为什么要花费这么多钱来培植大学生？为的是希望诸位将来能做社会上各业的领袖。在这困难严峻的时候，我们更希望有百折不挠坚毅刚果的大学生，来领导民众，做社会的砥柱。所以诸君到大学里来，万勿存心只要懂了一点专门技术，以为日后谋生的话，就算满足。

至于他十分看重的导师制，"实施以来，颇著成效"。他在日记里总结说，"此间导师制制度实行以来尚称顺手，学生既觉有一师长时可问询，而老师亦有数青年为友不致寂寞。天目山实为导师制之理想地点。如昨星期日，天气既值秋高气爽，导师与学生均群出外散步，每人约率十七八人，男女各有，又不分系。"

然而，好景不长，两个月后，随着淞沪会战结束，杭州沦入敌手已是早晚之事。浙大西迁，终于从一年级新生暂留天目山，变为全校性的大撤退。

3

富春江是一条被无数文人墨客歌咏过的河，南朝人吴均赞美它："自富阳至桐庐，一百许里，奇山异水，天下独绝。"

浙大师生的西迁之路就是从富春江开始的。几十年后，当我坐着游船行驶于富春江上时，两岸青山叠翠，城镇相望，江水丰沛绵长。但70年前，行驶在江上的浙大学子却完全没有这样的诗情画意。

尤其是当船只进入富春江上游的新安江一带时，山峰耸峙，江面变窄，恰好又逢枯水，行驶十分艰难。有一个班的船在遇到浅滩搁浅时，全班男生只好下水拉纤。

在迈出西迁第一步时，竺可桢考虑得很长远：鉴于武汉、重庆和长沙等大城市，已有大量机关、工厂和高校迁入，运输困难、供给困难和住宿困难都是板上钉钉的事。因而，他的意见是搬到西南内地较为偏远的小城甚至乡村。至于第一步，他选定了富春江上游的建德。

浙大在建德停留了39天，这座小城破天荒地有了一所来去匆匆的大学。小城居民只有一万，而浙大师生就有一千多，大街小巷，都能碰到浙大师生。时人都称建德是大学城。

竺可桢喜欢摄影，每到一地，总会拍下当地的风土人情。公务之余，他用镜头记录了这座宁静的小城。其中一张照片上，牌坊高大，一群穿长袍的人匆匆而过，一条黑狗好奇地回头张望。很多年后，当我徘徊在建德街头时，这座历史悠久的古城，仍保存有不少牌坊，只是，我却没法辨认出，哪一座是竺可桢曾拍摄过的了。

值得一提的是，到建德第二天，也就是1937年11月17日，竺可桢发现400余箱仪器和图书没能一同搬走。于是，他当即带了十多名员工，分乘两辆车返回杭州。此时的杭州正值陷落前夜，风雨飘摇，一夕数惊。竺可桢身为一校之长，似乎用不着如此亲力亲为，但他刚入主浙大时的演讲，则表明了他这样做的原因。他说："大学最重要的是教授和图书、设备。"

4

1937年11月20日，竺可桢在广播里听说国民政府已迁重庆。同时，日军占领苏州，逼近嘉兴，建德已非久留之地。于是，第二次迁移开始了。这次的目的地是江西泰和。

迁往泰和，是竺可桢此前与有关方面协商的结果。但实际搬迁时间却比预定提早了许多，泰和的校舍根本没法入住。不得已，只得暂时搬到泰和附近的吉安，因为当浙大到达吉安时，吉安的几所学校正在放寒假。

江阔水深的赣江从吉安城中流淌而过，水势渐缓，江心形成了一个长1500米，宽500米的小岛，它的名字叫白鹭洲。当我顺着路人指点，驶上吉安大桥时，夕阳下，我看到在我右侧的江心，一座绿意盎然的小岛，如同一只巨舰。

白鹭洲在吉安家喻户晓，早在800多年前，洲上就建起了后来遐迩闻名的白鹭洲书院。书院在创办15年后的一次科考中，竟有39人同中进士，其中一人高中状元，他就是文天祥。

如果说从杭州本部或是禅源寺迁往建德只是一次短途旅行的话，那么从建德迁往吉安却是一次充满危险的长途跋涉。幸好，此时的浙大师生已有了一定的迁移经验。

上千名师生及家属水陆并进，分三批进入江西，约定一周内在当时的铁路枢纽玉山会合。学校在沿途的兰溪、金华、常山、南昌和樟树设立中转接待站。至于校长竺可桢，他坐镇玉山，动用各种社会关系寻找车辆。

从建德到吉安，公路和铁路距离是700多公里。浙大师生于1937年12月24日，也就是杭州沦陷那天出发，直到次年1月20日春节前才踏上了江水环绕的白鹭洲。25天里，每天只能行进不到30公里。

其中的艰难曲折，当年的亲历者后来回忆说："有的学生去通过关系交涉而能够和运兵车随行，有的则沿铁路步行安步当车，有的人攀上煤车、敞篷车、难民车和兵车西行，冒受风雨，尝尽饥寒。"

在吉安，浙大师生借用吉安中学和乡村师范校舍，补上了因迁移而耽搁的课程，随后举行期末考试。当地人都不理解：兵荒马乱的还考什么试啊？然而，这所流浪中的大学，就像在西子湖畔时一样，保持了一贯的严谨。

对校长竺可桢来说，在吉安还发生了一件大事：他的还不到 18 岁的长子竺津，执意要报考军校，以便抗战卫国。竺可桢不忍年幼的儿子投笔从戎，然而就像他在日记里说的那样，"余亦不能不任希文（即竺津）去，但不禁泪满眶矣。"

临行前，竺可桢为儿子拍了一张照片。照片上，留短发戴眼镜的竺津满脸稚气，面色忧伤。如果不是山河破碎，他本该在课堂上用功，在校园里发生一次刻骨铭心的初恋。多年以后，竺津瘐死于劳教农场。

5

吉安停留两个月后，泰和校舍终于建成。两地仅距 40 公里，只不过，与吉安相比，泰和是完完全全的乡村。破旧，凋敝，人民面有菜色，患癞头和大腹病者比比皆是，儿童普遍发育不良，他们瘦小的骨骼和又尖又细的脑袋令竺可桢十分惊异。

浙大在泰和的校舍，具体是上田村的大原书院和华阳书院等地。大原书院是校总部，从竺可桢留下的照片看，那是原野上几栋围合在一起的老式建筑，春天的油菜花与萝卜花同时盛开，一直开到书院的围墙下。如今，这里是当地一所中学的校园。围墙下，一株高大的柏树枝繁叶茂，那是竺可桢当年亲手种下的。

经一位当地青年的指引，我在泰和上田村的江边寻找到了一座码头。赣江水滚滚北上，在泰和境内，冲积出大片平原。每到雨季，江水泛滥，上田村的几乎所有民房，都会泡在水里。当浙大师生到来时，还能清晰地看到上一年洪水在墙上留下的印痕。既然年年都要遭水淹，为什么不修大堤呢？说白了，就是穷，没钱。

崇文重教的背景下，一个大学校长是有话语权的。通过竺可桢穿针引线，江西省水利局和泰和县、浙大三方决定修筑防洪堤。地方出钱，浙大出技术。为此，浙大成立了由竺可桢任主任的堤工委员会。土木系的学生正好学以致用，在教师指导下测量和设计。

两个月后，一道防洪大堤出现在上田村的赣江边。次年，当洪水再度来袭时，上田村的民居和农田第一次安然无恙。为此，当地人把它称作浙大防洪堤，而江边那个码头，自然就叫浙大码头。

只是，此时的浙大师生早已远去，流亡的道路还在脚下向着渺不可知的前方继续延伸。

6

随着马当要塞失守，南昌危急，泰和也将不保。这时，教育部指示浙大迁往贵州安顺。但经过考察，竺可桢认为安顺路远难行，浙大的大批图书和设备难以运输。几经比较，他决定迁往广西宜山。

浙大西迁途中曾落脚的几乎所有地方，都把当年这段往事当作了本地的荣耀。在宜山——如今已更名宜州区，是广西河池市属地——我看到一尊竺可桢塑像，塑像矗立的广场，就叫浙大西迁纪念广场。高大的榕树下，一群老人在跳舞，几个孩子在做游戏，如今宜州的美好宁静恰与昔时的荒凉贫困形成鲜明对比。

竺可桢留下的照片上，以绵延的群山为背景，起伏的浅丘上，整齐地分布着几列低矮的房屋。时过境迁，80年后，当我前去寻找它们时，我已经完全看不出当年的痕迹了。在清代，这里是一座军营，称为标营。上世纪，成为一家部队医院的院址，后来，医院搬迁，偌大的院子沦为废墟。

如果不是铁门前那对石狮子曾进入过竺可桢的镜头，我无法确认这就是曾经的浙大校园。翻过不高的铁门，我在一株大树下找到了竺可桢所立的《国立浙江大学宜山学舍记》石碑。根据碑文记载，浙大师生在此盘桓了一年半。

亚热带气候的宜山迥异江南，历史上，曾是流放犯人的烟瘴之地，有宜山宜水不宜人之说（北宋诗人黄庭坚就曾流放到此，并在这里去世）。疟疾给了远来的浙大师生一个下马威。到宜山不及一月，张荩谋教授的侄女便因疟疾去世。

第二天，竺可桢在日记里忧心忡忡地写道："日来校中患恶性疟疾者日多，昨下午四点张荩谋之侄女病殁，学生中患此症者已有十余人，女生庞曾漱几于不起。同事中张孟闻近亦发热，家族中则有卢亦秋一子、一侄，俞锡荣、孙泐，刚复之侄媳。此病初起时即发高热，到39.5℃或40.0℃，一二日后稍退又发，或竟不退，三日即不起。"

浙大在宜山停留的一年多，对浙大师生来说，疟疾的肆虐、物质的匮乏和日机的轰炸固然记忆深刻，但真正影响至今的，却是在宜山期间，竺可桢决定以求是为校训。求是原是浙大前身求是书院的院名，在宜山期间，竺可桢进一步深化了求是的内涵。

他认为，求是既是中国传统文化的精髓，又是西方近代科学的真谛，若想在继承传统文化的基础上学习先进的科学技术，必须把握这个共同点。他用通俗的话解释说，所谓求是，就是冒百死，排万难，以求真知。

求是校训的提出，意味着浙大要培育的不是只精于某一门类某一技术的专门人才，而是要培养具有"不盲从不附和，一切以理智为依归的全新的通才"。这一点，和竺可桢的另一句话可互证：倘大一个大学，只注重零星专门知识的传授而缺乏研究的空气，又无科学方法的训练，学生的思想就难取得融会贯通之效的。

1940年初，随着北部湾失守，浙大第四次迁移。这一次，他们来到了云贵高原深处的小城：遵义、湄潭和湄潭下属的永兴。在那里，七年时光弹指一挥，他们迎来了抗战的胜利，也迎来了浙大华丽转身的新生。

7

北京中关村一套非常普通的住宅里，我见到了竺可桢的儿子竺安先生。年过八旬的竺安清瘦文静，看上去和竺可桢有几分神似。竺安为我展示了一大叠略微发黄的老照片，它们都出自竺可桢之手。

其中一张照片上，竺安和他的姐姐竺梅悲戚地站在一座坟前。坟里，长眠着他们的母亲张侠魂。如果说西迁之路有什么最令竺可桢痛心疾首的话，那无疑就是在泰和时，他的夫人张侠魂和儿子竺衡的去世。

马当要塞失守后，泰和已属险地。为此，作为校长的竺可桢前往广西勘察新校址。1938年7月23日，考察途中的竺可桢接到电报，催他速归。

7月25日黄昏，当竺可桢回到上田村时，他看到几个儿女站在大堤上，眼巴巴地盼他回来。竺可桢一眼发现，儿女们少了一个，那就是竺衡。他问竺梅，竺梅的回答只有三个字，却让竺可桢如同五雷轰顶：没得了。

不仅14岁的儿子"没得了"，同时，夫人张侠魂亦已病入膏肓。母子俩同一天起病，患的也是同一种病：禁口痢，也就是痢疾。在今天，痢疾是一种很普通的、根本不可能致人死亡的疾病，但在缺医少药的70多年前，夺人性命却如秋风扫落叶。

竺可桢四处求医，为张侠魂灌肠、打点滴，甚至服用中药。然而，一切努力终是徒劳：8天后，张侠魂去世。十来天里，竺可桢竟痛失两位亲人，心中的悲苦可想而知，就像他在随后的日记里感叹的那样："近来早稻均在收获，田亩中景色甚佳，但值此国破家亡、对此大好河山，不能不作楚囚对泣之象也。"

时局却不允许竺可桢有余暇悲痛。安葬了张侠魂后，浙大师生分批前往千里之外的宜山。竺可桢走得较晚，9月17日，他带着孩子们来到张侠魂和竺衡坟前，与亲人告别。从此，竺可桢再也没回过泰和。

岁月流转，人世板荡。"文革"中，张侠魂的墓碑被毁。后来，那两座小小的坟茔渐渐被人遗忘。2008年，当地多方调查，找到了一座疑似墓。在征得竺安等人的同意后进行清理，在坟中，找到了竺可桢当年为妻子陪葬的一支威迪文钢笔，从而得以确认。

顺便说，出身名门的张侠魂颇具胆识，她是我国第一位乘坐飞机的女性，曾因飞机失事受伤。竺可桢在犹豫是否接任浙大校长时，张侠魂的劝说非常有见地，"正是因为大学风气不好，你更应该义不容辞。只有像你这样的学者，担当校长重任，才有可能改变大学风气不好的局面。"

8

"东风不来，三月的柳絮不飞，你的心是小小的寂寞的城。"走在湄潭街头，不知为什么，我老是想起郑愁予的这几句诗。虽然他写的并不是湄潭。

三月，黔北小城湄潭以阴以雨，加上小城中几座起伏的山峰都顶着满头翠绿，小城显得更加宁静，幽深。我冒着细雨来到湄潭文庙，这里如今是浙大西迁纪念馆，也是我看过的和浙大西迁有关的遗址或纪念馆中规模最大、最成体系的。

湄潭地处云贵高原向四川、湖南两省丘陵过渡的斜坡地带，纬度低，海拔高；与宜山比，这里不仅气候更宜人，物产也更丰富。前往湄潭考察期间，竺可桢吃到了当地特产的大米：茅贡米。这种品质优良的大米在明朝时曾是贡品，竺可桢赞不绝口，称它是黔中之宝。

为了迎接浙大，湄潭官方和民间都显露了十足的热情，甚至还成立了专门机构，并在房屋上做了安排：湄潭初中、男子小学和女子小学让出部分校舍，党部从文庙迁出，常备队从贺家祠堂迁出，以此确保浙大师生有足够的地方。

由于种种原因，浙大没有全部迁入湄潭，而是一部分迁到遵义，一部分迁到湄潭及湄潭下属的永兴镇。

如前所述，迁校之初，竺可桢就确定了浙大不迁大城市，而是尽量迁小城市甚至乡下的原则。一则，可以避开日军飞机的轰炸；二则，能够降低师生的生活成本。但是，即便如此，浙大同样遭受了日机轰炸，如在宜山，大片校舍就被炸为瓦砾。

此外，至于生活成本，随着浙大师生及家属上千人的迁入，以湄潭这座物产丰富的小城为例，物价同样上涨厉害，师生的生活依然只能是箪食瓢饮。

浙大学生几乎都来自沦陷区，大多数学生与家中的联系久已中断，无法获得经济上的资助。幸好，政府向他们提供了贷学金，金额虽不多，尚能保证吃饭。当然，前提是吃得令人心酸。在湄潭和永兴，流传着浙大学生关于吃饭的两点经验之谈：蜻蜓点水、逢六进一。

当时，浙大学生十人为一桌开饭，饭管够，菜却只有一菜一汤，因而那碟用来蘸菜的盐水就十分珍贵。每个人蘸菜时，只能在碟子里蜻蜓点水地点到为止，如果来回滚扫的话，三两下就蘸光了，势必为同桌所声讨。这就是蜻蜓点水。逢六进一则是说，要吃六口饭，才能吃一口菜，否则菜就不够了。

在湄潭浙大西迁纪念馆的藏品中，一盏高脚油灯引起了我的注意。浙大来湄潭时，湄潭甚至遵义都尚未通电，照明所用，全是桐油灯。桐油灯不仅光线微弱，而且发出浓烈的黑烟，在灯下看书一两个时辰，擤出的鼻涕竟是黑色的。

有天晚上，训导长费巩到学生宿舍巡视。费巩问一个凑在桐油灯前的戴眼镜的学生近视多少度，学生懊恼地说，原来800度，现在更重了。

费巩很痛心，他想为学生们做点什么。几经研究，费巩改良制造了一种更明亮，油烟也更小的铁皮灯。他把设计图纸送到洋铁铺，制作了800盏送给学生们；后来，整个湄潭城都用上了这种灯，人们把它称为费巩灯。

费巩在应竺可桢之邀出任训导长时，他的要求有两个：第一，不加入国民党；第二，不领训导长的高薪。几年后，费巩因倡导民主宪政，被国民党特务在重庆暗杀，尸体推入镪水中化掉。

9

湄潭就像西南地区的大多数城镇一样，遍街都是茶馆。为此，有的浙大学生选择到茶馆读书。

到茶馆读书的学生中，有一个还不到20岁的小青年，胖乎乎的，有点婴儿肥。每天晚上，他总是夹着书本到同一家茶馆。茶馆坐满茶客，他就找个空位坐下来。虽然不知名姓，但大家都知道他是流亡的浙大学生。

后来，老板娘看到他来了，总是给他泡一碗茶送过来，照例不收茶钱。茶馆虽然喧闹，毕竟有桐油灯可以读书，并且，从老板娘那碗免费的清茶里，还能感受到人间的温暖。

谁也没有意料到的是，仅仅16年后，这个坐在茶客中间默默读书的小青年，竟然获得了诺贝尔物理学奖。他就是李政道。多年以后，李政道回忆起当年独自逃离故乡前往湄潭就学的情景，往事依然历历在目。

李政道入浙大时只有 17 岁，原本就读化工系，在束星北的影响下，转读物理系。一度，他打算像竺可桢的儿子那样投笔从戎，束星北认为李政道有物理天赋，日后必成大器。全国那么多青年，谁都可以当兵，唯独李政道不可以。当时，束星北在重庆出差，生怕李政道一走了之，着急地发电报给王淦昌，要求他无论如何要把李政道拦下来。

李政道在浙大只读了一年，对这一年的影响，许多年后，名满天下的李政道在浙大百年校庆时说，"我在浙大读书虽然只有一年，但追寻西迁的浙大却用了 3 个年头，青春岁月中的 4 个年头我是与浙大紧密相连的，以此为起点，物理成了我的生活方式。一年'求是'校训的熏陶，发端了几十年来我细推物理之乐。母校百年，我在一年，百中之一，已得益匪浅。"

10

学生生活艰难，教授生活同样窘迫。

后来成为两弹元勋的王淦昌家有八口人，为谋生计，他的夫人养鸡喂鸭，甚至，还养了一头羊。不想，有一天，这头羊竟丢失了，王夫人哭得非常伤心，整个浙大都知道了此事。不久，这只羊居然找回来了——其实，这只羊根本不是王夫人养的那只，而是浙大师生凑钱另外买的。

以后，当王淦昌到位于郊外的实验室工作时，他一定会细心地牵上那头羊。羊在门外吃草，他在实验室工作。这一年，浙大举办迎春晚会，晚会上有一个谜语，谜面：王淦昌放羊。谜底：一举两得。

然而，回首往事，王淦昌记住的不是湄潭的困苦，而是困苦中的求索与坚持："湄潭是我们的黄金时代，我和苏步青、谈家桢、束星北、贝时璋等同志的一批重要的学术成就是在那里做的。"

卢鹤绂与王淦昌很有缘，他们既是同事，又是同行，还是邻居，共住在湄潭的一栋破旧老屋里。1945 年夏天，漫长的抗战即将以中国人民的胜利结束的前夜，卢夫人生下一个男婴，取名永亮。

那一年，恰好卢鹤绂发表了他最重要的论文《从原子能到原子弹》，双喜临门的卢鹤绂对夫人说，是湄江水养育了我们，亮亮的小名就叫湄儿吧。

很多年以后，长大成人的湄儿沿着父辈当年的西迁路线回溯，一直回溯到湄潭。深受感动的他联合多位在湄潭工作过的老教授的子女，上书中央，希望将湄潭县浙大西迁旧址列为全国重点文物。两年后，国务院公布的第六批全国重点文物中，湄潭浙大旧址榜上有名。

数学家苏步青也是一家八口，和王淦昌一样属于人多钱少的困难户。他与生物学家罗宗洛一道，两家合住在一座破庙里。很多时候，苏步青家中只能以地瓜蘸盐水做主食。有一天，他突然把几个学生叫到家，拿出一包衣服，请学生们帮他卖掉。他身为教授，委实拉不下面子街头叫卖。

王淦昌家搞养殖，苏步青家搞种植。苏家居住的庙前有不少荒地，农民世家出身的苏步青在那里开出了一片菜园子。后来，他的菜园子里的蔬菜不仅自给有余，还偶尔卖给城里的餐馆。

对这种艰难度日的种菜生涯，苏步青赋诗云：半亩向阳地，全家仰菜根。曲渠疏雨水，密栅远鸡豚。丰歉谁能卜，辛勤共尔论。隐居哪可及，担月过黄昏。

尤值得一提的是，在湄潭期间，苏步青白天上课种菜，晚上就着油灯写作，几年之间，竟发表论文31篇。那时候，权威的《自然》杂志，经常收到中国学者的投稿，信封上的地址就是：浙江大学，湄潭，中国。

至于校长竺可桢，他既要为整个浙大操心，也得为小家庭考虑。张侠魂去世后，他继娶陈汲，陈汲乃陈源，即与鲁迅打笔仗的作家、翻译家陈西滢之妹。婚后，生子竺松。一家数口，嗷嗷待哺。

最艰难的1942年，竺可桢发高烧，拉肚子，生疹子，手脚冻伤；陈汲和竺梅、竺松也先后生病。竺可桢每天的早餐是一碗稀饭和一小碟盐水蚕豆。最艰难时，他不得不将早年购置的皮大衣卖了补贴家用。

令人感动的是，如此艰难的条件下，竺可桢表现出的知识分子的清廉与敬业：据詹英先生回忆，1940年底，友人介绍他到浙大任讲师。当天正值大年初一，詹英以为竺可桢不会来上班。但当他来到校本部时，竺可桢一个人正在忙碌。在竺的办公桌上，有两种信封和稿纸，如系公事，就用公家的，如系私事，就用私人的。

11

结束了在永兴的寻访返回湄潭时，我驱车去了一个叫中国茶海的地方。登高远眺，四周浑圆的山坡上，漫无边际的茶树成行成列地铺向远方；细雨如丝，正是即将采摘每年里最重要的明前茶的时节，我闻到了漫山遍野的茶香。这个如今已成为观光农业景点的面积巨大的茶场，如果追根溯源，它的源头在另一座山，那里，依然和浙大有关。

湄潭城边，与市区一水之隔的城南，一山绵延而过，山上青翠欲滴，全是一垄接一垄的茶树。那座山叫象山，浙大西迁期间，因缘际会，这座明清时就建有茶园的茶山，成为中国现代茶叶规范化种植的开端，被誉为中国现代茶业第一山。

抗战时期，随着东南沿海各口岸被日军占领，中国传统的重要出口产品茶叶无法外运。从长计议，国民政府打算在西南山区建立茶叶科研生产基地，以便随着西南国际通道——史迪威公路——的开通而恢复出口，以换取急需的资金。

浙大落户湄潭前夕，农业部中央农业实验所和中国茶叶公司派出专家考察了云、贵、川多个茶叶产地，最终，决定将中央实验茶场选址湄潭。

1940 年初，当浙大正为迁到湄潭紧锣密鼓做准备时，中央实验茶场在湄潭成立，毕业于哈佛大学的昆虫学家刘淦芝任场长。4 个月后，浙江大学农学院迁到湄潭。一方面，茶叶是农业的重中之重，不仅农学院学生需要到茶场实习，农学院的一些毕业生，也应聘到茶场工作。另一方面，浙大有人才和器材优势，茶场有场地和资金优势，于是乎，强强联合成为必然：刘淦芝担任茶场场长的同时，还被聘为浙大农学院教授。浙大帮助茶场分析茶叶理化指标，参与茶树病虫害调查，并共同创办了西南最早的职业学校。

在青碧的湄江之滨，一座绿树覆盖的山上，立着一只据说是世界上最大的茶壶，它意在向每一个外来者表明，湄潭是一座茶城。就在与茶壶一江之隔的对岸，我寻找到了几栋已成危房的老建筑，它的名字叫万寿宫。这就是曾经的实验茶场场部，也是浙大研究生院所在地。

作为实验茶场与浙江大学的纽带，刘淦芝是一个灵魂人物。70 年前，在万寿宫，刘淦芝完成了中国最早的茶树害虫调研报告和中国首部中英文对照的《世界茶树害虫名目》，并撰写了《中国近代害虫防治史》。

在他指导下，浙大学生寿宇历时 3 年，对湄潭茶叶产业进行了全面调查，写成《湄潭茶产调查报告》。今天的湄潭成为国内重要的茶叶产地，湄江翠芽和遵义红成为名牌，可以说，如果没有浙大，也就没有今天。

比较有意思的是，照片上西装革履的刘淦芝，他的留美背景和昆虫学家身份，都与他的业余爱好显得很有些落差。原来，刘淦芝闲暇，常邀浙大教授苏步青、江问鱼等人到风景优美的茶场品茗。他们品茗时，谈论的最重要话题竟然是：诗词。

这一群术业有专攻的大知识分子，都有深厚的旧学功底，都喜欢吟诗作词。为此，1943 年，他们在湄江边结成湄江吟社。人称九君子的 9 名社员，当年聚会 8 次，创作诗词 258 首。

与今天的人才日趋专业不同，民国时期，大多数从事理工科的知识分子，对传统诗词书画都有一定造诣。像身为气象学家和教育家的竺可桢，他的旧体诗同样写得相当不俗。

湄潭城边有一座西来庵，那里是湄江吟社的聚会地。我在一个春天的早晨走近它时，我看到，那是一座突起于田野中的并不太高的小山，山上林木幽深，黄瓦红墙显示佛家的远离尘世。红墙之下，就是连绵的稻田和茶山，一条清澈的小河斗折蛇行，从农家院落里传来隐约的鸡犬之声。

一切，依然如同 70 多年前那样淳朴而静美。

12

1945 年，抗战胜利的消息传到遵义和湄潭，浙大师生欣喜若狂。他们明白，流亡的日子即将结束，他们很快就会回到久违的西湖之滨。

从 1937 年跨出西迁第一步，到 1946 年返回杭州，浙大的流亡办学几近十年。这是山河破碎的十年，物力维艰的十年，也是向死而生的十年，凤凰涅槃的十年。在时局动荡、校址偏僻、经费拮据、疾病侵袭的条件下，浙大出人意料地从一所地方大学，成长为与中央大学、西南联大和武汉大学齐名的民国四大名校之一。

西迁之初，浙大只有 3 个学院，随迁学生 460 人；十年后，它发展成有 7 个学院的综合大学，学生增至 2200 余人。据 1989 年统计，当时的中科院学部委员（即后来的院士）将近 300 人，其中有 27 人曾在浙大任教，有 40 人是浙大毕业生，而这 67 名浙大师生中，超过 80% 的人参加过那场被誉为文军西征的浙大西迁。

在湄潭浙大西迁纪念馆，我看到一张黑白老照片，那是浙大文学院一次活动后的留影。如果不借助说明，我不认识上面的任何一个人——他们中的几乎所有人，想必都已离开人世。尽管他们长相各异，男女有别，但有一点却惊人相似，那就是他们的表情。

他们面色平静，既没有大喜，更没有大悲，你甚至很难想象，这是一群面临强敌入侵，大多人的故乡业已沦陷，物质生活极度匮乏的苦难中的学人。或许，只有内心强大的自信，才能带来表情的从容和淡定。

国难当头，弦歌不绝。当我们研究抗日战争为什么能以中国的胜利告终时，除了诸多政治原因、军事原因，我想，浙大师生那种来自文化和精神层面的坚守，也是原因之一。

离开湄潭那个傍晚，夕阳在山，天空又下起了细细的春雨。这种景象，苏步青在词中描绘过："细雨春回溪畔草，斜阳红入墙头杏。对空山寂寂鹧鸪啼，行人听。"小小的湄潭城，打下了隆重的浙大烙印，诸如街巷和学校的命名：可桢路，浙大北路，浙大南路，求是路，浙大小学，求是中学。

这座深藏于千山万壑中的小城，浙大在此的 6 年，是它最值得骄傲的往事。对浙大来说，湄潭的接纳，使它在艰难岁月里逆风飞扬，终成名校；对湄潭来说，浙大的到来，为这座闭塞落后的小城吹来了现代文明的新风。

　　竺安先生告诉我，他在湄潭生活了 6 年，在那里读完初中和高中，并在浙大回迁那年考入浙大化学系。70 多年后，年过八旬的竺安先生曾经重访湄潭。在湄潭，他找到了曾经居住过的那栋古老的楼房。

　　在一段视频中，我看到，竺安先生坐在楼前，陷入了对往事的深深追怀中。其实，旧时光所收纳的，不仅是竺安先生的个人记忆，更是一所大学、一个国家、一种精神的薪火相传。

（原载《南方周末》2017 年 9 月 14 日副刊）

穿越黑暗的玻璃

李　静

　　家里有一只带把手的玻璃水罐，一半透明，一半毛玻璃，外壁印着一束红白相间的百合花，法国货，美而厚朴。二十多年了，搬了四次家，打碎了无数杯盘，唯有这只罐还好好的，一直默默盛着水，使我心里安稳。那个送这礼物给我的人，仍在眼前笑眯眯的——他打开简净的纸盒，里头躺着六只娇憨的小杯子和这只憨厚的大罐子："送给你和小费的，祝你们白头偕老啊。"那时我二十出头，研究生二年级，与寰的恋爱谈得漫长，仍愿彼此相守，于是登记结婚了。于是他送了这精致实用的结婚贺礼。这美而厚朴的水罐，自此便沉默结实地陪伴着我们的生活。我认为它会一直陪伴下去，即使不常看着它，它也不会破碎和消失，就像送这礼物的人一样。反正我是一直这么想的。直到2017年1月15日下午，我被告知：这个想法是不对的。那个人，那个笑眯眯祝福我们的人，我的导师刘锡庆先生，不打招呼、毫无预兆地离开了，破碎了，消失了，永不回来。

　　跟师母通完电话，视线模糊，茫然大恸，执拗地寻索导师的痕迹。嗯，水罐还在。他的书还在。2011年7月26日与寰一起，和导师师母、宗芳斌师兄一家以及葛海亭师弟的餐后合影还在：每个人都笑呵呵的，似乎未来还有无数这样的日子，想聚多久就聚多久。

　　我不敢确定自己有多了解锡庆师。我生命中的困惑和痛苦不曾都与他谈起，他与我也未曾。我不知他人生的危机时刻为何，他于我亦不知。我甚至都未对他表达过此种好奇，他于我亦没有。更甚至，身为他的学生，我都未曾深究过他投身多年的写作学和散文学，他于我亦不曾表示过此种期许。二十四年的师生关系，在毫无压力的和风暖阳中度过，连阴天毛毛雨都稀少。一切似乎是过于必然了，就像一部手法老派的文学作品，缺少陌生化，令人熟悉安适而又昏昏欲睡。我对人谈起锡庆师时，会说：他是个德行高洁温厚宽容的好人，我爱他像爱父亲一样。这话里有亲情，也有迁就——他像父亲一样于我亲，于我有恩，他已尽己所能地对学生好，因此我不能要求更多了。"不能要求更多"这句话里，已隐含了对这种过于"必然"的关系的些许疲惫吧。

直到有一天，死亡裂开无法跨越的深渊，陌生化视角突然出现，我才看见，这过于"必然"的师生关系里，那永存于心的部分。

我没看过心理医生，但以我暗无天日的心理体验和粗浅的心理学知识，可以断定：从初三到大学，我一直患有不轻的青春期抑郁症——绝望，沮丧，自我厌恶，自我责备，无法与人交往，无法集中注意力，拿着书看不进，看电影看不懂，感到被全人类抛弃，不配做任何事……但可怕的是：我必须考研。因为我的男友寰已毕业留京。他是我与世界之间唯一的通道。只有他能容忍我的灰暗绝望。只有在他的目光中，我才敢活下去。因此我必须考研，留在北京。不能本科毕业去工作吗？不能，我害怕工作。我也不可能找到留在北京的工作。这个抑郁笨拙的大三女生没有任何选择，只有——"必须考研"。

考谁的研呢？茫然中，想起不久前见到的场景：一位高大魁梧的教授和三位英气勃勃的研究生师兄走在黄叶铺地的银杏路上，讨论着什么。我听不见他们说话，但喜欢他们言之有物的神情，以及这种神情透露出来的无拘无束的精神关系。雅典学园的林荫道上，柏拉图和他的学生们也是这样边走边谈的吧……嗯，雅典学园，我喜欢。

那位教授就是刘锡庆先生，那三位幸运的男生是他的研究生。刘先生没给我这届上过课，但北师大中文系学生没有不知道他的。系里的名教授分两种：一种是名师高足，比如陆宗达先生的弟子王宁教授，李何林先生的弟子王富仁教授，黄药眠先生的弟子王一川教授，启功先生的弟子赵仁珪教授和郭英德教授，等等；一种靠自我修为，比如中国当代文学教研室的刘锡庆教授和任洪渊教授。任教授是诗人，思维奇崛，才气磅礴，教我们这届，直接勾起我的创作欲和对当代文学的兴趣，但我考研这年他不招生。刘教授是学者，他的名望由传说构成：1980年代，他在电视上给全国数百万电大学员授课，他写的教材动辄发行几百万册；他在上海的万人体育场讲授写作课，全场鸦雀无声座无虚席，他则气定神闲举重若轻……我准备考研的1992年，刘锡庆教授已转向中国当代文学研究，但他八十年代的光环依然耀眼，令我感到，要想被他从无数考生中注意到，真是需要投胎转世……学兄学姐出主意：近水楼台先得月，你先去认识一下刘先生，让他对你有个印象嘛。如果是坏印象可怎么办……别想它，闭眼去试试，见人总比去死容易些。

大三下学期末，1992年的一个夏日，我强忍恐惧，站在刘先生的家门前。这是我上大学以来第一次去老师家，还是这样一位素不相识却命运攸关的老师。那位高大魁梧的教授来应门了，方脸，笑眯眯，眼镜片后的目光是蔼然的审视。落座，聊了几句闲话，刘先生便问我：本科毕业论文打算写什么题目？

我：关于新写实小说的。（也许稍需解释一下"新写实小说"：它是1980年代末至1990年代初，大众读者被先锋小说"看不懂"的形式实验吓跑之后，由刘恒、池莉、方方、刘震云诸作家开启的小说潮流。他们回到"看得懂"的写实传统，但也并非经典崇高的现实主义，而是普通人视角，零度情感，写生活的柴米油盐灰暗琐碎，由此，伪理想主义的道德幻象被打碎，人生被描述为一场场卑微虚无的苟活。）

刘先生：你怎么看这种小说？

我：我觉得新写实小说的人生态度，和中国的道家传统一脉相承……

刘先生：哦？为什么？

我：嗯，我这么想是因为……《道德经》《庄子》和新写实小说让我感到了一种共通的东西……一种否定和取消生命意志的东西，让我感到憋闷。

刘先生：欸，这观点蛮新颖的，还没有批评家谈过，你可以写进论文里。

刘先生接着提起苏童、叶兆言等作家的新历史小说，谈到他们的创作观念：作家不必依赖外部的生活阅历，也不必深究历史的细节，只要他有独特内在的生命体验，把叙事空间"做旧"，外化出这些体验来，就是新历史小说了。

他：你觉得这种写法怎么样？

我：这个……这个写法，好像比较适合我这样的人……

他：为什么？

我：因为，因为我也没什么阅历，也没有历史的学问，可我好像蛮有内在体验的……

他被意外地逗乐了。我感到不再紧张，稍稍舒展了打结的神经，继续跟他谈下去：

——老师，为什么我有内在的体验呢，因为我从十四岁开始就每天想到死，之所以强忍着活下来，是因为我还不知生命的甜味，还不甘心死而已，其实我已历尽磨难……

——哦？什么磨难呢？

——不敢动弹，不敢自由，不敢生活的磨难。不知所措自我厌恶一成不变贫乏空洞的磨难。老师，我就像被下了紧箍咒，被一种与生俱来的恐惧攫住，凝固。我多希望有个具体的磨难，能震碎我充满恐惧的生活！因为我是这样地不敢生活……假如我写小说，我就写一个不敢自由的人获得自由的故事。但怎样获得自由呢，老师，您知道么……

——自由……我们这代人也不得自由，但跟你的相比，是另一个故事。你的故事我没有体会，但可以试着理解……

——假如您理解卡夫卡的大甲虫格里高利，您就能理解我……我就是那只后背嵌着苹果、无处藏身的大甲虫……它的路，没有来处，没有尽头，真怕我的生命一直这样下去啊……

我呆呆地坐着，在脑子里，跟眼前这位温和微笑的长者排演神经兮兮的剧本。啊，我是那么紧张，内缩，怕人，却不知为何不太怕他，几乎可以镇定地跟他说话，而且想多多说话。但是，但是我不能太占他的时间，不能太讨厌，我得走了。于是我突兀地起身告辞。他把我送到门口，笑眯眯地说："好好准备吧，祝你一切顺利。"

1993 年 9 月，我成为刘锡庆先生的研究生。同入师门的，还有师兄师姐师妹各一枚。平生第一次有了一个小小的精神共同体，我慢慢有点开心起来。我们时常一起到导师家去，开怀大笑，轻松畅聊，锡庆师像个宠孩子的好父亲，笑眯眯地听我们说话，不时地评点几句。我的那个紧绷、自卑而鲁莽的自我，在他那变成了"敏感""锐利""真""有才气""有个性"——其实，那是我想成为的，但在他的目光里，却是已经存在的。在他长久创造的毫无苛责、爱意盈满的氛围中，那个抑郁内缩的女生，感到许多温暖和安全。

锡庆师多年被学生环绕，深知这些"长身体"的年轻人有多穷、多馋，于是留我们吃饭。记得第一次开伙，众师兄姐妹都宣称会做菜，我认领了西红柿鸡蛋汤。眼见我把切好的葱花西红柿直接丢进锅中冷水，他一声断喝，救出西红柿，一边把汤做完，一边对我摇头叹息："你这个书呆子呀，女孩儿家不能啥菜也不会做呀，否则你男朋友多可怜呀。"师兄师姐妹的手艺也好不了多少。那顿饭，几乎每道菜都以我辈的咋咋呼呼始，以锡庆师的力挽狂澜终。

自此，我们便盼着导师"召见"。其他专业的同窗被导师召见时都会忐忑不安，我们不。如果一个月了导师还不张罗，我们就会嘴里淡出鸟来。于是师兄语重心长地喊上我们："走，去导师家请教一下。"于是我们浩浩荡荡地去"请教"。于是导师再也不让我们荼毒食材，都是师母下厨，我们跟他聊天。于是师母做完满满一桌京味菜，喊我们入座："你们慢慢吃慢慢聊啊，我还有事出去一下。"于是我们心安理得地跟导师大碗喝酒，大块吃肉，抚今追昔，谈天说地，放心地认为师母真的"出去办事"了。1993 年到 1996 年，我们不知在锡庆师家进行了多少顿问学与解馋相结合的"教学相长"。

有些聊天给我印象甚深。有一次，锡庆师说某位学生学问很好，只可惜太安于象牙塔中，而真正的文学人，那是要有真切的生命体验和历史经验的，重大的历史事件是应当在场的，你只有亲临第一现场，才能看到真实的众生，真实的中国，别人的转述都是二手的，这样，你才能历练出自己独有的洞察力和历史意识来。因此，锡庆师劝导那位学长离开书桌，到当时的大事现场去观察和感受。"重要的历史时刻，你要敢于在场，敢于做见证——当然，你要尽力保护好自己，别做无谓的牺牲。"他对学长说。他把这话重复给了我们。这时的锡庆师不再笑眯眯。他在强调精神创造力的原则。创造的基座则是真。真则带来风险。而他不主张任何回避风险的平安——虽然他爱我们。

有时，锡庆师会对我们谈及一些老先生。1990 年代初的北师大中文系，早已不是老先生们的中文系。钟敬文、启功先生还健在，但已不再授课。他们住在师大北边的小红楼里，履行着圣诞老人式的职责——硕士生毕业时，会被允许穿着硕士服，每人单独和两位老人家合影一张，算是这所名校名系赠给毕业生的一份临别土产——两位老先生的形象，是唯一一点传统的印记了。给本科生讲课的是中青年教授，从他们那里，很难听到黎锦熙、刘盼遂、黄药眠、谭丕模、穆木天、陆宗达、李长之先生们的旧消息，甚至连名字也不大提起。直到锡庆师教了我们，才稍稍知道一点老先生们的当年事。

锡庆师 1938 年生于河南滑县，父亲是物理学教授；1956 年考入北师大中文系，1960 年毕业留校，老先生们的课他都上过。教古典文学的谭丕模先生衣着考究，湖南口音，上课只讲他的讲义里没写的内容，若课已讲完，还没到下课时间他也照样下，绝不走形式；1958 年出国访问，他与郑振铎先生一同遭遇空难。王国维先生的弟子刘盼遂先生，衣着打扮像个农民，经史子集无所不通，年轻时著述颇丰，1949 年后述而不作，讲课风趣，与人为善，从未树敌。因家住校外，被 34 中的红卫兵小将抄走所有善本书，并施以打骂凌辱，他的儿女向北师大筹委会求救，领导们置之不理，刘先生遂被头朝下摁在水缸中溺死。以评论鲁迅著称的李长之先生，才气勃发频出新著，只因一篇温和的杂文，被打成右派，饱受类风湿病折磨的他，被罚长年清扫厕所和楼道，一趟一趟，一瘸一拐，去倒大便纸；换到新时期，得以平反和落实待遇，先生却已丧失研究和写作的智力体力，病逝于北医三院……

锡庆师讲这些时，面色平静，语调和缓，时不时会冒出几个尖利的词，那是指向读本科时的自己——"那时我就是个十足的庸众，傻瓜，没头脑，没勇气，冷眼旁观被批判的老先生们，同情，害怕，又觉得挺新鲜。"

我们四人的研究方向，都是在餐桌上跟导师确定的。锡庆师的研究领域在当代散文，但他并不要求我们跟着他研究散文——一切只须凭自己的兴趣。我和师兄的研究方向是当代小说，师姐研究报告文学，师妹研究当代散文。一次，当我们像煞有介事地边吃喝边说"研究"这"研究"那时，锡庆师幽幽地来了句："其实，一流才华搞创作，二流才华才做研究呢。"此话引来一片静默。那您算几流呢……我们又是在做什么……"你们啊，不要整天埋在论文里。将来能创作就尽量创作，只有创作里才有真自由，真生命。即便你们真去搞批评做研究了，也得有点创作经验才能说到点子上。"可是导师啊，假如我们都去争当"一流人物"，只创作，不研究，将来谁继承您的衣钵？谁能在学术界说：我是刘锡庆先生的学生？您将很快销声匿迹，就像您从未存在。那时您怎么办？老师，您这不是"罗慕路斯大帝自毁罗马"嘛？

"无所谓。虚荣浮名都是给人看的，没有意义。你们只管发挥自己的才能就是了。假如你们真喜欢做研究，那也要做有才华有创见的研究。盲从权威、故弄玄虚是不行的，离经叛道、敢做异端才有出息。搞文学就得有点异端精神，平庸是最大的不道德。"说着，锡庆师笑眯眯地夹起一根京酱肉丝，放进嘴里。这使从未出过校门的我下意识地以为，"异端精神"是极容易而又受欢迎的，是理应被无条件鼓励和接纳的，平常得跟京酱肉丝相仿。我的写作本来就有点任性刁钻，在锡庆师"没有不允许，没有不可能"的宽纵下，愈发放肆起来：角度、观点和行文求尖求险，只要能自圆其说，导师皆会认可；若语言漂亮，文体别致，他就毫不吝啬地大赞了。"在艺术的王国里，是没有平庸者的户口的。"这是他的口头禅。啊，我真喜欢这个这老头——心肠那么仁厚，脾气那么温和，却对一切不拘成法之物敞开心胸，对艺术平庸横眉立目。我贪婪地将此照单全收，滋养未来的岁月。

研究生毕业后，我做了十几年的文学批评。断断续续产量很低，但总算不苟且地遵循恩师无言传递的道德律令。对作家作品的解读和评价，都只听从内心的直感，不去顾盼权威的颜色，这跟锡庆师诚实笃定的潜移默化大有关系。

后来，当我真的因为在写作上有了点"异端"气息而如遇鬼打墙时，才知道，那种对宽容拥抱的预期，全是上学时锡庆师给"惯"出来的——其实世上并无几人像他那样鼓励冒险，宽纵刁钻。但这宽纵给我胆气，终不会因为自己是"少数"，而识相地修改自己的本性。

这种"惯着"，有时会有点"婆婆妈妈"。刚工作的那几年，我有过一段"恣意妄为"、压力巨大的编辑生涯，锡庆师虽道义上赞成，却也担心会给我带来噩运。他曾悄悄嘱托我的一位领导："这孩子性子直，认死理儿，容易出事，你要保护她。"多年以后，领导已不是我的领导，才告诉我这件事。

评论写久了，总觉得有种能量如不释放便会成毒——也不知是不是锡庆师当年那句"一流才华搞创作，二流才华做研究"在潜意识里作祟。从2009年开始，我停止了批评写作，受一位导演之邀，着手以鲁迅为主人公的话剧创作。整整三年的时间，煎熬于题材的浩瀚、写法的茫然和性质完全不同的写作转换带来的不适。每年锡庆师从珠海回来（2000年后，锡庆师去珠海创办北师大珠海校区中文系，并在那边授课，每到春末至冬初在京），都会小心翼翼地问我：写得怎样啦？

我（欲哭无泪）：不会写，写不出，我要丢死人啦刘老师！

他（笑眯眯地）：鲁迅是个坑，明白人都不会往里跳，只有你不知天高地厚傻大胆儿，才敢接这活儿。可也说不准呢，你的思维一向挺怪，不走正路，也许能写出来……嗯，你肯定能写出来，千万别灰心！

我：因为我"不走正路"，所以能写出鲁迅……老师，您这是怎么评价……鲁迅呢？

他：反正就是这么个意思，别怕，你能行。

2012年，话剧剧本《鲁迅》完成，通篇弥漫着《野草》气。锡庆师是《野草》专家，我把剧本给他看，心里惴惴不安，不敢问他看法，一直以为总有机会详谈。此后他从珠海回，便是小心翼翼地问我：话剧什么时候演哪？我一直支支吾吾。约稿的导演已放弃执导此剧，要靠我自己的力量把它搬上舞台，那是完全无能为力遥遥无期的事了。

历经难与外人道的波折，终得到慷慨无私的助力，《鲁迅》改名为《大先生》，定于2016年3月31日至4月3日在北京国话大剧场首轮演出。那些天我焦虑地发朋友圈。锡庆师不用微信，我不敢告诉他这个消息。演砸怎么办？观众哗哗退场怎么办？何况还可能有其他的风险……七上八下，坐立不安，电话响了，是锡庆师从珠海打来的。他从师母那儿知道了此剧的演出消息。我像是抓住了救命稻草，想要哭诉一番："老师，我要丢人啦！我想躲起来！"

他：折腾了六年，你够有韧劲的，能演出来就是成功啊！

我：演出只剩四天了，可我还不知舞台呈现最后是什么样子。这戏的每一步，都太拧巴太未知太折磨人了……

他：把心放在肚子里。你已尽了最大努力，可以坦然了，其余的交给天意吧！

电话打完，我看见寰在擦眼睛。这个十三岁就失去了父亲的人，对父爱般的温暖，比我更敏感。

每年春末至冬初，锡庆师和师母都从北师大珠海校区回到北京住。我们这些蹭了他无数顿美餐的学生，开启了每年轮流坐庄请恩师师母吃饭闲聊的模式。最后一次是去年 8 月，我和师兄师姐发现，导师整餐饭几乎不发一言，问他问题，他只以最少的字回答。往年见面他也话少，但是笑眯眯而满足地看着我们，慈父的温暖眼神我们知晓。这次变了。和沉默同时的，是些微陌生的淡漠。他的心里在想些什么？我们没有来得及追究他想些什么，我们只是欢乐地说：明年 10 月 21 日，就是导师八十大寿啦，一定要大操大办好好庆贺一下！这时，终于见到锡庆师露出慈父般满足的笑颜，嘴上却说："别麻烦啦。"那是我们看见的，他最后的微笑。

又是一个春天了。又是导师和师母从珠海返京的日子。但是我们再也见不到他了。像是强迫症似的，在家里，我总是忍不住去看他送我的那只水罐，生怕它也有什么不测。还好。它依旧美而厚朴，清水满盈。一如他的灵魂，清澈坚实，穿越黑暗。

（原载《经济观察报》2017 年 5 月 8 日，有删节。）

辑六

幼年往事（外一篇）

杨 绛

　　我三四岁的时候，家住（北京）东城，房主是很阔气的旗人，我常跟着妈妈去看看那家的大奶奶、二奶奶。她们家就像《红楼梦》里的景象，只是《红楼梦》里没有满地的哈巴狗。我怕狗，挨着妈妈坐在炕上，不敢下地。不过她们家的哈巴狗不咬人。

　　后来我爸爸当了北京京师检察厅长，检察厅在西城，我家就搬到东斜街25号，房东是程璧。房子不小，前后两个宽畅的四合院。

　　门房是臧明，他和一个小厮同住门口一间屋里，里面是一只大炕，可以睡不止两个人呢。

　　我爸爸上班坐马车。我家有一辆半新不旧的马车，一匹马，两个马夫。大马夫赶车，小马夫是大马夫的下手，只管洗马、刷马、喂马、遛马。两个马夫同住后门口一间小小的屋里，旁边就是马房。前面院子里晾着四个匾：两匾干草，两匾黑豆。我看马吃草吃豆吃得很香，偷偷儿抓了一把黑豆尝尝，不料黑豆是苦的，忙又偷偷儿放还原处。

前门不大，后门是马车出进的门，是很大的一扇红门，门上又开一个小门，下人出入都走这小门，不走前门。我平时也只在前院玩，很少到后面去。

前院有五间北屋，五间南屋。北屋、南屋完全是对称的。北屋东头是两间卧房，西头又是一间卧房，中间是一间很大的客厅。我黑地里不敢过那间大客厅，害怕。

妈妈很忙，成天前前后后、忙这忙那。有一晚，她特地到我和三姐同睡的卧房来看看我们。三姐和我不睡一头。我睡在她脚头。我们要好的时候，彼此拉拉直裤脚；不要好的时候，我就故意把她的脚露在外边。我人短，我的脚总归是安全的。姐姐也难得和我吵架。有一次妈妈睡前来看看我，妈妈掀开被子，只见我裤脚扎得紧紧的，裤腿扎在袜筒里，裤子紧紧地扎在衣服外。衣服上有两个口袋，一个口袋里塞着一个鼓鼓的皮球；另一个口袋里是满满一口袋碎玻璃，红的、绿的、黄的……各色的都有。妈妈解开衣服，发现我身上青一块、紫一块，妈妈问三姐，碎玻璃有什么好玩。三姐说："照着看天的，红玻璃里看红天，绿玻璃里看绿天。"妈妈把皮球放在我床头，碎玻璃全给扔了。吩咐三姐告诉我，以后别再把皮球、碎玻璃装在口袋里。我很听话，以后不再把衣服那么紧地结成一串，也不把玩意儿都装在口袋里了。

北屋有一间厢房，是我们的吃饭间，有电话，我爬上凳子，可以给同学打电话，讲讲私房话。例如"我跟你好，不跟谁谁谁好"（什么人不记得了）。靠门口，有一张两抽屉桌子，臧明戴着一副铜边眼镜记账。我非常羡慕臧明戴着眼镜记账，心中暗想，我长大了，也要戴着眼镜，坐在书桌前，记事。

我现在写作，总想到小时候羡慕臧明写账，觉得实现了小时候的愿望。

我家搬到东斜街，开始只住一家，南屋没人住，我家也天天打扫，我和姐姐常到空屋里去玩。

不久，我堂姐的姨父姨母也到北京来了，就住了那五间南屋。姨父是教育部次长袁观澜（字希涛）。我家门口有两个门牌：一边是无锡杨寓，一边是宝山袁寓。

我爸爸因为姨父姨母不是亲的，姨母称袁大阿姨。姨父称袁老伯。

我大弟弟出生上海，现在的淮海路曾称霞飞路，以前又称宝昌路，所以取名宝昌。小弟弟杭州出生，家住保俶塔附近，所以取名保俶。保俶断奶后奶妈走了。他自己会走路了。一天他跑到袁家去，对袁老伯说："袁老伯，你也姓老虎，我也姓老虎，爸爸也姓老虎，妈妈也姓老虎。"袁老伯莫名其妙，过来问我爸爸。爸爸想了一想，明白了，他对袁老伯说："你和我同庚吧？我们夫妻都属虎，这孩子也属虎。"袁老伯听了大笑。我们两家很亲密。

袁大阿姨能推拿，这是她的传家本领，传女不传男。我家孩子病了，袁大阿姨过来推拿一下，就没事了。我妈妈也学会了几招，如"提背筋"，孩子肚子痛，背筋必涨粗，提几下，通了大便，病就好了。

我和三姐姐常到袁家去玩。袁大阿姨卧房里，近门口处，挂一张照相，我知道那是袁世庄姐姐的相片，她在外国读书，要三年后才能回来。我总觉得三年好长啊，常代袁大阿姨想女儿。世庄姐姐的妹妹是世芳姐姐，她身体不好，不上学。三姐学校回家总和她同出同进。我老跟在背后，世芳姐姐吃了糖或陈皮梅，包糖或陈皮梅的纸随手一扔，我常偷偷捡了舔舔，知道她吃了什么。她有时也给三姐姐吃。我只远远跟着，她们不屑理我这小东西。

那时我在甘石桥大酱坊胡同、小酱坊胡同拐弯处的"第一蒙养院"上学，上学前班。三姐姐上小学。我学前班毕业，得了我生平第一张文凭。我很得意，交妈妈收藏。三姐姐也初小毕业了。我们姐妹都到北京女子师范大学附属小学读书，袁大阿姨称"附属里"。

不久后，袁家要娶新嫂嫂了。我从不知道袁家还有个儿子，没有儿子，娶什么嫂嫂呢。这是三姐姐告诉我的。我的好朋友孙燕华和我两个陪新娘子。新娘子左等右等没等到，大家就先吃喜酒。吃完喜酒，孙燕华就和她家带她弟弟的臧妈回孙家了。

我吃完喜酒，大发胃病。我的胃病是一个粗心的中医大夫失误造成的。他把"厘"写成"分"。他开的药是黄柏。我妈妈请他为我开点清火的药，因为爱生疖，嘴角爱生"热疮"。这中医把六厘黄柏写成六分黄柏。我记得妈妈用糖汤拌成桂圆核儿大小的丸子，吞一个团子，喝一勺糖汤。我因为是妈妈亲自喂，乖极了，虽然很苦，我吞下一个又一个很苦的小团子，没嫌苦。但从此得了胃病，我的胃至今还是我全身的薄弱环节。

吃完酒席，大家散了，我大发胃病，厨房里为我炒了很烫的盐，让我焐在心口。大家睡了，我因为胃痛还没睡着。忽听得"咯咯咯"的皮鞋声，是新郎新娘回来了，我听见臧明特地进来，一口苏北口音告诉爸爸（臧明称"老爷"）："新娘子穿的是白的洋鞋子。"洋鞋子已够洋，又是白的，新娘该穿红鞋啊，却是白的，真"洋"得出奇！

第二天早上，我胃也不痛了，我学着臧明的腔调告诉了三姐姐，我们俩立即到袁家去看新嫂嫂。新嫂嫂玉立亭亭，面貌美极了，我和三姐姐都迷上了。我妈妈怕我们去打扰，不许我们老去看新嫂嫂。新嫂嫂却很会做人，哄我们一起造一条一尺宽的小路通到月洞门。月洞门外是程璧家的荒园，我和姐姐常去玩的。

一尺宽的小路刚造完，我家"回南"了，袁家也同路回南，但是我们两家在火车上不在一处。

到了天津的旅馆里，我们只知道袁家也住这旅馆，我家住的是便宜的房间，袁家却不知在哪里。新嫂嫂就此不见了。

我妈妈的家具，随着我们家搬迁。妈妈衣橱里，我的第一张文凭已扔掉了，但是新嫂嫂和新郎的照相，有一本书那么大小，贴在硬纸上的，仍在原处。我常常开了妈妈衣橱的门，拿出新嫂嫂和新郎的照片，看了又看，因为我老想念我的"新嫂嫂"。我闭上眼，还能看见她。她是我幼年往事里的一颗明星。

"猢狲精"

我父亲年轻时曾任上海申报馆记者，同事有张仲仁、包天笑等。包天笑曾写过《人间地狱》，在《申报》上连载。包天笑是苏州人，口才敏捷，"猢狲精"是他给一位记者同事的绰号。这一群记者，晚饭后不得睡觉，须等候各地发来的消息。半夜十二点后，各地消息一一发来，他们编成新闻，登报发行。

我妹妹阿必，听门房送进名片，我父亲说："'猢狲精'来了。"我们姊妹从不出来见父亲的客人，但阿必还小，她就独自跑到长廊尽头、爸爸接见来客的"书房"门外看看"猢狲精"。她看了很失望，我们问她看见"猢狲精"了吗？她很失望，来的不是什么精妖，他只是一位客人，连尾巴都没有。

这一群记者，自然而然成了密友。有一次，他们同游动物园（当时叫"万牲院"），他们从"禽鸟馆"出来，被一群鸟儿的叫声叫得心烦，一人忽然发现"猢狲精"不见了。"猢狲精"走在最前面，忙说"在这儿呢！"他自己承认他是"猢狲精"，因为他双目也炯炯，特别神气。

我在上海"狗耕田"般地做校长时，我说："我要去看'猢狲精'，他是苏州振华女校的校董。"钱瑗说："我也要看看'猢狲精'！"我去看了"猢狲精"，我也很失望；他非但没有尾巴，他双目也不复炯炯有神了。

伊何人？伊何人？袁世凯机要秘书张一麐之胞弟，张可之父，王元化之丈人张一鹏也。

（原载《文汇报》2017 年 5 月 25 日笔会副刊）

漫忆琐记（六则）

周克希

前辈

我和柯灵先生，是在马路边认识的。

那天走在复兴路上，看见有位面容熟悉的长者，像小学生那样挎着书包，在前面踽踽而行。我心念一动，趋前问可是柯灵先生；答曰是柯灵。原来他那段时间正构思一部长篇，为免受干扰，特地在附近租一小屋，每天背着书包去"上学"。在路边谈了一会，两人似都意犹未尽，遂同去前面不远处他的寓所继续谈。

此后多次去过复兴西路上的这个寓所。有一次谈到某位似乎早被"公认"的散文大家，他颇有微词，问我，那两个名篇"究竟有什么好？"这很出乎我意外。此后，我看名家的作品，也学着"拿出自己的眼光来"了。

那年头的前辈，但凡遇到对文学、艺术有点爱好的晚辈，都是这么毫不设防、倾心相与的。

有一次，为了桩什么事情，去裘柱常先生家。他和我聊起当年怎么做"塾师"（家庭教师），怎么翻译《毒日头》，怎么因鲁迅日记中提及而"得益"。他夫人顾飞女士见我们好像挺谈得来，主动问我："我画张画送侬好？"我一时反应不过来，顿了顿才说："好呀。"

几天后果然取来了一幅立轴山水画，上面有裘先生题的款："克希先生、文雄女士伉俪雅正"。当我得知顾飞是黄宾虹很看重的女弟子时，我才了解这幅她"硬要"送我的画有多珍贵。

1997 年译文社拟出《作家谈译文》一书，我去王元化先生家请他题写书名。他提起毛笔，一口气写了四遍，横竖各两张，说"给你挑"并留饭，边吃边谈。记得他特别称许老舍和黄裳。

他曾建议我翻译纪德的作品，并愿意为我物色出版社。但当时我好像已经有意译普鲁斯特，没能接受他的这番美意。

有一次去，适逢他外出，于是和他夫人张可谈了起来。张老师当年是位极其能干的才女，早些年我去做客，领略过她把每位来客都照顾得很好的"沙龙"女主人风采。据我的好友、她的表弟许庆道说，她翻译《莎士比亚研究》时边看边译，手起笔落。那天谈着谈着，眼看又到饭点了，我起身告辞。不料张可怎么也不肯放我走，守住房门，张开双臂像小孩玩"老鹰捉小鸡"似的，非要拦我下来。我终于犟不过她，留下来吃了晚饭。

张可去世后有一段时间，元化先生长住在离家不远的一个宾馆里。一天我和萧华荣同去看他。进得屋去，只见他光着上身，正在写东西。看我们有些惊讶的眼神，他解释说，身上发疹子，穿衣服就痒，所以干脆赤膊。见他神色坦然，与华荣兄谈今论古，我暗想此岂非魏晋名士风度耶。

童　趣

一日陆灏兄请饭，席间我说起孙儿叫载欣。陆灏略带诧异地问："是杨家将里杨再兴的'再兴'？"我说不是杨家将，是陶渊明。他接口就说："哦，'乃瞻衡宇，载欣载奔。'"

解人难得。载欣的名字，经常被读错。既然是"载欣载奔"，跟"载歌载舞"是相同的模式，"载"就该读第四声才对。好些人，却往往读成第三声。解释的次数多了，难免会欲说还休。

载欣不足三岁时，带他去鼎泰丰吃小笼包。他爸爸点了一笼枣泥馅的，我随口说："甜的小笼，真是怪东西。"载欣在旁边说："爷爷讲的是贬义词。"我们觉得意外极了。细究缘故，才明白跟一月前的事有关。当时他一本正经地对奶奶说："奶奶下次不要叫我坏东西好？"奶奶说好的，下次不叫了，不过这里的"坏东西"其实是褒义词，不是贬义词，是因为奶奶太喜欢你了，才这么叫的。想不到他居然听懂了，而且在适当的语境下，还用对了。

吃，也许是最早进入孩子阅历的内容。爸爸妈妈带载欣去了次长风公园。他开心地告诉我们，满脸天真地说："我还以为是肠粉公园呢。"他那时喜欢吃滑糯的肠粉，听见陌生的"长风"二字，马上想到了熟悉的肠粉。去襄阳公园回来，他又笑嘻嘻地说："我以为是香肠了。"天冷，给他暖宝宝焐手，他问："暖宝宝和汉堡包有啥不一样？"

好友的女儿 Laura 在美国出生，小时候先后在香港、上海读书。念书对她来说，好像实在太容易了。她爸爸有次感喟说，女孩最好不要数学太棒。几天后 Laura 怯生生地对爸爸说："Daddy，对不起，我数学又得了 A plus。"

法语培训中心开班，她对妈妈说想去学法语。妈妈就给她报名，但人家说这是成人班，她才九岁，恐怕不行。妈妈说她很乖的，请让她在课上听听吧。对方答应了。过了一段时间，有一次考试。Laura 回家对妈妈说："这次考试，只有两个人通过。"妈妈赶紧安慰她说："没通过没关系的。"她又说："两个人中间，有一个是我。我俩一个 100 分，一个 60 分。"妈妈忙说："60分也很好了。"她接着说："那个 100 分，是我。"她妈妈跟我们学她说话慢条斯理、不惊不乍的样子，大家越想越好笑。

去苏州慢书房，认识了女主人羊毛和她的女儿许未来。女儿的名字来自徐志摩的"许我一个未来"，很有诗意。羊毛的一个女友喜欢这个名字，打算给自己即将出生的孩子也取这个名字。羊毛一听，忙说不妥。原来那个女友的丈夫姓吴。吴未来，谐音岂不是"无未来"。

琴　声

我的岳父毛楚恩，是意大利小提琴家富华（Arrig Foa）的学生，和谭抒真先生师出同门。在交大读书时，他和钱学森都参加了校乐队，他拉小提琴，钱先生吹圆号。

他还学过长笛（香港影片《清宫秘史》后期配音时，制片厂从上海工部局乐队借调了三个乐队成员：指挥黄贻钧，小提琴谭抒真，长笛毛楚恩），当年报考工部局乐队，凭的正是长笛。考题是视奏一首降 G 大调的曲子。面对一份有六个降号的陌生乐曲，立时就要演奏，难度是很大的。他灵机一动，干脆按 G 大调来视奏，这样一来，乐曲升高了半度音，而所有的降号就都可以无视，只要把一个音吹高半度就行了。

半度音的差别，细微到一般人的耳朵都难以辨别，但主考官是富华的老师梅百器（Mario Paci），他的耳朵应该是骗不过的。然而他居然放了一马，让毛楚恩通过（事后他说，他是赏识这点小小的即兴应变能力，所以"网开一面"）。录取后，分在了小提琴声部，乐队整编成上海交响乐团后，仍是小提琴演奏员。

"文革"中他自然成了工宣队的监管对象。一天吃罢午饭，他在一张长板凳上小睡。两个工宣队员走过看见，大为惊奇，相顾而言："迭个人问题介严重，还眠得着！"（"这个人问题这么严重，居然还睡得着？"）

"文革"中的一个夏夜，他悄悄地为家人拉几首小提琴曲。演奏尚未终曲，只听有人轻声叩门。乐曲戛然而止，气氛无比凝重。倘若门外是"革命群众"，罪名是难逃的。硬着头皮去开门，只见门口站着几个年轻人，彬彬有礼地说，他们是循着轻轻飘荡在夜空的乐声找过来的，希望能当面聆听演奏。人心难防，我岳父还是婉拒了他们。

他是傅雷的好友。"文革"前，傅雷打桥牌总让他做"搭子"。我问过他，傅雷牌品如何，他笑着说不怎么样，输了爱发脾气，怪这怪那。后来见我对翻译兴趣渐浓，他告诉我傅雷有个习惯，每天译得的文字（千字左右，不会很多），常在晚饭后念给围坐的家人听。这个很有画面感的场景，定格在了我的脑海中。

傅聪小时候离家出走，寄住"毛伯伯"家两周之久。傅雷赌气不理，最后还是梅馥去接儿子回家。此事《傅雷家书》中似有记载。傅聪成名且得以回国后，几乎每年都来看望毛伯伯。我在旁听他俩叙旧，不止一次想请傅聪先生即兴弹一曲，终因顾忌琴不够好，始终未敢造次。倒是有一次潘寅林来借谱（记得好像是帕格尼尼的《钟声》）时，我鼓足勇气请他演奏一曲，他爽快地答应，拉了首曲子。如此近距离地听名家演奏，感觉真是美妙。

陕南村

曾经住在陕南村，几经搬迁，才搬到了现在的住所。两处的建筑，据说是由同一位建筑师设计的。清水红砖的饰面，外墙拉毛的风格，都很相像。室内钢窗和画镜线的样式，天花板和墙壁衔接的弧线，乃至门上的球形玻璃把手，也都在暗示这种同一性。

当年很火的电视剧《孽债》，内景在陕南村拍摄，外景大多取自我们这儿。现在的有些电视剧中，也能看到这种"混搭"的场景。

当然也有不同之处。比如说，陕南村的钢窗是往里开的。我半大不小的那会儿，蹲在窗下猛一起立，就会出现头破血流的一幕。头撞多了，人就笨了。出陕南村，沿陕西南路往前走没几步，当时是一所疗养院。院子沿街的木门上，挂着一块牌子：

"狗心当"

每次走到这儿，我必屏息疾趋而过，心中暗想：真恐怖，狗心居然拿来当钱！——我想不到，这三个字（按写的人的阅读习惯）是要从右往左读的。

陕南村旧名亚尔培公寓，弄堂里（旧时无小区一说，统称弄堂）颇有一些名人。王丹凤住在紧邻我家的那幢楼里，我们见到的她，全无明星架子，走在弄堂的小道上，至多只是戴个口罩而已。我家的保姆，有一阵去她家帮佣，偶尔抽空回来看我们时，从不在新主人背后说长道短，我们也绝不会想到去打听点什么八卦——当时的脑子里没有这根弦。稍过去些，是陈叙一先生家，平时我们没有来往。后来有一次，我在巴黎时去机场送人，偶遇他和特伟在那儿转机，蓦然生出他乡遇故人之感，迎上前去和他聊了一会儿。再往前，一棵高大的榆树下住着黄裳先生，他就是在那儿写的《榆下说书》。

弄里名医尤多。我家住的这幢楼里，就有好几位。底楼的牙科杨医生，当年从国外留学回来，带来一批好器材。有要人前来就医时，弄堂里会有暗哨出没。二楼的周医生，是仁济医院的骨科主任。三楼的林医生，是部队编制的内科专家，少将军衔，热天常见勤务兵上门送西瓜。四楼的傅培彬医生，是国内有名的外科大夫，做过广慈医院（现在的瑞金医院）院长。

"文革"后我去巴黎高师进修，曾小小地接待过傅培彬和邝安堃两位名医。他俩作为医学访问团成员出访法国时，我陪傅家伯伯和邝先生在巴黎街头游览。路过街边的餐馆，邝先生常会驻足细看橱窗上的菜单。看下来，总觉得太贵了些。于是，我建议请他俩一起去巴黎高师的餐厅就餐。我有餐厅的餐券；餐厅按人头收券，菜肴好而不贵。

整个"文革"时期，我都在陕南村度过。家里的两个房间，有一个曾关闭三年之久。直到婚事迫近，我再三申请，封条方被撕下。打开房门，只见地板上积尘已有寸许。

位　育

蒋文生先生当时在学生眼里，已然是位老夫子：臂肘支在讲台上，微微向前倾着身子，目光从镜片后凝定在某个学生脸上，声音徐缓而多停顿。但现在想来，他教我们高中语文课时，应该只有三十多，不到四十岁，不能算老。他激赏归有光的散文，当他带着浓重的无锡口音诵读《项脊轩志》课文时，乡音被赋予了一种亲切而令人难忘的感情色彩。

刘光坤先生不仅烫头发，而且着旗袍穿高跟鞋，在那个年代，这是很特立独行的。她先是教我们英文，后来又教我们数学。记得那时的课程很前卫，教学内容中有极限概念，但刘先生说着一口好听的京片子，应付裕如。当年，她曾愤然挣脱一干人的纠缠，逃过了被强行剃头的无妄之灾。她的父亲刘湛恩、母亲刘王立明都是不畏强梁、留名青史的知名人士，在她身上，能看到他们的风骨。

黄孟庄先生教几何、代数两门课。当时的几何课本脱胎于《几何原本》，编得极好。黄老师的教学，使我领略到了课本推理严密、"无一赘字"的逻辑之美、语言之美。我日后在复旦数学系选读微分几何专业，潜意识里无疑受了黄老师的影响。

初中也是在位育读的。回想起来，印象比较驳杂。最深的印象是上课看小说。小说书放在课桌抽屉边上，稍一低头就能看到。当时看书之多、之杂、之快，现在想来有恍若隔世之感，到底看了哪些书，几乎都忘记了。还能想得起来的，除了《傲慢与偏见》，好像就是《匪巢覆灭记》和《马列耶夫在学校和家里》。

离学校不太远的国泰电影院，是我们心爱的地方。下午四点多钟有个学生场，我们每星期差不多总要去两三次。印度影片《流浪者》当时风靡一时，年级里有个同学，据说看了十二遍（影片分上下集，十二遍就是二十四场哦）。我最喜欢的影片是《勇士的奇遇》（也叫《郁金香芳芳》），演芳芳（当时海报上用这个女性化的译名）的法国演员钱拉·菲利普和演阿德琳的意大利女演员吉娜·罗洛布里吉塔，我终生难忘。还有部日本影片《这里有泉水》，讲的是几个音乐家到麻风病院去为病人演出的故事。由于片中有许多演奏名曲的桥段，我当天看了一遍，第二天马上又去看一遍。

那时年纪小，常常会犯浑。有位姓万的地理老师，是印度尼西亚归侨。我们顺手从课本上拈来印度尼西亚的一个地名，给她取了个绰号叫"加里曼丹"。有一次，教室没关严的门上，高高地搁着黑板擦，她一推门，黑板擦落将下来；与此同时，教室四角位置上的同学依次起立高喊："加—里—曼—丹—"。她当场流下了委屈的泪水。现在回想起许多年前的这一幕，只觉得对不住她，真希望还能对她赔个礼道个歉。

复　旦

甫进数学系，在梯形教室上大课，授课的都是有名望的老教授。数学分析课由系主任陈传璋主讲。一次我们几个同学在图书馆，误了上课的点，赶到教室门口，即被陈先生厉声喝住。几个因没有手表而迟到的可怜虫，只得当着一百多个同学的面，在梯形教室进门处罚站十分钟。教高等代数的，是黄缘芳先生（我相信自己没记错，老先生的名字里的确用了"芳"字），他长得像好兵帅克，圆脸短发，脾气也真的好。孙振宪先生说一口苏北话，他教解析几何与众不同，三根坐标轴不称 x、y、z，而用希腊字母称 ξ，η，ζ。

其中的 ξ，读音跟"克希"很相近。听孙先生的课，我仿佛时时听他点名一般。

那年头虽无大的政治运动，但小"运动"似接连不断。就连捉蚊子，也带有运动的色彩，每人每天捕蚊几何，都要统计上报。暮色苍茫、夜色四合之际，众多学生手执涂满肥皂的脸盆，伫立在登辉堂前的大草坪上，嘴里嗡嗡有声，待得蚊子聚集到头顶上方时，举起脸盆迅速挥扫。那场面颇为壮观。

印象中，当时我们都较疲劳，上课时有人撑不住，就会打瞌睡。金福临先生来上复变函数大课，见到有人打瞌睡，怒从胆边生，抄起手边的粉笔头掷将过去。可惜偌大的梯形教室里，要准确命中一个目标并非易事。往往是那个同学安然无恙，邻近的某个同学却遭了殃。

讲课最有声有色的，当数夏道行先生。他讲的实变函数论，是很艰深的。但听他讲课，真有点像享受。一个大定理，先从已知条件讲起，条分缕析，理清它们的脉络，然后考察所需求证的结论，往上推衍通过哪些步骤即可证得结论。一边讲一边板书，等写满四块黑板（大教室的黑板是可以上下拉动的），已知条件和求证结果越靠越近，终于在下课铃声响起前，契合在了一起。时隔多年，具体的数学内容我已记不清了，但夏先生讲课的风采至今难忘。每次听他这么娓娓道来，我总觉得他不是在复述那些定理的证明过程，而是在亲力亲为当场推演证明它们。

校园里讲座很多。我去听过外文系伍蠡甫先生（他父亲是翻译《侠隐记》的伍光建）讲艺术史、中文系朱东润先生讲书法。印象最深的是评弹名家赵开生的讲座。当时由他作曲、余红仙演唱的评弹开篇《蝶恋花》红遍大江南北。于是中文系请他来讲开篇的创作经过。他逐句介绍构思时受哪些意象和曲调的影响。例如，写到"吴刚捧出桂花酒"时，他脑海中出现的是京剧黑头（花脸）的形象，所以这一句听上去有京剧花脸粗犷的味道。

跨系旁听，也是受鼓励的。我看了影片《献给检察官的玫瑰花》，得知影片的翻译是外文系的董问樵先生以后，慕名去听过他上的德文课。那时的学生，就是这么任性。

（原载《新民晚报》2016 年 12 月 31 日和 2017 年 1 月 28 日、2 月 24 日、3 月 23 日、4 月 20 日、5 月 21 日"夜光杯"副刊）

和　陶

——回忆在北大写旧诗的经历

韩敬群

一

诗而能和，就像在雪地上行走，前人留下一行脚印，后人照着走下去，尽管步子的大小、深浅不一，行走的姿态、风神更无从追随模拟，从大方向上来说，总归是安全稳妥省力的事。可是最高明的行走者从来是不留辙迹的，比如耶稣基督快步行于水上，哪里还有行迹可寻？陶渊明大概就是这样，他的诗歌，纯粹从天机性情中流淌出来，自然温厚，不费一点力气。在中国的诗人中，陶渊明的诗应该是属于品格最为独特、最不可模仿的绝品之列吧。所以陶诗是不能和的，一定要和，那也一定需要是胸襟境界、才华见识与他大致还能处在一个量级上的高手吧。就像苏东坡，用黄山谷的话说，陶渊明是千载之人，东坡也当得起百世之士，所以他尽可以"饱吃惠州饭，细和渊明诗"。虽然他也不过是借渊明的酒杯，写自己的怀抱。

不过我仅此一次的和诗经历，和的居然还就是陶诗；不但和了，居然还到大庭广众之下做过宣讲；那大庭广众，正是北大的课堂，听众之中，居然还有日本大学者松浦友久先生。

二

我写旧诗，原不过是自己盲打误撞，暗中摸索，全无章法。进到北大中文系，那真是俊采星驰，水陆八珍齐聚的地方。正是书记翩翩的少年，谁没有一点文学的才具与梦想呢？偏偏中文系一开学就开宗明义，先来一个下马威：这里不是培养作家的地方（比如，后来几届还真有特招进来的才女，因为挂科太多而被劝退了）。小说、戏剧、散文、自由诗，统统算不上正业了。至于会写一点旧诗，又算得什么呢，那不过是骸骨迷恋的一种形式吧。不过这些盘曲氤氲在胸中的青春的壮怀与邪气，终归要找一块地方发泄与安放。于是，就像师兄师姐、师弟师妹们一样，我们文八四也办了一份自己的油印刊物：《三原色》。我也战战兢兢地将自己的"骸骨迷恋"挤进其中，占了一块版面。让我意外的是，第二期的《三原色》上，有吴晓东的一篇述评，点评上一期作品。晓东兄现在是中文系的名教授了，著名的"三东"之一。我不知道，这些文字，是不是也算得上他的文学批评生涯的滥觞之水？起码，敏睿老辣已经是呼之欲出了。晓东兄慧眼烛照，竟然也留意到我的那几首旧体诗。我还记得他称赞说风格沉郁老成，今天回想起来，也许那只不过是"老气横秋"的客气的表达。不过，当时真的有遇到赏音人的兴奋感觉。多少年后，这种同窗砥砺的暖意犹然满溢在心。

我后来一直没断了旧诗词的写作。很快古典文学专业课开了，那是中文系的大课，褚斌杰、孙静、顾国瑞、周强先生先后给我们班讲过课。选修课方面也有不少古典文学方面的课程，记得有程郁缀先生的词学课。我那些东涂西抹的东西，渐渐成了一点规模，抬头是"北京大学"的信笺纸，一首一首，用钢笔或圆珠笔抄在上面，也有了薄薄的一本。我鼓起勇气，先后请孙静、顾国瑞、程郁缀三位先生看过。三位先生平时课业任务就很繁重，他们当时又正处于个人学术研究上精力最好、最应该集束性出成果的黄金时期。我这种半路杀出的旁门左道，纯粹是给先生们添乱添烦，何尝不是一种蛮不讲理的强迫性阅读呢？不过使我感动的是，先生们不但立刻就为我抽出了时间"强迫自己"阅读，而且是用了类似新批评的细读法（close reading），用的是他们对待一位研究对象，比如一位古代诗人的态度与力气。

总是那么宽厚的孙静先生有一段总评，今天我已经找不到了，意思大略却还记得，应该有婉转批评格调过于低徊、沾染旧式文人痼习的内容——这正是旧体诗写作的预设模式：风月花草，其实是准备了一个温柔的陷阱。儿女情长，所以风云气短。年轻人是很容易陷溺其中，拔不出来的。而程郁缀先生不但写了满满一页总评，还对这些作品一一做了圈点、批注。比如有一句"怜我终夜长开眼，为君尽日不展眉"，程先生的批语是"化用元稹诗，一变为相思相怨"。程先生一边鼓励"写得不错！颇有吟诗填词之功底。不少首意真情深，语巧句工。阅读中，时有漫步海滩，捡得异贝之感"，一边引述了孙静先生的意思，"旧诗词要求出时代新意"，并且在三个方面指出了我今后应该着力改进的方向。结尾处还特别客气地写上"当否，聊作参考"。落款是在 1988 年清明前后。流利而华美的铅笔字，二十多年的岁月还没有让它变得漫漶难辨。这么多年了，程先生还记得他当年对一个年轻人的鼓励吗？那其实是这个年轻人踏上人生莽苍之地时，最初为自己储备的一点干粮。

三

在南方故乡那座偏僻的小城的一个黄昏，那时还是高中生的我第一次听到袁行霈先生的名字，听到他磁性而温厚饱满的声音。是在收音机里，"阅读与欣赏"，袁先生在讲陶渊明的"种豆南山下，草盛豆苗稀"。记得收音机里袁先生也许是口误，是把"带月荷锄归"的"荷"念成平声的。当年不知天高地厚的我，还有些不以为然呢。在那前后，好像是在中央电大的一份杂志的封二上，看到过袁先生的照片和简介。袁先生那个时候，正是与我今天写这篇文章时大致相当的年纪，长身玉立，自信而又谦抑。一个中学生，对于北大中文系的怀想，从此也跟一个名字，冥冥之中有了一种牵系。

不过，大学四年，始终就没有机会听到袁先生的课。唯一的一次，记不太清楚了，应该是袁先生给八七级入学新生讲一堂大课，讲的是姜白石的词《疏影》。我因为仰慕已久，作为四年级的老生，也挤在新生们之中。袁先生的讲课，不需多说了，板书、声情、台风，没有一处不是尽善尽美，臻于极致。就像杜甫的《秋兴八首》，那是内容形式圆融无间的极品，是律诗中的律诗。如果说授课有什么标准，我想，袁先生的课就应该是标准吧。

上研之后，终于有了从头到尾一个学期听袁先生课的机会：陶渊明研究。这当然是袁先生倾注毕生心力、最有创获、最多心得的课程。在浮世的纷乱喧嚣之外，保有自己寂寞的心情。在艰苦的劳作之余，感受一点不足为外人道的欢欣。渊明彻底决绝的逃世逃名不可学，但他的遗世独立、心远地偏的态度总可以作为精神的慰安与导引。袁先生的研究陶渊明，是学术的选择，我想，更是气质的选择、人生的选择。

不过，这一学期的陶渊明研究，袁先生其实并不是主讲。在最初几堂课用宋版书影等将我们循循引入陶诗的美丽"园田"之后，袁先生便把课堂交给了我们自己去垦种。

或许看到我在旧诗写作上还有一点经验，写的东西也还不是那么不堪，袁先生建议我和一首陶诗，并且就在课堂上讲一讲这首和诗。

正是醉酒者不怕受伤，无知者没有畏惧。我非常痛快就从袁先生那领了任务，而且很快就完成了：遵行霈师命，和陶诗《庚戌岁九月中于西田获早稻》。

人生多异患，甚念肇其端。汲汲名场客，营营几日安？岂无锱铢利，琐碎不堪观。如何策驷马，沉醉不知还。朝菌迷晦朔，夏虫昧冰寒。蛮触争千里，蘧蘧梦醒难。耕稼依畎亩，渔钓乐江干。翻笑华屋下，临履多苦颜。道在无咫尺，谁与启玄关？遂令陶彭泽，中夜起长叹。

陶渊明的原诗是这样的：

　　人生归有道，衣食固其端。孰是都不营，而以求自安？开春理常业，岁功聊可观。晨出肆微勤，日入负耒还。山中饶霜露，风气亦先寒。田家岂不苦，弗获辞此难。四体诚乃疲，庶无异患干。盥濯息檐下，斗酒散襟颜。遥遥沮溺心，千载乃相关。但愿长如此，躬耕非所叹。

现在看来，我那诗里不过是些现学现卖的食古不化，其中对《庄子》的恬不知耻的巧取豪夺，就有好几句。大概也能看出当时自己正沉迷热衷于读《庄》吧，就像某位名作家，读多了，读熟了，念兹在兹，所以形诸梦寐，会把古人现成的句子，当成自己天机触发，梦中得句了。

四

我已经完全记不得自己唯一这一次登上北大的讲堂，讲自己新鲜出炉的和陶诗，到底过程怎样，效果如何。只记得课间休息时，一位中等个头，"眇一目"的日本学者，到我课桌前，主动与我攀谈，夸奖我写得有些意思。他正是来自日本的著名学者、以研究李白蜚声学界的松浦友久先生。他当时应该是在中文系当访问学者吧。他的右眼不知是什么原因，或许因为用眼过度吧，蒙着一层黑黑的纱布，成了一标准的独眼龙。

闲谈之中，松浦先生说到自己来自早稻田大学。听到早稻田大学，我不由得跟松浦先生提到一段往事：

　　我高中是在长江南岸的安徽贵池中学上学。贵池古称池州，唐代的时候应该是叫秋浦，也就是李白写下著名的《秋浦歌》十七首，以及杜牧写下"尘世难逢开口笑，菊花须插满头归"的名句的地方。近代学者陈友琴先生有一篇文章概括池州"山温水软"，可见这是一个山水人文互相生发的好地方。有一天，紧张备考的间隙，在教室走廊的阅报栏里，我留意到《贵池报》上的一则消息：日本早稻田大学有一批学者，组织了学术考察团，到秋浦考察李白的行踪。

松浦先生听我说完这段往事，立刻接口说："我就是那个考察团的团长。"言语之间，满是得意。

文学真是奇妙，北大真是奇妙，因为它们，多年以前从长江南岸无意中发射出去的一支响箭，掠过千山万水，准确无误，在北大的一间教室，还是射中了它的靶心。

五

毕业之后，我一直在出版业工作。旧诗当然一直还在写着，逢年过节的时候，写上一首贺岁诗，还会照例强迫老师们阅读。（有一次，碰上张颐武老师，喜欢读旧诗的他居然还记得一本书的后记里我与周汝昌先生唱和的一首诗，很是夸奖，说可以入得《全唐诗》。我开玩笑回应说，《全唐诗》五万多首，入得其中不算难事，也不算夸奖。入得《唐诗三百首》才是真本事呢。）当年的老师们，有很多也成了我的作者。人虽然离开了燕园，但我觉得北大的课堂在我这儿一直没有停课。很多时候，对着老师们的书稿，感觉就像是在上一堂选修课。只是这是一个老师不露面的无声的课堂，这课堂上只有我一个学生。我该有多么幸运！很多老师，他们人生的叶和花，他们学术的丘与壑，其实我更多是在这个无声的课堂上默默感受和体悟到的。

不过我最大的遗憾还是与袁先生有关，与陶渊明有关。多年来，一直想约袁先生写一本陶渊明传。袁先生关于陶渊明，笺注有了，研究也有了，独缺一本传记。我多希望他能写出这样一本既面对专家学者学术界，更面对普通大众，既有精深独创的学术高度，同时又具备文字的阅读美感，精神血脉与当代中国人的灵魂重铸又紧密关联，就像理查德·艾尔曼的《乔伊斯传》那样的传记啊！

（原载《北京青年报》2017 年 3 月 10 日）

茫茫人海无处寻

李大兴

一

这是我在芝加哥二十多年来最温暖的一个秋天，九月下旬还只是一件薄薄的 T 恤。风吹过来暖洋洋的，走在芝加哥大学校园，绿草如茵。地标性建筑洛克菲勒纪念教堂的侧墙爬着青藤，26 年前就是这样：葱葱郁郁之中看见岁月的痕迹。是的，如果没有记错，上一次去东亚图书馆还是 1990 年春天。我已经回想不起来当时图书馆的样子，就算想得起来，经过再装修后，旧日容貌也早就荡然无存。

第一次遇见文欣，就是在图书馆门口，冰雪皑皑寒冷的冬日，他和我都站在门外抽烟，相视一笑就聊了起来。他相貌清秀得像女孩子一样，在长睫毛背后的眼神有点朦胧，说话声音柔和低沉。我以为他是江南才子，一聊天才知道原来生长在北方，但父母是南方人，因此说话没有口音。我虽然不在芝加哥大学读书，却认识不少朋友在那里，所以知道他的大名，好像是中国学生会的活跃人物之一。

站在图书馆门口，自然就聊起书。我们那一代留学生相对而言比较有学术冲动，尤其文科生里喜欢掉书袋、侃侃而谈的不在少数，文欣也是其中之一。他年龄和我相仿，却比我高两年级，当时再过一年就要拿到博士学位，正是读书读得最多，心无旁骛，开始出文章的时分。他腹有经纶，自然健谈，芝加哥大学文科又是理论迭出的地方，所以他说起来一套一套的。

天色渐晚，文欣邀请我去他家喝一杯。这种好事，我年轻时是来者不拒的。于是开着我车尾生锈的丰田特赛尔，跟着他排气管轰鸣的七十年代福特，去了他离中国城不远的公寓。我本来就不是一个擅长讨论学术话题的人，而且在八十年代末，象牙塔人生难以为继，深感迷茫。刚刚到美国几个月，一切都还不熟悉，时不时有焦头烂额的感觉。

在 1989 年圣诞节前最寒冷的一个夜晚，芝加哥城北一条灰色暗淡积雪三尺的小街，朋友和我劝那个卖车的小伙子：这种鬼天气除了我谁也不会买他的车了。我的英语磕磕巴巴，不过不知道是我的诚意还是天气实在太冷，小伙子同意了我开的价。我用几乎冻僵的手递给他一摞现金，换了我在美国的第一辆车。两天后，第二次学开车，就撞到了水泥桥墩上。

生活经验与故事的交谈比起拿来主义的玄学文化、田野调查、定量分析、数学模型智商的社会、政治、经济学更加拉近人与人之间的距离。两杯酒和一盘叉烧肉下肚后，文欣开始眉飞色舞地说他炒股票、卖黄金的战绩，如今想来他在许多方面都是同代人的先驱。当年一个月只拿几百块钱奖学金，却敢于进股市、玩期货的我见过不止一个，都是从中国名校到美国名校一路读下来，极其聪明的人，另外一个公约项是他们大多数是学生会的骨干分子。

我曾经参加诺贝尔获奖者接踵不断的经济系留学生聚会，由于不管是马克思还是凯恩斯，乃至新自由主义经济学压根儿就没学明白过，当一位戴着深度近视眼镜的大师兄非常认真地问我怎么看待八十年代经济特征时，我一片茫然地回答他："倒买倒卖"。大师兄笑着说："话糙理不糙，不过还是要有点理论水平"。我只好做无辜状："我们历史系的理论水平从来不太高"。四分之一世纪后，当年的青年才俊不乏中国著名经济学家。历史系的学生十有八九改了行，不是做生意就是当律师，还有一半干脆改学了 IT（信息技术）。

二

此前的十年，是一个人往往自以为独特的青年时代，其实和别人没有太大不同。在利比多的驱动下，我一阵一阵地满怀热情追求真理或者追求怀疑，中间穿插着伤筋动骨或者蜻蜓点水的恋情，当然也没少在桥牌或者麻将桌上消磨时光。那时并没有这样的觉悟：生命用在无用的事上，也许会带来更多美好的记忆。

在青春走向尾声的时候，我常常嘟哝郁达夫的名句："曾因酒醉鞭名马，生怕情多累美人"。那一年发生了很多事情，一代人都多少有些失衡，未来的世界忽然处于一种不确定的状态。我也逸脱了原来的轨道，忽然来到芝加哥，不知道未来会怎样，路该如何去走。好在学历史让我更多是在此刻与过去之中，而不是寄希望于未来。怀疑精神与保留态度不知不觉就浸透到了骨子里，一方面让我多少缺乏豪情、常感悲观，另一方面契合我自幼及时行乐、随遇而安的个性。

那一个冬天我忽然闲散下来，便在中文电视台的烹调节目学两道菜，然后骑自行车去中国城，买九毛九一磅的草鱼回来干烧，公寓里飘满了炸辣椒的味道。酒足饭饱以后谈人生、谈文学，其实是八十、九十年代许多青年人生活的一部分。不过，许多自己觉得很文艺的青年并没有读过很多文学作品，所以五零后往往仍然不脱前苏联文学的夸张，六〇后在武侠小说和百年孤独之间徘徊，七〇后和教育部大院关系紧密：那里出了一个王小波，还有一个汪国真。

我后来才知道，在美国读文科博士真的很辛苦，也就难怪不少拿到或者没有拿到博士学位的文科生，后来成了反对美帝国主义的左派。文欣属于少数在美国读文科博士没有把文艺情怀读到爪哇国的人，我清楚地记得那天吃完草鱼以后我们谈了很久加缪。

加缪在 1957 年 44 岁时以小说《异乡人》获得诺贝尔文学奖，是历史上最年轻的获奖者之一。加缪本人从反法西斯记者到坚持批判精神的知识分子，一生在反叛与决裂中度过，三年后死于车祸。

人的困境或者说生活的荒诞，无从逃避又难以改变。《异乡人》主人公的漠然，其实是对生活秩序的一种无视。他对母亲去世、死刑判决的无动于衷，其实是一种生活态度。虽然不被理解，虽然于事无补，然而面对荒谬，无论是拒绝还是反抗，这种姿态本身赋予个人一种美学意义。

作为法国存在主义文学的代表人物，加缪在中国不似萨特那么出名。1980 年萨特在北京传诵一时，人只是随意被投掷到这个世界上的存在。大学第一学期哲学课期中考试，艾思奇同志的教科书让我几乎不及格，被老师找去训话，靠大侃萨特把老师侃晕后及时脱身。然而多年以后记得住的是加缪，萨特留下的印象不过几句箴言而已。大概是因为法国文学胜于哲学，而萨特太富于哲学建构与思想领袖的野心。我倾向于法国的魅力在于文学艺术而不是哲学，加缪的魅力，也在于关于深层感受的反常识、非逻辑的表述。我没有想到在芝加哥大学深受严谨理论训练，业余还很美国地倒腾黄金的文欣，竟然对加缪很有感觉。

"无论是我们用理想主义、用人生目的给自己构筑的世界，还是我们漂洋过海来到这里接受的学术训练带给我们的关于这个世界的解释，在加缪那里忽然变得荒唐而毫无意义"。

"不仅如此，当我读他的小说，明明知道他的故事在现实生活中几乎没有可能发生，而且他的故事在某种意义上根本就不是故事，缺乏情节、也缺乏逻辑必然性，但就是能动摇你自以为深信不疑的理性，有一种震撼人心的力量"。

我一直以为文艺型思考和理论型思考的分界在于前者倾向于非理性的、往往是毁灭性的冲动，我们就着这个话题上溯到古希腊苏格拉底和神秘主义，这样的谈话当我们喝到半醺时，很自然地开放式终结。

那天晚上文欣睡在我家沙发上。半夜起来喝水，我看见很亮的月光穿过窗户照在他的脸上，他看上去有一点女性化、有一种瘦削的疲惫。

三

有大约半年时间，我和文欣时常在一起喝酒聊天。他独自住在一栋建造于二十年代的三层小楼的二楼，面积相当大，房间古旧。深枣红色的长毛地毯至少有二十年的历史。窗户下面的暖气片还有圆角笨重的铁冰箱，都是以前只有在三四十年代的美国电影里见过。然而文欣是非常爱干净的，在中国男性留学生里不多见。他把墙壁都刷成米黄色，厅里挂上几幅不知道是不是跳蚤市场淘来的古典时期油画。一套入门级的天龙音响，接了一对JBL落地喇叭，中气十足地放着邓丽君的歌。"你这里温暖的色调、甜蜜的音乐，比较适合谈恋爱"。文欣笑了笑，没有接我的茬，他按说应该是有女朋友或者结了婚的，却一直是一个人。有一次我问他有没有女友，他说他曾经结过一次婚，但是很快就离了。他没有再多说，我也就没有再多问。经历与见证了许多故事后，弱冠即留学多年，没有习惯也没有兴趣去了解别人的生活，更很少谈自己，因此我们虽然来往颇密，却不谈多少私人话题，直到有一天在医学院做研究的王教授也来喝酒。

老王是西北人，酒量极好，健谈到一开口就滔滔不绝，而且声如洪钟，气势夺人。那天不知怎的，老王破天荒第一次说起自己的过去，声音一下就低了很多。原来他17岁上大一就成了右派，下放到农场接受改造22年。1979年平反的同时，考上了出国研究生，于是在八十年代开始的时候，他就一个鲤鱼打滚，从一个没有人记得住名字的西北山沟，穿着一件军绿棉大衣进了纽约城。

虽然苦难的岁月漫长，老王其实是个很简单的人。他一生只在两个地方待过：劳改农场和大学。他也不乏自嘲精神地说过：自己是四肢发达、大脑简单。他身体很健壮，一点也看不出年过半百。被时代抛弃了很多年的人，就像流浪狗一样，只有那些生命力特别顽强的人，才能够存活下来。所以我一点也不惊讶有一次在一个会议上，老王跟人争起来，一激动就眼冒凶光，好像要冲上去似的，把对方那个小白脸吓得话都说不利索了。

知道了老王的经历，对他偶尔露的峥嵘或者狼性就不觉得奇怪。其实绝大多数时间，他看上去阳光和蔼、对人非常热情。这也是很自然的，老王从留学以后，命运发生了天翻地覆的变化：娶了老婆、生了孩子、拿了博士，真正实现了台湾人说的"五子登科"，心情舒畅也在所难免。不过他和很多人一样，最怀念的还是青春岁月，说起在农场夜里打狼的故事，神采飞扬。听老王讲完故事，文欣忽然说了一句："我小时候也是在农场里度过的"。

到晚上十一点多，老王先走了。我本来也要告辞，文欣留我多坐一会。他又倒了一杯威士忌，慢慢抿着，两眼直视着前方。我们安静地坐了一会儿，文欣自言自语般地开口说："她没有能活着离开那里"。

文欣的父母原本都是江南的青年大学老师，1957年双双落难，发配西北。几年后，因为表现好摘帽，就地落户在农场中学教书。文欣在农场出生，长到十年浩劫里清理阶级队伍时，父母再度被关起来，他被送回原籍老家，和在那里只身一人的爷爷相依为命。他后来读书好，相当程度上得益于爷爷的教导，爷爷在民国时担任过报纸的主笔。然而一个孩子和一个病弱老人在一起度过童年和少年，是没有多少家的感觉的。有很多年，文欣静静等待着母亲的归来，然而母亲一直没有回来。文欣考上大学的那一年，父亲终于回来了，带回来一个骨灰盒。

四

还是在九十年代中回国出差时，经常去卡拉OK歌厅，学会了刘德华的《忘情水》："曾经年少爱追梦，一心只想往前飞。行遍千山和万水，一路走来不能回……给我一杯忘情水，换我一生不伤悲……"有些记忆，曾经是生命沉重的负担，当时光不可逆转地流逝后，回首时发现记忆本身成为生命的一部分。我曾经写过：过去与现在的叠加构成此刻。

和文欣的来往，因为找到工作搬到郊区骤然减少。早九晚五是日复一日的一道紧箍咒，人到中年忽然加速度，生活忙来不及想，时间就悄无声息地从指间流走，往日的朋友也一不留神就彼此渐行渐远，久而久之就没了声息。

文欣不久后博士毕业，在东部一家规模不大的学院找到一个讲师的工作，于是就卖掉了老爷车，乘着飞机高高兴兴地去了。临行前的一个晚上，我进城去和他道别。一边感叹今后难得有人能够聊到这样的精神高度，一边心里明白：地理距离的遥远与时间会让彼此相忘于江湖。

有那么两三年，文欣和我每年通几次电话，聊聊近况、共同认识的人与事、电影、体育、选举。他的讲师当得只动嘴不动脑子，主要精力放在炒股票上。除了经济与法律，美国文科教职的年薪相对来说偏低，当时历史系助教授也就是三万美金左右，所以我认识的来自中国的教授不止一个炒股。对于怀着淘金梦来到美国的一代人来说，挣钱不多还要耐得住寂寞用功，实在是件不容易的事情，很多聪明人没有走下去。

九十年代没有微信，电话号码和电子邮箱也会因为搬家、换网络服务公司而改变。在某个圣诞节我打电话给文欣，他的号码已经不复存在了，我用电子邮件发的贺年卡也被退了回来。

在世纪之交的夜晚，走在上海街头，我会想起小时候读过的一本书《上海——冒险家的乐园》。从这本书里，我第一次知道哈同花园，那里后来盖了中苏友好大厦，一个世纪前的繁华已经几无踪迹。我认识的不少朋友海归，我也是在这个时候听说文欣几年前就回国创业，在业内已经小有名气。

天气炎热，我穿着T恤、趿着拖鞋去赛特大厦，被前台拦住不让进，只好打电话给文欣。一位漂亮干练的女白领像电视剧里那样，穿着套装和高跟鞋健步如飞下楼来，把我领进文总办公室。文欣西装笔挺、满面笑容，十年不见，他发福不少，开始有些和气生财的面相。

我们在附近的沸腾鱼乡吃了一个午饭，然后他就匆匆地去开会了。这次见面，基本上都是他在讲公司如果不久后上市的前景。他炯炯有神地看着我："回来吧，这里才是你该待的地方！"赛特大厦离我在北京的旧居不过几百米之遥，晚上我在永安南里马路对面一家东北老板开的永和豆浆店和年轻的民工们一起排队喝豆浆。第一世界与第三世界如此贴近是这个城市最奇妙的景象之一，《北京折叠》说的也是这个。

此后的岁月里，文欣和他的团队共同打造的公司成功上市，他也成了一个不那么著名，但也不大不小的励志人物。后来又听说他把自己的公司股份卖了，回到美国买了一条游艇，一个人住在船上，到处游荡，成了一个令人向往的传说。

微信发达以后，就连失散半世纪的幼儿园同学都从大洋彼岸或者地下冒了出来，文欣却彻底消失了。"同学少年多不贱"，当同代人占据了舞台中央时，他的杳无音信引发了种种推测与想象：是遁入桃花源还是天人永隔？是孤独自闭还是同性恋？种种传言不一而足。关注与八卦的传播交织在一起，原本是人际关系紧密的族群的特色之一。

不久前路过文欣当年住的那条街，老房子大多被推倒重建，虽然还是仿旧的样式，但街道整洁，不再是学生与穷人居住的地方，而是城市中产阶级的高尚社区了。我想起那天晚上，文欣拿着酒杯，目光清醒、语调平静的样子。他告诉我他缺少母爱、没有恋爱，上大学以后，多半时间忙于读书，与异性交往时往往不但没有兴奋感，反而觉得浪费时间。他告诉我从来没有人曾经点燃他的激情，一旦离开他在全力以赴的事情，一种倦怠感就会淹没他，也许这就是他一下子被加缪击中的原因。

那天晚上文欣话说得其实不多，语言很有节制，却更让人感到有力的绝望。我不知道该怎样回答他，或者说我不觉得有谁能回答他。我仅仅说，我们这代人经历的创伤与心理的扭曲，往往是自己不曾意识到的。也许每一个时代总会有少数人，他们内心的感受和隐痛，只能在非常遥远的时空，比如加缪那里，才觉得被呈现。这种感觉上的呼应无从也不必解释，发生本身就是很美好的。不过美好的事情往往也让人站在深渊的边缘，然而深渊里究竟是怎样，我们是看不见的，又何必去看见？

从文欣的公寓里出来，我走路有点不稳了，看见圆圆的月亮在天上摇晃。"月有阴晴圆缺。"我嘟哝了一句。

（原载《经济观察报》2016 年 10 月 17 日观察家周刊）

辑七

在上海美丽园的日子

赵　珩

最近几年，因为参加每年八月的上海书展，都会住在上海静安寺不远，靠近长宁区的美丽园大酒店。而对我来说，这个地方总有着特殊的记忆。

1987年的5月，正是上海接近梅雨季节的气候，我在上海盘桓了十几天时间，目的是在上海约稿并拜访当时健在的海上文化人。时隔整整三十年，如今美丽园已非昔时模样，拜访过的老先生们已经悉数作古，而我也已近古稀之年，时光荏苒，真如白驹过隙。

1966年11月，我第一次到上海，正值"文革"，只住了一夜就匆匆逃离，转而去杭州游山玩水了，几乎对上海没有留下任何印象。如果那次可以忽略不计，那么1987年5月才算是我第一次真正到上海。

我在上海人生地不熟，连住处都没有事先订好，好在有邓云乡先生。他听说我来上海，非常高兴，马上去找了当时的上海文联副主席兼上海作协书记处副书记杜宣，由杜宣先生打电话给美丽园上海文联招待所，帮我安排了住处。邓云乡先生是个非常热情的人，他亲自带着我去了美丽园，办理一应入住手续，照顾得极其周到。

其实，真正的美丽园是在这座上海文联美丽园招待所的对面，也就是在现在上海戏剧学院和华东医院的接壤处，西近今天的镇宁路，北靠延安西路。那里原来是德国侨民的乡村俱乐部，曾经有溜冰场、草地球场、餐厅、弹子房等游乐设施，附近也有成排的别墅，据说当年张爱玲常去。

如今上海戏剧学院里的"佛西楼"（为了纪念上海戏剧学院的第一任院长熊佛西而命名），仍是美丽园中当年的建筑。上海美丽园文联招待所并不在美丽园的范围之内，只不过是沾了美丽园的光才有其名。

这所招待所当时没有楼房，进得院来，西侧是一丛篱笆障，里面靠西是一排茶室，茶室前倒是花木扶疏。北面有两栋较好的房子，可能是招待贵宾用的，东北部才是招待所的普通住房。那时的条件还很简陋，两排宿舍式的住房前有道走廊，房间也不大，而且都是公用的卫生间，我的房间就在前面一排的普通住房中。

上海有一房亲友，住的地方较远，那次仅去见了一见。常来这里陪我到处走走的只有两位，一位就是邓云乡先生。邓先生对我在上海生活照应备至，但他只能算是半个上海人。另一位是我的老友唐无忌先生，他是上海的集邮家，也是做过国务总理的唐绍仪侄孙辈，上海邮票大王、至德周今觉的外孙，翻译家周煦良的外甥。他早年收集英属英地和瑞士、列支敦士登的邮票，后来不再集邮，而转向专门收集西洋古董和工艺品，在上海颇有名气。这位唐先生倒是地道的老上海，有时相约一起吃早点。他知道很多地道的上海风味，有些小铺子里的生煎馒头要不是他带我去，是无论如何也找不到的。

我有时也去福州路的老半斋吃"两面黄"、虾爆鳝面、千层糕等，那时做得也还算是地道。再就是和上海集邮界同仁一起相聚，到停靠在外滩一艘叫"蓝盾"的船上去吃西餐。上海另一位集邮家俞鲁三老先生还特地请我去吃新雅的广东早茶。我也请一些朋友吃过十六铺德兴馆的烧秃肺、烤籽鱼、草头圈子之类的地道本帮菜，还独自去淮海路襄阳路口的"天鹅阁"吃过德式西餐和起酥肉饺，在第一食品厂的门市站着吃"掼奶油"，跑到"德大"去喝现磨的咖啡。虽是初到春申，但俨然以"上海通"自居，领略了不少老上海的味道。

那时，除了去远处，都是靠着两条腿徜徉在静安寺一带，方圆七八里以内，大多是步行。上午去拜访老先生们，而下午多在美丽园招待所的茶室待客。经常来这里聊天的一是邓云乡，二是年届八旬的金云臻先生。一杯新绿，两样点心，所费无几，能聊上一个下午。

在上海期间，拜访了不少位海上文化人，关于兼与（陈声聪）先生与云骧（邓云乡）先生我有专文叙述，这里仅就几位印象颇深的老先生记录如下。

从黄裳日记说起

一直以来，我有个记忆的错误，那就是将这次去上海的时间记成是 1986 年的 5 月。直到最近，友人才从黄裳先生的日记中纠正了这个错误，看来日记最能作为旁证的史料。

黄裳先生在他 1987 年 5 月 22 日（星期五）的日记中写道：

> 燕山出版社赵珩同志来访，谈移时去。赠《燕都》数册，颇可观。知李越缦《旬（郇）学斋日记》残卷一册，确为樊樊山干没不还，书于"文化大革命"中抄家重现，现存文物局，说是将影印出版云。

看来现在有必要为黄裳先生这段日记做一补注。

早就有闻黄裳先生是很难打交道的人，且心思缜密，记忆过人，却不善交流。那天去拜访他，深刻体会了这一点。我与黄裳先生素无交往，也不会向他自报家门，作为一个文化类出版社的普通编辑，能得到他拨冗接谈已经是不错了。黄裳待人比较冷淡也是出了名的，他会听你道来，但是很少表态，话也不多。

那次拜访他的主要原因是为谈梅兰芳《舞台生活四十年》一书的事。

此前 1985 年的冬天，我曾两次去北京和平门内帘子胡同梅宅拜访许姬传先生，那时梅夫人福芝芳已经过世，许老先生住在梅家的上房，因此和许姬传先生有过长谈。后来我发现一个问题，许先生对梅先生早年的旧友如冯耿光（幼伟）、李释堪（宣倜）和我的七伯祖（世基）等人的情况并不太熟悉，他和堂弟许源来到梅先生的身边较晚，大约是抗战胜利之后，因此对梅先生晚近的事倒是如数家珍。他和我谈得最多的是《舞台生活四十年》的一些事。据许先生说，编写《舞台生活四十年》的真正倡议者是上海的黄裳，正是黄裳玉成了这本书的编写。抗战胜利后梅兰芳恢复了演出，而那时黄裳已经调到《文汇报》当记者，他曾多次采访梅先生，过从甚密。且早在 1949 年，黄裳就建议梅先生写一本自传，1950 年黄裳调到北京后又旧事重提，对此事十分积极。正是由于黄裳的建议，梅先生后来才在许姬传、许源来和朱家溍等人的协助下，用几年工夫断断续续口述，由这几位整理成书的。

我在黄裳先生家里问到他这件事的原委，他说确实如此，当年梅先生住在上海马思南路时就有接触。又说此事太拖拉，用了那么多年才成书，时间实在是太长了。黄裳先生从来不主动谈某一个问题，对我谈到的一些人和事，多是哼哼哈哈，几句话就应付了。后来不知何故，话题扯到了李慈铭身上，谈到他的《越缦堂日记》，也谈到从中辑出的《越缦堂读书记》。我对黄裳先生说，有一部李慈铭晚年的日记——《郇学斋日记》现藏北京市文物局，我和一位同事曾标点过其中一小部分，发表在《燕都》杂志上。

谈到这个话题时，我发现黄裳先生的神情开始亢奋，眼前一亮，精神大振，与刚才判若两人。黄裳不但是作家、报人，也是位藏书家，除了近代史料、稿本、钞本，对一些冷僻的书更感兴趣。他说，早就听说过李慈铭的《郇学斋日记》，但是没有见过，因此特别感兴趣，一再向我追问这部日记的来龙去脉。

我对他说，这部日记是否《郇学斋日记》的全部还不敢说，目前只有五卷九册，分甲乙丙丁戊集，甲乙丙丁各上下两册，戊集只有一册。日记虽然前后时间不太长，但是每天都做了些邸钞，因此显得篇幅很大。当年由樊樊山（增祥）借去，一直未曾归还。"文革"时抄家，在樊的后人家中抄没，现存北京市文物局资料中心。日记系钞本，似重新抄录，却略有批改。我告诉他，我和同事海波先生复印后曾标点了一些，后来发现文稿较难辨认，容易出错，因此现在想影印出版，保持原来的风格。

黄裳的记性很好，他说当年《越缦堂日记》印行时，蔡元培先生在"印行《越缦堂日记》缘起"一文中还提到了自孟学斋至郇学斋以后还有八册（实为九册）是否即是所指？我答然也。

黄裳在日记中所说的"一册"是不对的，应该是五集九册。大约是在1988年前后，我确实主持将此书影印，线装，成一函九册，并执笔写了一篇出版说明，仅印行了500部，因为黄裳如此感兴趣，记得曾寄给他一部。

拜访施蛰存先生

我对中国现代新文学可谓完全外行，倒是在"文革"中无事可做，让先君从中华的馆藏中借回过一些郑振铎主编的《小说月报》翻阅，后来也零星看过些《新文艺》《现代》之类的月刊，从那时起才知道了施蛰存的名字。在我的印象中，只看过他的短篇小说集《上元灯》和《李师师》，对后来他与外国文学发生关联的那些作品几乎一无所知。

施蛰存先生的一生基本生活在上海和抗战时期的西南，短期也在福建和香港住过，有人说，他是"在二十世纪文学史上被遮蔽了的文学家"，我觉得是有一定道理的。而在早年的文学创作，主编文学刊物和翻译外国文学作品上却又是现代中国文学史上不可或缺的人物。中年以后在文学教育上也有着很大的影响力。1957年以后，施先生几乎淡出文坛。而晚年的施蛰存作为硕果仅存的新文学见证人和翻译家，却又得到众多的追捧。

与其说我拜访施先生有什么明确的目的，毋宁说只是想见见这位二三十年代新文学的代表人物。

我从来没有在美丽园招待所吃过早饭，都是到处寻觅上海的特色早点，因此总是起得很早。那天在外面吃过早餐也才不过八点多钟，与施先生约好的时间是九点，不得不在愚园路附近徘徊了好一阵子。

施先生家虽然面对着愚园路，但是他的居室要绕到侧面才能进门，上楼一进去就是一间还算是宽敞的起坐间，玻璃窗朝南，光线很好，他正坐在桌旁吃早餐。施先生的样子和我想象的差不多，一头没有梳理过的花白头发，微胖，脸上有些赘肉松弛下来，也许是刚起床不久，似乎尚有些睡眼惺忪，穿着一件很旧的灰色衬衫，松散着袖口。施先生很客气，要我和他一道吃早点，我说已经吃过了，于是他就一边吃早餐，一边和我聊天。

施蛰存的《鸠摩罗什》我从来就没有读懂过，鸠摩罗什的名字对我来说总是和"如是我闻，一时佛在舍卫国，祇树给孤独园……"联系在一起。他写《鸠摩罗什》时才25岁，我很奇怪，那样人格化、贴近生活的智者鸠摩罗什与大漠驼铃会出现在上海文学青年的笔下，更与眼前的这位耄耋老人难以发生联系。正像戴望舒脍炙人口的新诗《雨巷》，他们的作品都是最早以西方文学特色融入中国元素的典型，本人也是最具主观意识与生命感悟的作家代表。我想，他与戴望舒等编辑《新文艺》和稍后主编的《现代》杂志应该是抗战前上海新文学的主流罢？他们的作品中没有太多的政治色彩，是脱胎于"新月派"的真正中国新文学的启蒙者。施先生与戴望舒同年，但是比戴望舒多活了半个世纪，也经历了更多的磨难。

那天和施先生也谈到戴望舒、穆时英等许多人，大约两个小时。施蛰存先生的精神很好。由于众所周知的原因，施先生在1957年之后，转向碑传的研究，出版了一系列征碑录，也做了许多碑跋和金石研究。

施先生给我的印象是平和、淡然的。那顿早餐从我进屋到离去始终没有撤去。施先生吃得很少，也很慢。早餐是中西合璧的，有牛奶、面包、果酱之类，也有稀饭。他和我聊天，也始终没有离开那张饭桌，稀饭冷了，又拿去热热。

补白大王郑逸梅

郑逸梅的《艺林散叶》我是在八十年代初读的，后来又看了它的续编，这两本所记的人和事，上起清末，下讫当代。《艺林散叶》所记竟有4342条，都是这一时段文化人圈子里的事，每段多则百余字，少则数十字，甚至十数字，都是语焉不详，其实价值是不大的。续集的文字虽然稍多些，也不过每条三四百字，辑成2271条，其详细程度略高于初编。

用今天的话说，郑先生所谈的内容类似"八卦"，但是他与上海的文化人、报人、伶人、艺人、闻人、出版人都有交集，知见广博，其界域之宽阔是无人能及的。此外，郑先生的闻见并不囿于春申浦江，而是遍于全国各地。

我见到郑先生时，他已经92岁。五月底，上海已经开始溽热，但是他还穿着两件衣服。虽然显得衰老，但以这个年纪来说，就算得是精神矍铄了。在我那次拜访的老人中，他是最年长的一位，比陈声聪先生还大了两岁，可谓人瑞也。

他的书斋叫纸帐铜瓶室，也名秋芷室，直到他九十岁还一直笔耕不辍，全凭着良好的记忆力。我见到他时，他思路之清晰，记忆之准确，确实令人折服。

七十年代末，我得到两本包天笑的《钏影楼回忆录》，所记都是海上和香港舞台影坛旧事，好像那天的话题就从包天笑谈起。老人对包天笑很熟悉，也说到包天笑的许多轶事。再后来话题又转到邵洵美，郑先生道，邵洵美和他的岁数差不多，也是他一生看过最美的男人，相貌、风度和气质是没人能够匹及的，就连徐志摩都稍逊一筹。他说邵洵美绝对不是人们误以为的"花花公子"，他半生做了许多事，说他是申江"小孟尝"绝不为过。就才华而言，邵也是毫不逊色，只是半生只为他人作嫁衣，没有显露出自己的才华。他能聚集了那么多的文化人在其身边，不是没有原因的。他的慷慨和乐于助人的精神也是有口皆碑，就是胡适、林语堂、闻一多、郁达夫、潘光旦、沈从文、施蛰存、老舍等人也都曾受惠于邵洵美。只是他最后的十年太悲惨了（指1958年邵洵美入狱到1968年离去）。他还说，邵洵美应该是宋代理学家邵雍的后人。

对于邵洵美，我还是有些了解的，老先生对邵洵美的客观评价也是恰如其分的。我对郑先生说，我认识邵洵美的侄子，是上海的一位集邮家，也是学化学的科学家。郑先生道，这倒不知道。说到集邮，郑先生说他自己也集邮多年，但是始终不成气候，于是颤颤巍巍地从柜里给我拿出几本集邮册。

虽也经过整理，但是看得出来水平不高，为了不扫老人家的高兴，我只得赞许几句。

不敢过多搅扰一位92岁的老人，于是主动离去，但老人的兴致颇浓，丝毫没有倦意。不忍让他太累，还是告辞而去。1992年，郑逸梅先生离世，带走了他一肚子的掌故轶闻。

狷介耿直的陈从周

从小在先君的书房里乱翻书，多数是看不大懂的。不过，但凡有图片的书籍，就更加喜欢，会来回来去翻看许多遍。在书架上，有一本精装的《苏州园林》，图片虽是黑白的，但在当时来说已算是十分精美了。于是，便记住了陈从周这个名字。当然，在以后的文物保护图书出版工作中，关于陈从周先生的了解就更多了。

我和先君都与陈从周先生没有来往，这次去拜访陈先生是由我的一位小学同学的先生介绍的，这位先生姓周，和陈先生有亲戚关系，这个关系我也说不太清，但是他们都与中国的老一辈军事家蒋百里有关。这位周先生是蒋百里的外孙，也是钱学森和蒋英的外甥。当时他正在上海参加一个展览，比我早几日到达上海，先去过陈先生家，把我的情况和家世很详细地介绍给了陈先生，并替我定好拜见陈先生的时间。

那日到同济大学是下午三点，陈先生刚好睡午觉醒来。我去拜访是1987年，是在他的爱子在美国出事之前，也是他精神状态最好的时候。

陈先生对我的热情出乎我的意料，完全不像是对初次见面的晚辈，倒像是接待一位久别的故人。他对我大谈先曾伯祖次珊公（赵尔巽），佩服备至，谈起来滔滔不绝，中间我连话都插不上。他说，当年蒋百里先生就是次珊公慧眼识人，保送到日本士官学校去深造的，次珊公是蒋先生的伯乐，没有次珊公就没有蒋百里。陈先生对近现代史很熟悉，而对次珊公任东三省总督一任的政绩居然比我还清楚。他对我感叹地说："像次珊大帅前辈这样，一辈子能做那么多的事，今天的人想都不敢想。"这是他的原话，我记忆犹新。

陈从周先生不仅是园林建筑学家、园林美学家，也是一位多才多艺的文人。他擅建园，懂美学，能书画，通诗词，又写得一手文辞隽秀的散文，更是顾曲行家，在今天已是很少见的了。

我和陈先生从园林建筑聊到书画、昆曲，聆教之中，我也大胆地谈了自己的许多观点，很得先生嘉许和赏识。说话间，他从茶几上扯过一张白纸，用钢笔在纸上随意写着什么，然后递给我，我看到纸上写着两句："英雄割据虽已矣，文采风流今尚存"。我知道这是杜甫《丹青引赠曹将军霸》中的诗句，先生的用意我也明白，于是站起来惶恐地道，这可不敢当。

先生那日精神极好，走到书桌旁道："我给你画一幅竹子罢。"边说边在桌上展开一幅很窄的长卷，疾速挥毫，一蹴而就，一竿新竹立时跃然纸上，笔力刚健，疏淡文雅。先生是老派，搁笔问我的字是什么。我说我们这一辈人，哪里有什么字，小时的字就是"珩"（单字为字者，古已有之），其实本名应该是"履坚"，后来反就以"履坚"为字了。于是先生马上题了上款："新篁得意万竿青履坚吾兄正之。"落款"陈从周"。陈先生的厚爱，至今难忘。

陈先生是位狷介耿直的学人，从来不媚流俗，不附众议，尤其对园林保护，敢于大声疾呼，也因此得罪了不少人，甚至在某些园林城市被列为"不受欢迎的人"。他最喜欢苏州的网师园、留园，在许多几近荒废的园林修缮和复建上有自己不同的观点。扬州盐商曾有个园子里的楠木敞轩被一个食品加工厂利用，陈先生几次呼吁清理迁出，都没有得到重视，结果后来被一把火烧得精光，不谓陈先生言之不预也。也有的园林城市为了一时的经济效益，不顾原来的面貌，大兴土木踵事增华，也被他痛斥。从江南到江北，全国很多园林古建都是在陈先生的指导下修葺的。多年以后，我读他的《园林清议》，觉得许多观点和理论都是值得我们今天理解和学习的。

那日，恰好先生的新作《帘青集》出版。此前，他还有一本《春苔集》，都是取自《陋室铭》"苔痕上阶绿，草色入帘青"之意。先生从还用牛皮纸包着的样书中取出一本，题好字送给我。后来，我又收到过他寄来的《梓室余墨》，都认真在扉页上题了字。

在陈先生家坐了三个多小时，要告辞离去，先生执意不肯，一定要留饭，并说，已经与上昆的一旦一生华文漪、岳美缇约好，今晚来拍曲子。华、岳两位的昆曲我看过很多，但是尚未在私底见过，又难却陈先生的盛情，只好听命留下吃饭。直到近八时华文漪和岳美缇才来，因为住处离同济大学太远，交通不便，只好与她们两位稍稍寒暄后离去，未能聆听陈先生与她们拍曲，也留下了一些遗憾。

宗室布衣金云臻

辛亥鼎革后，旗人地位一落千丈，不要说是昔日的奢华，就是吃饭都很成问题，那些不事生产，游手好闲的旗人子弟更是境遇惨淡。其实，早在清末，不要说一般旗人，就是远支宗室，日渐沉沦者也不在少数。但是，其中不乏奋发要强，自食其力者，像台湾的唐鲁孙先生和我熟悉的金云臻先生都是其中的佼佼者。

金云臻先生是爱新觉罗宗室，具体是哪一支脉，他曾对我说过，但是我已记不清了。况且有很多宗室，都不太喜欢提这些旧事，像启功先生就从来不以此炫耀，更不喜欢用"爱新觉罗"的姓氏，金先生也属于这一类的旗人和宗室子弟。金先生早年读书毕业后，考入铁路系统工作，收入尚可维持家用，度日不成问题。后来调到上海，也在上海退休。

早在我去上海之前，就与金云臻先生有过很长时间的书信交往，非常投契。他知道我要去上海，十分高兴。那时他家没有电话，因此我一在美丽园住下，就给他发了一张明信片，告知我的住处，希望很快见到他。彼时虽然没有今天这样便捷的通信设施，但是邮政还是极其便利的，本市内的信函，今日寄递，次日即达。

次日下午，金先生就来美丽园找我，这也是我和金先生初次见面。他住在北京西路，距离美丽园也不算太远。当时的金先生已经接近八十岁，动作有些迟缓，但身体尚健。他虽然世居辇毂之下，又是旗人，但是丝毫没有北京旗人的习气和做派。他的个子较高，显得有些瘦弱，穿着朴素，言谈儒雅，也许是在上海住得久了，金先生没有京片子的口音，倒是很标准的普通话。

《燕都》创刊伊始，金先生在上海看到了这份杂志就非常喜欢，他是主动投稿的作者。我发现金先生的文字非常好，极其干净洗练，于是有了印象，最初的两篇稿子是什么已经记不太清，但是言之有物，都是谈的亲身经历。那个时代都是手写的文稿，而他的手稿总是那样清楚，好像是再度誊写过的，附来的信函亦如是。后来往来书信更多了，金先生也在信中谈了他的写作计划。此前，金云臻先生是位名不见经传的人，也没有发表过什么东西，而关于他的身世，更没有人知道。

金云臻先生出生在一个旗籍的仕宦之家，据他所说，虽是宗室，但属远支，幼年时虽家道中落，但是受过良好的教育，尤其是旧学根底很好。那时为了谋生，毕业后只有从事工商经济才能有饭吃，且无余暇再顾及闲情雅趣，直到晚年退休，才又捡拾旧日记忆。他的青少年时代住在北京，西山的晴雪，太液的秋波，三海的莲藕，两庙的货声，都还依稀眼前，萦绕梦中。

美丽园中的茶室是我们畅谈的地方。五月，正是新茶陆续上市的季节，每人一杯碧螺春，两客点心，能聊上一个下午。大概是因为我也熟悉旧北京，金先生引为忘年之交。他说青年时代遍游京西各处，也留下了不少自己拍的景物照片，可惜那时经济条件不济，不能洗印成大些的照片。他来时带了个牛皮纸的封袋，里面有不少当年（大约是三十年代初）所摄的照片，既有坛庙，也有景物，都是他用 120 相机拍的，其中以妙峰山为最多。今日妙峰山已经复建了山顶娘娘庙，但是与他所摄的照片是有很大出入的。老先生又绘声绘色地对我描述了东西两庙（东城的隆福寺和西城护国寺）的庙会兴衰，长河消夏逭暑的情景。老先生自己说，由于多年不在官场学界，对旧闻掌故并不熟悉，所钟情者，唯市井风物，闾巷货声耳。至于历史掌故，不敢奢谈。其实，这是他的谦辞，也是金先生质朴之处。

我多次提出要到北京西路他的家中拜访，都被老先生婉拒，他总是说，"寒舍陋室逼仄，不敢延请移步，还是我来看您罢。"临离开上海之前，我还是去了他家一次。他住在北京西路的一个有围墙的红砖公房里，大概是与子女同住，确实比较简陋。家中陈设一望而知是个很普通的市民家庭，他的书斋不过是大屋中的一隅，有书桌书架。坐下来后，老先生从书桌抽屉里取出一沓他写的吟稿，真令我惊叹。吟稿用的是旧年彩笺，木刻水印，看得出是清秘阁的旧物，字写得非常好，极富书卷气，可见青少年时代临池的功底。偶拣出旧时律诗一首：

　　　　真茹买菜
　　　　一九六一年涝饥之岁，常供蔬菜久缺，偶闻市郊真茹镇有新蔬之品，携囊往市，戏成一律。携囊十里市新蔬，价重十千力有无？剪韭一春如梦短，采芹三月带香锄。山空敢望生薇蕨，酒少毋劳忆笋蒲。正是江南好风日，杏花微雨访真茹。

老先生的旧体诗作得真好，饥馑之年，写照犹真，却无戾气，且平仄对仗工整，实在是难得。可见其旧学功底和为人的平淡。

老先生看我专注他的旧时吟稿，于是深情地说道："与君神交，又得相聚于沪上，些许旧时涂鸦，权作纪念罢。"他执意要将吟稿馈赠给我，并又提笔在其中一页写道"余以文学之缘得识赵珩君……"云云。三十年往矣，物是人非，每拣旧箧，看到老先生这些手书吟稿，都会引起对他的怀念，也感念他的情谊。

回京之后不久，我将他写旧北京的文章辑成《燕居梦忆》，因为篇幅不够，难以成书，于是就将刘叶秋先生的《京华琐话》与其合而为一，取名《回忆旧北京》，纳入"北京旧闻丛书"系列。不久，金先生又在文物出版社出版了他专门谈旧京饮食的《饾饤杂忆》。

金云臻先生大约逝于九十年代中，因为他不是名人，所以很难查找关于他的记载，只有在这两本不起眼的小书上，留下了他的名字。

三十年来，去过无数次上海，也住过像延安饭店、华亭宾馆、四季酒店、静安香格里拉这样的饭店，但是再也找不到初来上海住在美丽园的这种感觉。如今，每在美丽园大酒店高层的房间里凭窗遥望对面的美丽园旧址，俯览环绕四周的高楼大厦，延安路上熙熙攘攘的车流，总会有种莫名的感觉，故地故人，恍如昨日。

（原载《文汇报》2017 年 5 月 22 日"笔会"副刊）

记辛丰年先生

严晓星

小 引

1997 年春，偶尔跟书友沈文冲聊起辛丰年。"啊，严格啊，很有意思的老头。下次有机会，我带你去他那。"他很淡定。

我这才知道辛丰年的真名叫"严格"。这名字也怪。

这年年尾，文冲兴致来了，"我们去严格家看看老先生吧！"

"听说他很怪，带我去不要紧么？有什么要注意的吗？"

"没什么，老先生说话，你多听就是了。他会喜欢你的。"

……多年以后，严锋对我说："我爸爸不肯离开南通去上海住，很大程度上，就是南通有你和你们这帮朋友在。"

是不是太重了？吃惊之后，我很感动，也很自豪。其实，能为我那么喜欢和敬重的先生做点事，本身就是可遇而不可求的幸福，何况其他。

1

先生原名严顺晞，问他名字的由来，说不上来。"我们兄弟，还有叫严承晞、严应晞，好像承天府、顺天府、应天府，可和我们有什么关系？我们又不是在这些地方出生的……"

这几个地方可都是"龙兴"之地，先生的父亲（编者注：严春阳，直系军阀孙传芳部下，曾任淞沪戒严司令兼警察厅长）可真会抢风水。

2

1925 年 12 月 17 日夜，严春阳奉命将五卅运动的领导人之一刘华在上海枪决。先生好像不知道父亲有这么一件事。

2003 年，我告诉先生这件事，他吓了一跳："'文革'时怎么没人提这件事？真奇怪！要是被挖出来，那还得了！"

3

1926 年底，先生的父亲下野。先生说："我父亲下台后买了好多书，大多是理工科方面的，比如商务印书馆的汉译名著，有上下两册精装的《科学大纲》，记得还有本《古生物史》，我们几个在他那里乱翻，特别爱看这本书里的那些恐龙什么的插图，很有趣。"

先生终其一生都对科学充满浓厚的兴趣，为未知的一切充满强烈的好奇心。严锋（编者注：辛丰年之子）也是，以至于后来以大学中文系教师的身份，长期担任著名的科普杂志《新发现》中文版的主编。

4

1933 年春，先生一家从上海迁回南通。不久，先生的父亲去范彦彬（这是晚清文坛著名的"通州三范"中范铠的儿子，先生总是误记为范铠的哥哥范肯堂"当世、伯子"后人）家里借了张古琴，不知是想学琴还是打算仿制。

这大概是先生和他哥哥第一次看到古琴，很好奇。玩得太疯，不小心把琴摔在了地上，坏了一只"护轸"。两个小朋友吓坏了，以为父亲要责骂，没想到父亲没说什么，自己动手把琴修好了。

"你父亲还会这个？"

"他'多能鄙事'啊。他会。"

想起来了，先生的父亲早年沦于下位，据说可能是个文盲，为了谋生，干过许多差事，走投无路才去当兵的，没想到从此发迹。有这样的苦出身，动手能力强，不奇怪。

先生说："他的文化都是后来学的。后来还会替人算卦，有人说，挺准！哈哈！"

5

先生全家迁回南通前，父亲带着先生与哥哥，在四马路悦宾楼宴请王蘧常。王蘧常送了一副写在红色洒金纸上的对联，先生记得是："菩萨心肠，英雄岁月；故乡山水，与子婆娑。"先生的父亲信佛，先生五六岁起在父亲指导下读的书除了《三字经》《千字文》《论语》，还有《金刚经》《心经》等。"菩萨心肠"，盖此之谓也。

先生的父亲去世时，王蘧常也到南通上门祭奠并送来挽联。他在崇海旅馆（或有斐馆，先生记不准了）住了一两天，先生曾与哥哥特地去拜望。

先生有篇《六十年前的惜别——忆先师王蘧常先生》，是我怂恿他写出来的。问他文章里为什么不提王蘧常与父亲的这些往还，回答是："和我父亲这样一个军阀交往，对王先生不太好吧？"后来补了个短短的附记，还是提了一下"先生亲自来江北吊唁"，仅此九字。

6

1938 年春，南通沦陷，先生一家躲到乡下石港去。石港旋即沦陷，先回南通城，再迁往上海，住三马路。先生从此再也没受过正规教育，自学生涯从此开始。

先生到处找书读，常去四马路的开明书店和生活书店。在开明书店"揩油"读书，读得最多的，是《青年自学丛书》。先生说："我对开明书店的感情很深。那时候失学，在《青年自学丛书》里学到了很多东西。"至于他冒冒失失地和夏丏尊通信，已经写在《仁人与志士》一文里，很有味道。

先生说："在青年会图书馆，看过一本对我有很多启发的书，就是华岗的《中国大革命史》，里面有一句话'老狗吴稚晖在大革命中如何如何'，我很震动。在原来的脑子里，觉得吴稚晖还是可以的。这帮助我了解革命史、当代史，打破了原先的很多糊涂的地方。"

7

曾经问先生："当初为什么想起来要自学英语呢？"

"啊，那时候我迷司各特的小说。看到一套红色精装的英文原版司各特小说全集，想读，就开始自学了。"

8

1940 年初，先生彻底服膺于西方严肃音乐还没多久，忽然听到百代公司出版、卫仲乐演奏的古琴唱片《阳关三叠》，才发现中国音乐里还有古琴这样了不起的天地。

正好这时，先生认识了长自己几岁的李宁南，经常向他请教自学时遇到的数学难题。而这位李宁南，恰巧是琴人，老师是徐立孙的得意弟子陈心园。他帮先生借来古琴一张，要来《梅庵琴谱》一册。之前，先生已经把王光祈的《翻译琴谱之研究》看得烂熟，一经李宁南的讲解，豁然开朗，没多久就把《梅庵琴谱》中的大部分曲目都按照王光祈的方法移植了，自学起来。李宁南也常常来示范几首曲子，略加指点。半年下来，梅庵十四曲，先生学了十一曲，只剩下最后三曲《挟仙游》《捣衣》《搔首问天》没学——其实《挟仙游》的主旋律还是弹出来了。

这年暑假的一个夜晚，在人去楼空的南通中学堂宿舍，无拘无束的氛围中，陈心园、李宁南为先生连奏数曲之后，又弹了《平沙落雁》，最后齐奏《风雷引》。这次会琴，先生回味了一辈子。好几篇文章里都写到，跟我也说了好多次！

9

七十年前的先生是啥模样？还真有记录。章品镇的文章里回忆说他"从上海回通本来就少熟人，加之性好孤独，闭门读书，决不与人接触，当时有人说他偶尔外出，两目直视，挟书疾走，绝不旁观。人称严二文人。是说他一天到晚只是看书……"

说实在的，好像和晚年差不多。不过章品镇强调的是，如此"严二文人"，也被他们这帮进步青年拉出来从事进步文艺活动了。

10

先生这样的人参与搞话剧，上台跑个龙套都忘记摘手表，每被我们津津乐道。不过这是后来的事。1943 年他第一次参与搞的话剧《雷雨》，竟能在著名的更俗剧场公演。

这一次，章品镇负责灯光，先生负责配乐，丰富的唱片收藏派上了不少用场。其中鲁妈再至周家，如进梦境，先生配的是舒曼的《梦幻曲》，效果好极了。大家交口称赞。

三天下来，卖座甚佳。

11

抗战后期，南通地方有着敌伪背景的《北极》半月刊和《江北日报》副刊，被地下党与一帮"左"倾青年暗中掌控。领头的是章品镇。

1944 年 7 月，《江北日报》副刊《诗歌线》也被章品镇接手了，先生不但天天在章品镇那里帮他编辑，自己也开始创作新诗。这批写诗的人里，后来成名的是沙白和丁芒，但章品镇一直觉得，先生和郑注岩写得最好，只是他们后来都不写诗了。

——对此，先生不以为然。有次转述章品镇的评价给严锋听，"你章伯伯还认为我和另一个人写得最好！"脸上完全是没法理解加自我解嘲的表情。

1985 年出版的《中国四十年代诗选》收入了一首先生的诗作《关于云》。

12

1943 年初冬起，先生在《北极》半月刊开始用"石作蜀"这个笔名撰文。先生说："没什么特别的含义。当时翻开《史记·仲尼弟子列传》，随便挑了一个。"

第二年 5 月，先生还用过一个笔名"扶风"，也是随便挑来的。先生的弟弟年兮 2002 年 1 月写信给朋友说，《诗歌线》和《北极》上的作品"大部分是按照篇幅之需由几位编辑分头赶写的，又不能都写一个笔名，这是因为不给敌人嗅出什么，往往是写成一稿以后取一本地图册信手翻到一页又信手指向一个地名，这个地名就成了笔名了，二哥顺晞如法炮制翻到陕西省指了一个'扶风'地名，这就成了某篇文章的笔名。以上是一个亲眼所见的趣闻"。

13

徐惊百，南通人，徐悲鸿和宗白华的学生，抗战后期在家中养病。十多年前他的日记整理出来，先生的名字频繁出现，多半是借唱片还唱片，借书还书——先生借的美术书刊最多。徐惊百说，这些年轻人"显示了青年人至纯的热情和友谊"。

有意思的是，日记里写到两张唱片。1944 年 4 月 2 日他们第一次去看徐惊百，留下了"十一张很好的片子……片子中有贝多芬的《月光曲》"；1945 年 1 月 3 日，先生还过去《我们的新世界》——我问过先生，说应该是《新世界交响曲》的误记。

《月光曲》引领着先生走上爱乐之路，《新世界交响曲》是在先生的葬礼上播放的作品。

14

1945 年 4 月先生投身革命，改名"严格"。

问过他这个名字的由来。回答是："这名字也是没办法才瞎取的。严肃、严寒都已经有人叫了，我哥哥叫严正，我只好叫严格了……"

15

先生的友人顾迅逸，1946 年被国民党特务杀害，"南通惨案"烈士。我看过他的照片，英俊。

有天聊到先生的老同学徐天倪，先生说："这人是个……花花公子一样的人啊！"便说起徐天倪抢顾迅逸女朋友的旧事，"我曾经问过他（徐天倪），他竟然说：'这个可不能退让。'"

"可按照现在的观点，抢别人女朋友可不算什么不好的事……"

"我可不是说因为顾迅逸后来成了烈士，抢他女朋友就不对。我是觉得，徐天倪哪儿比得上顾迅逸啊！"

我一边暗笑他老人家落伍，一边又不由得感动："朋友都已经死了六十多年了，他却还为朋友的恋爱挫折不能释怀！"

（没多久我遇到了故事中的女主角，高寿而清秀不减。不久，听说她去世了。）

16

1949 年，先生随军南下，一路写信给章品镇，谈途中见闻。章品镇见其信颇有新闻及史料价值，选择一些在自己编辑的《苏南日报·综合》发表。

先生得知，恐泄露军情，要求停载。遂罢。

17

1950 年，先生和几个年轻朋友去厦门大学玩，遇到徐霞村。听说徐霞村是教法国文学的教授，几个年轻人嘻嘻哈哈地围上去，先生问："《活冤孽》这本书翻得很好。你知道译者俞忽是谁吗？"

想不到徐霞村指着自己说："就是我呀！"

先生讲到这里，哈哈大笑。

18

先生在福州，经常想弹古琴，手痒，但苦于手边无琴。1956 年前后，前线有缴获，其中有一些乐器，上缴军区文化部。先生看到一把夏威夷吉他，大喜。夏威夷吉他六根弦，是横着演奏的，指板上的"品"不是嵌上去的凸出的金属品，而是印以品位的线条，能奏出滑音。

先生调好弦，改动音位，把夏威夷吉他当古琴一般弹奏起来，弹了一曲《秋江夜泊》，觉得风味也不错！接着一口气重温了好几首古琴曲，好好过了把瘾。

19

替先生买到了茅盾的《我走过的道路》。先生笑着说："有一年，茅盾到我们军区来，当时他是文化部长，军区举办舞会招待。有个同事和他跳舞，忽然冒冒失失地问：'你怎么还不是党员呢？'茅盾很尴尬，苦笑着说：'我是个可耻的逃兵哦。'事后同事讲给我们听，'我是个可耻的逃兵哦'（模仿茅盾的口音），我们都觉得奇怪，不知道什么意思。现在读他的自传，明白了。"

脱党，是茅盾毕生的隐痛。

20

1957 年，先生得假北返，去南京，住章品镇家半个月。两人多年未见，畅谈终日，每天早上清茶一杯，饿则大啖黄桥烧饼，快意异常。烧饼着实不坏，先生临行，还带走两篾篮。

三十一年后，章品镇在他的《告别青云港》一文里提到此事；四十四年后，他又在给我的信里感慨："此种生活，平生难得！"

21

陆灏来看先生，一起吃饭。从文坛官司，聊到柯灵。

先生忽然笑："反右后，曾经有人介绍柯灵的女儿给我做女朋友，可我们谈不来。"

22

有记者采访完先生，连连对我说，他总以为老先生家全都是关于音乐的布置，没想到除了钢琴几乎什么都没看到。我笑起来，想起从前曾经自作多情地幻想，先生的妻子大概与先生有共同的爱好才走到一起的吧。

而先生却说，妻子是个工人，经人介绍认识的，文化程度并不高。他们在一起没几年，妻子就去世了。

这些话都是轻描淡写的，没提他与妻子的感情有多深，没提他带两个孩子的艰辛，也没提他被人用枪押着去和病重的妻子见最后一面的场景——这是别人告诉我的。

是音乐在生活中，不是生活在音乐中。就如同与妻子的感情，是深情在生活中，不是生活在深情中。

23

先生有同乡兼同事张效平，终身好友。张效平得子在先，取名张雷；先生得子在后，取名严锋。合则为"雷锋"，盖其时雷锋宣传正炽也。

严锋生后四年，得次子严锐。"锐"字，大约是从"锋"而来，当真是军旅世家的气概。

24

"文革"开始，知交都生死两茫茫。后期局面稍稳定，章品镇不断打探先生的下落，终于在南通市委组织部查到先生被遣送回原籍的记录，即请南通的故人邱丰去南通县石港区一带查找。邱丰骑自行车终日在石港转悠打探，终于在五窑砖瓦厂找到先生与严锋父子。

章品镇又写信给他与先生共同的熟人、南通县（后改通州市，今已并入南通市，为通州区）委书记陈文林，告知查访结果。从此，先生的境遇逐步改善。

25

先生与钱仁康1949年在苏州见过面，第二次见面隔了二十多年。

一次和先生聊《钱仁康音乐文选续编》，先生盛赞，随即说："刚打倒'四人帮'不久，南通请钱仁康来。因为'四人帮'有个谬论，说只有标题音乐能表达革命的内容，无标题音乐不能，是为艺术而艺术的东西，所以那次就请钱仁康讲无标题音乐。我没去听。他住在'刘少奇宾馆'（南公园），我去晚了，他太太已经睡下。我们聊了一会，不知怎么聊到了夏承焘。他忽然说：'夏承焘也很风流啊！'我当时一愣，正说音乐、词，怎么忽然扯到风流不风流上去了？"

我曾和钱先生通信，他回信特地加上一句："你在南通，认识辛丰年先生吗？"

没想到他们两人去世的日子，仅相差十一天。

26

范恒，先生的妹夫、范曾的兄长，惨死于"文革"。平反后，南通市图书馆举办纪念座谈会，章品镇拉先生参加。

先生说："我记得季修甫的发言，一上来先文乎文乎，说'必也狂狷乎！……狷者有所不为也'。还有范某，第一句话是：'范恒范恒何许人？'——笑话，在座的谁会不知道范恒何许人吗？这样装腔作势的发言，我现在想起来还觉得可笑。"

先生又说："发言的人都回避重要的问题，想说的人又说不了——曹从坡说：今天的会就到这儿吧。"

——因为聊起《上海文博》上提到马承源，一概回避死因，故想起此事。

27

南通某中学教师，嗜收藏，性热衷，好趋附，与先生相识甚早。七十年代末，遇先生于途，说："你家严锋作文写得不丑，什么时候我来帮他再辅导辅导。"

先生讲给我听时，难得地冷笑了一声："我的儿子要他辅导？！"

28

我是金庸迷，先生没读过金庸。

"读金庸吧，我觉得你会喜欢的。"

"要读的书太多了，目前排不上……是不是他有本书叫'书剑'什么的？"

"《书剑恩仇录》。"

"大概是吧。为了买这本书，我差点被汽车撞死！"

"啊？"

"那时候严锋严锐还小，要看，我中午去桃坞路那个书店去买，过马路的时候……"

言犹恨恨。

29

最先，先生出过三分之一本书。

那是为了纪念安娜·路易斯·斯特朗这位中国人民的老朋友，有关方面策划出一本书。先生受朋友之邀，节译《千千万万的中国人民》。

1985 年 2 月，北京三联书店出版了收有《千千万万的中国人民》的《斯特朗在中国》一书，但竟然遗漏了先生的名字。先生的老态度，完全不计较。

过了不久，有关方面觉得这样的纪念规格未免太小，又策划出版一套三卷本的《斯特朗文集》。先生这回全译《千千万万中国人》（去掉了"的"字），收入第二卷。不过，译者署名三个人，他排在第三……

他还是不计较。

30

章品镇深知先生未尽其才。八十年代初，某出版社请他代为组织书稿，首先就想到了先生。情谊难却，先生勉强写了一本谈西方音乐的小书。

然而，约稿者收到稿子，即行退稿，丝毫理由不讲。章品镇万料不及，尴尬万分，更要命的是，约稿者可以退稿，他不敢——非怕老友生气，而是深知老友完全不当回事，多半到手就扔到字纸篓里去也，只好扣在手里，再做打算。

也给某些专家看过，意见无一例外："学术著作不像学术著作，散文随笔不像散文随笔，没出版价值。"

不久，章品镇去北京的儿子家中小住，顺便带上稿子，去找三联书店范用，再谋出路。范用表示为难："三联书店没人能看这个稿子啊！"章建议："可以请中央音乐学院西方音乐史的教授来看。"此议终行。

章品镇回到南京，很快收到三联书店编辑董秀玉的来信，说书稿颇得好评，准备出版，并请代约先生，继续供稿。

此书就是《乐迷闲话》。

后来得知，专家评审程序免不得还是有那样的意见，却有一位权威异于众口："写得很好，从来没有人这样写过，可以作为音乐院校学生的课外读物。"此人是吴祖强。

至于章品镇替三联向先生约稿，先生的回答是："写这一本已经足够，不想再写了。"

此事竟以章品镇替人约稿相始终。

31

同事兼小学同学黄哲，曾是摇滚青年。长发蓄须，高度近视；面黄肌瘦，若吸毒然；言辞吞吐，腕有刺青。抗战胜利六十周年，领导布置他去采访某抗日老战士，不料竟是偶像辛丰年，大喜。

这个摇滚青年见到老先生会是何等情形？我想不出。后来问起，黄哲说是欢若平生，老先生则有四字评："此人不俗。"

32

章品镇擅写人物，下笔辄见心入骨，有三联版《花木丛中人常在》（此书出版，先生与赵丽雅出力甚多）为证，但他此生最熟悉而最想写的人则是先生。

但先生最不愿意有人写自己，熟人写更近乎抬轿，尤不可恕，乃对章品镇说："别人要写我，我没办法；你要写，我不同意。"

章品镇太了解老友的脾气了，从此真的不敢写。只要看到我就唠叨这事，表示遗憾。2006 年 5 月初去南京看他，又反复说。

归来，先生问起章品镇的近况，我说："现在他可就剩下一个愿望了，就是写你，你不要阻拦了吧。"先生说："那就随他去吧。"

很高兴，立即传话过去。万料不到的是，章品镇慑于先生的"积威"，怎么都不肯相信！

很快，他耽于老病，自顾不暇。如今更以九三高龄，卧床多年，那些珍贵

的往事与岁月，看来只能留在他的脑海里了！（编者注：章品镇先生已于 2013
年 5 月 4 日去世）

33

2004 年夏，从福州卢为峰兄处借了他藏的《江南二仲诗》给先生看。"二
仲"之一王蘧常，是先生早年的家庭教师，当年曾翻开此书，指着一首得意之
作吟哦给先生听，先生至今记得，想找出原文来核对。

诗在书里找到了，略有出入，也正常。但先生很失望，说王蘧常的诗陈词
滥调，看不出时代气息。

34

2003 年春，《斯人寂寞——聂绀弩晚年片断》发表，一时聂绀弩的太太恶
名远扬，尤以外遇一事沸腾人口。

一次和先生聊到有人撰文为聂太太辩护，他说："就是有外遇又怎么了？男
人有就不许女人有？女人有外遇就是错？"

35

《我的父亲辛丰年》里说："后来也有崇拜者从外地赶来拜访，却不得其门
而入，跑到市文联去打听，满以为一定会有头绪，却没有人知道辛丰年就在
本地。"

严锋说的此人，应该就是陆圣洁。

先生在《读书》的专栏渐渐有了影响，有两位上海的读者极为倾倒，一位
是以翻译苏联歌曲而著称的薛范，一位是他的同学、好友陆圣洁。他们想来南
通拜访先生，却全无头绪。由于薛范不良于行，而陆圣洁年轻时又在南通工作
过，他们就商定由陆圣洁先去南通打探。

陆圣洁故地重游，心想市文联那种文化艺术工作者扎堆的机构，必有知道
辛丰年住处的人。哪知道市文联非但根本不知南通有这么一个人，也从未听说
辛丰年这个名字。陆圣洁以为白跑了一趟，正沮丧着，此时市文联有位副主席
叫季茂之，想来想去，觉得只有老朋友严格喜好西方古典音乐，会不会是他呢？
怎么从来没听他说起？打个电话试探性地问一下："你知道我们南通有个写音乐
的人叫辛丰年吗……"

先生不愿意见人，但人家大老远过来，都到南通了，能不接待吗？勉强应付一下吧……结果，他们保持了终生的友谊。

36

先生在《读书》上的专栏叫"门外谈乐"，结集出书时题目改成"如是我闻"。

先生的《钢琴文化三百年》这本书，自拟的题目原本是"乱弹琴"。我给山东画报出版社策划先生的作品系列，终于改了回来。

《请赴音乐的盛宴》，先出台湾版，后出大陆版，题目中的"盛宴"被改成了"盛会"。先生说："不是有'视觉盛宴'这个说法吗？我觉得很生动，就套用了过来。盛会就不对了。"山东画报出版社的新版本也改了回来。

《乐滴》的书名，先生说，来源于日本杂志《史滴》。

一直觉得，书名特别能体现作者的趣味。

37

先生没有印章。赵鹏兄擅于篆刻，我们的许多朋友沾光不少，但也从来没想过给先生刻。想来先生是不耐烦于钤印那么繁琐的环节的。

但先生的藏书上，却常常将"严格"二字，画成一个方形小印，用的还是红色圆珠笔。乍一看，初具规模。

38

先生老听我提赵鹏，终于有一天遇见了。略作介绍，先生立刻伸出手去握手。

我每次看到先生和别人握手就想笑。因为他平时只和自己熟悉的人来往，是用不着握手的。一旦握手，总是很生硬和滑稽。

39

与先生相处久了，熟极。几次陪同接受记者采访或接待客人，自觉几可代他应对，且能体会他言语中的微意。

一次南京蔡玉洗来看先生，聊完出来，蔡公叹曰："老先生把什么都看透了!"听了不免一愣，此话是不假，可先生今日言语如常，平平淡淡，蔡公从哪里看出来？

后来再想想，始知自己之浅。

40

先生不停读书，用眼过多，与人聊天时，眼睛多半似睁似闭，就是趁机让眼睛休息。久而久之，养成习惯，其他不需要用眼时也闭着。比如拍照，闭眼的不少。

大约2009年，动了个白内障手术，效果不是很好。去世那天，我赶到医院抢救室，看先生躺在那里，左眼还有一点泪水。严锐轻轻抹去，说父亲手术后，眼睛经常会流泪。

41

一天，转一位友人（恨冰）的话给先生："她说，在她心目中，你的名字是和……（联系在一起的）"他打断我："好了，别说了，肉麻。"我一笑："人家可是真正的感受啊。"他说："那也别说了……"

哈哈。我很喜欢他这样。

42

先生听过的当代古琴录音不算多，曾说陈雷激早年的几首曲子不错，龚一的《潇湘水云》"很了得"，盛赞朱惜辰，最推崇的，还是管平湖的《广陵散》。

43

刚认识先生不久，先生说，他最恨那种仅仅出于好奇，随意向他借书的人，借去后又转借给别人，完全不当回事，书每每活不见人死不见尸，可恨可恨。

我明白，这是说给我听呢。

最近六七年，情形变了。我借给先生的书，偶尔有找不到的，有被别人"拖走"（这是先生常用的字眼）而忘记对方是谁的……

书不要紧，可是，先生真的老了。

44

先生去世前一年里，每次去看他，都会还一些书给我，让我带走。"等我死了，就搞不清了。"

后来他只要发现我的书，就用铅笔在书上写我的名字。虽然难免遗漏，但我家，从此多了一些他替我"签名"的书。

45

先生手抖，写字困难。但只要用力，还是勉强可写。

最难的是翻书。书页挨在一起，没法用蛮力，怎样将它们分离翻开，对先生是大难题。

遇到这种情况，也是我最难受的时刻。替先生翻，他会不高兴；不替先生翻，他会为了翻一页抖很久很久……

46

先生跟朋友去上海办事，刚下十六铺码头，有人上来兜售橘子。朋友说："今天有事，回头来买。"算是应付过去了。

第二天办完事，晚上复归十六铺，将上船，先生忽然折回去，找到昨天的卖家，买了一些橘子。

47

南京的《开卷》杂志向先生约稿，久未应。

章品镇电话里说："他们是有点追名人，不过在他们眼里，你恐怕还算不上什么名人。所以我想，他们请你写稿是诚心的。"

果然奏效。

先生复述给我听，一说完就笑。我暗暗佩服章品镇，他那话，非深知先生者不能说，非与先生有数十年深交者不能说，随口两句话，打赢了一场漂亮的索稿仗。

48

电话里先生问我最近买了什么书。实在没什么可说的，就提了一本民国版的冰心《春水》。

"这有什么意思？"

"哦……买着玩的，反正也不贵……"

先生哼了一声，扔下一句我至今难忘的话：

"以书为玩物，最不可取！"

49

乐评家李皖，写过一篇《门边上的听乐人》，对先生有所批评。有友人怕被先生看到，先生还是看到了。

一日，先生接待《生活》杂志记者邹波采访。听说邹波曾与李皖同事，大喜，说："太好了！请你替我向李皖问好。我看了他写我的文章，写得很好，批评得也都对，我要谢谢他。"接着微笑，"不过他把我当专业人士来要求了，这正是我极力避免的。"

先生原是拗不过沈昌文的面子，出于礼貌接受采访。邹波知道先生极少接触媒体，也有点拘谨。可谁都没想到，让气氛一下活跃起来的，竟是这个敏感的话题。

欣赏李皖此文，先生多次提及，由衷之态可掬。

50

有机构请先生去做客，包吃包住，陪同游玩，别无要求。先生拒之。

先生说："过去有一种文人叫清客，在权贵门下混饭吃。我不为也。"

51

杭州陆蓓容，年少才高，2005 年寒假来南通。带她访先生，相与论诗。

先生问："若问你最喜欢的诗，你会说哪一首？"陆蓓容略一想，答："不是哪一首，是一组，古诗十九首。"

先生微笑颔首。

52

友人沈文冲，在南通冷摊买到一本民国版郭绍虞《谚语的研究》，鼠啮之迹外，更有一签名"石作蜀"。先生听说，呵呵一笑："那就是我了。"不过又说，"谈不上高兴，不是我最记挂的书……"

把书带给先生看，先生题云："沈文冲同志真是有心人，居然觅得签有我六十年前曾用过的笔名的旧书，惜光阴流转，回忆模糊，徒增感慨而已！辛丰年。二〇〇六年五月七日。"之所以写上拗口的"签有我六十年前曾用过的笔名的旧书"，是先生完全没有印象了，不能肯定。不过，知道这个笔名的，全南通也没几个人，谁会造假呢？我见过先生年轻时的笔迹，真的很像啊！

53

先生发热，辟谷卧床，坚不就医，亦不服药。劝说无效，唯有任之。

我不死心，想起先生曾抱怨现在看病都要去医院，医生都不出诊，遂叫上从医的好友，携简单器具，上门服务，心想这下你总得就范吧。

没料到先生全不配合，催促我们快走。几言不合，大光其火，词严色厉。只得狼狈退出。

过得数日，先生痊愈，电话招去，说："上次你带来那位医生朋友，我态度不好，很不好意思，应该向他赔罪。能不能托你送本我的书给他？"

先生这样不吃药不看病，竟然也无大病大灾，可谓福泽深厚。

54

2011 年先生摔了一跤，终于还是住了院。孙女电话里说："爷爷你要乖，你要听话！"先生欣然："我很乖的，我很听话。"

先生去世前半年，多数时候卧床，偶尔糊涂，自理能力稍差，全凭幼子严锐照顾。严锋微博说，先生曾对严锐说："遇到你是我这辈子最幸福的事。"

天啊，这两句话多肉麻，真不敢相信出自先生之口！可是，我相信，这的确是他的话！

55

先生年轻时，家中用人众多。但他深以为耻，决不肯接受用人的服侍，日常生活都自己动手。垂暮之年，依然如故。

在南京看章品镇，他说："我给严格写了信，劝他，现在我们年纪大了，腿脚都不灵便，万一出点事不得了，要人照顾不是剥削人，和年轻时要家里的用人伺候是不同的。你也劝劝他！"

我诺诺。可也知道，劝不了的。

56

严锐曾告诉我："我爸说，最好的死法是在散步的时候，有人在后面对着他脑袋开了一枪……"

我想，在先生的晚年，一定也曾像很多人一样，不能完全免除对病痛与死亡的恐惧。但他竟能果真极大程度地免于此，是可遇而不可求的福分。

57

严锋的《好书II》里有这么段玩笑话："像我这把年龄的人，恐怕大都有过在家里打乒乓，球滚到床底下，无论如何必须拿出来，又无论怎样都够不着的痛苦经历吧。那年头，一毛钱一只的球谁能有几个呢？如果家里有一个乒乓球那么高的小弟弟，球能钻到哪儿他也能钻到哪儿，心甘情愿使出吃奶的力气把球推出来。有这样的好兄弟，便真的是老鼠，我也认了。"

这话可真感染我了。虽然我比严锋小十一岁，虽然我没有弟弟，可够不着乒乓球的经历总也有过吧？

印象深，和先生聊着就聊到了。万没想到，老人家激动了，坚决地说："严锋不是这样的人！他宁可自己受委屈，也不会委屈别人！"

——这样较真，太无趣了吧？可是，不正可见严锋在他心中的分量吗？

58

又去南京看章品镇。一见面他就郑重地说："近来身体衰退得厉害，估计没多久活了。我死了还是要回南通的，儿子已经替我买好了墓穴。不过我又有个新想法：还是年轻时交的朋友好，我很怀念和他们在一起的日子！已经去世的不管他，还在的，大多在南通，想让程灼如联络一下南通还在世的几位老友，严格、穆烜、邱丰……问他们愿不愿意将来葬到一起做邻居。他们你也差不多都认识，能不能请你帮我传个话，问问。当然，他们另有想法就算了……"

当场就想，这事成不了。别提其他，就是先生那也不会答应啊。果然章品镇特地说到他了："这事八成严格要反对，所以等其他人都联络完了，最后再和严格说，不愿意就不勉强。"

回来奉命代办。刚跟先生说完，先生已经接话了："我们都是唯物主义者，怎么还搞这个！"

其他人果真另有打算，事遂寝。

59

博物苑举办古画展，俱是明清物。电先生，问他来不来看。
先生说不来："看这些明清的，把眼光都看低了！"

60

给先生送了一堆书去，包括他想给小孙女看的《哈利·波特》——其实小朋友哪能读得了这么厚的四本书呢。

可先生说，小玲玲说啦，只看电影，不读书，"幼稚"！

我说："肯定是你经常这么说，她学去的吧！"一边暗笑，小玲玲肯定觉得爷爷说"幼稚"的时候特有派头，总算逮着机会自己也说了一回，过了一把瘾。

先生想想，的确如此。无语了。

61

罗斯丹的名剧《西哈诺》，先生记不得情节了，我仔细叙述给他听。

阳台小小的，先生在阳台上，我在屋内，先生的小孙女在阳台的书桌边读书。

忽然先生做手势，过了一会他又重复做，还指指小孙女。我忽然明白，他这是叫我别讲了。可为什么呢？

过了一阵，小孙女走了。先生说："现在这些小孩子太鬼了！对这些情啊爱的，简直太感兴趣啦。不能让她听到！"

62

福建有老战友来南通，要看望先生。先生说不认识此人，不见。

那时我还不认识先生，是父亲的同学告诉我的。还说："人家还是热情很高的，没想到他不见！这个怪老头！"

后来与先生相处久了，发现一个规律：大凡在"文革"中乱咬人的，哪怕与先生无关，先生也不再与之来往；而少年之交能保持终身友谊的，必定在"文革"中未曾乱咬人。

但凡心无敬意，先生都懒得敷衍。

63

先生曾想完整地写写自己听音乐的经历，题目叫《乐迷忏悔录》，有时候他也写成《乐迷自忏》。

为什么取这个题目？先生说："现在回头想想，好多音乐都没好好听，真对不起它们！"

我希望这是一本自传。先生说："没啥好写的。不过还是想写个类似'家传'的东西，给自己孩子们看，让他们了解了解祖先。"

可惜也没写出来！

64

先生收到朋友的信，有作为草稿纸者，有裁成纸条做书签者，只有极少数才保留下来。其中的差异，不在于写信者是不是名人，而是内容好不好看，有无保留价值。如此一来，名人信札的收藏家们怕是要哀叹不已了！

李章从法国回来，写了几封长信谈见闻，先生激赏。一到他家，二话不说，先拿出来给我分享。许多名人，无此待遇。

在先生家，拿笔记下他要我找的书是常有的事。有次先生从抽屉的备用废纸里摸了张小纸片递来，我记下书名，折叠好往口袋里一放，回来一看，竟是沈昌文先生的一页短笺！

未能免俗，留了下来。

65

刚认识先生的时候，我在党史办工作，整天接触的都是老干部。有一天先生就说啦："你知道有这样一种老干部吗？先用化名写一段历史，这段历史里他自己是主角，光辉得不得了。然后自己写回忆文章，再引用先前化名写的文章……"

吹嘘自己的功劳，先生看不起；为待遇斤斤计较，先生也看不起。有一年，他听说许多老干部为待遇问题去市委门口静坐，很不以为然。在他看来，早年参加革命，是自己的追求，到了晚年降格以求一点可怜的待遇，实在有点丢份儿。

有次聊到某位故人，先生说："听说他为了分房子，去求人，还哭了起来。"先生微微摇头，有些不屑，又有些惋惜。

先生叫老干部为"老家伙"，虽然他也是"老家伙"中的一员。

66

催先生写他记忆中的王蘧常，不肯。于是今天了解一点儿，明天再问一点儿，整理成一篇文章，给他看。

先生一看："没想到还挺有意思！"过了一会儿，"不行，这个文字不行，我另外重新写吧！"

果真催生他一篇文章——不过，看来给他做口述就不大现实了。他对文字有自己的要求。

67

近代以来文人的"非乐化"，是先生关心的题目。

对懂音乐的作家，先生格外多几分好感。若不懂音乐而先生又尤其喜欢的，就替这位作家惋惜："可惜他不懂音乐！"

徐志摩、张爱玲是前者，鲁迅、知堂是后者。哪怕徐志摩挨过鲁迅的臭骂，哪怕张爱玲和知堂的粉丝在网上吵架。

（原载《南方周末》2017年2月23日、3月2日副刊）

叶芝的诗与杨宪益先生

裘小龙

　　年初意外地去成都参加一个学术会议，四川文艺出版社的编辑要我在当地的老书虫书店顺便搞个活动，配合叶芝译诗选《丽达与天鹅》的出版宣传。还琢磨着要在活动中念什么诗，北京外文出版社发来了一份电子邮件，说我前几年在国外翻译的中国古典诗词，刚列入了他们的出版计划。

　　于是与四川文艺社的编辑商定，在书店活动中选读两首叶芝的诗。其中一首《当你老了》，不需要多讨论，在微信微博爱情时代几乎成了想当然的选择；但还选读另一首，《1916年复活节》。

　　这同样是首感人至深的名诗，背景是爱尔兰在争取民族自治运动中的1916年复活节起义。起义失败后，参加者遭镇压，一些人献出了生命。在起事之前，叶芝其实持一定的保留态度，因为他觉得或许没必要走武力极端。一旦消息传来，他还是激情难抑地提起了笔。

　　诗基调先抑后扬，叶芝开篇很低调地说，他与他所认识的几个起义举事者不过是泛泛之交，早先彼此也只说过些"客套而无意义的话"，因为他知道，说到底，"因为我相信，我们都不过是/生活在身穿小丑彩衣的场所中"，这样就在传统的浪漫主义抒情中，掺入了现代主义的反英雄色彩。第二节进一步刻画了这几个远非高大完美的人物，其中还包括了叶芝所痛恨的麦克布莱德，他娶了诗人终生眷恋的茅德·冈（也就是《当你老了》一诗中，诗人念念不忘的"那朝圣者的灵魂"），却对她做出了"最恶劣的行为"。

　　然而，在他们投身起义的一刻，甚至连麦克布莱德，"也从那漫不经心的喜剧里/辞去了他所扮演的角色"。因为在这样一个时代的悲剧中，他们"变了，彻头彻尾变了/一种可怕的美已经诞生"。

　　在谈了"变"后，诗下面两节展开去谈"不变"。"许多颗心只抱一个宗旨/经过了夏天，经过了冬天/仿佛给魔法变为一块岩石/要把那生命的溪流扰乱"……这是他们矢志不渝、为之献身的理念。尽管周遭的一切始终在不停地"变"——马蹄飞奔溅水、松鸡咯咯地叫，云朵变换不停——在这些意象的反衬中，诗又折回到不变的"岩石"。"一种牺牲太长久了/ 能把心变为一块岩石/ 噢什么时候才算个够/ 这是天国的本分，我们的，/ 是喃喃念一个又一个名字……

诗人感叹他仅仅只能做这一点，"就像母亲给她孩子起各种名字"，可他却感人至深地把这一切变成了诗。

当代苏格兰诗人绍利·麦克兰在题为"叶芝墓前"的一首诗中写过，"你得到了机会，威廉/ 运用你语言的机会/ 因为勇士和美人/在你身旁竖起了旗杆。"这里，"勇士"指投身爱尔兰自治运动的志士仁人，"美人"则是茅德·冈。因为他们在背景中，诗人的抒情逾越了个人际遇的层面，融入了整个民族"英雄悲剧"的高度。《1916年复活节》完美体现了这一点。

不过我选这首诗，还有一个自己的理由，许多年前就已有了的一个理由。

因为杨宪益先生。

因为在这一刻，四川文艺社的活动与北京外文社的来信，似乎鬼使神差地凑到一起，让我又想起了杨先生。

生活中确实也充满了数不胜数的"阴错阳差"，让人不能自已。在一本英文小说中，我把这古老的中国成语译成了"错置了阴阳的因果"，还引用了冯至先生的几行诗："哪条路，哪道水，没有关联/ 哪阵风，哪片云，没有呼应/ 我们走过的城市、山川/ 都化成了我们的生命。"后面两行或许也可以稍稍改一下，"我们遇到的一个个人/ 都塑成了我们的生命。"杨先生正是其中重要的一个。

我第一次读到杨先生的翻译作品，远在三四十年前。在"文革"后期，在上海福州路的外文书店中，除了一片红海洋似的毛诗词英译，唯一能找到的文学作品（英文版），就是杨先生与戴乃迭先生翻译的鲁迅作品选。

那些日子我在外滩公园和人民公园自学英语，苦于找不到原版作品，就把他们的译本用作许国璋课本外的唯一精读。他们的翻译确实生动、传神，在英译中读鲁迅，有时甚至会有意外的领悟，就我自己而言，也可以说是借此走近了鲁迅。

稍后一些日子，我又从意想不到的途径，听到了关于杨宪益先生的一些消息。在人民公园，有一位年逾古稀的孙姓老太太，她在一次晨练时偶然看到我在自学英语，过几天就悄悄借给了我几本原版书籍，其中包括萨克雷的《名利场》，托尔斯泰的《战争与和平》。（如果我没搞错的话，她的名字应该是孙可琼，因为书的扉页上有"孙可琼购于上海"几个字，可能是她当年购

买时随笔记下）

不多久，我们也自然而然地谈到了杨先生的中国文学翻译。孙老太太让我大吃一惊，说她曾与杨先生在重庆北碚国立编译馆共事过。

她更主动提议，说要为我这个"好小人"给杨先生写封推荐信，希望他能在百忙中给我一些帮助。对于我来说，杨先生简直是奥林匹斯山上的人物，我几乎不能相信自己的运气。

在尼克松总统访华后，英语学习不再是那么政治不正确了，孙老太太说，写这样一封信应该没有什么风险。

信她写了，给我看了，也寄了出去。只是，后来却一直没听她说起有任何回音，我也不好意思问。

在"文革"后恢复的第一届高考中，我考进了华东师大英语系。翌年，又越级考上了中国社会科学院研究生院，师从卞之琳先生攻读西方现代主义诗歌。与此同时，在卞先生的鼓励下，自己也开始写诗、译诗。那时候可谓年少气盛，更不知天高地厚。到北京不久，就借着孙老太太写过推荐信的由头，拿了自己发表在《诗刊》上的几首诗，附上英译，去外文出版社《中国文学》编辑部，自报山门地拜访了杨先生。

现在回想起来还感到惊讶。尽管杨先生那天对我说，想不起曾收到过孙老太太的那封信。不过，他还是在办公室里把我英译稿读了一遍，更当着苏格兰专家白霞的面加以夸奖，说我的英译几乎能在《中国文学》上直接发表了，不需要走刊物的寻常编辑流程。

《中国文学》当时是中国唯一——本向外介绍现当代中国文学的刊物，设有一位专职中文编辑，首先得由他从国内刊物上选定政治正确的作品，然后由几个英文编辑翻译，最后再由担任主编的杨先生或其他外国专家修改、润色后发表。他居然能这样评价我的译文，真让我受宠若惊了。

后来我有好几首诗，还有一篇报道1986年在洛杉矶举行的中美作家会议的英文稿，都因杨先生的坚持，直接发了出来。读研究生的日子难免手头拮据，《中国文学》的稿酬不无小补，也更鼓舞了我用英文写作的自信心。（许多年以后，我在圣路易华盛顿大学的博士生导师何谷理教授曾说起，他最早就是在《中国文学》上读到我的名字，在我获福特基金后联系学校的过程中，因此第一个回信表示欢迎；接着他更网开一面，把我所修的创意写作课都算进了比较文学博士课程的学分）

那些在北京读研的日子里，我自然不会偶尔跑一两次杨先生的办公室，便感到心满意足。他当时住百万庄外文出版社的办公楼后面，有时我在编辑部没找到他，就下楼穿后门直奔他住所，也不打电话预约一下。

但杨先生好像一点都不在意。他家里时不时也有其他客人，于是就招呼坐下来一起聊。白霞当时正与外文社的一位德文专家在谈论婚嫁，经常过来串门；多年后在伦敦重逢的汉学家 JohnathanMirsky 是那里另一位常客，据他自己说有一次喝得晚了，稀里糊涂倒头就睡在沙发上，夜半醒来，听到不远处戴先生鼾声如雷。"座上客常满，杯中酒不空。"杨先生夫妇两口子都善饮，每每以酒代茶，海阔天空。在这一些当时只道是寻常的闲聊中，我也醺醺然了，尽管我一直都未能学会饮酒。

还记得墙上有张放大了的杨先生照片，戴先生开玩笑说是"茅山老道"。这或许指其（隐）士大夫的风骨。在我的心目中，杨先生现在也多少像是从茅山上，而不是奥林匹斯山上走了下来。

1981 年，我从中国社科院研究生院毕业。杨先生兴冲冲对我提议说，要我去《中国文学》编辑部工作。为了说服我家里同意，他还亲自给我在上海的妹妹打了好几通长途电话。只是，后来却因为种种怎样都解释不清楚，像卡夫卡在《城堡》中所写的荒谬过程，我还是被一路分配回了上海社科院文学研究所。

不过，杨先生的这份情我是欠下了，我十分清楚，纵然不知道以后怎样才能还。这里不仅仅有他个人对我的知遇之恩，杨先生其实是由衷希望我能与他一起工作，更多地向国外翻译介绍中国的文学作品。这是他早年从牛津毅然归来，始终抱定的"宗旨"。

回上海工作后的那几年，每次去北京出差，我都会去看他。我当时在翻译艾略特、叶芝等现代主义诗人的作品，有新书出版，也会带过去。或许因为不是中译英，或许因为我最终未能到外文出版社与他一起工作，他没太多说什么。

1988 年，我要去美国做一年福特访问学者，行前去北京出差，顺便跟杨先生辞行。我带了几首与国梁兄前一阵子同去温州采访时写的诗，附上英译，再加两瓶国产的皇朝葡萄酒。杨先生在门口接下酒，眼中似有狡黠的一闪，戴先生在一旁咕哝着什么。

那天，杨先生在客厅里读了那几首颇有主旋律意味的诗，笑呵呵地说："至少你的文字还不算拖泥带水。"想起来，这恐怕是他关于我写作仅有的一次批评。我没告诉他，到了国外还有一个计划，准备开始翻一些中国古典诗词。

翌年夏天，我突然想起杨先生，往他家里打过去一个电话。他不在，戴先生接电话说："他很好，出去散步了。请放心。"

在随后的日子里，我有很长的一段时间没有回国，也一直没有杨先生的任何消息，像一夜间突然消失了似的，像唐诗中所写的那样："露重飞难进，风多响易沉。"

英语中有一句成语，"没消息就是好消息"。我也只能试着如此安慰自己。只是远远地还时不时会想起杨先生。

一直要到本世纪初，才辗转联系上在香港中文大学的白霞，从她那里得到消息，说杨先生患癌症住进了医院。那一夜，我想到了叶芝的《1916年复活节》。因为我想到杨先生为中国文学做出的贡献、承受的牺牲，也因为我感到自己无能为力，只能念杨先生的名字，在遥远的祷告中，像在叶芝的诗中那样。

下一次回国，我立刻就联系了杨先生的女儿，问她是不是方便去医院看他。据他女儿说，现在来看他的人寥寥无几，故人老去，他挺寂寞的。我去看他，只要时间不太长，应该不会影响他治疗——也可以带烟酒去，他的日子或许不多了，喜欢怎样就怎样吧。她还加了一句说："他也看过你的英语小说，挺喜欢的。"

杨先生生性豁达，这些年的鸡虫得失，他或许根本都没计较过。只是，看到他躺在一家甚至都缺乏专科医疗条件的医院里，我和那天同去的查理，杨先生的另一个忠实的美国读者，都不知道说什么了。关于他自己的情况，杨先生其实只是轻描淡写几句，波澜不惊。我倒是预先排练过，说早先受他影响翻译的一些古典诗词，后来在英文小说中引用了，国外读者反响还不错，现在正准备结集出版。他反而宽慰我说，能用英文写中国的小说也好，不一定非要从事翻译不可。他还赠送了我几本新作，签了名。

后来还有几次去看杨先生，因为他身体的关系，不愿他讲话太多，大多是我在汇报自己的工作学习情况，也带去新出版的陈探长小说。当然也带上烟和酒。最后一次去看他，是在他小金丝胡同的家里。那天他午睡刚醒，身体明显衰弱了，得由人搀扶着慢慢地在对面坐下。可他还是立刻笑嘻嘻地说："中华，又可以抽好烟了。"在这刹那，他眼中似乎又掠过狡黠的一闪，就像多年前去他家辞行的那一天。

回到此刻，回到老书虫书店活动的现场，一位年轻的女播音员用中文声情并茂地读着，接着这场活动的英文主持人再用他浑厚的嗓音读："我们知道他们的梦，知道/他们曾梦过，死了，就够了/就算过多的爱在他们生前/让他们困惑，那又怎样/现在，或是在将来时间/那所有披上绿色的地方/都变了，都已彻底变了/一种可怕的美已经诞生。"

不管叶芝怎么感叹自己文字无力，却是用他的诗句写下了真正的不朽，远在这异国的语言中，在这许多年后，仍在读者的心里激起反响。

我写不出这样的诗。

但这一刻，我却突然明白了，在获悉杨先生患病的那个晚上，为什么会想到叶芝的《1916年复活节》。接着想到外文出版社的那份电子邮件，觉得至少可以把那本古典诗词的英译稿好好修订一番，尽力争取不负杨先生当年的厚望。这也是我的本分吧。

（原载《文汇报》2017年7月6日笔会）

书中情分

——纪念谷林先生逝世八周年

沈胜衣

安迪写《瞿安季刚大闹酒席》，当中记吴梅引陶诗："但恨多谬误，君当恕醉人。"我多口说想起一趣典：周作人文章也引过陶渊明《饮酒》这两句，编辑以为他写错，改成"君当恕罪人"印出，周说这谬误错得真对啊，人家都认了，也只能恕了。随后翻出周氏原文，才知自己凭印象所言其实也谬误多多，却又发现该文排印同样一误再误，好玩得很。

此事出自周作人《永日集》的《杂感十六篇》之一《罪人》，该文对书籍校勘有很好的意见："一本书的价值，排印，校对，纸张装订，要各占二成，书的本身至多才是十分之四"；"印书有错字本已不好，不过错得不通却还无妨，至多无非令人不懂罢了，倘若错得有意思可讲，那更是要不得。"举靳德峻《人间词话笺证》注中引那句陶诗被印成"君当恕罪人"为例，在"罪"字旁加了着重号，说："这也错得太有意思了。"——不是周作人自己的文章印错，他也没有说我臆想中那种风趣得促狭的话，周氏到底是冲淡节制的。我凭记忆将他一句话衍生成一段添油加醋的趣典，不由想到钱锺书关于记忆不可靠的妙语，也"太有意思了"。

更有意思的是，当我翻开《永日集》的北新书局初版毛边本，发现不止"君当恕罪人"，上一句恰也有排印之误，而且误的就是"误"字——"但恨多谬误"成了"但恨多谬语"。这不是靳德峻那书印错，否则周作人会像对"罪"字一样也加上着重号的。

这本《永日集》毛边初版，当年是周作人送给谷林的，谷林先生后来转赠给我。《罪人》这句"但恨多谬语"的"语"字上有手写打叉，天头用钢笔写一"误"字，纠正此误。该书另一篇《燕知草跋》有句话："虽无他们已都变成了清客了"，"无"字旁有颜色笔改为"然"，这笔迹我认得出属于经常边读书边校改错别字的谷林先生；而《罪人》那个写在页面上端的"误"字，笔迹和黑色墨水都不同于"然"字，估计是周作人亲笔所改——自己的纠错文章又被印错，大概会挺敏感而郁闷的吧。检逯钦立校注的《陶渊明集》，《饮酒》原诗的"谬误"一词并无他本异文，因此不会是周氏从别处转录之误。

从"罪人"到"谬语"，手民之误变着花样前赴后继，这书里书外的过程，应该可以纳入印刷讹误的经典案例。而且这还不算完，手头有两个当代重新排版印行的《永日集》版本（河北教育出版社 1994 年 5 月一版，北京十月文艺出版社 2011 年 3 月一版），都仍盲从北新原版印为"但恨多谬语"——你自但恨多谬，他自落叶绵延，陶、周唯有饮酒，且以永日。

当然，落叶难以尽扫，是出版界的自然现象，不宜过于苛求。前面说的那句"虽无他们已都变成了清客了"，河北版和北京版《永日集》都已改正为"虽然"，说明是下过整理功夫的。对此，还是当取恕道，像谷林先生，总是一丝不苟地在自己的书和别人的书上批注订正，甚至长期义务为《读书》纠错扫叶，但从来都宽厚待人，不出讥言恶语。这种既严谨细致又温雅蕴藉的修为，也近乎知堂老人，后者如我，唯有惭愧追慕。

因为这本北新初版《永日集》，得以重温前辈的风度与旧痕。此"苦雨斋小书"，出版于 1929 年 5 月，有周作人自钤印章两枚，书名页是"且以永日"，序言末是"苦雨斋印"，篆艺古朴自然，温文端庄，至今仍鲜红养眼，可以感受周氏亲手盖上的遗泽。

扉页先有谷林抄录陆游和黄清老诗："闲愁掷向乾坤外，永日移来歌吹中。""松阴坐永日，心与云俱闲。"字迹雅致清丽，甚衬诗意。旁边是一段淡墨痕题记："四九年初，谭正璧登报售书，去函询其周氏著作目录，复信云：有二十余种，目录不能备载，多初印本，可以全部出让，代价白米五担。其时周氏早期印本诚不易得，余亦微有元相俸钱之感，但身非彭泽令，对此十倍折腰之数，未能脱俗，只好割爱。其后到北京，时时蹀躞旧书铺，以收罗周著为事。经年仅欠此种，后以叔英之导，获见此翁，道及搜罗辛苦，承以此卷见惠，喜出望外矣。"书后版权页背面复有谷林两行手书："此卷承老人寄赠，于一九五〇年十月九日收到。"

此事谷林后来基本写入《曾在我家》，谓：搜求所得周氏著译，"就中尤推《永日集》和港版《过去的工作》《知堂乙酉文编》为翘楚，盖咸从作者手头得来"。又《毛边书漫话》说，他的书架上"毛边书共得六种"，解放前的只有周作人《永日集》和《过去的生命》，它们之历劫犹存，"是侥幸，是漏网"。但二文对得书经过的细节，没有这段题记叙述得详尽。我意外喜获转赠后去信询之，谷林先生答曰：所记的“叔英”是少他两岁的中学同学穆叔英，1949 年后两人同在北京，穆打听到周作人住处，约了他一起走访。我近年编《觉有情——谷林文萃》，从先生生前交给我的手稿笔记中选了些早年诗文，有一首《为叔英去北京》。

最后，这《永日集》的扉页背面是谷林先生所题：“甲申春日寄胜衣弟清玩。”当时是 2004 年，书已出版七十多载，在谷林手上也已半个多世纪，然而书品完好，整洁可人，可以想见他虽经细读（从前述的手校误植可知）但爱护收藏。暮岁将此饱含意味的珍本转赐，书中情分随岁月流转一再传递，殷殷深感。

这回引发我又摩挲此书的陶渊明两句诗，是《饮酒》二十首最后一首的结句，其首句是：“羲农去我久。”时近谷林先生辞世八年了。

（原载《上海书评》2017 年 1 月 9 日）

辑八

沈琼枝姑娘

蔡小容

连环画《沈琼枝》为钱笑呆先生的代表作之一。

钱笑呆先生一辈子不晓得画了多少古代女子。我有他画的《钗头凤》《玉堂春》,《钗头凤》应是他早期的作品,里面那个苦命的唐蕙仙像个木雕美人,悲戚惊惶,连陆游都像还没长成,总是躬腰屈膝,慌慌张张的,难怪他屈从母命休了妻子。《玉堂春》十分精致,重情重义的苏三,自小在妓院里长大,斡旋于鸨母与众客之间,她不是个嫩雏儿,备受折磨依然很美,神情自若。钱先生的画笔,同他笔下的女子们一起历练成长,到他画沈琼枝时,这个沈琼枝就颇有蕴蓄。原著只写她厉害,为什么厉害,钱先生的线条替她道白,或许她身上依稀有其他女子的影子做底:幼女李寄斩蛇,荀灌娘搬兵救城,这些列女故事,沈琼枝姑娘也都是知道的。

沈琼枝第一幅露面的样子，是坐在窗前娴静地写字。她是常州人，母亲早丧，跟着做教书匠的父亲长大，正待字闺中。看完她后面的故事，真让人诧异：这女子哪来的那么大见识跟胆识！只十八九岁，也没出过门，她的见识来源，只能是她父亲的那些书。她父亲肯定也没少教她，可她的见识明显大于其父，同一件事，她父亲告官府输了，她自己想办法赢了。她读书也没读呆，不被"宁为玉碎不为瓦全"之类的论调所误，"兵来将挡，水来土掩"才是她的处世风格，她从头到尾一点都不慌张。

毗陵女士沈琼枝，精工顾绣，写扇作诗。寓王府塘手帕巷内。赐顾者幸认"毗陵沈"招牌便是。

在明代（实是清代，《儒林外史》是借明写清）的南京，有妇女挂出这么一块招牌来招揽生意，怎能不惹人议论。如书中迟衡山的说辞："南京城里是何等地方！四方的名士还数不清，还哪个去求妇女们的诗文？这个明明借此勾引人。"沈琼枝自己也说道："我在南京半年多，凡到我这里来的，不是把我当作倚门之娟，就是疑我为江湖之盗。两样人皆不足与言。"而亲身去拜会过她的杜少卿、武书，则是这么看她的："这个女人实有些奇。若说她是个邪货她却不带淫气；若是说她是人家遣出来的婢妾，她却又不带贱气。看他虽是个女流，倒有许多豪侠的光景。她那般轻倩的装饰，虽则觉得柔媚，只一双手指却像讲究勾、搬、冲的。论此时的风气也未必有车中女子同那红线一流人……"他们尚未弄清她的出身来历，看她的眼光倒是相当欣赏，其实看人也如照镜，你看一个人的影像，常常从中看出了你自己的幽微，你的内心之像。《儒林外史》中的杜少卿乃作者吴敬梓自况，他就这样把她看准了：一个奇女子。

这样的奇女子实有其人，有人考证沈琼枝的原型是袁枚《随园诗话》里的松江张宛玉，她从淮北大盐商程家出逃来到南京，以写扇作诗、代人刺绣谋取生活。后山阳令行文江宁关提张宛玉，江宁知县袁枚爱惜她的诗才，将她从宽开释。进入小说里，袁枚不见了，提审沈琼枝的江都知县奸猾，被她当堂斥责。她的被开释，一是杜少卿托人情，二是钱帮忙——因为盐商不肯出钱，江都知县说"偏不判还给他"，顺水做人情放沈琼枝回家。沈姑娘这半年多的经历，艰难、冒险但光华四射，作为全书中唯一现身留名的"儒林"女子，作者对她表达了充分的爱敬。

说起她被骗婚这桩事，她父亲沈大年的确得担几分责。像沈姑娘这样的出身、教养，在婚姻上很容易弄至高不成低不就的尴尬处境，而那个在扬州城里开五爿典当行、十家银楼的宋盐商来提亲，关键还是沈大年动了心。他觉得这是百里挑一的机会——他想到了自己的后半世生活无着。当他问女儿："你觉得怎么样?"女儿的默不作声,其实就是不愿的表示,而他连连催问,琼枝只说一句:"由爹爹做主吧!"女儿长大了就要出嫁,撇下相依为命的老父孤单无靠,那么就听凭父亲的意思,找一个多少能够照顾父亲一些的人,算是女儿尽孝,免得父亲白养了一个女儿。至于宋盐商送来的聘礼,绫罗彩缎、金银器皿,她何尝看过一眼?她对这门亲事的断然反对,是后来在公堂上朗声说给大家听的:"我虽不才,也颇知文墨,怎肯把一个张耳之妻去事外黄佣奴?"对把事情办坏了的父亲,她一声也没埋怨。

宋盐商来信,让沈大年送女儿到扬州去成亲,两父女收拾了包袱坐船去扬州的情景,让我感到凄凉,且不祥。到了扬州,住在客栈里,一顶轿子来接,冷冷清清的,只有两个轿夫,没有笙箫鼓乐,没有从人——越看越像是娶妾的光景。妻还是妾,这问题天大,沈大年这样的读书人越发看得紧要——他后来得到证实的那一刻,只觉得天旋地转,踉跄欲倒——此时他问女儿怎么处。在说媒的阶段,娶妻还是娶妾,大约打含混的人也不少,像西门庆托媒说合孟玉楼,孟问起,媒婆答以"请娘子到家主事",听上去像是做正室,其实不是。当下沈琼枝说:"事到如今,不去反受人议论,我自有主意。"她对镜修饰好脸容,戴上珠冠,盖上头盖——老父亲在旁呆看着;她是新娘,上了轿,去了——老父亲流下眼泪。到了宋家,还顺带管着孩子的老妈子那一声"沈新娘来了",分明是说娶的是妾。老妈子让沈新娘从水巷里进去,沈新娘偏走上大厅端坐,要请老爷出来说话,要他拿婚书来看!

全家都吓一跳。报给老爷听,正算账的老爷气得红了脸:"我们这种人家,一年少说要娶七八个妾,都像这般淘气起来,这日子还过得?"听听,他用的词是"淘气",不是"胡闹"或"混账",倒带有三分宠爱纵容之意。他躲起来不见面,说"老爷今日不在家",并让人给客栈里的沈父送去五百两银子。这是胆气不足,先让一步,还是继续使心计,想坐实了买妾的事实?沈琼枝却在他的园子里从容住下了,她想的是:这样幽雅的地方,料想那盐商也不会欣赏,且让我在此消遣几天。真亏她好定力,这种情形还有消遣的闲情。盐商当然不会欣赏,明代的盐商就好比当今的煤老板,挣了大钱就买地盖房,房屋园林的装修也不过按流行样式请匠人做,建好了房再买妾,两样行为在他都是置业,他要什么欣赏?沈琼枝住了几天,不见消息,料定盐商是使手段安排了父亲,马上决定逃走。她逃走也不空手,把房里所有的珠宝首饰都打进包袱,把七条裙子都穿在身上——这叫作,包袱该重就重,该轻就轻,要不拿他的钱,她怎么逃得出去,又怎么走得远呢?

娶亲这事从头到尾，宋盐商都没看到新娘一眼，他冤大了。把她关在园子里住着以为她不会跑，自己不敢去近身，令人联想到猪八戒对高小姐的作为，与此如出一辙，孙悟空听了这种情况评论说："这妖怪倒也老实。"然后沈琼枝卷了他屋里的东西跑掉，他告官要求帮忙解决，可见他没有豢养家奴充当城市警察，他安生当着个土财主，娶妾本是要过日子的哩，东西丢了要追哩。沈琼枝出了他的门，一时不便回家，决定到南京去过一段时间。她会作诗，会绣花，就打算以自己的本领挣钱养活自己。别人或许觉得这是异想天开，南京多的是才子，还会有人来买你这妇人的诗？她想的却正相反：南京有多少名人在那里，或者遇着些缘法出来也未可知？

人与人的想法真是不同，所以人世的路有千百条。沈琼枝姑娘走的是条险路，她凭着一个非常强悍的"我要活下去"的本能，超过了许多不凡女子。林黛玉的诗肯定比她作得更妙，可碰上这样的事唯有哭死；薛宝钗除了作诗，俗务也甚通，连药铺里怎么做手脚都清楚得很，可是她的教养太正统，使她想不到女子可以走出闺门、写诗换钱这样的主意；正路不正路的金银，王熙凤也会拿得不含糊，但出了贾府的门她就不是当家奶奶，还怎么办事呢？尤三姐是够泼辣了，对付那些市井小混混比沈姑娘更强，而她的危险是会被自己的刚烈杀死，她的赢常常是以性命相拼。一个孤身女子，流落到黑暗的社会上，既没有客死异乡，也没有沦落风尘，她居然靠自己绣花、写诗挣到了钱，且与名士唱和，赶走了地痞流氓，斗败了奸狡的盐商，最后还把索贿的公差推了个仰八叉。她在工作之余，还到秦淮河上游览风光，这样从容度日的心态，真的是一种能耐和修为啊！

在南京，如她先前的乐观预想，还真给她遇见了名士、豪杰杜少卿。杜少卿欣赏她的才情，更敬重她视盐商的豪富如草芥，他不仅送她诗集、银两，还写信托人情，请南京知县帮忙了结她的官司。南京知县听说她会作诗，请她当堂作来看，她马上作出一首，又快又好。这诗未见其详，吴敬梓没有像曹雪芹那样，托拟女子的口吻作出诗来给我们欣赏，而此情此景，我们在别的地方似曾相识，如严蕊，她在公堂上信口吟出的《卜算子》：

> 不是爱风尘，似被前缘误。花落花开自有时，总赖东君主。去也终须去，住也如何住！若得山花插满头，莫问奴归处。

这就是女子作的诗词，又快又好，打动了官员将她当庭释放，流传到今天让我们读了也喝彩。闺阁中历历有人也！袁枚欣赏张宛玉，吴敬梓欣赏沈琼枝，尽管袁与吴同居金陵多年而不相往来，两人的著述中都没有出现过对方的名字。

　　沈琼枝的经历传奇，结局则或许平常，她回常州与父亲团聚去了，将来应会另嫁，不得而知，并没像戏文里那样中个女状元之类的。可是，中女状元何用？《儒林外史》的开篇就说了，世人舍了性命求功名，及至到手之后，味同嚼蜡。以沈琼枝姑娘这样乐观坚强的心性，她的平常日子，也一定是过得有滋有味的。

　　沈琼枝生得很标致。她从常州到扬州，再到南京，依然梳着她的"下路绺裘"，小地方的打扮，并不入乡随俗改作其他人认可的样式。淡淡妆，天然样，她就是这么一个不一般的姑娘。

（原载《文汇报》2017 年 9 月 20 日笔会副刊）

天涯风雪林教头

张宗子

我喜欢南方的细雨，不喜欢北方的大风雪。无风时静悄悄的雪，在昏黄的街灯下飘洒，弥散出童话和梦境般的温馨。不太冷的早晨，立脚高处，远望平野白茫茫一片，也是相当好的画境。可惜下雪时常常伴着凛冽的寒风，这就不免狼狈了。

雨也一样，要看具体情形。记得小时候，用的还是油纸或油布伞，虽然不像江南那样讲究，染作红色或绘了清丽的图案，而是简单的原色，但映衬于春天的鹅黄嫩绿和万紫千红，自有素朴的韵味。

希区柯克的影片《驻外记者》的开头，刺客开枪后混入雨中的人群，警察从台阶上往下看，只见大街上蘑菇样的一朵朵黑伞，不见伞下的男女。虽在惊险片里，却是抒情的味道。南方美丽的油纸伞，正如娇嫩的茶　，经不起恶风蛮吹。因此你可以想象，一把伞缓步在乡下的泥径上时，天地之间该多么安静。

雨雪之分，是南北之别，是宋词的两派，是两种际遇和情怀。

中国的古诗词里，雨雪风霜，触目即是，但写雪显然比写雨更容易出彩，大概因为雪有颜色和形态，雪后的山河，旧貌全失，如妆后的佳人，忘了岁月，也忘了哀愁，尽管梦很快就将醒来。

在古典小说里，作者往往在情节吃紧的地方来一场大雪，铺开画面，揉碎时间，借此诗情大发，做浓墨重彩的畅快描写。读《三国演义》，三顾草庐的其中一次，有雪，有梅，有骑驴的高士，何等从容风雅。读《水浒传》，谁会忘记林冲雪夜上梁山？他枪尖上挑着酒葫芦，在大风雪中蹒跚而行的形象，搅动了多少文人志士的满腔勃郁之气？读李开先的《宝剑记》，听李少春的《野猪林》，感受最强烈的就是这一点。

弥漫宇宙、覆没万物的雪，是一个人的胸襟，是浇胸中块垒的酒，而酒后激发出的豪情，又像大雪一样混茫无际。高潮戏之后，林冲投奔到柴进的庄子，故事节奏慢慢平缓下来，然而见证了一切的雪，并没有消停，似乎拿定了主意跟随林冲，像聚光灯一样不弃不离，给他一个氛围，这氛围从激越逐渐转为姜夔式的抒情：

"且说林冲与柴大官人别后，上路行了十数日，时遇暮冬天气，彤云密布，朔风紧起，又见纷纷扬扬下著满天大雪。林冲踏著雪只顾走，看看天色冷得紧切，渐渐晚了，远远望见枕溪靠湖一个酒店，被雪漫漫地压著。林冲奔入那酒店里来，揭开芦帘，拂身入去，倒侧身看时，都是座头，拣一处坐下，倚了衮刀，解放包里，抬了毡笠，把腰刀也挂了。""被雪漫漫地压著"，形容得多么好！姜夔的"千树压，西湖寒碧"，就是这个"压"字。

在这样一座仿佛出自倪瓒和石涛画里的酒店里，梁山泊上一个寻常的小头领，也透出不凡的气势：

"林冲吃了三四碗酒，只见店里一个人背叉著手，走出来门前看雪。那人问酒保道：'甚么人吃酒？'林冲看那人时，头戴深檐暖帽，身穿貂鼠皮袄，脚著一双獐皮窄靿靴；身材长大，相貌魁宏，双拳骨脸，三叉黄髯，只把头来仰著看雪。"

假如林冲听人红牙小板唱过柳永的词，看到此刻的旱地忽律朱贵，会想到柳永的名句："关河一望萧索，千里清秋，忍凝眸。"听关西大汉执铁绰板唱过岳飞的词，会想到岳飞的名句："抬望眼，仰天长啸，壮怀激烈……"这段人物与景物的勾画，超出了故事情境的约束，把读者带进一个理想主义的知识分子的内心世界。这是林冲眼中之所见，一组主观镜头，恰是他心境的投射，很少雪诗能写出这样的世界。

梁山泊脚下的朱贵酒店，小说里后来还有一段描写，时间转为盛夏，主角换成戴宗：

> "此时正是六月初旬天气，蒸得汗雨淋漓，满身蒸湿，又怕中了暑气。正饥渴之际，早望见前面树林侧首一座傍水临湖酒肆。戴宗捻指间走到跟前，看时，干干净净，有二十副座头，尽是红油桌凳，一带都是槛窗。"

眼中所见，又有不同，只是一个轻快，只是一个行路人看见歇息饮食之处的放松。他看见店里明窗净几，店外风景不俗。连桌椅是红油的，共有二十来副，也都注意到了。这些，林冲就注意不到，他掀帘进店，只看见到处"都是座头"，只随便"拣一处坐下"。他有心事。这心事，《水浒传》中此处不须细写，李开先借题发挥，把它写出来了：

> "欲送登高千里目，愁云低锁衡阳路。鱼书不至雁无凭，几番空作悲秋赋。回首西山日已斜，天涯孤客真难渡。丈夫有泪不轻弹，只因未到伤心处。"

林冲离开柴进庄园，一路十几天，寻常人晓行夜宿，他是逃难的通缉犯，投宿不易，难免日夜兼程。《宝剑记》中便专有《夜奔》一折，写他的凄苦和悲愤：

> "良夜迢迢，投宿休将他门户敲。遥瞻残月，暗度重关，急步荒郊。俺的身轻不惮路途迢遥，心忙又恐怕人惊觉。吓得俺魄散魂消，红尘中，误了俺武陵年少。"

> "昏惨惨云迷雾罩。疏喇喇风吹叶落，震山林声声虎啸，绕溪涧哀哀猿叫。唬得俺魂飘胆销，似龙驹奔逃。百忙里走不出山前古道。又听见乌鸦阵阵起松梢，数声残角断渔樵。忙投村店伴寂寥，想亲帏梦杳，这的是风吹雨打度良宵。"

李开先在剧中突出林冲"有国难投"的困境，又写出他的壮志难酬："实指望封侯万里班超，到如今生逼做叛国红巾，做了背主黄巢。"

《水浒传》的一流人物中，林冲和鲁智深、武松等人有所不同，有强烈的忠君报国思想，大约出身较高，知书达理，行事有节制，不会胡作非为。这使得他对于落草为寇，心中犹疑，仿佛莎士比亚笔下的哈姆雷特一般，而哈姆雷特正是知识分子人文精神的体现。他上山前在朱贵酒店墙上题的诗，就表明了这一点："江湖驰誉望，京国显英雄。身世悲浮梗，功名类转蓬。"诗的末尾两句"他年若得志，威镇泰山东"，过于粗俗，好在"威震"也只是扬名立万的意思，没有更大的野心。

对比宋江在江州浔阳楼所题的"反诗"和词，同是言志，取向迥异："自幼曾攻经史，长成亦有权谋。恰如猛虎卧荒邱，潜伏爪牙忍受。"金圣叹一针见血地指出，前二句"表出权术，为宋江全传提纲。"题诗中说："他时若遂凌云志，敢笑黄巢不丈夫。"毫不遮掩地声明，他的梦想是造反作乱，自己坐江山了。非常有意思的是，在李开先为林冲代言的唱词里，他是坚决不肯做黄巢的，而且显然看不起红巾和黄巢这些"叛国背主"的盗寇。

一句话，林冲的壮志是建功立业，自我实现，宋江则怀着政治野心；林冲行事公正，有道德底线，宋江则可以为目的而不择手段。按说宋江为文案小吏，和黄文炳一样，擅长在文字里翻跟头，比一介武夫的林教头更近似知识分子，然而士人读者更愿意认同林冲，以他为同类，就像他们认同怀才不遇的马周、因弃置而早夭的贾谊、思乡登楼的王粲，以及见秋风起而生归家之念的张翰一样。

在梁山好汉之中，乡村教师吴用没有被看作理想的知识分子的代表，见了银子便"心中欢喜"的书法金石艺术家萧让和金大坚也没有。林冲的形象如何？他初出场时，鲁智深看见：

"墙缺边立著一个官人，头戴一顶青纱抓角儿头巾，脑后两个白玉圈连珠鬓环。身穿一领单绿罗团花战袍，腰系一条双獭尾龟背银带，穿一对磕瓜头朝样皂靴，手中执一把折叠纸西川扇子。生的豹头环眼，燕领虎须，八尺长短身材，三十四五年纪。"

很多人都注意到了他手中的折扇，觉得是画出人物神韵的点睛之笔，使他在英武中添了几分闲雅。后来临阵出马，总是一身白衣盔甲，兵器是堂堂正正的丈八蛇矛。他的战法没有花样，不要回马枪，不射暗箭，不像张清那样飞石打人，更不会披发仗剑行妖法。他勇猛而不鲁莽，与人一招一式对打，全凭武艺取胜，斗到酣处，"轻舒猿臂"，便将对方活捉过马来。

《水浒传》以"白"写林冲：白甲白袍，白缨白马，引军白旗，旗上绣着白虎，象征他纯正的心性和作为。专讲林冲故事的第七到第十一回，也都以天地皆白的大雪为背景。事实上，这几回的写雪，和写武松打虎，写鲁智深打镇关西，大闹五台山和相国寺，是《水浒传》中最精彩的章节，读得人浑身热烘烘的。

"林教头风雪山神庙"曾被选入中学课本，每个老师都会告诉学生，这段文字里，形容下雪的几个"紧"字，"卷"字，"猛"字，是如何生动传神：

"正是严冬天气，彤云密布，朔风渐起，却早纷纷扬扬，卷下一天大雪来。"

林冲"把两扇草场门反拽上锁了，带了钥匙，信步投东，雪地里踏著碎琼乱玉，迤逦背著北风而行。那雪正下得紧"。

"又行了一回，望见一簇人家。林冲住脚看时，见篱笆中，挑著一个草帚儿在露天里。"从酒店出来，"看那雪，到晚越下得紧了。"

陆谦火烧草料场，林冲手刃仇人，往东走，"那雪越下得猛。两个更次，身上单寒，当不过那冷，在雪地里看时，离得草料场远了，只见前面疏林深处，树木交杂，远远地数间草屋，被雪压著。"

写风雪之大，行路是"迤逦背风而行"。乡村的小酒店，看不见店堂，只看见一个草帚儿挑出篱笆之外。柴进庄园的草屋，以及水泊边上的酒店，都是被雪压着。还有"却早纷纷扬扬"中的"早"字，虽然习见，语气拗劲。

历代咏雪诗中，不乏借物抒怀的名作，如王安石写经国济世的抱负，陆游念念不忘恢复，但基本情调，还是闲适。我们不用翻古人的类书，只看寻常关于雪的典故，便可略知一二。

《西游记》第四十八回，写唐僧在通天河受阻，水妖作怪，夜降大雪，作者写得兴起，不吝笔墨，先写夜寒，再写雪景，再写雪后游园，连壁上悬挂的几幅雪景图也不放过，最后写雪后初霁的大河两岸。在这组程式化的写景韵文中，古人咏雪的套路差不多被一网打尽：

"须臾积粉，顷刻成盐。白鹦歌失素，皓鹤羽毛同。平添吴楚千江水，压倒东南几树梅。……柳絮漫桥，梨花盖舍。客子难沽酒，苍头苦觅梅。洒洒潇潇裁蝶翅，飘飘荡荡剪鹅衣。团团滚滚随风势，迭迭层层道路迷。阵阵寒威穿小幌，飕飕冷气透幽帏。"

还有"池鱼偎密藻，野鸟恋枯槎""万壑冷浮银，一川寒浸玉"。

文中罗列的典故，我们在古诗文里不难碰到：

东郭履：东郭先生家穷，曾经穿着没底的鞋子在雪中行走；
袁安卧：袁安没做官时，洛阳大雪，他独在家中高卧；
孙康映读：孙先生没钱买灯油，借着雪光读书；
王恭氅（氅）：王恭穿鹤氅在雪中行走，风度翩翩，观者叹慕。

七贤过关是传说苏东坡所作的画，寒江独钓出自柳宗元的《江雪》诗："孤舟蓑笠翁，独钓寒江雪。"折梅逢使出自陆凯《赠范晔》诗："折花逢驿使，寄与陇头人。江南无所有，聊赠一枝春。"梅花开在冬天，容易联想到雪。至于苏武牧羊，王子猷雪夜访戴，更是为人熟知。

《西游记》是风趣的游戏之作，故多闲情逸致。《水浒传》则不然，李贽说它是"发愤之所作""愤二帝之北狩，则称大破辽以泄其愤；愤南渡之苟安，则称灭方腊以泄其愤。敢问泄愤者谁乎？则前日啸聚水浒之强人也"。发愤之作，故多慷慨悲歌。

林冲部分，愤惋中诗意盎然，那诗意却是杜甫一样的沉郁顿挫。南北宋之交的大诗人陈与义在南奔途中写道："草草檀公策，茫茫老杜诗。"杜甫的诗在国破家亡之际更显示出其深沉和有力。忧愤时世的知识分子，读到林冲故事，大概是同样的感受吧。所以李开先写了《宝剑记》，徐渭也借祢衡等人的事迹写了《四声猿》。

林冲夜奔，本在严冬，李开先却故意把时序写成深秋，"四野难分路，千山不见痕"的银色乾坤，变成了凄风苦雨的野店荒郊。围绕着林冲，用雨代替了雪。他的用意，是把林冲纳入自古以来文人悲秋的传统，纳入宋玉《九辨》和老杜《秋兴》的经典意境。秋天固然更具诗情画意，但以酒喻情，这酒绵厚有余，烈劲不足。《水浒传》在写雪夜上山时引用了完颜亮的《念奴娇》，用这首咏雪词配合林冲，可谓得其所哉：

> "天丁震怒，掀翻银海，散乱珠箔。六出奇花飞滚滚，平填了山中丘壑。皓虎颠狂，素麟猖獗，掣断珍珠索。玉龙酣战，鳞甲满天飘落。"

无论宋诗还是宋词里，咏雪之作，还没有一首能如完颜亮此章，烘托出一位几乎是末路的水浒英雄的气概。我在幻想里读《水浒传》，在宁静中读唐宋人的诗词，这两个世界都不是属于我的世界，正因为这样，它们带来的快乐是无限的。

（原载《腾讯·大家》2017 年 2 月 25 日）

《聊斋》小样儿

江弱水

　　每一篇都将有一个狐女/翩翩来到你窗前/招你作一次传奇的艳遇/像轻风行过水面/心情也宛转如水你忽忽/学一枝青藤的入迷/迷入春山而不知了出处/渐渐你形销骨立。……

　　你是个读书人，你很穷很有才，你正坐在书斋里读你的书，哦，这就对了。有一天，你在想美女，美女就来了；或者你没有想美女，美女也来了。来了你想求欢，她是不肯的；可是你很坚持，她也就肯了。肯了以后，她就是你的人了，跟你和和美美地过日子。钱财不用愁，自然是她带了来。她负责貌美如花，还负责挣钱养家，最后还给你生个娃，聪明，会读书，长大了金榜题名，那是靠得住的。

　　开头的几行诗，是我二十岁时写的。接下来这段话，是我这会儿写的。写的都是《聊斋志异》。你看，《聊斋志异》只合年少时读，读来绮梦联翩。过了知命之年，再读，感觉就满不是那回事了。问题出在谁身上？是这个世界去魅了，还是我的人生解惑了呢？书犹昔书，人非昔人也，所以，看书的眼光不一样了。

1

　　钱锺书《容安馆札记》第二十一则云："纪文达《阅微草堂笔记》修洁而能闲雅，《聊斋》较之，遂成小家子。"王培军《随手札》引张爱玲《谈看书》里的话，说是与钱锺书看法一致："多年不见之后，《聊斋志异》觉得比较纤巧单薄，不想再看，纯粹记录见闻的《阅微草堂》却看出许多好处来。"

与两家意见小异而大同的是顾随，他在《驼庵文话》里说：

> 《阅微草堂笔记》，腐；《聊斋志异》，贫。不是无才气、无感觉、无功夫、无思想，而是小器。此盖与人品有关。

这个"人品"，不是指品质好不好，而是说品位高不高，是思想境界和精神格局的同义词。顾随的意思是说蒲松龄境界不高，格局不大，也就是"小器"，即钱锺书说的"小家子"。语皆贬义，我情愿亲昵一点，说他是"小样"。

是的，蒲松龄是小样儿的，因为他想得美。怎样一个想得美？让我从一只扑满说起。

《辛十四娘》的男主角冯生，黄昏进了一座古寺，遇见辛氏一大家，看上了红衣少女十四娘，便趁着酒意毛遂自荐，要做人家的夫婿，被揪打出门，却又误撞到一座府第中，与女主人一叙，原来是自己的姑舅奶奶薛尚书夫人。薛尚书夫人已隶鬼籍，而余威犹存，她出面做媒，为冯生娶十四娘为妇。婚后冯生不听十四娘劝诫，交友不慎，纵酒无度，被楚银台之公子构陷入狱。辛十四娘让一个漂亮的婢女赶赴京城，想必是去面圣，因为听说皇上巡幸大同，便伪作流妓到了勾栏里，极蒙圣眷。皇上听取了汇报，签发了指示，从顶层设计解决了冯生的案子。冯生出狱回家，但辛十四娘已厌弃了尘世生活，事先已托媒购得一位容华颇丽的良家少女禄儿，预以自代，然后她容光一日减去一日，不过半载即老丑如村妪，最后得暴疾死去。冯生悲恸欲绝，但也无法可想：

> 遂以禄儿为室。逾年，生一子。然比岁不登（连年欠收），家益落。夫妻无计，对影长愁。忽忆堂陬扑满，常见十四娘投钱于中，不知尚在否。近临之，则豉具盐盎，罗列殆满。头头置去（一件件挪开），箸探其中，坚不可入。扑而碎之，金钱溢出。由此顿大充裕。

我们也"忽忆"起来了，这只扑满，作者原来早已经悄悄备下。十四娘过门那天，"妆奁亦无长物，惟两长鬣奴扛一扑满，大如瓮，息肩置堂隅。"婚后十四娘日以纤织为事，"又时出金帛作生计，日有赢余，辄投扑满。"契诃夫提醒过我们，小说如果一开始有杆枪挂在墙上，后面就得开枪。当这只扑满最后被敲碎，金钱稀里哗啦流了一地，我们这才恍然大悟，惊觉这只扑满原来有现代人预缴的养老保险之妙用，而叹服十四娘用心之良苦，蒲松龄用心之良苦。

但作者的伏笔乍看心机深，其实天机浅。你只要写那两个满脸长胡子的仆人吭哧吭哧扛一只大瓮进来就行了，没人会注意到瓮上面还有一道狭口，非得由你点破这是一只大得离谱的储钱罐。小说家的纪律是叙事人的见识不能僭越当事人的见识。至于那位皇上，被特地打发到大同的窑子里去委身于一个无名无姓的婢女，情节更是脑残。说白了，这些都是希腊戏剧里最后为了收拾烂摊子而用机关降下来的神，是脂砚斋批评《西游记》所说的"至不能处便用"的观世音。

再来看一篇《红玉》，主人公也姓冯，叫冯相如。开头很美：

一夜，相如坐月下，忽见东邻女自墙上来窥。视之，美。近之，微笑。招以手，不来亦不去。固请之，乃梯而过，遂共寝处。问其姓名，曰："妾邻女红玉也。"生大爱悦，与订永好。女诺之。

可两人不能成婚，红玉遂辞别，行前出资为冯生聘下卫氏女，光艳，勤俭，温顺。婚后得一子，但清明扫墓时为乡绅宋某觊觎，大祸临门，冯生父死妻亡，却无路可伸。这时来了一位虬髯客，为冯生飞檐走壁，杀宋报仇。冯生回到家中，瓮无升斗，只剩一哭。于是红玉再次出现了，还带着他丢失了的儿子。她让冯生诸事莫问，只管闭门读书，自己夙兴夜寐，像男人一样操持劳作，半年过去，家业兴旺起来。冯生也不负所望，中了举。

故事继续了蒲松龄一贯的机关降神的套路。虬髯的伟丈夫只管行侠仗义，用不着交代什么身份、背景、动机。狐女红玉更是大包大揽，替他娶媳妇还替他养儿子，当然是用自己的钱：开头是她"出白金四十两"赠给冯生聘妇，后来是她"出金"置办织具，租田雇工；连冯生恢复生员的资格，也是她"以四金寄广文，已复名在案"。《红玉》里显然有一只没有写出来的扑满。

鲁迅在《病后杂谈》里说，有人愿天下人都死掉，只剩下他自己和一个好看的姑娘，还有一个卖大饼的。"这种志向，一看好像离奇，其实却照顾得很周到。"蒲松龄的小说，浸透了这种大饼思维、扑满思维。他为自己的男主人公着想，一看好像离奇，其实也照顾得很周到。《红玉》的结尾是这样的：

是科遂领乡荐。时年三十六，腴田连阡，夏屋渠渠矣。女袅娜如随风欲飘去，而操作过农家妇；虽严冬自苦，面手腻如脂。自言三十八岁，人视之，常若二十许人。

又要你下田锄草，上屋补茅，操作过农家妇；又要你手如柔荑，肤如凝脂，能作掌中舞。所以我说蒲松龄想得美。

2

在《聊斋志异》的许多故事里，我们都能发现蒲松龄藏着的大饼，就像杰克·伦敦《热爱生命》的主人公获救后，在船舱卧铺的每一个角落都塞满了硬面包。那是饿慌了。

蒲松龄从十九岁时童子试连中三个第一，到七十一岁高龄援例成为贡生，中间参加过十次乡试，而十次落第。身体上精神上所受的摧残，实非常人能堪。

所以，《王子安》中闱场内外的诸般残酷，只有他才形容得出：

> 秀才入闱，有七似焉：初入时，白足提篮，似丐。唱名时，官呵隶骂，似囚。其归号舍也，孔孔伸头，房房露脚，似秋末之冷蜂。其出场也，神情惝恍，天地异色，似出笼之病鸟。迨望报也，草木皆惊，梦想亦幻。时作一得志想，则顷刻而楼阁俱成；作一失志想，则瞬息而骸骨已朽。此际行坐难安，则似被絷之猱。忽然而飞骑传人，报条无我，此时神色猝变，嗒然若死，则似饵毒之蝇，弄之亦不觉也。

巴恩斯的小说《终结的感觉》里有个说法：人生的赌场上，你输一场，又输一场，再输一场，损失不是简单的加法或者减法，而是乘法。失败的感觉是其不断相乘的结果。这样来求蒲松龄的内心阴影面积，该有多大！

蒲松龄撞到了命运的鬼打墙，只好长年寄人篱下，做幕宾和塾师以维生。薄田二十亩，束脩四千文，却有一大家子要养活，他这一辈子，特别是四十岁之前，生活状况糟透了。怪不得他在《聊斋俚曲集》里老是写穷，写精赤的贫穷：冻得满床光腚，饿得老肚生烟。他对金钱的好处有刻骨的认知，因为拿《幸云曲》里游龙戏凤的正德皇帝的话说，他"吃不尽没有的亏"。富有四海的皇帝居然说出来这样的话，可见蒲松龄总是以己度人。《墙头记》里的张老鳏感叹："唉！我也曾挣过银子，早知道这么中用，怎么不藏下几两？"人的活法决定了想法，此所以有《聊斋志异》里各种有形无形的扑满。《穷汉词》写大年初一拜财神：

掂量着你沉沉的，端详着你俊俊的，捞着你亲亲的，捞不着你窖窖的，望着你影儿殷殷的，想杀我了晕晕的，盼杀我了昏昏的。好，俺哥哥狠狠的，穷杀我了可是真真的。

一种发怔的语调，仿佛陷入爱情的迷狂。的确，物质匮乏之外，蒲松龄在感情上同样是荒芜而饥渴的。他给朋友兼雇主的县令孙蕙所娶的小妾顾青霞写了许多诗词，未免关注过了头。他自拟为风流的杜牧之，在华筵上与她色授魂与，引起主人的嫉妒，显然是一厢情愿的自我涉入。他何尝不知道自己的身份之微，生计之蹙，理想自我与现实自我的落差之大？但他的缺只能通过文字来补。在现实生活中迈不过去的坎，幻想世界里轻轻松松就迈过去了。《聊斋志异》清晰地反映了蒲松龄心理防御和补偿机制是如何运作的。现实世界中，谁都知道没有这样的美女，没有这样的好事，他只好托梦于非现实的幻境，用一系列滋润的文本来灌溉他枯槁的人生，大写特写想象中的狐女鬼姬，花妖木魅，靠幻想过瘾。种种燕婉之私、狎昵之态，《画壁》里说得好："千幻并作，皆人心所自动耳。"

一说到《聊斋志异》，免不了拿《阅微草堂笔记》相对照。纪昀不满意《聊斋志异》，说是才子之笔，体例不纯，也就是虚构与非虚构相杂，而他自己的笔记却是张爱玲说的"纯粹记录见闻"，清一色非虚构作品。这位乾隆近臣、《四库全书》总纂修、官至内阁学士兼礼部尚书的纪文达公，明于文章辨体而陋于知人心，自家无聊才弄笔，却不懂穷秀才的空中语乃是苦闷的象征。不过也容易理解，有道是至人无梦，成功的人生不需要虚构。

3

纪昀认为《聊斋志异》不是六朝标准的"小说"，我说它也不是现代意义的"小说"。说《聊斋志异》是"世界短篇小说之王"，只怕是名实不符。现代小说叙述的是个人作为主体的行动以及行动的后果，由一系列社会关系摆布着自身的命运。命运固然脱离不了偶然因素，但从这些偶然中要精细地织进去社会纠葛的诸多线索。关键的是，主人公要有为，有戏剧性的冲突，有发展，不能只作为作者意念的牵丝傀儡。从这个意义上说，蒲松龄写的不是小说，而是传奇，或者叫罗曼司。传奇是迎合读者心理的定制，写那些"幽怪遇合、才情恍惚之事"，属于成人的童话与神话。它最明显的标志是大团圆的美满结局，在弗莱的传奇故事结构研究中，这常规性的美满结局，被现代人视为一种对低能的读者的让步。

《聊斋志异》所有的故事只有一个男主人公，就是那个书生。除了《娇娜》里的孔生使过一回剑，《连城》里的乔生割过一点儿肉，基本上，他在生活中什么都不能干，也什么都能不干，唯一的用途就是吟诗、读书、应考。像《红玉》中的冯相如，一切自有女主角去安排，他只管哭："生大哭""益悲""日夜哀思""泪潸潸堕""于无人处大哭失声""悲怛欲死，辗转空床，竟无生路"。这都是婴儿车里坐着的系围脖、含奶瓶的巨婴，由超级奶爸的作者推着走。你读《聊斋》，读不到真正的冲突、挫败、救赎，都是些很快会化解的冲突，暂时的挫败。至于救赎，那些命运的宠儿有什么需要救赎的呢？他们不仅不能自立，而且缺乏自省。他们无须质疑生活的正当性，也从来不存在什么道德上的困境。《胡四姐》里的尚生，初见容华若仙的胡三姐，便"惊喜拥入，穷极狎昵"。三姐说到四姐颜值更高，"生益倾动，恨不一见颜色，长跽哀请"。于是三姐就领了四姐来，生拽住不放，二人"备尽欢好"。接下来又遇见一颇有风韵的少妇，两人欢洽异常，"灭烛登床，狎情荡甚"。蒲松龄把他心爱的男主角都惯成什么样子了！有作者替主人公的命运打通关，你根本用不着担心开头的卑微，操心中途的横逆，你只管放心最后的圆满。

因此，悲剧的不和谐开始寻求俗世的解决；男主人公，被命运折磨够了，终于赢得了他应得的奖赏，一桩堂皇的婚姻，一把天赐荣耀的令牌。形而上的慰藉被用机关降下的神取代了。

这是尼采《悲剧的诞生》里所挖苦的"希腊的乐天"。他鄙视这种"女人气的逃避严肃与恐怖事物，怯懦的自我满足于舒适的享受"的心理，刻薄它是一种"不举也不育"（impotent and unproductive）的生活乐趣。依我看，这更像是中国的乐天。王国维评论《红楼梦》时说："吾国人之精神，世间的也，乐天的也，故代表其精神之戏曲小说，无往而不著此乐天之色彩，始于悲者终于欢，始于离者终于合，始于困者终于亨；非是而欲餍阅者之心，难矣！"

但是，这种乐天精神怕是很难餍足现在的读者了。从 19 世纪起，伟大的小说就是写爱玛和安娜那种不作不死但必须作也必须死的狗血故事，伟大的作者一个个心狠手辣，千方百计让自己的人物把生活搞砸。毛姆在讲到《红与黑》时说："于连必须死。"司汤达不会以别的任何方式结尾，他有一种继续下去直到悲惨结局的冲动。"很显然，他不肯让于连获得成功，尽管于连实现了野心，身后还有玛蒂尔德和德·拉莫尔侯爵，司汤达依然不会让他赢得地位、权力和财产。"顾随说鲁迅的小说不但无温情，而且是冷酷："如《在酒楼上》，真是砍头扛枷，死不饶人，一凉到底。"《白光》里的落榜老童生，夜半产生幻觉要去发掘祖宅里的藏宝，哪里能让他掘到？这就是以嘲弄和震骇为目的的现代小说美学，人物总是被置于种种心理危机、道德危机中，永远是心想事不成。现实是乏味的，生活是别扭的，性格没治了，事情没救了，可善意的神关键时刻鬼影子都见不到。读完了，你整个人都不好了。

你要想好，请读《聊斋志异》。

（原载《南方周末》2017 年副刊）

读顾随札记

读顾随，断难保持仪态。时而拍案大呼，时而喟然长叹，真是冰炭置肠，百感交集。

读顾随的书、讲义、散文、小说，给朋友的信，他的博学和活泼泼的心性，不要人折服，只要人喜悦赞叹。

他的诗人情肠可以解释何为"赤子"，他的见解足为"独到"二字做笺注。

顾随有几点真正了不起：一是打通古今，说古人如今人，如平辈朋友，爱而知其短，知无不言，简直将一个个古人说活了；二是打通中西，不为炫耀更不是罗列，就是一种全世界往来纵横的大视野大通感；三是打通了作诗、作文、做人的界限，将其中不同处与相通处都讲透了，对读者、听者的写作有用，生活更有用。

先生是大学问家、大诗人、大智者，更是大仁者。

读顾随，方读得五体投地，他又亲切地将你扶起来；才忍俊不禁，他又使你肃然惕然而深思。

我觉得：如果在年轻的时候遇到这样一位老师，我的人生肯定会不一样的。但是又想：也许现在遇到更好，免得年轻草率懵懂，万一没有理会，反而错过了，岂不成了此生大憾？

偶尔会想起同样博学而有趣的钱锺书。

但是两个人非常不一样，顾随的心肠热。

顾随提出，伟大诗人必须有将小我化而为大我之精神。

怎么化？一个途径是对广大的人世的关怀，另一个途径是对大自然的融入。

第一个途径的代表是"花近高楼伤客心，万方多难此登临"（杜甫《登楼》）。

第二个途径的代表是"采菊东篱下，悠然见南山"（陶渊明《饮酒》）。

说得何等明白易懂，何等生动贴切，而眼界自是开阔，气象自是不同。

真正写得"大"的诗，读诗的人也要有"大"的眼界和气象，才能读得进去，读得透彻。

"奇外无奇更出奇，一波才动万波随"（元好问论诗绝句中的一句），叶嘉莹用来评价顾随讲课时的联想和比喻的丰富生动。

虽然无缘亲炙，但读完《中国古典诗词感发》，也确确实实体会到了"一波才动万波随"的妙处。

正文第一页，就看到一句令人大惊奇的话——

意在救人尚不免于害人，况意在害人？

文艺创作，天下事业，莫不如是。

"诗根本不是教训人的，是在感动人，是'推'、是'化'——道理、意思不足以征服人。"

然则文学本就不想征服人。

"做人、作诗实则'换他心为我心，换天下心为我心'始可。"

作为写作者，闻此言感愧交并。

"与花鸟同忧乐，即有同心，即仁。"

难怪我只要遇见喜欢花草和小动物的人，总觉得可以放心接近，原来他们都是仁人。

"自得与自在不同，自在是静的，自得是动的。自得，非取自别人，是收获而能与自己调和，成为自己的东西。"

自在和自得都是平和的，但自得的价值更饱满。

如今许多人，不但不能自得，连自在都做不到，天天好大的不自在，然后闹腾得别人也不自在，真是何苦来？

顾随认为王维的"风劲角弓鸣，将军猎渭城。草枯鹰眼疾，雪尽马蹄轻"

四句，不如王绩的《野望》中的一句"猎马带禽归"。

不同意。虽出自顾随先生亦不能赞同。若在课堂上，肯定举手与之争论。

"韵味有远近，气象有大小。凡一种文体初一发生时皆有阔大处。五言诗之在汉，七言诗之在唐，词之在北宋，曲之在元，皆气象阔大，虽然谈不到细致。"

往往熟了，就精巧，就圆润，但是也失去了初始的充沛元气和阔大气象。

一个写作者的创作历程往往也如此。

和唐人比，顾随对宋人诗都一律嫌"小"，连陆游的"小楼一夜听春雨，深巷明朝卖杏花"这样的句子也不例外。

"宋人能不如唐人莽，宋人深不如唐人浅；宋人思之深而实浅，唐人诗思浅而实深。"

这真关乎气数。就像一个人，到了中年，自然失去了年轻时的莽和浅，也失却了那背后的元气、率真和开阔，却也只能努力变得"能"和"深"，不然，岂不一无是处？

时代真无奈，人生也真无奈。

"极不调和的东西得到调和，便是最大成功、最高艺术境界。"

是极！

黄山谷的"雨足郊原草木柔"，顾随评之曰——

"说的是柔，而字字硬。"

笑得我一口茶几乎呛死。

陈子昂《登幽州台歌》，顾随说——

"此诗读之可令人将一切是非善恶皆放下。"

对一首诗，不能指望有比这个更高的评价了。

而当得起这样评价的诗，才是诗中的诗，巅峰中的巅峰吧。

顾随有一个很重视的标准：大方。大方是精巧、小气的反义词。

说初唐气象阔大，"后人写诗多局于小我，故不能大方"。

"定于一"是静，不是寂寞。

现在的人，心不静，而外面忙且迫，难怪那么寂寞。

"中国山水画中人物已失掉其人性，而为大自然之一。"

怪不得看许多山水画，人物都大同小异或者面目模糊，倒是那些山峦、那些怪石、那些树木、那些水上的波纹，甚至那些入穴出岫的云，都各有各的面目。原来是当作为大自然的一部分的时候，人的鲜明个性是要被缴械的。

举落入叛军之手而犹能作"凝碧池头奏管弦"为例，顾随说：

王维即在生死关头仍有诗的欣赏。如法国蒙德《纺轮的故事》，写一王后临死在刀光中看见自己的美。

这个联想，真是绝了。

是，王后在刀光中看见自己的美，诗人在生死关头仍看见美，看见自己的心。

说老杜时，以他的《北征》为例，发出了相似的感慨——

"大诗人毕竟不凡，大诗人虽在极危险时，亦不亡魂丧胆；虽在任何境界，仍能对四周欣赏。"

说王维最是层层剥进，而层层透彻——

"王摩诘（王维）是调和，无憎恨，亦无赞美。"

"右丞（王维）高处到佛，而坏在无黑白，无痛痒。……放翁（陆游）诗虽偏见，究是识黑白，识痛痒"，"一掴一掌血，一鞭一条痕"。

"诗之传统者实在右丞一派。……中国若无此派，中国诗之玄妙之处便表现不出。"

"摩诘不使力，老杜使力；王即使力，出之亦为易；杜即不使力，出之亦艰难。"

说到中庸——

"缺少生的色彩，或因中国太温柔敦厚、太保险、太中庸（简直不中而庸了）……"

其实"中庸"不是温吞，讲的是恰如其分，而多少人不明白，或者"装睡"，假中庸之名，不中而庸。

不中而庸者，实众。

"中国君子明于礼义，而暗于知人心。"

可正是这个话。所以中国人看欧洲电影、美国电视剧，往往被扑面而来的、茂密幽深的人性丛林惊呆了，中国的古训、家训、圣人之训都是扁平的，根本不能应付。

孔子"见贤思齐焉"，顾随的理解是"积极与禅宗同，而真平和，只言'齐'，'过之'之义在其中"。

要和自己追慕的贤人"齐"，或者还要超过他。这真好。

可惜今天的少年，多的是见贤思"弃"，一"弃"，似乎就自然"过之"了。

如何使生的色彩浓厚？顾随说——

第一，须有"生的享乐"；第二，须有"生的憎恨"；第三，还要有"生的欣赏"。

"不能钻入不行，能钻入不能撤出也不行，在人生战场上要七进七出。"

在风格上，顾随承认很难两全——

比如神韵与力。"写什么是什么，而又能超之，如此高则高矣，而生的色彩便不浓厚了，力的表现便不充分了，优美则有余，壮美则不足。"

"然事有一利便有一弊：太白自然，有时不免油滑；老杜有力，有时失之拙笨。各有长短……"

又比如"滑"与"涩"。

"作诗'滑'不好，而治一经，损一经，太涩也不好。"

承认难以两全，而不奢望兼顾，方是的论。看到"短处便由长处来"，"治一经，损一经"，更是高明。

说李白——

"太白诗飞扬中有沉着，飞而能镇纸，如《蜀道难》；老杜诗于沉着中能飞扬，如'天地为之久低昂'。"

比较李杜，不以偏概全。

说李白却想到古诗十九首、曹操父子，因为"汉、魏诗如古诗十九首、曹氏父子诗，思想虽浅而情感尚切"。而"李白诗思想既不深，感情亦不甚亲切"。

李白有李白的好处，是什么呢？
"太白诗一念便好，深远。"

"譬喻即为使人如见，加强读者感受。……'君不见黄河之水天上来，奔流到海不复回。君不见高堂明镜悲白发，朝如青丝暮成雪'，皆是助人见。"
使人如见。助人见。真是纯金美玉，字字镇纸。

"诗中不能避免唱高调，唯须唱得好。"
"别人唱高调乃理智的，至太白则有时理智甚少。"
说得是。但天才创作，往往理智比较少。

论《红楼梦》与《水浒传》："若《红楼梦》算能品，则《水浒传》可曰神品。《红楼梦》有时太细，乃有中之有，应有尽有；《水浒传》用笔简，乃无中之有，余味不尽。"
这是最不能同意顾随的一个看法。完全不同意。甚至以此推断先生真懂诗，懂禅，但并不是真懂小说，至少不如曹雪芹懂。

然而顾随还真是不太喜欢《红楼梦》，这对我是个打击。
"文学应不堕人志气，使人读后非伤感、非愤慨、非激昂，伤感最没用。如《红楼梦》便是坏人心术，最糟是'黛玉葬花'一节，最堕人志气，真酸。几时中国雅人没有黛玉葬花的习气，便有几分希望了。"
目瞪口呆。

但是想到那是在国族危殆的抗战时期，又有几分可以理解。但是仍然是不赞成，不同意。

文学可以唯美，而美正不必有用，不必鼓舞志气，美令人感动，令人沉醉，已经足够了。
况且，一个真爱黛玉葬花的人，完全可以在现实中很强大，强大到保护黛玉和那些桃花。

从来没见过像顾随这样视"古之圣贤"如平辈朋友而公开质疑的，而且用的是大白话，读之如毫不避讳地当面批评，真是解放心灵，痛快淋漓——

（李白《乌栖曲》）"东方渐高奈乐何"句，不通。用古乐府"东方须臾高知之"（《有所思》），古乐府此句亦不好解。

（哈哈哈！）

"功名富贵若常在，汉水亦应西北流。（《江上吟》）"太白此两句，豪气，不实在，唯手段玩得好而已，乃"花活"，并不好，即成"无明"，且令读者皆闹成"无明"。

太白诗有时不免俚俗。唐代李、杜二人，李有时流于俗，杜有时流于粗（疏）。

"岑夫子，丹丘生，将进酒，杯莫停。与君歌一曲，请君为我倾耳听。（《将进酒》）"皆俗。所谓"俗"，即内容空虚。

"弃我去者昨日之日不可留，乱我心者今日之日多烦忧。"人读宋诗多病其议论，于苏、辛词亦然，而不知唐人已开此风。太白此诗开端即用议论，较"三百篇""十九首"相差已甚大矣。

（李白）"凤去台空江自流"，固经济矣，无奈小气了。不该花的不花，但该花的不可不花。太白此句较之《黄鹤楼》两句，太白是"小家子"，崔颢是"大家子"。……"凤去台空江自流"，试问有何意思？

老杜七绝，选者多选其《江南逢李龟年》一首，……此首实用滥调写出。写诗若表现得容易、没力气，不是不会，是不干；或因无意中废弛了力量，乃落寞曰。

老杜诗有时写得很逼真，但不明是什么意思。

《长恨歌》叙事，失败了，废话多，而不能在咽喉上下刀。如写贵妃之死，但曰：六军不发无奈何，宛转蛾眉马前死。

真没劲！

老杜"国破山河在，城春草木深"，好，而不太自在。韩退之七古《山石》亦不自在，千载下可见其用力之痕迹，具体感觉得到。

（但是对韩愈用力之结果评价不低，"唐宋诗转变之枢纽即在'芭蕉叶大栀子肥'一句"）

老杜抓住人生而无空际幻想，长吉（李贺）有幻想而无实际人生。

长吉当然是天才，可惜没有"物外之言"。

"石破天惊逗秋雨"则费力，不懂，"隔"。抓的是痒处而"隔"，意甚好，写得不好。愈往后念，愈不可懂。（这首诗确实不好懂，而且李贺有些作品简直是修辞实验，即使全弄懂了也无多大意思，因为他的心思和力气全在修辞上，包子没肉全在褶上。）

李商隐赠杜牧诗中有一句"短翼差池不及群"，顾随说："不可解。"

确实如此，各种解读总觉勉强。本来给杜牧评价的，不应该如"无题"那样曲折多意，如此不好理解，加之诗情也不足，因此觉得不能算李商隐写得好的。

小杜情较义山浅薄，而写自然比义山好。

一个诗人无论写什么皆须有一种有闲的心情，可以写痛苦、激昂、奋斗，然必须精神有闲；否则只是呼号，不是诗。如老杜"朱门酒肉臭，路有冻死骨"，这样的诗可以写，而太没有有闲之心情，快不成诗了。

杜牧的咏史之作，顾随认为"小杜见解不甚高，闲情又不浓厚，且稍近轻薄……"

这个看法实难同意。杜牧的咏史之作既有不同流俗之见解，又有闲情，且能不相妨害，目光如炬，笔力峭健，颇多佳作。

若令举一首诗为中国诗之代表，可举义山《锦瑟》。若不了解此诗，即不了解中国诗。

对李商隐的评价，让我心满意足，几乎想浮一大白。

认为李商隐"沧海月明珠有泪，蓝田日暖玉生烟""是写男女二性美满生活"，"义山乃寒士，与其妻所过亦必为茅檐草屋、粗茶淡饭的生活，而义山写诗时将其美化了"。

这一段非常重要。因为《锦瑟》的题旨，向来众说纷纭，就我所见，已有八种：1）怀念一个叫锦瑟的女孩子；2）写瑟的四种声调；3）悼念亡妻；4）追念旧欢；5）客中思家；6）为自己诗集作序；7）伤唐室之残破；8）自伤身世。

看来顾随是认为此诗是悼亡之作而"不疑有他"了。

我曾"大胆猜测"——是第六种和第八种兼而有之，即李商隐将一首自伤身世的诗作为自序，或者说，这首用来作序的诗主要内容是自伤身世。

从诗里说到诗外，亦好看——

"这真苦而又有趣，凡不劳而获的皆没趣。"

"武断似乎最有主意，实则没有一个武断的人不盲从的，乃根本脑筋不清楚。"

"人最难得是个性强而又了解人情。"

"人生最不美、最俗，然再没有比人生更有意义的了。抛开世俗眼光、狭隘心胸看人生，真是有意思。"

"一个人对什么都没兴趣，便是表示对什么都感到失去了意义，便没有力量；真的淡泊，像无血肉的幽灵。我们要热衷地做一个人，要抓住些东西才能活下去。"

"一个人除非没品格，稍有品格，便知恭维人真是面上下不来，心上过不去。"

"人之所以在恋爱中最有诗性，便因恋爱不是自私的。自私的人没有恋爱，有的只是兽性的冲动。何以说恋爱不自私？便因在恋爱时都有为对方牺牲的准备。"

"现在世界，不但不允许我们有闲情逸致，简直不允许我们讨论是非善恶。我们一个人要做两个人的事情，纵使累得倒下、趴下，但一口气在，此心不死，我们就要干。"

"世人有思想者多计较是非，无思想者多计较利害。无论是非或利害都是苦。"

"人到活不下去而又死不了的时候，顶好想一个活的办法，就是幽默。"

"诗人的幸福不是已失的，便是未来的，没有眼下的。若现在正在爱中，便只顾享受，无暇写作。"

"现在人不会享福，享福是受用，现在只知炫耀，不知享福。现在人最自私，可又不会自私。"

"吾人岂能只受罪便完了？应该要有一个好的未来。"

不避俗，而不俗，妙哉，顾随！广学问，而通人生，大哉，顾随！看到底，想得透，而不减诗心情肠，奇哉，顾随！

读顾随与好友书信，发现其中多有提及花草树木的。这是一位爱花的男子，也是一位多识草木之名的君子。

"青岛樱花，能支持一月，此刻才开，来日方长。兄几日大愈，再命驾来青，亦不为晚。幸勿以此焦急。"（1925.4.20）

哈哈。无论何处的樱花都不可能支持一个月，爱花的顾随不会不知道。

"樱花玉兰，近都已在盛开期间矣。"（4.22）

花盛开，对读书人顾随是大事情，所以在给好朋友的信中非提一笔不可。

"仅曾散步一到公园，看樱花及玉兰而已。……樱花近日开得烂霞堆锦，中国花唯海棠差胜其娇艳。而逊其茂密。我日日往游，无间晨夕。唯近中情怀，凄凉益甚，每对好花——以及好月、好酒——辄恨无同心执友，同赏、同玩、同饮也。"（4.25）

读这一段，我也看到了花开，看到了顾随当时的孤单，更看到了文人之间的友情。真正的好朋友曾经确乎是这样的：面对所有的美好都恨不得一起分享，只要不能分享便会觉得眼前的美好有缺憾，令人起忧伤。

"此间樱花虽落，而桃花、海棠、藤萝、紫荆都在盛开之期。饭后散步，颇不寂寞。"（5.2）

无意中说了实话。也许不是无意，而是朋友不能去青岛一起赏花，花期已过，只得说了实话。

谚云："樱花七日"。看顾随的信，20 日樱花开，次月 2 日已落，自是常理，因此第一封信中说"能支持一月"，显然非实情，说时完全是为了让病中的好友宽心。其爱花如此，知友、怜友如此，真是赤子情肠。

"公园中樱花虽谢尽，而海棠崛起代之，令人更生花天香国之思。月下饮酒，尚未实行，会当不远矣。"（5.6）

花天香国之思、月下饮酒之想，都是浪漫积习。难怪，顾随是诗人。或者说：顾随是诗人，难怪。

"此间樱花已由盛而衰，落花满地，残蕊缀枝，甚可怜。"（1926.4.25）

顾随在课堂上还严格批评黛玉葬花一节"堕人志气"，非常酸，非常要不得，其实他自己在生活中看见花落，还不是一派伤感？1926 年的春天，青岛的樱花树下，顾随若是遇见林姑娘，未必不会和她商量如何葬花。

"季弟日前来函索樱花，近中已采压数朵，尚未寄去。"（4.30）

这种事，许多人读书时好像都做过，但是后来就渐渐自己取缔了，因为要朝乾夕惕为稻粱谋了，或者不好意思再那般心思细腻了，但是顾随非常自然而然地保持了这个天真的习惯。我很想对顾随说：这与葬花一样，一点都不酸，都很风雅，都是极好的。

"廿九日函昨晚接到。马樱花蕾大小与此间校庭中者相仿佛。弟即以此为

标准，俟庭中花开时即赴京住直馆也。"（1928.5.31）

既然花开是重要的事情，不妨就指花为誓、对蕾相约：此花开日，便是你我相见之期，哦不，便是我起身去与君相见之时。花开有期，人约有信，这方不枉读了那么多圣贤书，那么多古诗词。

"下午课罢归来，见有挑担卖花者。以洋四毛购花与草各一盆，……花西洋种，似中国之秋海棠。草似竹，弟似忆其名为'文竹'。"（1929.11.13）

在时局动荡、生计愁苦、频遭白眼、时时病痛的情况下，顾随和他的朋友，一面深刻体悟着人生之多艰，一面仍然这样热诚而细腻地生活着，他们真是爱美、爱世间、爱人生，爱入了骨髓，并因此体会到了人生真味者。

那些口称"哪有这个闲工夫？哪里顾得上这些琐碎无聊的事"的人，多是满身浮躁、满心奔竞，渐渐与大自然的物候隔膜，与花草虫鱼细致的美绝缘。那样的人，即使到了功成名就之后，也仍然是没有这个闲工夫，也仍然是顾不上真正享受的。即使有奇花异卉满室，甚至古树名木满园，也只不过是炫耀罢了，何尝有闲心领略？何尝能真正受用？

"清贫之士、升斗小民即使在艰难的缝隙里都能享受到美和怡然，达官贵人和富豪巨贾在一片繁华中却往往不能，这也是上苍的一种公平。"

（原载《文学报》2017 年 8 月 26 日"新批评"）

"病还不肯离开我"

——鲁迅的疾病史

阎晶明

作为一个经典作家，鲁迅具备这样一种不无魔幻色彩的特点：当我们强调什么东西重要时，总会说：鲁迅终生没有离开过这样东西。2016 年末的一次会议上，大家在讨论一个文稿，坐在我旁边的一位资深翻译家举手发言，他说，要重视文学翻译家的作用，中国现代伟大作家鲁迅，十分重视并用力于文学翻译，其翻译作品在字数上等同于创作。

何止是翻译，当我们强调传统文化重要时，我们会说，鲁迅终其一生在读古籍，抄古碑，写出了《中国小说史略》。当我们说文学和艺术从来都不可分时，会强调，鲁迅从青年时开始就重视美术，讲解美术，晚年更将大量精力投入到美术特别是木刻发展当中。以此类推，鲁迅经常看电影，经常去演讲，时而写古诗，特别擅书法，鲁迅关心青年成长，关注妇女命运，关心农民疾苦，关注知识分子困境——他的小说、散文、散文诗、杂文、书信，关注生，关注死，写到梦，写到痛，"过去的生命已经死亡""死亡的生命已经朽腐"，天地万物，无不在鲁迅的生命中和创作里得到充分体现。小到终生不离烟、不厌酒，大到改造"国民性"，畅想"中国的将来"，仿佛每一样事情在鲁迅身上都是说不尽的话题。

不过，要说鲁迅一生没有离开过，即使自己努力"避趋之"却仍然终生相伴的，却是疾病。短短 56 年的生命历程，他用很大一部分精力来对付疾病，应对病痛。鲁迅是医学出身，而他自己，却是个不折不扣的——病人。

一、"胃病无大苦"与"牙痛党之一"

鲁迅是多病的。人们通常的印象，鲁迅是肺病的长期患者，他也病逝于此病。这是的确的。不过从鲁迅自己的记述中可知，他长期受困扰最多的却是另外两种病：胃痛和牙痛。《鲁迅日记》从 1912 年 5 月进入北京始，让后人可知其日常生活情形之片段，而他得病治病的经历就是其中很重要的一部分。1912 年 10 月至 12 月，鲁迅日记里记载了数次"腹痛""胃痛"的经历。10 月 12 日"夜腹忽大痛良久，殊不知其何故"，13 日"腹仍微痛"，11 月 9 日"夜半腹痛"，10 日"饮姜汁以治胃痛，竟小愈"，23 日"下午腹痛，造姜汁饮服之"。12 月 5 日，医生"云气管支及胃均有疾"，6 日则"觉胃痛渐平，但颇无力"。

鲁迅的胃痛（腹痛）经常发生在夜里，"夜腹痛"是日记里的常见表述。在鲁迅自己看来，胃痛并不算致命的病，所以他的措施也多是克服痛状而非谋求根治，多是去医院或药店买药服用，有时甚至自己用偏方治疗。这也许是因为他自认为自己可以判断出胃痛或腹痛的原因。如 1913 年 2 月 26 日日记，"夜胃小痛，多饮故也"，同年 11 月 3 日又记"夜腹小痛，似食滞"。1934 年 5 月 29 日致母亲信中说"胃痛大约很与香烟有关，医生说亦如此"。在北京时，即使"胃大痛"也多是以服药治胃说明，并未见针对性的专门药名。晚年在上海居住，1931 年后日记里又频繁出现"胃痛作""腹痛"表述，不过此时他似乎有了专治胃病的药物，所以时常后缀服药情况，如 1931 年 12 月 28 日记有"胃痛，服海儿普锭"，1932 年 6 月 15 日记"胃痛，服海尔普"，1933 年 12 月 15、16 日分别记有"胃痛，服 Bismag"。

鲁迅将胃病称为"老病"。这个伴随了他至少 20 多年的病痛，并没有在心里造成多大担忧。1934 年 4 月 13 日致母亲信中说道："男亦安，惟近日胃中略痛，此系老病，服药数天即愈，乞勿远念为要。"5 月 4 日信中又安慰母亲道："男胃痛现已医好，但还在服药，医生言因吸烟太多之故，现拟逐渐少。"这一年，他在致山本初枝、曹靖华、徐懋庸信中，分别告知了对方自己已经痊愈或"胃病无大苦"的消息。

除了"胃痛""腹痛"，鲁迅还有多次"腹写"（泻）经历。有时甚至"夜半腹写二次，服 HELP 八粒"。

其实，作为医学出身的人，鲁迅不会不知道胃病本身的致命性。1925 年 9 月，朱安身患胃病，鲁迅在 29 日致好友许钦文信中讲道："内子进病院约有五六天出（现）已出来，本是去检查的，因为胃病；现在颇有胃癌嫌疑，而是慢性的，实在无法（因为此病现在无药可医），只能随时对付而已。"1934 年 7 月 9 日致徐懋庸信中说："胃病无大苦，故患者易于疏忽，但这是极不好的。"而鲁迅知道自己身有其他疾患，他却把自己的胃病当成"并发症"或"伴随性"疾病对待。他是这么认为的，或者是这么安慰自己的。对疾病的厉害性和治愈可能，时常流露出自我安慰的感觉。

鲁迅自称自己是"牙痛党之一"。他长期受到牙痛的折磨，让他产生格外强烈的身体意识。1925 年 10 月，鲁迅作杂文《从胡须说到牙齿》，说道："我从小就是牙痛党之一，并非故意和牙齿不痛的正人君子们立异，实在是'欲罢不能'。""听说牙齿的性质的好坏，也有遗传的，那么，这就是我的父亲赏给我的一份遗产，因为他牙齿也很坏。于是或蛀，或破，……终于牙龈上出血了，无法收拾；住的又是小城，并无牙医。"鲁迅的母亲鲁瑞、二弟周作人，都有时常治疗牙痛的记录。也是在这篇文章里，鲁迅说"虽然有人数我为'无病呻吟'党之一，但我以为自家有病自家知，旁人大概是不很能够明白底细的"。牙痛就是典型的自己有痛、别人漠然的疾病，而且这病自幼伴随，"我幼时曾经牙痛"（《忽然想到》）。1913 年 5 月 1 日，鲁迅日记第一次记述牙痛就颇具"力度"："夜齿大痛，不得眠。"1915 年 12 月 18 日"夜齿大痛，失睡至曙"。被牙痛折磨得难以入眠，这可真的是别人不明白"底细"而只有"自家知"的痛苦了。鲁迅齿痛的原因多是龋齿之痛。1915 年 7 月 24日"往徐景文寓治龋齿"，1917 年 12 月 29 日"下午以齿痛往陈顺龙寓，拔去龋齿，付泉三元。归后仍未愈，盖犹有龋者"。故 30 日"复至陈顺龙寓拔去龋齿一枚，付三元"。齿痛还会引发牙齿周围病症，1929 年 7 月 19 日在上海，就因"上龈肿，上午赴宇都齿科医院割治之"。

自幼就是"牙痛党"的鲁迅，牙齿所受苦痛是多重的。1923 年 3 月 25日，鲁迅一大早"往孔庙执事"，不料"归涂坠车落二齿"。这件事，鲁迅在《从胡须说到牙齿》里曾有详述。不过因为文章写于 1925 年 10 月，所以在时间上有误，"民国十一年秋"应为民国十二年春才对。

"民国十一年秋，我'执事'后坐车回寓去，既是北京，又是秋，又是清早，天气很冷，所以我穿着厚外套，戴了手套的手是插在衣袋里的。那车夫，我相信他是因为瞌睡，胡涂，决非章士钊党；但他却在中途用了所谓'非常处分'，以'迅雷不及掩耳之手段'，自己跌倒了，并将我从车上摔出。我手在袋里，来不及抵按，结果便自然只好和地母接吻，以门牙为牺牲了。于是无门牙而讲书者半年，补好于十二年之夏，所以现在使朋其君一见放心，释然回去的两个，其实却是假的。"

那次受伤后，鲁迅从 6 月到 8 月多次到伊东医院"治齿"也"补齿"，8月 8 日"往伊东寓治齿并补齿毕"，25 日"上午往伊东寓修正补齿"。鲁迅几乎每一年都会受到牙痛困扰，日记中多有疗齿记录。主要是制服"齿痛""补牙""造义齿"。其中例：1926 年 7 月 10 日"午后往伊东寓补牙讫"；1929 年 7 月 20 日"午前往宇都是齿科疗齿讫"；1930 年 3 月 24 日"下牙肿痛，因请高桥医生将所余之牙全行拔去，计共五枚"；4月21日"午后往齿科医院试模"；1933年5月1日"往高桥齿科医院修义齿"；1935年4月6日"至高桥医院治齿"，8日、10日"治齿龈"。1936年未有治齿记录，但并非牙已无痛，而是身体实在有了更致命的疾病，使他顾不得继续做"牙痛党之一"了。

可以说，自青年时代起，胃病和牙痛或交替或并发地困扰着鲁迅，他不得不经常去应对。鲁迅日记里，提及"牙"或"齿"超过百次，提及"胃""腹"疾病的也逾半百。时有小病捣乱，让鲁迅对身体及其健康常有感受并产生格外敏感。

二、"自家有病自家知"

除了胃病和牙痛，鲁迅还常被其他疾病"关照"。感冒以及与之相关的头痛、发热、中寒、咳嗽，是寻常人都有过的体验，也是鲁迅的经常性疾病。1913年正月6日，"晚首重鼻窒似感冒，蒙被卧良久，顿愈，仍起读书"。那一年，初到北方的他似乎很容易感冒。3月18日，"夜颇觉不适，似受凉"。19日，"头痛身热"。8月20日，"咳，似中寒也"。1914年5月12日，又有"下午大发热，急归卧"，13日"热未退尽"。初到北京的两年里，鲁迅除了"老病"胃痛和"自幼"而来的"牙痛"，对环境的不适造成的感冒也是常事，可见其身体面对不适与病痛的频率。对感冒这样的病，鲁迅似乎完全可以自我判断其原因，"似感冒""似受凉""似中寒"，都是自我诊断。这种诊断当然并不显示其医学出身的高明，普通人也会对感冒做出类似判断。这里须注意的是，鲁迅受各种互不关联的小病、大痛困扰，但大多以自我判断，上医院、药店买药对待。直到去世前两年，鲁迅每说到感冒、发热之类症状，总以"蒙被卧""急归卧""小睡"等休息法应对，不做事而已，但也并不特别吃药。这也是他对待疾病的一种常态，减轻痛感、缓解不适为主，而非四处求药，更不过度治疗。

1934年，是鲁迅身体健康状况的转折之年。这一年3月，鲁迅先是受到报章说他患上"脑膜炎"，将"辍笔十年"的谣言干扰；6月，"贱躯如常，脑膜无恙，惟眼花耳"，既辟谣却也添新烦。7月，"上海近十日室内九十余度，真不可耐，什么也不能做，满身痱子，算是成绩而已"。（致郑振铎340706）这一年，他的胃病持续发作，书信中多有探讨。牙齿方面，也有"义齿已与齿龈不合，因赴高桥医师寓，请其修正之。"这一年更频发"胁痛""背痛"症状。8月，"胁痛颇烈"，11月；"肋间神经痛"；12月曾有

"夜脊肉作痛，盗汗""夜涂莨菪丁几以治背痛"。大大小小，此起彼伏，日记、书信里关于身体的记述明显增多。

然而，这些老病、小病都还可依旧例对待，唯感冒发热已不能像以前一样轻视。7月还是"生了两天小伤风"，到了11月中旬始，持续近20天身体发热，11日记"三七. 二度"，14日已达"三八. 三度"，一直到12月1日仍有发烧记录。这一次热病显然不是一般病症，当然鲁迅无论是安慰自己还是安慰亲友，坦承发热不退的同时，仍然试图轻描淡写。18日致母亲信中说："男因发热，躺了七八天，医生也看不出什么毛病，现在好起来了。大约是疲劳之故，和在北京与章士钊闹的时候的病一样的。"19日致信李霁野又说道："天天发热，医生详细检查，而全身无病处发现，现已坐起，热度亦渐低，大约要好起来了。"25日致曹靖华："这回足足生了二礼拜病，在我一生中，算是较久的一回。"27日致许寿裳："从月初起，天天发热，不能久坐，盖疲劳之故。"鲁迅还是把病因解释为一时之困且可以自愈。除了"疲劳"，他也认为这不过是一次流行性感冒，时称"西班牙感冒"。他自己病愈后对此略有调侃。25日致日本友人增田涉时谈道："我每晚仍稍发热，弄不清是因为疲劳还是西班牙流行感冒。大概是疲劳罢，倘是，则多玩玩就会好的罢。"12月11日致曹聚仁信时，热已退，语气更显轻松："一月前起每天发热，或云西班牙流行感冒，观其固执不已，颇有西班牙气，或不诬也。"其实，这回的发热并非那么简单，也不能以"卧"治病了。11月15日，"下午须藤先生来诊，并携血去验"，次日"上午得须藤先生信，云血无异状"。可见，"自家有病自家知"的鲁迅，还是知道此次热病的可能隐患的。经历了这场热病，鲁迅的身体状况总体上开始走明显的下坡路，其后的两年时间，病已成常态，缓释成为间隙所求所得。

除了胃、齿及呼吸道疾病，鲁迅还经历了其他一些病痛。严重者如1932年8月28日记"右腿麻痹，继而发疹""医云是轻症神经痛"，而症状其实不轻，"上月竟患了神经痛，右足发肿如天泡疮，医至现在，总算渐渐的好了起来，而进步甚慢，此大半亦年龄之故，没有法子"。（致曹靖华320911）轻者如肩痛，"晚因肩痛而饮五加皮"（1916年正月22日），"背痛，休假，涂松节油"（1920年1月），"项背痛，休息"，1923年6月2日"痔发多卧"，1932年8月底出现"带状匐行疹"，1932年以后每年夏天因暑热而"满身痱子"。这些小痛苦每有伴随，包括失眠，在北京时"半夜后邻客以闽音高谈，猘猘如犬相啮，不得安睡"（1912年8月12日）、"两佣妪大声口角惊起失眠，颇惫"（1923年12月18日），在上海也会因"孺子啼哭，遂失眠"（1931年9月13日），还有多次因牙痛等原因导致的失眠难睡。

在鲁迅的日常生活中，除了来自身体内部的疾病，还会偶尔遇到外伤，这些经历可以感知他既是无所畏惧的战士，也是"有血有肉"的普通人。这里不妨根据日记列举几例。1919 年 12 月 24 日，"夜灯笼焚，以手灭之，伤指。"一次小小的烧伤。1923 年 3 月那次前述过的"坠车"可谓一次事故，鲁迅因此失去了两颗牙，门牙。同年 11 月 25 日是个周末休息日，鲁迅难得在家做点家务，结果"上午击煤碎之，伤拇指"。1924 年 7 月 24 日，那天上午小雨，鲁迅当晚"与五六同人出校游步"，本是享受雨后清爽，却不料鲁迅"践破砌，失足仆地，伤右膝，遂中止，购饼饵少许而回，于伤处涂碘酒"。鲁迅有记载的外伤似乎都发生在北京，1932 年 11 月，最后一次回北京探望母亲时，于 19 日在家中"午后因取书触匾额仆，伤右，稍肿痛"。次日复许广平信中说"惟昨下午因取书，触一板倒，打在脚趾上，颇痛，即搽兜安氏止痛药，至今晨已全好了"。鲁迅同日日记也确有"上午趾痛愈"的表述。但其实，这伤到 29 日仍然"夜足痛复作"，并未速好。12 月 12 日致曹靖华信中说"但在北平又被倒下之木板在脚上打了一下，跛行数日，而现在又已全愈，请勿念"。这次意外可能是本人仆倒外加木板砸到脚趾，可谓严重。

鲁迅一生所经历的身体病痛，让人难以想象，他是在怎样克服病痛过程中进行自己顽强不息的种种事业，而读者又应该以怎样的态度去想象，他如何克服诸多身体病痛与内心痛苦进行着写作。

三、"弃医"者的治愈幻想及其医学观

"弃医从文"是鲁迅第一次重大的人生转折，意义已被解释、放大到非凡。他学医是要疗救国民的病苦，他弃医是为了彻底从精神上疗救他们。在仙台医专，当鲁迅向恩师藤野严九郎告别时，以改学生物学敷衍，并非不想让人知道自己打算"首推文艺"，而是不相信对方可以明白其中的重要性。然而鲁迅本人，对医学究竟持有怎样的态度？包括他对中医究竟持何种看法？这还得要看他的疾病治疗史，看他真正遇到病痛时的抉择。

鲁迅是医院的常客。在北京的 14 年间去过的医院就在十所以上。初到北京的 1912 年至 1920 年，去的最多的是池田医院；1921 年到离开北京的 1926 年，最常去的是山本医院。1926 年 8 月 26 日离开北京，8 月 21 日最后一次"上午往山本医院续行霍乱预注射"，他去这所医院的次数至少在 50 次以上。为了治疗牙齿，鲁迅曾多次去过"王府井徐景文医寓"、陈顺龙牙科医院、伊东牙医院、伊藤医寓等处。此外还去同仁医院、德国医院、法国医院、北京医院、城南医院等多所医院看病或探视亲友。池田医院和山本医院是鲁迅在

北京看病的固定医院。据萧振鸣先生《鲁迅与他的北京》一书解释，"池田医院位于石驸马大街东口路北，是日本人池田友开办的私立医院"，鲁迅早期住在绍兴会馆，"到教育部上班必经过池田医院"。萧著还介绍，"山本医院在北京西单牌楼旧刑部街，院长是日本人，名叫山本忠孝"。自1920年开业，鲁迅及其母亲鲁瑞、二弟周作人、三弟周建人的夫人芳子等家人都曾在这里看病。

到上海居住后，鲁迅也不得不经常出入医院。有时是他自己看病，有时是陪同许广平、海婴等家人视诊。仅看牙齿就去过"佐藤牙医寓"、宇都齿科医院、上海齿科医院、高桥齿科医院、前园齿科医院等多处。鲁迅初到上海时就诊最多的是福民医院，1932年后多去篠崎医院，1934年后直至逝世，则更信任须藤五百三开设的私人医院。此外还曾去"平井博士寓"、石井医院等处看病或陪诊。鲁迅与福民医院的医生多有交往，常去看病，并多次介绍亲友往诊。其后多次前往的篠崎医院，是一家历史更久的医院，鲁迅1932年一年内所去次数即逾50次，至1934年，共近100次到过这家医院。之后所去的须藤医院以及与之交往从密的须藤本人，往还更是不计其数。

除了频繁出入医院，鲁迅也时去各地药房购药，北京的信义药房、广州的永华药房、上海的仁济药房，就是他买平常杂药品的药店。其中，1930年7月24日，鲁迅日记有"仁济药房买药中钱夹被窃，计失去五十余元"一条，损失不小，亦是趣事。

无论是从医院还是从药房买来药品，鲁迅服用过的药物不在少数。他长期服用规那丸、金鸡那丸用以退热；服用阿司匹林治疗感冒。胃痛时服用海儿泼、海儿普锭、bismag；腹泻时服用酸铋重曹达。须藤接手后至少三次为其抽肺部积水，注射一种叫Tacamol的药。鲁迅也曾经服用中药如"胃散"，更曾用姜汁治疗胃痛，也曾在腹痛时用"怀炉温之"，而且这些偏方常常有效。他曾用饮酒法治疗病痛，如"因肩痛而饮五加皮酒"，又如"夜失眠，尽酒一瓶"。他对自己的身体，有出入医院药房的呵护，也有在家自己对付的放松，偶尔还会有无所谓的放纵。他的健康理念里，有医学科学的严谨，也有豁达大度的坦然。

鲁迅区分医生好坏的标准，最主要的是看其认真或不认真，其次还要看他对待疾病的治愈态度，再次还要看所需价格。1928年6月6日致章廷谦信中说道："朱内光医生，我见过的，他很细心，本领大约也有，但我觉得他太小心。小心的医生的药，不会吃坏，可是吃好也慢。""不过医院大规模的组织，有一个通病，医生是轮流诊察的，今天来诊的是甲，明天也许是乙，认真的还好，否则容易模模胡胡。""我前几天的所谓'肺病'，是从医生那里探出来的，他当时不肯详说，后来我用'医学家式'的话问他，才知道几乎要生'肺炎'，但现在可以不要紧了。"正是由于有学医背景，才使他可以问话时使用"医学家式"。1929年3月15日致章廷谦信中又说："石君之炎，问郎中先生以'为什么发炎?'是当然不能答复的。郎中先生只知道某处在发炎，发炎有时须开刀而已，炎之原因，大概未必能够明白。他不问石君以'你的腿上筋为什么发炎'，还算是好的。""郎中"一说，是指中医无疑。

鲁迅本人更相信西医。如1930年9月20日致曹靖华信中谈道："你的女儿的情形，倘不经西医诊断，恐怕是很难疗治的。既然不傻不痴，而到五六岁还不能说话，也许是耳内有病，因为她听不见，所以无从模仿，至于不能走，则是'软骨病'也未可知。"1934年4月30日致曹聚仁信中也谈过西医："习西医大须记忆，基础科学等，至少四年，然尚不过一毛胚，此后非多年练习不可。我学理论两年后，持听诊器试听人们之胸，健者病者，其声如一，大不如书上所记之了然。今幸放弃，免于杀人，而不幸又成文氓，或不免被杀。"然而无论西医中医，认真不认真，医生对病人的态度很重要，至少不能敲竹杠。"上海的医生，我不大知道。欺人的是很不少似的。先前听说德人办的宝隆医院颇好，但现在不知如何。"(致章廷谦280606)"中国普通所谓肝胃病，实即胃肠病。药房所售之现成药，种类颇多，弟向来所偶服者为'黑儿补'，然实不佳，盖胃病性质，亦有种种，颇难以成药疗之也。鄙意不如首慎饮食，即勿多食不消化物，一面觅一可靠之西医，令开一方，病不过初起，一二月当能全愈。但不知杭州有可信之医生否，此不在于有名而在于诚实也。在沪则弟识一二人，倘有意来沪一诊，当绍介也。且可确保其不敲竹杠，亦不以江湖诀欺人。"(致邵文熔350522)这里所关注的已不是医术高明与否，而是诚意几何了。

笃信西医的鲁迅对中医的态度早已为人所知。但鲁迅的中西医观，并非简单的医学之争，在"五四"那样一个提倡科学的时代，以中医的东方哲学甚至玄学理论基础之上的医学，加之以家人所为中医耽误疗治的刻骨铭心经历，鲁迅的医学观并不适用于今日之中西医论争。

其实，鲁迅批评中医，主要是批评中医中那些近乎于愚弄人的迷信成分。散文《父亲的病》，与其说是记述父亲临终前的情景，不如说是在讨论"医者，意也"说得不可捉摸，集中嘲讽某些医生故弄玄虚的"药引"。而那个被认为是S城最有名的中医陈莲河，不过是对"药引"的要求玄幻到荒唐地步而已。"最平常的是'蟋蟀一对'，旁注小字道：'要原配，即本在一窠中者。'似乎昆虫也要贞节，续弦或再醮，连做药资格也丧失了。"这位医生的说法只能是骗人害人。"凡国手，都能够起死回生的，我们走过医生的门前，常可以看见这样的匾额。现在是让步一点了，连医生自己也说道：'西医长于外科，中医长于内科。'但是S城那时不但没有西医，并且谁也还没有想到天下有所谓西医，因此无论什么，都只能由轩辕岐伯的嫡派门徒包办。"然而，"轩辕时候是巫医不分的""中西的思想确乎有一点不同。听说中国的孝子们，一到将要'罪孽深重祸延父母'的时候，就买几斤人参，煎汤灌下去，希望父母多喘几天气，即使半天也好。我的一位教医学的先生却教给我医生的职务道：可医的应该给他医治，不可医的应该给他死得没有痛苦。——但这先生自然是西医。"正是这样的经历，让他对中医产生难以转变的成见。"到现在，即使有人说中医怎样可靠，单方怎样灵，我还都不信。自然，其中大半是因为他们耽误了我的父亲的病的缘故罢，但怕也很挟带些切肤之痛的自己的私怨。"（《从胡须说到牙齿》）

鲁迅对中医里的"食疗"说也不看好，他认为"海参中国虽算是补品，其实是效力很少（不过和吃鱼虾相仿）"（致曹靖华300920），他还劝道，"石君最好是吃补剂——如牛奶，牛肉汁，鸡汤之类，而非桂圆莲子之流也——那么，收口便快了但倘脓未去尽则不宜吃。这一端，不大思索的医生，每每不说，所以请你转告他。"（致章廷谦290315）

鲁迅本人平常也服用保健品，以鱼肝油最多。早在1919年8月13日在致钱玄同信中就很内行地说道："鱼肝油并非专医神经的药，但身体健了，神经自然也健，所以也可吃得的，这药有两种，一种红包瓶外包纸颜色，对于肺病格外有效，一种蓝包是普通强壮剂，为神经起见，吃蓝包的就够了。"鱼肝油也是鲁迅服用时间最久的补品，"惟有服鱼肝油，延年却病以待之耳。"（致台静农320815）"现身体亦好，因为将届冬天，所以遵医生的话，在吃鱼肝油了。"（致母亲341030）"散那吐瑾未吃，因此药现已不甚通行，现在所吃的是麦精鱼肝油之一种，亦尚有效。"（致母亲350104）可见，即使在养生保健上，鲁迅也更靠近西药成品而非中医补品，人参之类的神话在他更是不以为然。但不能因为鲁迅反对中医就一定笃信西医，面对具体的医生，抉择也是很难的。"中医，虽然有人说是玄妙无穷，内科尤为独步，我可总是不相信。西医呢，有名的看资贵，事情忙，诊视也潦草，无名的自然便宜些，然而我总还有些踌躇。"（《马上日记》）

对于人生，鲁迅有时难免流露绝望和悲凉，但对自己的疾病却常要显露乐观的态度。这种乐观有时为了安慰家人朋友［"男自己也不喜欢多讲，令人担心，所以很少人知道。"（致母亲360903）］；有时是为了不给敌手以"仇者快"的机会［"我的可恶有时自己也觉得，即如我的戒酒，吃鱼肝油，以望延长我的生命，倒不尽是为了我的爱人，大大半乃是为了我的敌人"（坟·

题记）]；也有时果真是出于他对自己自愈能力的信心，这信心甚至不免有幻想的成分［"肺病是不会断根的病，全愈是不能的，但四十以上人，却无性命危险，况且一发即医，不要紧的，请放心为要。"（致母亲360903）］无论是胃痛、感冒、发热等顽症的反复，还是牙痛的长期伴随，无论是胁痛、背痛的可能隐患，抑或头痛、失眠的偶发，他似乎从未真正从语气里担忧过。他不回避疾病，却总想在不回避的表述中淡化其严重性。他没有刻意去预防疾病，也不曾因病而彻底放弃写作。即使他把自己的病因归结为"疲劳"，却也停不下前行的脚步。从他的书信里，可以感受到他有时会像一个寻常人一样，希望自己能停下来，歇一歇，玩一玩，可是他做不到。不说在北京时期的诸事繁杂，即使在上海成了"自由撰稿人"，他也因为个人生存和社会担当，仍然不能有片刻停歇。一方面是身体越来越衰弱，另一方面是无尽的工作和生存压力；一方面是坚持不放下手中的笔，另一方面是渴求找个地方彻底休息一下的愿望越来越强烈。身体和心灵，产生了极大的矛盾。

1928年，刚到上海一年时间，鲁迅就说过"我酒是早不喝了，烟仍旧，每天三十至四十支。不过我知道我的病源并不在此，只要什么事都不管，玩他一年半载，就会好得多。但这如何做得到呢。现在琐事仍旧非常之多"。（致章廷谦280606）

到了1934年，鲁迅的身体已引起周围亲友的担心，希望他到异地休养的劝说也动摇了鲁迅的心。但最终未能成行。或者是因为条件达不到，"上海的空气真坏，不宜于卫生，但此外也无可住之处，山巅海滨，是极好的，而非富翁无力住，所以虽然要缩短寿命，也还只得在这里混一下了。"（致王志之340524）尽管深知"上海多琐事，亦殊非好住处也"（致许寿裳341127），也无法真正离开。直到1936年逝世前几个月，"一次说走就走的旅行"仍然是一个无职业者的幻想。"我的气喘原因并不是炎，而是神经性的痉挛。""大约能休息和换地方，就可以好得多，不过我想来想去，没有地方可去。"（致王冶秋360504）"这回又躺了近十天了，发热，医生还没有查出发热的原因，但我看总不是重病。不过这回医好以后，我可真要玩玩了。"（致曹靖华360523）

他有过有目标的旅行打算，最终也不过想想、说说而已。"青岛本好，但地方小，容易为人认识，不相宜；烟台则每日气候变化太多，也不好。现在想到日本去，但能否上陆，也未可必，故总而言之：还没有定。""现在略不小心，就发热，还不能离开医生，所以恐怕总要到本月底才可以旅行，于九月底或十月中回沪。地点我想最好是长崎，因为总算国外，而知道我的人少，可以安静些。离东京近，就不好。剩下的问题就是能否上陆。那时再看罢。"

（致王冶秋 360711）直到 8 月，这样的计划仍然在筹谋中却终难决定。"医师已许我随意离开上海。但所往之处，则尚未定。先曾决赴日本，昨忽想及，独往大家不放心，如携家族同去，则一履彼国，我即化为翻译，比在上海还要烦忙，如何休养？因此赴日之意，又复动摇，惟另觅一能日语者同往，我始可超然事外，故究竟如何，尚在考虑中也。"（致沈雁冰 360802）他也曾向母亲流露过同样的心迹。"男病比先前已好得多，但有时总还有微热，一时离不开医生，所以虽想转地疗养一两月，现在也还不能去。到下月初，也许可以走了。"（致母亲 360825）此时他已自感离不开医生，即使有了理想的地方，也无法启程了。"但因此不能离开医生，去转地疗养，换换空气，却亦令人闷闷，日内拟再与医生一商，看如何办理。"（致曹靖华 360827）到了 9月，外出休养的念头就开始放弃了。"一直医了三个月，还没有能够停药，因此也未能离开医生，所以今年不能到别处去休养了。"（360903 致母亲）"至于病状，则已几乎全无，但还不能完全停药，因此也离不开医生，加以已渐秋凉，山中海边，反易伤风，所以今年是不能转地了。"（致曹靖华 360907）不能远行而只能身陷病痛、烦闷与嘈杂中，绝望之情已现。"我至今没有离开上海，非为别的，只因为病状时好时坏，不能离开医生。现在还是常常发热，不知道何时可以见好，或者不救。北方我很爱住，但冬天气候干燥寒冷，于肺不宜，所以不能去。此外，也想不出相宜的地方，出国有种种困难，国内呢，处处荆天棘地。"（致王冶秋 360915）这样的心理轨迹，随着病情的加重，一日一日地朝着束手无策的境地滑落着，令人唏嘘。

四、伟大的创作多在病痛中完成

鲁迅文章里写到"疾病"，虽说写的是"病态"，但也有表达上的某种"诗意"，这"诗意"是文字上的精彩和生趣，也含着对某种国民性或"病态"文化的批判。"记得幼小时，有父母爱护着我的时候，最有趣的是生点小毛病，大病却生不得，既痛苦，又危险的。生了小病，懒懒的躺在床上，有些悲凉，又有些娇气，小苦而微甜，实在好像秋的诗境。"（《新秋杂识（三）》）

他视"小病"为生命体验的机会，但也用这个来调侃富贵者的"优雅"生活。

"生一点病，的确也是一种福气。不过这里有两个必要条件：一要病是小病，并非什么霍乱吐泻、黑死病，或脑膜炎之类；二要至少手头有一点现款，不至于躺一天，就饿一天。这二者缺一，便是俗人，不足与言生病之雅趣的。

"我曾经爱管闲事，知道过许多人，这些人物，都怀着一个大愿。大愿，原是每个人都有的，不过有些人却模模胡胡，自己抓不住，说不出。他们中最特别的有两位：一位是愿天下的人都死掉，只剩下他自己和一个好看的姑娘，还有一个卖大饼的；另一位是愿秋天薄暮，吐半口血，两个侍儿扶着，恹恹的到阶前去看秋海棠。这种志向，一看好像离奇，其实却照顾得很周到。第一位姑且不谈他罢，第二位的'吐半口血'，就有很大的道理。才子本来多病，但要'多'，就不能重，假使一吐就是一碗或几升，一个人的血，能有几回好吐呢？过不几天，就雅不下去了。"（《病后杂谈》）

鲁迅终生在面对各种疾病，他的创作也与"疾病"有着"不解之缘"。鲁迅希望中国的将来是正常的社会，人们可以享受应有的幸福，然而面对现实并将之在小说里表现，他所看到和写下的，多是"病态"的人生。这里无法展开详述，不妨简要点提一下鲁迅小说中关涉"疾病"或"病态"的元素。

《狂人日记》——精神患者，受迫害狂。 《孔乙己》——致残者。《药》——肺痨患者及其死亡。《明天》——热病致死的孩子。《白光》——病态狂想症。《祝福》——被命运摧残使精神、身体俱毁者。《长明灯》——疯子引发的惊慌。《孤独者》——病死的魏连殳。《弟兄》——病与治病的全程描写。

其实，鲁迅小说描写无论是极端的性格还是悲苦的人生，无论是"哀其不幸"的角色，还是虚伪的文士，笔下人物大都有着某种程度不等的精神病态。

鲁迅的创作很多是伴随着自身疾病进行的。以鲁迅小说里标注具体写作日期的几篇为例吧，写《风波》是 1920 年 8 月 5 日，那天的日记："午前往山本医院取药。小说一篇至夜写就。"《祝福》篇末注明日期是"一九二四年二月七日"，而 2 月 6 日日记有"夜失眠，尽酒一瓶"。1924 年 3 月，鲁迅全月"往山本医院诊"十余次，其中就包括 22 日完成小说《肥皂》那一天。1925 年 9 月 23 日"午后发热，至夜大盛"，实为鲁迅肺病复发，直到次年 1 月转愈。而这期间，仅就写作，鲁迅完成了小说《孤独者》《伤逝》《弟兄》《离婚》以及《野草》中的数篇，及与陈西滢论争最为激烈的多篇杂文。

直到 1936 年，鲁迅病重并自感难以好起来的境况下，仍然不能放下手中的笔。"大病初愈，才能起坐，夜雨淅沥，怆然有怀，便力疾写了一点短文"，（《关于〈白莽遗诗序〉的声明》，1936 年 5 月）"从去年起，每当病后休养，躺在藤躺椅上，每不免想到体力恢复后应该动手的事情：做什么文章，翻译或印行什么书籍。想定之后，就结束道：就是这样罢——但要赶快做。"

（《死》，1936 年 9 月）

鲁迅最后两年的病主要是经须藤五百三诊治的，1933 年初认识须藤，7月开始请须藤为海婴看病，直到 1934 年 4 月，鲁迅第一次请须藤为自己诊治胃病。到 11 月开始，须藤频繁到鲁迅寓所为其看病。无论是鲁迅"往视"还须藤来家"诊视"，两人的"医患"关系始终没有解除。直到逝世的两年间，鲁迅请须藤为自己看病应在 150 次以上。他对须藤非常信任，认为"他是六十多岁的老手，经验丰富，且与我极熟，决不敲竹杠的。"（致许寿裳341127）

1934 年 11 月初开始，鲁迅持续发热近一个月，体温时会高达 38 摄氏度以上，其间还伴有剧烈"胁痛"、"肋间神经痛"等症状。这实际上已经预示了他的健康趋向。1935 年，尽管无重病发作，但度过的也是"体弱多病"的一年。到了 1936 年，身体状况急转直下，神经痛剧烈，咳嗽，"面色恐怕真也特别青苍"（致沈雁冰360108），很快又"骤患气喘""气管痉挛"，到了 6月，去医院拍了 X 光片，发现两肺都有病，到 8 月 1 日，体重已只有 38.7公斤。须藤经常为其用注射法解除症状和痛感，抽去肋间积水，但根治已无可能，8 月中曾吐血数十口，尽管他自己解释说"不过断一小血管"，"重症而不吐血者，亦常有也"（致曹靖华360827），但这明显已是安慰亲友的说法了。他已知道自己得的正是"大家所畏惧的肺结核"（致杨霁云360828）。日渐重病不起的鲁迅，一方面接受着自己仍然信任须藤医生的各种治疗，一方面竭力向周围关心自己的人们报告着病重但正在好转的消息，"但我不大喜欢嚷病，也颇漠视生命，淡然处之，所以也几乎没有人知道。"（致杨霁云360828）就是此时心态。

"漠视生命，淡然处之"，这是一个战士的品格和勇气，也是通透者的生命认知。1936 年 9 月 5 日，鲁迅写下那篇类似于"遗嘱"式的文章《死》，其中就讲道：

"直到今年的大病，这才分明的引起关于死的豫想来。""大约实在是日子太久，病象太险了的缘故罢，几个朋友暗自协商定局，请了美国的 D 医师来诊察了。他是在上海的唯一的欧洲的肺病专家，经过打诊，听诊之后，虽然誉我为最能抵抗疾病的典型的中国人，然而也宣告了我的就要灭亡；并且说，倘是欧洲人，则在五年前已经死掉。这判决使善感的朋友们下泪。我也没有请他开方，因为我想，他的医学从欧洲学来，一定没有学过给死了五年的病人开方的法子。然而 D 医师的诊断却实在是极准确的，后来我照了一张用 X 光透视的胸像，所见的景象，竟大抵和他的诊断相同。"

语气间没有对死亡的恐惧，却透露出一种淡然中的凛然。但毕竟，鲁迅不是神而是人，是身体有痛就有感的常人，也是因感知病痛直至死亡而影响心境的普通人，因为他接着说道：

"我并不怎么介意于他的宣告，但也受了些影响，日夜躺着，无力谈话，无力看书。连报纸也拿不动，又未曾炼到'心如古井'，就只好想，而从此竟有时要想到'死'了。"

生命有如一盏灯，感受光的人不知道里面还有多少油，生命更如一支蜡烛，燃烧的过程比想象的要快，而且命运的风会随时吹过来，没有人知道那力量只是使火苗晃动还是令其熄灭。1936 年 10 月 18 日，鲁迅逝世的前一天，他的生命感受已经无力探讨病情，而只求尽快缓解难以忍受的痛苦。他用极其潦草的笔迹写下最后一封信，请内山完造速延请须藤前来：

老版几下：

没想到半夜又气喘起来。因此，十点钟的约会去不成了，很抱歉。

拜托你给须藤先生挂个电话，请他速来看一下。草草顿首

拜 十月十八日

已经创造了"五年"生命奇迹的鲁迅，感知着病痛甚至难以忍受，面对死亡却并无畏惧。他不想死，为了自己未完成的工作，为了给家人糊口，为了让亲友安心，有时很显然也是为了不给敌手以畅快的机会。他顽强地活着，但绝不是苟活，不是懦弱地求生。他要给世界留下更多光亮和力量，也要向黑暗投向最后一击。但是，他终于还是抵不过病痛的折磨，怀着太多的留恋、遗憾，带着漠然而又无畏的表情离开了这个世界。即使在最后一封告急信里，他也不忘记首先向朋友表达不能如约赴会的抱歉。即使他想到过死亡，写下了以《死》为题的文章，但他仍然没有做向这个世界告别的打算。自幼的"牙痛党"，长期的胃病患者，青年时就累积下肺病隐患的清瘦之人，在自己搭建的"老虎尾巴"里和闷热阁楼上写作的作家，生活没有规律、烟酒常伴随其日夜的写作者，必须以超负荷的劳作去换取众多家庭支出的承担者，一个无私帮助青年、文友的热心人，一个绝不与敌手讨论"宽恕"问题的不屈者，突然间放下了一切，包括放下了缠绕他一生的种种病痛。

鲁迅的生命史，在一定程度上，也是他的疾病史。他的逝世，是一个民族的创痛，就他个人而言，也是对种种疾病的彻底抛弃与"治愈"！

（原载《人民文学》2017 年第 3 期）

辑九

送　别

刘　涛

　　说起弘一法师，耳边就会回荡他写的那首《送别》歌："长亭外，古道边，芳草碧连天。晚风拂柳笛声残，夕阳山外山。天之涯，地之角，知交半零落。一壶浊酒尽余欢，今宵别梦寒。"歌词状人间的无尽风景，道人生的美好因缘，诉无常的离愁别绪。歌曲旋律舒缓悠扬，哀而不伤，唱出苍凉悠远的意境。有人说，这首歌就是二十世纪的"阳关三叠"。

　　二十世纪八十年代，据林海音小说改编的电影《城南旧事》，主题歌选了《送别》，因了这首歌，"旧事"别有一番引人共鸣的意蕴。

　　中国的二十世纪，外患频仍，新旧交替，家国多难，道术灭裂。我们被动主动"送别"了太多太多，不堪回首往事中。

　　在俗时的弘一法师，是否也曾有过这番感慨？但是，他在三十九岁送别了自己"在世间累积的声名与财富""胜愿终成苦行僧"。

　　弘一是李叔同的法号，法名演音，晚号晚

晴老人，世人尊称弘一法师。他的身世，柳亚子《怀弘一上人》写道："弘一俗姓李，名广侯，字息霜。家世浙西巨族，官籍天津。父筱楼，以名进士官吏部，精阳明学，晚耽禅悦。弘一为孽子（庶出），早失怙，生而苕秀。翩翩裘马，征逐名场。壮游樱岛，习美术，举凡音乐、绘画以及金石书法，靡不精妙。尤嗜戏剧，创春柳社，演茶花女，自饰马克，观众诧为天人。寻挟日妾以归。"

他1910年归国，在天津工业学堂教授图案1912年春南下上海，任《太平洋报·画报》副刊编辑，兼任城东女学音乐、国文教员。与柳亚子等创立"文美会"，主编《文美杂志》，加入"南社"。是年秋，应聘浙江省立第一师范学校，任图画、音乐教员。

夏丏尊在浙省第一师范学校与李叔同共事七年，他回忆：1912年阴历新岁年假，李叔同未回上海家中，到杭州西湖虎跑定慧寺习静，皈依了悟和尚为在家弟子。这年阴历七月十三日，披剃于定慧寺，正式称法名演音，号弘一，结束了绚烂的艺术人生，开始精持梵行弘扬佛法。这一年，弘一法师三十九岁。出家前，"他把一切书籍、字画、衣物等分赠朋友及校工们，我所得到的是他历年所写的字，他所有折扇及金表等。自己带到虎跑寺去的，只是些布衣及几件日常用品"（夏丏尊：《弘一法师之出家》）。

李叔同以名士出家，钻研律部，严持清苦的戒律。1925年，夏丏尊在宁波意外遇到弘一，见他随身携带的铺盖是用破席子包裹，用又破又黑的毛巾洗脸，津津有味地吃着别人送来的萝卜咸菜。夏先生感慨："琐屑的日常生活到此境界，不是所谓生活的艺术化了吗？人家说他在受苦，我却说他在享乐。我常见他吃萝卜白菜时那种喜悦的光景，我想，萝卜白菜的全滋味、真滋味，怕要算他才能如实尝到了。"

法师学生刘质平回忆："先师入山初期，学头陀苦行，僧衲简朴，赤脚草履，不识者不知其为高僧也。中期身体较弱，衣服稍稍留意。晚年身体更弱，乃命余代制骆驼毛袄裤，以御寒冷。先师所用僧服，大都由余供奉。尺寸函开示，照单裁制。回忆先师五十诞辰时，余细数其蚊帐破洞，有用布补，有用纸糊，坚请更换不许。入闽后，以破旧不堪再用，始函命在沪三友实业社，另购透风纱帐替代。为僧二十五载，所穿僧服，寥寥数套而已。"（《弘一大师的史略》）

1937年弘一法师应青岛湛山寺讲律之聘，道经上海，叶恭绰询问法师乘何船前往，虑其人生地疏，致电湛山寺迎接，法师得知，改乘他船前往。其深恶俗套，一至于此（叶恭绰：《何以纪念大师》）。

弘一法师多才多艺，"由艺术升华到宗教"之后，摒除才艺，唯书法不废。所写的书件，大多是佛号或经偈，不乏人生警语。他写佛号偶用小篆，写佛语与经句集联多用楷书。作品的幅式多样，有对联、条屏、立轴、横披，还有抄写佛学典籍的书册。

他的楷书胎息北魏《张猛龙碑》，笔势开张；隶书也是厚重一路，却不常作；篆书临过秦国《石鼓文》、秦朝《峄山刻石》，还有三国东吴《天发神谶碑》。他用篆体作书，皆小篆。

夏丏尊说，弘一法师在俗时"平日是每天早晨写字的"，出家那一年的阳历新岁年假，他在定慧寺断食，"仍以写字为常课，三个星期所写的字，有魏碑，有篆文，有隶书，笔力比平日并不减弱"（《弘一法师之出家》）。叶圣陶说："弘一法师对于书法是用过苦功的，在夏丏尊先生那里，见到他许多习字的成绩，各体的碑刻他都临摹，写什么像什么。这大概因为他弄过西洋画的缘故。"（叶圣陶：《弘一法师的书法》）

刘质平常陪侍弘一法师作字，据他所见："先师用笔，只需羊毫，新旧大小不拘，其用墨则甚注意。民十五（1926）后，余向友人处，访到乾隆年制陈墨二十余锭奉献。师于有兴时自写小幅，大幅则须待余至始动笔。""先师所写字幅，每幅行数，每行字数，由余预先编排。布局特别留意，上下左右，留空甚多。师常对余言：字之工拙，占十分之四，而布局却占十分之六。写时闭门，除余外，不许他人在旁，恐乱神也。"写字时，"余执纸，口报字，师则聚精会神，落笔迟迟，一点一划，均以全力赴之。五尺整幅，须二小时左右方成"（《弘一大师的遗墨》）。

1931年以后，弘一法师修为渐深，他的楷书告别了往日的门户窠臼，发生脱胎换骨的变化：字形瘦长，略带连笔，平淡写来，空灵自在，圆融宁静，气韵清逸。他的后期书法，"有时有点像小孩子所写的那么天真，但一边是原始的，一边是纯熟的""毫不矜才使气，意境含蓄在笔墨之外，所以越看越有味"（《弘一法师的书法》）。

弘一法师晚年对书法的认识，在他1941年写与冬涵居士的信函里这样告白："朽人之字所示者，平淡、恬静、冲逸之致也。""于常人所注意之字画笔法、笔力、结构、神韵，乃至某碑某帖之派，皆一致屏除，决不用心揣摩。"

法师以书法广结佛缘，把写字赠人当作普度众生的善事。五十六岁这一年，他自温陵养老院赴惠安钱山，送别时，人多来求字，少来求法，有居士以为不无可惜。弘一法师笑道：余字即是法，居士不必过分别。

世人珍爱弘一法师的手迹，传世较多。圆寂前三日写下的"悲欣交集"四字，令人过目难忘。这件书迹，《弘一法师》书中刊有书影（文物出版社

1984 年版），黑白图。书中的《弘一大师年表》记载：一九四二年"阴历八月廿三日渐示微疾，廿八日下午，自写遗嘱三纸"；"九月初一日，书'悲欣交集'四字，与侍者妙莲，是为最后之绝笔。九月初四日（阳历十月十三日）午后八时涅槃卧，安详圆寂于泉州不二祠温泉养老院晚晴室。"这一年，法师六十三岁，法腊二十五。

"悲欣交集"是弘一法师写在生命尽头的书迹，原来所见，仅此四字。二〇〇六年岁末，上海《书法》杂志刊载摄自原件的彩图，我才了然全貌：绝笔写在一件草稿小样的背面，约三寸宽的小幅面，"悲欣交集"四个字双行居中，字如核桃般大小，左侧的"见观经"三字稍小，下面画了一个类似句读的圆圈，右上方有"九月初一日下午六时写"一行小字。三小时之后，法师在右下方近纸边处添写"初一日下午九□"，其左侧有墨去的痕迹，墨掉的字成谜。据说，原件藏于上海圆明讲堂。

观其笔墨，"悲欣交集见观经"七个字的墨色，由润而枯，一气写就，而"见观经"三字全是皴擦的渴笔，行笔慢。笔枯而后蘸墨，在下面画了一个墨色饱满的圆圈。接着用小字署写日期，墨色丰满。按书写的常规，日期本当写在左下角，因为逼仄，移写到右上方，布局得到平衡。

绝笔中的主题是"悲欣交集"，以"见观经"三字做注。《观经》是《佛说观无量寿经》的简称，为释迦牟尼佛讲解极乐净土的"净土三经"之一，另两部是《佛说无量寿经》和《佛说阿弥陀经》。

《观经》里并无"悲欣交集"四字，却见于《大佛顶首楞严经》卷六："阿难整衣服，于大众中合掌顶礼。心迹圆明，悲欣交集。欲益未来诸众生故，稽首白佛。"想弘一法师熟读律宗经典，特意写上"见观经"，不会是"悲欣交集"出自《观经》之意，而是告诉我们，临终所"现"的境界与《观经》所道极乐世界的景象相同。也许，此种悲欣交集的境界，非语言文字所能表达，故而注明"见观经"。

这件绝笔手迹，幅面小，渴笔多，未钤印，与弘一法师以往安排妥帖的书件大不一样。但"悲欣交集"又和盘托出悲悯众生沉沦生死之苦、欣喜自己往生而离苦得乐的心境，因而这纸告别之迹别具一种撼人心灵的力量。

（原载《读书》2016 年第 12 期）

苍茫独立唱挽歌

——说高阳

尉天聪

一

高阳常说，他之所以成为一位历史小说家，其实是很偶然的。

他原名许晏骈，杭州人，出身于书香门第、官宦世家，家族自清乾隆以降即功名不断，至嘉庆、道光、咸丰后更有官至刑部尚书、吏部尚书、兵部尚书者。他曾对我叹说："出身于这样的家族，承受这样的传统，到了民国时代，报考大学，攻读的应该是法律系或政治系，但我多次翻阅了族中所保存的一些档案资料，听多了长辈和族人谈论的官场旧事，吓得我把法政视为畏途。"他问我："这样一来，你说我应该走哪条路？"我也只能摇摇头。他接着说："处于这样紊乱的世局之下，我只好做一个无聊的文人！"

这样消极的话，乍听是一种自嘲和无奈，仔细体会，却是一种悲愤、一种自悔和反省，使人想到曹雪芹在《红楼梦》第一回"今风尘碌碌，一事无成"那一类的话，一种对人生难以解说的感喟。

高阳平生最爱两个人的诗，一是李商隐，一是吴梅村：其所以如此，大概是在这两位前人那里，感受到与自己相似的遭遇。李商隐身处晚唐乱局，吴梅村夹在明清交替之际，都对时代有着无可奈何之感。吴梅村尤其如此。于是，高阳之于吴梅村便更有难以为言的同情。他说："看梅村诗集，怀古纪事，吊死伤别，无不充满了沧桑之悲，身世之痛，哪怕是咏物的诗，多半亦有寄托。"这话似乎也可借以解说他自己的作品。从许晏骈而到"高阳酒徒"，虽然在诗文、言谈之间经常挥洒自如，但其间那种自我贬抑的语气却令人不能不感慨系之。正因为这样，他论到一些处于两难之局压力下的知识分子时，便经常说他们只好用"别的方法"来"抒写史书中所无法表达的深厚情感"。依高阳之意，这里所说的"别的方法"就是诗与小说。

在前辈学人中，高阳最心仪陈寅恪先生。陈是史学大师，晚年在目盲孤苦之中，却把治史的功力转移到《论再生缘》《柳如是别传》那一类作品的写作上。何以如此？这当然有其深意存焉。高阳既以陈寅恪为师，他的历史小说应该也是在其中有所寄托的。有一次我问他，在他的众多历史小说中，他自己最喜欢的是哪一部？他毫不犹疑地说是《荆轲》。进而解释说：别的作品，即使毁掉了，仍然可以重新写得出来，唯独《荆轲》，却是再也无法重写出来的。那种青少年时代的梦，那种狂热，今天再也找不到了。

"荆轲以后有荆轲，张良以后有张良：身可死，志不减！"高阳称这是中国历史的精神。

我说："一谈到荆轲，一般人多着重在高渐离送行的'风萧萧兮易水寒，壮士一去兮不复还'那一类的诀别。你却在荆轲死后更引出张良，而且借由张良的口说出'我要嬴政知道，失败不足以令人气馁，杀身不足以令人畏惧：防范越周密，手段越恐怖，越有人要反抗他'。又说：'荆轲以后有荆轲，张良以后有张良：身可死，志不减！'真亏你写出这样的豪语。"

他却说："这不是我的豪语，这是中国历史的精神。钱穆先生有一句话最让我信服：读历史必须具有最起码的感情。我的一切都是从那里孕育出来的。"

二

我认识高阳及高阳的作品也是偶然的。1972 年，赵玉明兄出任《民族晚报》总编辑，约了我和一些朋友写专栏，每天赠阅《民族晚报》，我得以阅读刊载在那里的高阳的历史小说《翠屏山》。那原是《水浒传》中杨雄、石秀和潘巧云的故事，上世纪三十年代施蛰存也曾经改写过。报上登出高阳这部小说连载的预告，我立即起了一个疑问：《水浒传》已把这故事写得那么细致易懂，在京剧和地方戏中也早已把他们确定下来，还有哪些地方值得他再去发挥？及至看了他的新本，才了然于他吸引读者之处。他书写《翠屏山》中的潘巧云是这样推展出来的：一个绝代美人，先嫁给一个粗俗不堪、夜夜鼾声大作的屠户，那是如何的遭遇！等那男人死了，改嫁的又是一个钢刀一举人头落地的刽子手，那种感觉又是多么动人！高阳的创造力与想象的灵活，不得不让人惊叹。

就这样，从《翠屏山》开始，我成了高阳的读者，也去找他之前的作品来阅读。那时我在大学教授中国古典小说。由于受陈寅恪的影响，我讲唐人传奇时便把唐代的社会制度拿来探寻小说中所未说到的一面；也由此而发现高阳改写《李娃》的结尾别具用心，把故事改放在唐人真实的门第人际关系上，而与唐人原作的安排有所不同，把历史小说提升到史学的层次，使人想见故事背后更真实的一面，令人对小说的结局有着更多的思考空间。

有一次我去拜访台静农先生，谈到台湾当时的小说界，先说到白先勇，他说："先勇是一个心地善良的年轻人，才华也够，但对于中国社会认识还不到深刻的层次。"于是我向他推荐了高阳。过了一段日子再去看他，他告诉我已经看了几本高阳的作品，并且说："他对中国社会很有认知。他写《乌龙院》不着重在男女之事，而去写那些刑事书吏间的种种明争暗斗，而在《小白菜》中经由男女间的故事，书写杨乃武那样的讼棍文人与官场之纠葛，并扩及太平天国事件后湘人与当地人在两江一带的矛盾，以及慈禧想借此一事件来借刀杀人，压低湘人在江浙的势力。这些，没有功力是写不出来的。"我向台老说出高阳的出身背景，他说："这就难怪了！"

三

高阳当时不少作品都在《联合报》连载。1976 年我在联合报系所办的《中国论坛》担任第一任主编，开始与高阳有了往来。那时正是高阳创作的高峰期，一系列有关明清之际的作品陆续出世。有一次，也在联合报系任职的陈晓林邀了一些朋友餐会，座中除了高阳，还有唐鲁孙、夏元瑜、阮文达、赵玉明等人。其中唐鲁孙先生是前清光绪皇帝珍妃和瑾妃的侄孙，年少时曾多次进出宫门，对旗人生活极为了解，听他言谈，获益不浅。于是晓林提议，这样的聚会不妨每月举行一次，这就等于不着痕迹地每月上了一堂历史课。由于这样跟高阳交往多了，也就熟悉他的酒徒风范，言谈之间渐渐领略到他读史、查证资料的用功程度。但他见到唐、夏两位前辈，一直是诚诚恳恳地虚心求教。唐老为人谦和，谈笑时也会在自我解嘲中流露出严肃感。有一次，他两杯酒下肚，就对高阳说：

"人家都说咱们是封建余孽，遗老遗少，但当封建余孽、遗老遗少，也得先吃点苦，磨炼磨炼。就拿皇帝来说，也得规规矩矩先把字练好：奏折上来了，要看得懂，要会批。师父又上讲了，当皇帝的就得先站在御书房门口等候，师父坐定了，皇帝才能落座。"并指着我们年轻的几位说，"读《红楼梦》你们很多地方不会真懂，在其间，每一个事件都显示着一种文化，一点粗浅不得。"

唐老的每一言辞、每一行动都持平稳重却又那么自在，即使在举杯、持箸之时，也自有其风度，连服务人员递上一杯茶，他都用温婉的眼神回应。他的北京话不疾不徐，毫无一般人所想象的贵族气象。在这样的言谈之间，高阳与唐老的对谈一直保持着虔诚的态度，有时候谈到的虽是一些细微琐碎之事，也能感受到他们想在其中探讨挖凿某些奥秘。

三

在高阳的作品中，历史的时空，往往只是一个架构，他最大的着力点往往不是一般人视为"重大"的政治、社会事件，反而是一些人不太注意的小事件、小动作，让人流连、惆怅、会心一笑并有所领会。譬如在《胡雪岩》中，王有龄出任官职，想要在端节之前接任，胡雪岩向他建言延到节后去接。王有龄本想在接任后立即承受大批"节敬"，胡则主张把这一机会让给前任：一来，结交人缘，为前程铺路；二来，来日方长，何愁没有机会。像这样的一件小事，即可让人体会到为官之道的奥妙。由此扩大联想，也就让人对人性的好坏多了一层了解。

高阳历史小说的特色之一是他常常在真实的历史人物中穿插一些他所创造的小人物，而且以女性居多，使得其间的相互关系及他要呈现的场面更为生动而深沉。如《荆轲》中的荆轲与夷姑、《醉蓬莱》中的洪升与玉英、《徐老虎与白寡妇》中的徐宝山与白巧珠、《胡雪岩》中的胡雪岩与芙蓉等等，他们之间的相遇、相处，都在整部作品中呈现出沉重的力量。特别是《醉蓬莱》，它的主题原是经由洪升的《长生殿》剧本，书写唐玄宗与杨贵妃的爱情故事，但读了以后让人感叹的却是洪升与玉英无法结合的缺憾。

这就涉及高阳的爱情观。在高阳的作品中，几乎每一部小说中相爱的人最后都是徒然。《李娃》中的郑元和与李娃、《风尘三侠》中的虬髯客与张出尘（红拂）、《再生香》中的顺治皇帝、冒辟疆与董小宛、《小凤仙》中的蔡锷与小凤仙、《曹雪芹别传》中的曹雪芹与《红楼梦》诸女子，所呈现出来的无不是那种无所求、无所得，却一心流露着无限关爱的情操。高阳大多以淡笔写浓情，使得结局虽是徒然，却让人获得珍贵的感悟：人生只要能够实心实意地爱过也就足矣。例如《风尘三侠》中，当红拂对虬髯客说出"从今以后，你忘掉我，我忘掉你"时，那场面真把人带领到一种"隐忍"的美学境界：

"一妹！"虬髯客站住脚，以极平静的声音问道，"你还有话说？"当着上百的仆从，她无法说一句心里要说的话，只俯下身去，用纤纤双手，挖一掬土；使的劲太猛，折断了两个指甲，痛彻心扉，然而她忍住了，终于挖起了那一掬有鲜血的泥土，眼泪扑簌簌地流着，也都掉在那掬土中。

"三哥！"她哽咽着说，"你要想家，就看看这个吧！"……

四

有一次与高阳闲谈，两杯酒下肚，我对他说："高阳，在你的作品中，我发现了一个秘密：有一位温柔、体贴、互相了解的女子，化为很多分身经常出现在你不同的作品中，甚至有些名字都雷同。那是你的梦还是你的回忆？"他只是苦苦一笑，默不作答。

但我猜得出他的心情。那不仅指的是个人的际遇，推展开来，更是整个民族处在历史变动的际遇。他平日最爱李商隐和吴梅村的诗，而且用力甚勤。他常经由他们的作品体认他们平生所处的两难之局：个人的感情如此，世间的种种际遇也是如此。而在不知何去何从时，有时只有在漂泊中度过。他注解吴梅村的《短歌》说："做官潦倒，头白归乡，谁知在家乡却更不如在异乡漂泊！这是何等哀痛的描写！"这无疑也涵盖着高阳个人的感慨。他用心于明清之际上人的处境，当然也有感于民国，特别是己丑年以来变局下中国知识分子的去从，陈寅恪写《柳如是传》，他写《江上之役诗纪》都是经由南明的败亡而有着相近的吊古伤今的心情。吴梅村遗言说："吾一生遭遇，万事忧危，无一刻不历艰难，无一境不尝辛苦，实为天下大苦人！"其所以要忍受这种悲"苦"，实际是要在有限的人生维系着某些不容扭曲的认知和真情。这认知和真情是绝对不能用现实政治利益和阶级标准来判定的。而且，这才是最真实的历史。所以在陈寅恪的历史书写中便处处见到很多人经由历史对当代所生的感慨。在这方面，高阳似乎也与陈寅恪有着相似的感受。他想经由历史去体会一些什么，也是可想而知的。因此他才一再说，人生的最大引力是"情"，其次才是"缘"。而且，他又补充说：不要把"情"和"缘"讲得世俗化；历史的不停转变，很多事之所以在人们心中打下难以泯灭的烙印，就是建立在这一基础之上的。

有一次谈到当今人的人生态度，他说："现代人，常常把世间的一切事都视为偶然，子女是父母做爱偶然生的，夫妻是偶然碰在一起而结合的，没有什么绝对的天设地配，因此也就没有什么必然的相守相爱的关系。这也就没有什么必然的道德伦理可言。这是彻底的虚无主义，视一切为荒谬。"对此，他大不以为然。所以在高阳的小说中，人生的际遇经常是偶然的，但在这偶然中，由于彼此所付出的爱和关心，它所产生出来的关系和情操却一一成为无法分割的必然，让人愿意为之忍饥受冻，生死以之。即使男女之欢乐场合的相遇，产生的也是难以忘怀的思念。说起来，这些都是微不足道的小人物、小事件，汇合起来却是历史的主流。在这里，历史之所以为历史，主要的便是在琐琐碎碎中所显现的，连续不断的生命情调和相互关怀。不分古，也不分今，一直不断绵延着。

有一次，《联合文学》邀请一些作家做中南部之旅，特别向铁路局包了一节车厢，同车还有无名氏（卜乃夫）、夏志清等人。在车上我曾跟高阳聊到对历史的认知。我质疑司马迁把《伯夷列传》置于列传之首的用意。司马迁谈到道家之言，"天道无亲，常与善人"，又感慨伯夷、叔齐这样的善人最后均遭饿死，这是对天道与人世的怀疑，而这样的怀疑主义必然引导出历史的虚无主义，认为世间并不存在公道与不公道。在这样的情况下，不由得让人怀疑：历史所给予人的意义是什么？

高阳回答说：正因为如此，才能见出最真实的东西。正因为人生无常，经由战乱、屠杀、斗争、欺骗、丑恶，才能见出比这些更高贵的东西，感受到生命中最真实的"存在"；即使是刹那的，也会叫人难忘，成为永恒。

我说："这样一讲，我们也可以把李商隐的诗拉大到这样的层次去了解：'相见时难别亦难'不正是人在尘世上的'追寻—怀疑—沉沦—觉悟'的历程吗？'春蚕到死丝方尽，蜡炬成灰泪始干'，不就写尽了这一历程的辛苦吗？"

高阳同意我的引申。他说他坚决相信，在历史中虽然处处充满着暴乱和不公，好人不长寿，坏人享荣华，但在每个人的心里，何者该做，何者不该做，总还是应该有所肯定的。想一想，这倒是真的。在他的作品中，很多人物的结局都是不如意甚至悲苦的，从荆轲到曹雪芹、洪升，乃至胡雪岩等人的人生结局，几乎都是挫败的，然而就另一面而言，却又存在着生死以之的庄严意义。例如《小凤仙》中，当小凤仙听到蔡锷忍受着贫苦煎熬时，对于他一步步往"死路里走"的决心起了质疑，不禁问道："这是为什么？为什么？"得到的回答却是："为了争人格——替全中国四万万人争人格。"就此而言，历史不但是一种现象，更是一种永续的精神：在高阳的历史小说中，他是以人的品质来反省历史的。这些品质随着客观环境的不同，有时隐忍下来成为伏流；有时奔腾不息，成为主流；源源不息就成了生命的源头活水。然而，很多人却无视这些。高阳因而感叹地说："我最不能忍受的是，现代人经常以政治的、党派的观点来审判历史，不但审判而且予以定罪，让人上天下地在精神上找不到容身之处。"

就此而言，高阳对历史的看法是非常不同意西方流行的历史主义；因为根据他们的观点，在根本上是否定人世间有某种永恒的、持久不变的东西，认为人世间唯一不变的就是人们不停变化的欲望，而在高阳看来，历史中虽然充满斗争、屠杀、侥幸、投机，但就在其中却处处让人感受到有值得为之奋斗、牺牲的崇高和神圣的价值存在，让人领会到生命的庄严意义。

高阳小说最让人叹服的是文字与对白的精妙。有一次在一场文学奖评选会上与高阳和无名氏同席，高阳说了一段与文字有关的话。他说：小说之为小说，它的第一个条件便是叫人看得进去。看得进去就是亲切感。不但情节的安排要这样，连语言也是一样。"五四"新文学运动以来，一般的写作都有粗糙的毛病，以为只要从嘴里说出来的口语就是白话，不管白话指的是官话还是普通话，从古以来因个人的身份不同、生活习惯的差异，都有各自不同的表达方式，也各有独自的韵味；失掉这些，语言就会干枯无趣。文字要有诗的情趣才有美感，这是连介系词、尾词都马虎不得的。另外一点，新文学运动以来，小说常以意识形态挂帅，这是"莲雾打针变成黑珍珠"的手法，不足为取。

五

因为看多了高阳的历史小说，就止不住有时也会对他的作品提出意见。有一次我对他说："西方史学家都把世界近代史开始的时间放在十七世纪前后，独独中国学者把中国近代史的开始放在1840年前后，认为由于受到鸦片战争的影响，中国才开始走向近现代。这是外铄式的观点，失掉中国历史发展的主体性。萧一山先生、胡秋原先生都不赞成这种说法。如果我们也赞成中国近现代史开始于十七世纪前后，则明清之际正是一个关口。你的小说从《再生香》的多尔衮率清兵入关，到《小凤仙》的袁世凯当皇帝，这一系列作品，真是中国近三百年来的写照；把中国明末清初以来的，官僚社会的贪婪无能、吏治社会与帮派相互作用所造成的广大群众的愚昧，写得淋漓尽致，但也在优良的传统中，令人感到无限温馨。这些都有助于对中国前途的思考。如果把这一系列作品加以整理，再给予一个总名，真可以和法国巴尔扎克（H. Balzac）的《人间喜剧》那一系列作品媲美，同时也可以作为旧中国的挽歌。"他听了非常高兴。又问我还有什么意见。我说："你这个人太好酒，有时酒喝多了，为了赶写副刊连载续稿，一时赶不及就乱放野马，写些典故趣闻凑篇幅，虽然也很有趣味，但整体来看总不够严谨，何况不时还有重复的地方。应该整理一下。"

那次的谈话竟引起他的重视。他想在这一系列前再写一部小说作为开篇，彰显一个时代的开始，问我有什么想法。我为他讲了全谢山在文集里记载的关于钱敬忠的故事。钱敬忠的父亲钱若赓是明朝的临江知府，因为抨击万历皇帝选妃的事被关在狱中将近四十年，每年都是斩监候，受尽煎熬。在这漫长的岁月中，家破人亡，连孩子也是在狱中长大的。钱敬忠一岁入监，在狱中接受父亲的教育，后来考中进士。他要求代父受刑，钱若赓才被放了出来，年纪已经八十了。此后，钱敬忠历经李自成之变和满清入关，亲身带兵对抗，最后失败，绝食而死。全谢山在谈到写作之道时，曾经说过：文章中保留太多资料会破坏文的气势，但他却在书写钱敬忠时，故意把那些有关资料一一保留下来。其所以如此，就是想要后人经由资料中的琐琐碎碎见到历史中人性的光芒。他为钱敬忠写的碑铭，非常动人：

孝思已申，忠则未遂；

墓门流泉，潸潸者泪；

故国河山，同此破碎；

试读予文，寒芒不坠。

我问高阳："如果我们不以肤浅的什么封建意识来评定它，便可以在其中见到人之所以为人的尊严。明代是历史上最腐烂的一代，也是在腐烂中最显现人格的一代。不知这一类的故事可不可以提供给你来参考。"

那是1992年初的事。没隔多久他就因病连续出入医院。不幸的是天不假年，本应人生七十才开始，一生背负着历史积郁的高阳，却在那年六月六日以七十之龄告别了人世！

他过世之前接受《联合报》副刊访问时还特别说："我最感谢尉天聪教授勉励我做中国的巴尔扎克……"

周弃子先生曾赞赏高阳以"苍茫独立四垂际"的诗句来描绘自己的际遇。如今高阳已经逝世十五周年，每当想起他，脑海里浮现的，就是一个微曲着背、苍茫独立于挽歌声中的寂寞身影。

（原载《财新周刊》2016年第39期文化版）

鲜为人知的巫宁坤欧洲之行

罗　逊

巫宁坤先生的自传，末章为《二十余年如一梦》，写到了 1979—1980 年。巫先生定居美国后，年事渐高，很少回国，但近况可从各路资讯得知。关于巫先生上世纪八十年代的一次出访，知道的就不多了，前不久自天津流出一组明信片，正是这段时光最好的记录。

1982 年，巫宁坤第一次以国际关系学院英文系教师的身份赴美，至加州大学欧文分校担任客座研究员，这类似于访问学者，可自由安排时间。1983 年 9 月，他参加了在汉堡举行的"国际大学英语教授学会"为期一周的大会，"在国内久经身心禁锢，蓦然置身国际学术交流的自由天地，恍若隔世"。这是他第一次前往欧洲，从渊源看，1948 年他自印第安纳州曼彻斯特学院毕业后，进入芝加哥大学攻读英美文学博士学位，他的研究对象艾略特，后半生就在欧洲度过，巫先生也许早就心驰神往。

其一

（9 月）14 日离 Horence，过 Pisa，登斜塔，晚抵 Roma。15 日游罗马 Vatican（图 4）。17 日下午火车赴巴黎，Fransoise 将来接，25 日赴伦敦。祝安好

宁坤 16 日晨罗马郊区友人家中

北京　国际关系学院　李怡楷　巫一村

PECHINO　CINA　POPOLARE

收信人李怡楷是巫宁坤的妻子，也是五十年代他在南开执教时的学生，小巫先生十一岁。巫一村是小儿子，长期和父母生活在一起，巫宁坤在回忆钱锺书的文章时提及，他曾带了小儿一村去拜见钱、杨二师，"钱老谈笑风

生，主要自然是和我交谈，但他也绝不冷落我那高中还没毕业的村儿，跟他也有说有笑，不时冒出一两句俏皮话，引得村儿放声大笑。杨先生还一再给他拿巧克力吃，他更得其所哉"，看来小巫先生也开朗得很。巫宁坤定居弗吉尼亚州的 Reston 镇后，为了方便照顾，巫一村住在距此只有二十分钟车程的 Wolftrap，并负责搭载双亲远行。巫宁坤另有长子巫一丁、女儿巫一毛，1977 年双双被大学录取，后均定居美国。

意大利为纸上行旅的第一站，这张明信片取景于梵蒂冈，李怡楷自幼即受洗，巫先生身处弹丸之国仍念及老妻。李怡楷的天主教徒信念如"好人受难，坚强忍耐"，也让巫先生挨过了漫长的饥馑生活。

其二
（9 月）25 日晚抵伦敦，昨（26）开始访问，安排很紧，今上午飞爱丁堡，后下午赶回赴约会。（10 月）1 日赴莎翁故里观莎喜剧 MEAS-URE for Measure，当晚赶回参加燕普苏爵士（前北大教授，著名文艺批评大师）生日宴会。10 日中午飞港，11 日中午到达。详见信。来信收到，谢谢。
祝安好

　　　　　　　　　　　　　　　　　　　　宁坤　27/9 伦敦

西南联大期间，经周煦良介绍，巫宁坤认识了卞之琳，"我跟卞之琳的来往就很多，我的外国文学都是亏他给我介绍，每次他都给我几本书看。他的书就是英国文化书，他对法国文学也很有研究，这对我影响很大"，在法国想必也有几处文化寻踪，可惜巴黎游历失记。爱丁堡大学是忘年交周煦良早年就读之处，而对于研究英美文学的外国学者，去斯特拉福德小镇形同朝圣，莎士比亚更是巫宁坤一生挚爱，他归国后翻译的第一本书，就是平明出版社 1953 年版的《莎士比亚在苏联舞台上》。受难时莎翁更是他的精神支柱，"每到夜深人静的时候，饥饿寒冷一阵阵袭来，我的耳边便会响起莎士比亚剧中恺撒大帝的声音：我来了，我胜了，我要征服你们"。

正巧赶上了燕普（卜）苏爵士的生日宴会。回顾两人生平，如同"向左走，向右走"的主人公，始终缘悭一面。1937 年，燕卜苏赴长沙临时大学报到后，随学校南迁昆明，日后如日中天的英语权威，如赵瑞蕻、王佐良、许国璋、李赋宁、杨周翰等，都曾受教于他；这时巫宁坤还没入学，1939 年夏天，他从合川国立二中毕业后，考上西南联大外语系，交通不便，迟至 11 月才入学；而 1939 年 1 月，燕卜苏已返回英国。1941 年夏，巫宁坤只上了一年半大学，就去了美国空军志愿大队担任英语译员，"飞虎队到中国来了，我是第一期翻译班，是战地服务团办的。那时候要学英语，而且我要抗战，美国人来帮我们，我们自己还能不去吗"；此时的燕卜荪，在英国广播公司找到了一份工作，任中文部编辑，他有个其后得享大名的同事，就是乔治·奥威尔。1943年，巫宁坤陪同学员赴美培训，太平洋战争结束后留在美国念书，而后接受赵萝蕤邀请抵京，已是1951年8月的事；燕卜荪于1947年再次前往北京大学任教，并迎接了新中国的诞生，据王佐良回忆，"在中华人民共和国成立之初，庆祝我国国庆节和五一国际劳动节的游行队伍里就有着他们夫妇"，然而究竟不合时宜，燕卜荪夫妇于1952年离开了中国。

虽然没有履历上的交集，但彼此共同的朋友太多，两人细数联大及北大同事分别后的坎坷生平，感慨万端。巫宁坤邀请燕卜荪重访北京，而且特地强调"不必演讲"，不料燕卜荪回答说："我喜欢演讲！"天不遂人愿，这位大学者第二年就去世了。

巫宁坤后来用英文写了《回忆威廉·燕卜荪（William Empson Remembered)》，发表于英国期刊《批评季刊》1987年6月号，并被燕的母校杂志《剑桥评论》于次年6月转载。

其三

怡楷一村：今天访问了大学，参观了城堡。当年苏格兰国王 Robert Bruce（蜘蛛）的宫廷和司令部，今日是英国国旗迎风飘扬了。

大学1967兴建，现已一应俱全了，个别系已世界闻名，真是事在人为！

明晨返伦敦，下午有约。

祝好

宁坤 28/9 晚

9月28日，巫宁坤来到了苏格兰，哪所大学未言明，据兴建年份，应该是斯特林大学（University of Stirling），这所大学坐落于曾经的苏格兰王国皇城，也是苏格兰地区顶尖的大学之一。蜘蛛不是《蜘蛛巢城》中的麦克白，而是比他晚了两百多年的罗伯特·布鲁斯，那位看到蜘蛛结网六次不成仍不断尝试，大喊出"太好了！我也要尝试第七次"的国王。斯特林大学还有位著名的校友，不知当年是否得知，但想必巫先生会很有兴趣，这就是英国女星朱迪·丹奇。她堪称莎剧女王，除舞台剧外，如1968年《仲夏夜之梦》、1978年《麦克白》、1989年《亨利五世》都有出演；1998年，更是在《莎翁情史》中出演伊丽莎白女王而获得奥斯卡最佳女配角奖。当然，如今更为大众熟悉的，是她在《007》系列中饰演的军情六处负责人 M 夫人。

其四

昨访剑桥，徐志摩当年在此就读，后有名文记述。左下角木桥据传系牛顿所设计。今日下午赴 Lancaster 大学访问，明下午返伦敦。后晚访牛津，次日返伦敦。10 日中午飞港。

遥颂安好

宁坤 10 月 5 日晨　伦敦

10 月 4 日起访问英国名校，除剑桥、牛津以外，还有新兴的兰卡斯特大学（1964 年创立）。巫宁坤所在的国际关系学院，也是新兴院校，中西比较之下应有不少感触。徐志摩的"名文"是《再别康桥》吗？1989 年第 3 期《外国文学》刊载了《剑桥的灵性》一文，巫先生提到了此事，"1939 年冬天，从西南联大《大一国文》课本里，我第一次读到徐志摩的名篇《我所知道的康桥》。诗人一往情深的散文，魔术般地把一个流亡青年从疮痍满目的本土，引进了一个如诗如画的异域、一个虚无缥缈而又永远不可企及的空灵世界"。四十三年，望中犹记。

其五

晚八时从 LANCASTER 返伦敦，得 27 日信很高兴。明日访牛津，准备当晚返伦敦。再过一个周末就该赴港回家了！

这就是皇宫的卫队，煞有介事，也可供人开心也。

宁坤　六日晚伦敦　　GRAFTON 饭店 504

连着两天都发了明信片，也第三次提到了归程。看了白金汉宫前的皇家卫队，觉得开心，赶紧和老伴分享下。巫先生爱笑，这是给众多访问者留下的共同印象。

其六

今晨 10 时 50 分抵牛津，赶上小雨，我的 EVANSTON 同窗 陪我雨中游访。下午又乘车转了一圈。晚间有人请吃饭，然后返伦敦。今天才由英方代办好赴港签证，洋官僚主义亦颇先进。

祝好

宁坤 牛津 Abingdon 路小邮局（代售食品杂货）下午四时二十五分
十月七日星（期）五

终于回家了！抵达本土之前，除了在芝大同窗陪同下颇有情调的雨中漫
步外，巫先生还享用了一把"洋官僚主义"。巫宁坤为人颇戏谑，和汪曾祺脾
气相投，汪有名文《泡茶馆》，其中回忆道："大学二年级那一年，我和两个
外文系的同学经常一早坐到这家茶馆靠窗的一张桌边，各自看自己的书，有
时整整坐一上午彼此不交语。我这时才开始写作，我的最初几篇小说，即是在
这家茶馆里写的。"

这"两个外文系的同学"，就是巫宁坤和赵全章。三人中学时代就已相
识，巫上的是扬州中学，赵是苏州中学，汪是镇江中学，曾于 1936 年一起军
训，三人都是十六岁，编在同一个中队，三个月同吃、同住、同操练，后来都
当上了流亡学生，又同时考上了联大。碰巧三人又同住一栋宿舍，又都爱好文
艺，于是朝夕过从。

另有遥祝怡楷寿辰的明信片，祝福语是"儿女成行，青春常在"，不看上
款，还真像汪曾祺写给施松卿的。

这次出行还有后续。巫宁坤 10 月底回到北京，11 月就接到了戴瑞克·布
鲁厄教授的长函，他是著名的中世纪英国文学专家，时任剑桥大学英语教授
会主席兼伊曼纽尔学院院长。他热情洋溢地邀请巫宁坤作为 1949 年以来，第
一位中国人文学者到剑桥大学作为期一年的访问。1986 年，巫先生赴剑桥，
应主人之嘱，他撰写了一篇自传性长文，即《从半步桥到剑桥》，在《剑桥
评论》上发表。在这篇文章里，巫先生第一次简略概括了自己的坎坷平生：
"我归来，我受难，我幸存。"

9 月 26 日，是巫宁坤先生九十七岁华诞，恭祝先生身体健康。

（原载《上海书评》2017 年 8 月 16 日）

"你见过这么蓝的天吗？"

谢其章

　　我的朋友里有好几位与我一样，对敦煌藏经洞的故事很有兴趣。曾经问过止庵，他说有兴趣的，可惜是看了余秋雨的《道士塔》之后才知道的。也曾经问过藏书家韦力：你收集藏经洞的古遗物吗？他回答有，并且还是五米之长卷，而非指甲盖大小的残片。我的敦煌情思，有一部分来自我的经历，曾经在与敦煌的地理环境相差不多的青海德令哈待过两个寒暑，两地共同之处即"燠燥，寒肃，苍垠，邈远"，或用岑参诗喻之："走马西来欲到天，辞家见月两回圆。今夜不知何处宿，平沙万里绝人烟。"

　　相对于历史好奇者，对于敦煌藏经洞（亦称石室）有兴趣，出了研究成果的不乏刘半农、向达、王重民这样的学者，也有张大千、常书鸿、谢稚柳等等好多艺术家。前者侧重石室经卷，后者侧重洞窟壁画。

　　谢稚柳《敦煌艺术叙录》的前言，沉郁古茂，情文兼至，令人心驰神往。

　　"一九四二年秋，余自重庆北游敦煌，观于石室，居此凡一载。敦煌石室，肇始于苻秦时沙门乐僔，其后率相营建，以迄于宋。伽蓝灵胜，彩笔纷华，可谓盛矣。然而数百年来，谈绘事者，低徊于宋元褚素之间，半幅盈尺，一山一水，咨嗟赏叹，已争讶其希珍。求所谓六朝隋唐之迹，信同乎寻梦。此千壁丹青，千百年来，寝声掩燿，往哲云迈，阒其衰乎！石室在敦煌城南，中经四十里，冲风成阵，茎草不滋，黄沙弥望，广漠几千。既居久，无所取乐，常联十余骑驰骋于其间，沙风如虎，半日曝野，面色成焦墨，引以为笑乐。岁月忽忽，回首已七年前事，彩壁灵岩，凝想犹昨，每与朋好谈西北往事，因成此记，年来鬓犹未斑，而思力先竭，不胜追忆，脱略谬误，殊不免耳。"

　　读过情辞俱胜的这段话，我多少可以理解止庵所谓的"可惜"。

　　敦煌如艺术圣地，艺术家如朝拜者，他们追求艺术的诚挚虽然感人，但尚不足以感天动地。谢稚柳只不过在荒漠中待了一年,面孔连吹带晒黑黝黝了一层而已;"常联十余骑驰骋于其间",难比"老夫聊发少年狂,左牵黄,右擎苍,锦帽貂裘,千骑卷平冈"的阵势。张大千的敦煌艺术之旅,留下的却是毁誉参半的评论,当年即有傅斯年等指出:"敦煌千佛洞现尚保有北魏、隋、唐、宋、元、明、清历代壁画,张大千先生刻正居石室中临摹。惟各朝代之壁画,并非在一平面之上,乃最早者在最内,后来之人,于其上层涂施泥土,重新绘画。张大千先生欲遍摹各朝代人之手迹,故先绘最上一层,绘后将其剥去,然后又绘再下一层,渐绘渐剥,冀得各代之画法。冯、郑二君认为张先生此举,对于古物之保存方法,未能计及。盖壁画剥去一层,即毁坏一层,对于张先生个人在艺术上之进展甚大,而对于整个之文化,则为一种无法补偿之损失,盼教育部及中央古物保管委员会从速去电制止。"

有人说坏,有人说好,世之常情。常书鸿与张大千是同行,张大千离开敦煌之时正是常书鸿初来乍到之时,常书鸿很感激张大千临别所赠"寻蘑菇路线图",因为"在敦煌莫高窟戈壁之中,没有什么蔬菜,天然的食用蘑菇更是难以发现,因此,各人如有发现都尽力不让他人知晓,以保障自己的来源"。

我前面所说感天动地者,常书鸿也;不胜唏嘘者,常书鸿夫人陈芝秀也。我同情和理解背叛常书鸿和孩子的陈芝秀。从某种意义上来讲,常陈都是"自私之人",我不认为常书鸿的"艺术至上"是多么高尚的挡箭牌。

常书鸿的女儿常沙娜在回忆录中写道:"我是在法国里昂出生的。1927年,我的爸爸常书鸿从家乡只身去往法国,考入里昂国立美术专科学校学习。1928年,我母亲陈芝秀也到了里昂陪伴父亲,于是1931年有了我。"

人往高处走,水往低处流。那时候从落后的中国到号称艺术之都的法国,近乎一步登天。如果没有后来的变故,这个三口艺术之家也许就在法国扎根一辈子亦说不定,当然赶上"二战"法国投降,又是好几年的动荡。真如张爱玲所云:"在这兵荒马乱的时代,个人主义是无处容身的,可是总有地方容得下一对平凡的夫妻。"

容得下的前提是"他不过是一个自私的男子,她不过是一个自私的女人"。然而常书鸿一次偶然的闲逛,于巴黎塞纳河边旧书摊看到一本《敦煌图录》,立即被敦煌的神秘和敦煌的艺术搞得心神不属,就此改变了自己的艺术方向,更是直接颠覆了陈芝秀的人生轨迹。

敦煌的魅力使得常书鸿存心要离开巴黎,正好这个时候,国民党教育部部长王世杰发来电报,聘请常书鸿任北平艺术专科学校的教授。1936年秋,常书鸿把陈芝秀和常沙娜留在巴黎只身前往北平。常书鸿在北平待了一段时间，他在回忆录中称"我要尽快去敦煌"！接下来的回忆，就真假难辨了。常书鸿称："1937年7月7日那天，我照例和几个学生去北海公园画画，忽然听到了隆隆的炮声。有人说，日本鬼子在卢沟桥向我们开火了！我们全都一惊，赶紧收拾画具往家走。"

事实上，七七事变是7月7日夜间发生冲突，8日凌晨日军向宛平城和卢沟桥守军进攻（开炮），所以7月7日白天没有炮声。另外，北海公园距卢沟桥约五十里，什么样的炮声能传如此远？

战争爆发之时，陈芝秀、常沙娜母女正在回国的轮船上，本欲在北平与常书鸿团聚，这下不成了，常书鸿已去了南京，最终全家在上海团聚，六岁的常沙娜第一次踏上母国之地。一家人在一起，才像一家人，陈芝秀追随丈夫到了巴黎，又为了追随丈夫从巴黎回到中国，然后一路迁徙，直至1939年在昆明才恢复正常的家庭生活。看看1939年常书鸿画的恬静的画，一家三口其乐融融的合影，我甚至想，如果时间凝固在1939年，如果常书鸿不坚持做他的"敦煌梦"，算了，算了，"如果"等于痴人说梦。1939年以后的几年，逃难时断时续，是相对平静的几年，钱锺书《围城》的时代背景也是这苟安的岁月。

1941年7月，常书鸿的第二个孩子常嘉陵出生，三口之家变为四口之家，一女一儿，幸福之家。常书鸿的周围聚集着吴作人、吕斯百、徐悲鸿这样一流的画家，艺术氛围堪比巴黎沙龙。谁能想到呢，常沙娜说："就在我家经历了千辛万苦，生活终于稳定下来的时候，爸爸又在酝酿去敦煌的计划了。"陈芝秀激烈反对常书鸿："你疯了，我们刚刚安顿好，怎么又要到什么甘肃、西北去啊？在巴黎你是讲过的，可那不是想想的事吗？我们好不容易挨过轰炸活着出来，千辛万苦到了这里，才安定下来，沙娜马上就要小学毕业了，要成长了，你怎么又想走！还折腾？不同意！"

胳膊拗不过大腿，1943年晚秋陈芝秀带着两个孩子还是跟着常书鸿去了敦煌，路途之艰苦，可想而知。我想起五十年代初，母亲带着我和姐姐随父亲从上海迁到北京。从有冲水马桶的小洋楼搬进了用公共茅房的小四合院（西房），父亲的理由也是冠冕堂皇的，可是母亲没能活到五十岁。

接下来的剧情谁料得到？1945年4月，陈芝秀借口去兰州看病，与国立敦煌艺术研究所总务赵主任私奔，并于兰州登报声明与常书鸿离婚。

陈芝秀的背叛，无可转圜，可是上天对她的报应未免过于残忍，别忘了，犯错的女人总归也是弱势的一方。陈芝秀与姓赵的结婚后没几年全国解放，姓赵的被关进监狱，病死狱中。陈芝秀生活无着，只好改嫁给一个穷工人，并生了一个儿子。因为生活贫困，陈芝秀只能在街道给人家洗洗衣服勉强度日。1962年，常沙娜通过"同情妈妈"的大伯伯见到了陈芝秀，常沙娜没有眼泪也没有一句话，陈芝秀也没有眼泪只是说："沙娜，我对不起你们……可是你不能只怨我一个人，你爸爸也有责任。现在我也很苦，这是上帝对我的惩罚。"常沙娜自此背着父亲给陈芝秀寄钱，一直寄到1979年，这年八九月间陈芝秀心脏病猝死。

常书鸿1994年6月辞世，享年九十岁，他的骨灰安葬在望得见敦煌莫高窟的沙丘上，离那个开始于塞纳河畔的敦煌梦，整整过去了六十年。

十二岁的常沙娜在到达敦煌的第二天，惊呼"千佛洞的天好蓝呀"！一旁的常书鸿问陈芝秀："你见过这么蓝的天吗?"

（原载《文汇报》2016年10月8日笔会副刊）